KB261697

한국남북문학 100선

이차돈의 사

이광수/지음

▨ 작품 해설
이광수의 문학세계
신동한

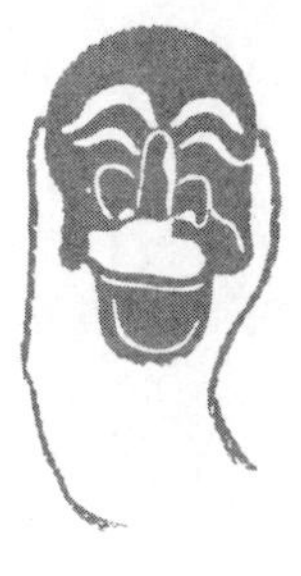

일신서적출판사

序　文

　나는 순교자를 가장 사모한다. 제가 순교자 될 만한 인물이 못 되니까 그런가보다. 내가 숭배하는 것은 순교자다.

　'옳음'과 '믿음'을 위하여서는 목숨도 아끼지 아니한다는 것이 순교자의 정신이다. 내 한몸을 죽이더라도 중생을 건지자 하는 것이 순교자의 정신이다. 그의 눈에는 일신의 부귀 영화는 말할 것도 없거니와 사생 고락도 없다. 그의 눈에는 오직 진리가 있고 중생이 있을 뿐이다. 저를 완전히 잊어버린 곳에 순교자의 정신이 있는 것이다. 그것이 저를 완성하는 것이라고도 할 수 있을 것이다.

　진리를 찾는 생활, 진리를 지키는 생활, 생활, 즉 진리 되는 생활——이것이야말로 일생의 최고 이상이다. 그런데 인류는 대다수가 진리와 등진 길로 달리고 있다. 그들은 마치 진리를 배반함이 인생의 목적이나 되는 것처럼, 마치 진리에서 멀어지는 길이 인생의 행복으로 가는 유일한 길인 것처럼, 그래서 인류 사회는 갈수록 험악해진다. 저도 행복되지 못하고 남도 불행하게 만든다. 불원에 인류 세계에는 큰 혼란이, 큰 살육이 오리라고들 세계의 신문과 잡지는 떠들고 있다. 사실상 누구의 양심이나 오늘날 인류 생활을 걱정 않는 이는 없을 것이다. 암만해도 길을 고쳐야만 한다고, 이대로는 살 수 없다고 내심으로는 중얼거릴 것이다.

　그런데 이 그릇된 인류 생활을 고칠 길이 무엇인가. 그것은 진리이다. 우리가 저멀리 뒤에 발길로 차서 내버리고 온 진리의 신을 다시

4

찾아 돌아가는 것이다. 그래서 그에게 물어서 재출발을 하는 것이다.

진리는 아직 발견되지 아니한 것이 아니다. 벌써 발견이 되었다. 발견이 되었다는 것보다도 누구의 마음에나 새겨진 금패가 있는 것이다. 다만 그 금패를 오랫동안 광 구석에 내버려두어서 아마 먼지나 쓰레기 속에 묻혔을 것이다. 그래도 워낙 찬란한 것이라 때로 빛을 발하기 때문에 '그것이 옳기는 옳아' 하는 중얼거림은 누구나 발하는 것이다. 그러나 이 '옳기는 옳아'하는 진리의 인식은 '그렇지만 세상이 다 그러니나 혼자 옳은 길로 가고 살 수가 있나' 하는 중얼거림으로 작소되고 마는 것이다.

여기서 순교자가 생기는 것이다. 아마 인류의 역사에 가장 큰 순교자는 예수일 것이다. 가장 참혹한 순교자도 예수일 것이다.

그는,

"너희 몸을 죽이고 그 이상 어찌할 수 없는 자를 두려워 말지어다. 내 너희에게 진실로 무서워할 자를 알리노니, 너희 몸을 죽인 뒤에 너희 영혼을 지옥에 넣을 수 있는 자를 두려워할지어다. 진실로 그를 두려워할지어다."

하셨거니와, 이는 곧 '진리'만을 두려워할지어다 하란 말씀이다.

그리고 예수는 소작여소언(所作如所言)이라는 석가여래의 말씀과 같이 그대로 몸으로 행하였다.

진리를 말하고 지키는 사람은 언제나 구세주의 일꾼이다. 보살마하살이다. 어느 세상이 되더라도 이러한 사람은 사람 중에 가장 귀한 사람이다. 인류는 이 사람에게 대하여 이른바 인중상공(人中上供)으로 공양하고 찬양할 것이다. 이런 사람이야말로 인류의 스승이기 때문에, 구주이기 때문에.

이차돈은 조선의 역사에 나오는 첫 순교자다. 그 전에도 순교자가 많았겠지. 그 순교자들의 정신은 우리의 피에 흐르기는 하겠지. 그러나 불행히 그 기록은 남지 아니하였다. 이차돈이야말로 기록에 남은 첫 순교자다. 순조 당시에 만여 명의 대량 순교자가 있었거니와, 이것이 다 같은 정신의 발로다.

내가 이차돈의 이야기를 쓴 것은 이러한 동기에서다. 큰 정신을 가진 이라야 큰 정신을 잘 알아본다. 나같이 용렬한 사람이 이차돈의 순교자적 정신을 알 리가 없다. 다만 변변치 못한 내 정신으로 알아질 만한 것을 적었을 뿐이다.

그러나 변변치 못한 내 이야기도 큰 정신을 가진 독자에게 무슨 기연을 줄 수는 있을 것이다. 만일 금후 몇천만 년에 다만 한 사람이라도 내 이야기에서 기연을 얻어서 큰 진리의 큰 순교자가 되는 이가 있다고 하면 내 소망은 달하는 것이다.

이차돈 순교 후 일천사백 년에.

작자의 말

이차돈은 신라사(新羅史)뿐 아니라 전 조선의 반만 년 역사를 통하여 가장 아름답게 살고 가장 아름답게 죽은 영웅일 것입니다. 신라의 문명의 기초를 혼자 다 세웠다고 할 만한 법흥왕 시대, 한창 국력이 성하고 문화가 자리잡히는 시대, 이종(伊宗, 異斯夫)을 비롯하여 많은 인물이 배출한 시대——그때에도 가장 대인문인 이종, 황종(荒宗, 居漆夫)과 함께——아니 그보다 더욱 뛰어나고 빛나 영원히 그 빛이 사라지지 아니할 위인은 이차돈이었습니다. 십육 세에 벌써 전장에서 대공을 세우고, 이십이 세에 장차 공주와 왕위까지 얻을 수 있는 부귀를 버리고 조정 전체의 적이 되어 아름다운 순교자의 죽음을 죽었습니다.

그의 피 흐르는 머리를 치맛자락에 받아 금산(金山) 서쪽에 묻고 그의 무덤 곁에서 일생을 보낸 이가 누구냐 하면, 당시 전 신라에 소문난 월주(月主) 아기와 성주(星主) 아기였습니다. 월주 아기는 우산국(于山國)을 쳐 합병한 무훈이 혁혁한 이종 이손의 딸, 성주 아기는 우산국 공주.

이차돈은 어찌하여 천하에 으뜸가는 영화와 애인까지도 버렸나? 어찌하다가 이십이 세의 꽃다운 청춘에 형장의 이슬이 되었나. 그러나 어찌하여 천추 만세에 스러지지 않는 빛이 되었나. 법흥왕은 어찌하여 이 젊은 영웅을 잃었나——이것이 이 이야기의 제목입니다.

이차돈이나 월주, 성주는 비록 천사백 년 전 사람이라 하더라도 인정은 마찬가지. 우리는 이 옛날의 참된 젊은 남녀의 참된 생활, 참된 사랑

속에서 우리 자신의 그림자를 찾아보고 싶습니다. 이차돈의 짧으나마 다사하고 빛나는, 그렇지마는 눈물겨운 일생의 이야기, 월주, 성주, 법흥왕, 왕의 공주, 이사부(異斯夫), 거칠부(居漆夫), 고구려 안장왕(安藏王)——이러한 이들이 이차돈의 신기한 일생을 짜내는 날〔經〕이 되고 씨〔緯〕가 됩니다.

천구백삼십오 년, 구월 이십칠 일 《朝鮮日報》소재.

이광수(李光洙 : 1892~1950)

호는 춘원(春園). 평북 정주에서 출생했다. 소작농 가정에서 태어나 1902년 부모를 잃고 고아가 된 후 동학(東學)에 들어가 서기(書記)가 되었으나 관헌의 탄압이 갈수록 심해지자 1904년에 상경하였다. 다음해에 친일단체인 일진회의 추천으로 일본으로 건너가 메이지학원에 편입하여 공부하면서 소년회를 조직하고 회람지 〈소년〉을 발행하는 한편 시와 평론 등을 발표하기 시작했다. 1910년에 일시 귀국하여 오산학교에서 교편을 잡기도 했으나 다시 도일하여 와세다대학 철학과에 입학하였다. 1917년에는 우리 나라 최초의 근대 장편소설인 《무정(無情)》을 매일신보에 연재하여 일대 센세이션을 일으키며 우리 나라 소설문학의 새로운 지평을 열었다. 1919년에는 도쿄 유학생의 독립항쟁의 상징인 2·8 독립선언서를 기초하기도 하였다. 그 후 상하이로 망명하여 임시정부에서 활동하다가 1923년 동아일보에 입사하여 편집국장을 지내고 1933년에는 조선일보 부사장도 역임하는 등 언론계에서 활약하기도 했다. 이 당시에 《마의태자》《단종애사》《흙》 등의 많은 작품을 썼다. 1937년에 수양동우회 사건으로 투옥되었다가 병보석으로 석방되었는데 이때부터 급격히 친일행위로 기울어졌다. 1939년에는 친일어용단체인 조선문인협회 회장이 되었고 가야마 미쓰로오라는 일본 이름으로 창씨개명도 하였다. 광복 후 반민법으로 다시 투옥되었다가 석방된 후 작품활동을 계속하다가 6·25 사변 때 납북되어 자강도 만포시에서 병사하였다. 그는 한국 근대문학사의 선구적인 작가로서 계몽주의·민족주의·인도주의의 작가로 평가되는데 전기한 작품 외에도 《원효대사》《유정》《사랑》《무명》 등의 장편소설과 많은 작품들을 남겼다.

이차돈의 사(死)

　지금부터 일천사백 년쯤 전 신라 나라 법흥왕(法興王) 때, 팔월 가윗 때.

　서울 문천(汶川) 건너 서형산 밑 이손(伊飡) 벼슬 가진 당대 명장이요, 대정치가인 이마로(伊宗, 伊斯夫)의 집 드높은 대문 앞에는 벙치 쓰고 청등걸이 입은 구종 사오 인이 쭈그리고 앉아서 더러는 고누를 두고 더러는 이야기를 하고 있다. 안에서는 떡 치는 소리, 부침개질하는 기름 냄새가 나온다. 주인대감은 오늘 신궁(神宮) 앞 넓은 마당에서 선비와 한량들이 재주 겨루는 데 시관으로 나가서 집은 조용하다. 외양에 매인 말들이 이따금 볼을 턴다.

　그 중에 늙수그레한 키다리 구종이,

　"오늘 장원이야 말할 것 없이 거칠마로(荒宗) 서방님이시어."

하고 마주앉은 잔망스러운 구종을 비웃는 듯이 내려다본다. 잔망이는 발끈 골을 내면서,

　"말이 되나, 오늘 장원은 이차돈(異次頓) 서방님이시어."

하고 벌떡 일어선다.

　"흥, 어림이 있나? 거칠마로 서방님은 호랑이신걸."

하고 키다리도 벌떡 일어선다.

　"어림도 없어. 보아, 우리 목 베기 내기 하까?"

하고 잔망이가 핏대를 돋친다.

　이때에 문천교 다리로 말 탄 소년 무사 둘이 건너오는 것이 보이자,

"아가씨 오시네."

하고 키다리가 소리를 질러 고누 두던 구종들이 분주히 고누말을 집어 치고 땅바닥에 그린 고누줄을 발로 쓱쓱 비벼버리고 두 줄로 늘어서고, 키다리와 잔망이가 껑충껑충 마주 나가 두 소년의 말고삐를 잡는다.

키다리가 고삐를 잡은 말을 탄 사람은 이 집 주인 이마로 이손의 무남독녀 달님(月主)이요, 잔망이가 고삐를 잡은 말을 탄 것은, 본래는 우멧나라(宇山國) 공주로시, 이마로 이손의 손에 포로로 잡혀온 별님(星主)이다. 상감이 우멧나라를 정복한 이마로의 공을 보시와 포로와 노획한 보물을 다 이마로 이손에게 하사하셨건마는 청렴한 이마로는 다 사양하고 우멧나라 임금이 죽을 때의 마지막 부탁을 생각하여 그의 딸 별님을 집으로 데려오고 별님의 수종을 들기 위하여 별님의 시녀 하나와 먹곰보라는 구종 하나를 받아온 것이었다. 우멧나라 임금은 스스로 하느님의 아들이라 일컬어 이름을 햇님(日主)이라 하고 조그마한 섬나라를 가지고 능히 여러 해 동안 신라와 겨루도록 용기가 있었고, 신라 장수도 여러 사람이 그 손에 패하다가 마침내 이마로의 손에 잡히게 될 때에 그는 오직 하나인 혈육인 딸 별님을 적장인 이마로에게 부탁하고 그 아내를 먼저 죽이고 그 칼로 제가 죽어버린 것이었다.

이마로는 별님을 비록 그 딸 달님의 시녀로 삼아 집에 두었지마는 그 딸과 같이 어여삐 여기었고, 달님도 별님을 동기와 같이 사랑하였다. 나라를 잃고 아버지를 잃고 포로의 신세가 된 별님도 이 새 아버지의 사랑 속에 차차 정을 붙이며 자라난 것이었다.

달님과 별님은 익숙한 듯이 한편 등자를 지그시 누르는 듯 사뿐 땅에 내려섰다. 달님은 키다리를 보고,

"대감마님 돌아오셨느냐."

하고 물었다.

"아직 아니 돌아오셔겹시오."

하고 키다리가 허리를 굽힌다. 달님은 별님을 돌아보며,

　　"아버님이 보셨더면 걱정하실 것을."
하고 빙그레 웃으며 대문 안으로 스러져버리고 말았다. 둘이 꼭 같이
남빛 전복에 홍띠를 띠고 검은 전립을 쓰고 금으로 장식한 칼을 넌지시
찼다.
　　달님 별님이 들어가는 뒷모양을 보고 섰던 잔망이가 키다리더러,
　　"어쩌면 아가씨가 남복을 하시니까 아주 쏙뺀 한량이신데."
하고 눈을 끔적거린다.
　　"글쎄 말야. 그 수양버들 가지 같으신 아가씨께서 어떻게 그렇게 대
장부 같으실까."
하고 키다리가 눈을 끔벅끔벅하고 옛일을 생각하여 감개무량한 빛을 보
인다.
　　어스름이 되어 방방이 옥등잔에 불을 켜놓은 때에 이마로 이손이 대
궐로부터서 집에 돌아왔다. 그는 매우 불쾌한 모양이었다.
　　달님은 아버지가 불쾌한 이유를 알았다. 그것은 오늘 과거에 거칠마
로가 장원이 안 되고 이차돈이 장원이 된 까닭이었다. 이마로는 이차돈
보다 거칠마로를 더 사랑하여서 이번에 거칠마로가 장원이 될 줄을 믿
었고 그리되면 딸 달님의 사위를 삼으려 하였던 것이 예상대로 안 된
까닭이었다. 이마로의 눈에는 거칠마로야말로 오늘날 신라가 요구하는
인물이라고 생각한 것이다. 오늘날 신라는 서에는 백제, 북에는 고구
려, 동에는 일본 그리고 남에는 금관국과 이웃하여 있어서 크게 군비를
정돈하여 국위를 떨치지 아니하면 아니 될 때라고 이마로 이손은 믿고
있다.
　　그런데 거칠마로는 기골이 장대하고 눈과 목소리가 크고 과연 무장감
이지마는 이차돈은 미목이 청수하여 여자같이 아름다운 사람이었다.
게다가 이차돈은 무장에게 필요한 억세인 생각이 적고 자비심이 많아서
도저히 천만 인의 목숨을 파리 죽이듯하는 일은 할 수 없을 것 같았다.
　　실상 이차돈은 포로와 노예들간에 인자한 서방님이라는 이름이 높았

고 작년에 금관국을 칠 때에도 이차돈은 거칠마로에 못지않게 잘 싸워 큰 공을 세웠지마는 포로들은 다 살려주고 말았다. 이것을 이마로는 크게 근심한 것이었다. 그런데 딸 달님이 이차돈을 사랑하는 눈치를 아는 이마로는 더욱 이차돈을 못마땅하게 생각한 것이었다.

"아버지, 오늘 재주겨룸에 누가 장원이 되었어요?"

하고 달님은 모르는 체하고 이마로에게 물었다.

"재주겨룸이란 한 번 보고 아는 게 아니다."

하고 이마로는 불쾌한 듯이 대답하였다.

"그래도."

하고 달님은 아버지의 대답을 졸랐다.

"장원은 아니지마는 거칠아비가 고작이지."

거칠마로는 거칠아비라고도 부르는 것이었다.

"그럼 거칠마로 서방님이 장원이신가요?"

"장원은 이차돈이지마는 거칠마로가 낫단 말이다."

하고 이마로는 빛나는 눈으로 딸을 보았다.

"활은 누가 잘 쏘아요?"

하고 달님이 묻는다.

"버들잎 꿰는 내기에 거칠아비는 열 번에 일곱, 이차돈은 열번에 열. 그래도 거칠아비 살이 힘이 있어!"

"칼 쓰기는?"

하고 달님은 거칠마로가 이차돈에게 연방 휘둘려 돌아가던 양을 생각하고, 속에 우스운 것을 참으며 아버지의 말하는 모양을 보려고 하였다.

"글쎄 그것을 한 번만 보고는 모른단 말이다."

하고 이마로는 그때에 거칠마로가 처음에는 단박에 이차돈을 지울듯하던 것이 차차 이차돈에게 눌려서 갱신을 못 하던 것을 생각하고 불쾌하였다.

달님은 아버지가 대답하기를 괴로워하는 것이 유쾌하였다.

곁에서 이마로 이손의 부인이 듣고 앉았다가,

"그러면 언약하신 대로 달님의 소원을 이루어주시지요. 이번에 장원하는 사람으로 사위를 삼으시마고 하셨으니."

하고 딸의 편을 들었다.

"그것은 안 될걸."

하고 이마로는 눈을 크게 떴다.

이 말에 달님의 얼굴은 파랗게 질린다.

"어찌하여 안 됩니까. 자식에게 하신 언약을?"

하고 부인은 엄숙한 눈으로 남편을 바라보았다.

"상감께서 말씀이 이번에 장원한 사람으로 평양공주(平壤公主)님의 부마를 삼으셔서 태자를 봉하신다던걸."

하고 이마로는 한숨을 쉰다. 이마로의 두 귀 밑에 센 터럭이 번쩍거린다.

왕은 아들이 없고 오직 평양공주라는 딸 하나가 있었다. 딸을 평양공주라고 이름을 지은 까닭은 고구려를 쳐서 평양을 신라땅을 만들려는 생각이었다.

이마로의 이 말에 달님의 수그린 얼굴에서는 눈물이 떨어져서 남치마 자락을 적셨다.

비록 이차돈을 못마땅하게 생각은 하였다 하더라도 사랑하는 외딸의 정경이 가련하였다.

그러나 집보다도 나라를 더 사랑하는 이마로에게는 딸의 정경보다도 거칠마로 같은 영웅이 태자가 되지 못하고 이차돈이 태자가 되는 것이 못마땅하였다.

"악아, 울지 마라."

하고 부인은 딸의 손을 만지며,

"나라에서 하시는 일 어찌하느냐."

하고 달님을 위로하였다. 달님은 참다 못 하여,

"아버님 안녕히 주무십시오."
하고 두 손으로 낯을 싸고 후원에 있는 제 방으로 가버렸다.

방에는 별님이 혼자서 거문고를 뜯고 있다가 일어나 달님을 맞았다. 달님이 우는 것을 보고,

"아가씨 왜 우세요, 이차돈 서방님이 장원을 하신 날에. 저 달을 보세요. 저 토함산 위에 솟은 맑은 달을. 저 달님도 오늘은 이차돈 서방님을 위하여 더욱 기뻐하시는 것 같은데."

"나는 인제는 달도 싫어!"
하고 달님은 서안에 쓰러져 운다.

"웬일이셔요? 대감마님한테 오늘 신궁 가셨다고 걱정을 들으셨나요?"
하고 별님은 거문고와 삼 삼던 것을 밀어놓고 달님의 곁에 앉는다. 달님은 한참이나 울다가,

"이차돈 서방님이 평양공주님의 부마가 되시고 태자가 되신다고."
하며 또 서안에 엎드려서 울었다.

별님도 놀랐다. 별님도 달님과 함께 일생에 이차돈을 섬길 생각이었던 것이다.

"그러기로 이차돈 서방님이 아가씨께 하신 언약이 계시거든."
하고 별님은 중얼거렸다. 그러나 다음 순간에,

'그렇지마는 나라에서 하시는 일을 어찌하나?'
하고 속으로 생각하였다. 그리고 별님도 솟는 눈물을 금할 수가 없었다.

달은 점점 올라오고 뜰에서는 벌레 소리가 요란하게 들렸다. 별님은 고국인 우멧나라의 바닷달을 생각하고 더욱 슬펐다.

"아가씨."
하고 별님은 달님의 등에 흩어진 검은 머리를 두 손으로 쓸어 바로잡아 주며,

"내일 저녁 신궁 제사에 만나기로 하셨으니 그때에 이차돈 서방님께서 무슨 말씀이 계시겠지요. 참으세요."
하고 달님을 위로하였다.

이때에 금산(金山——서울 뒤에 있는 거룩한 산으로서 그 앞에 신궁, 즉 검님 제사하는 집이 있다) 밑 이차돈의 조부의 집에서는 이차돈의 늙은 조부 아돌손 한마로(阿珍浪 漢宗)가 오늘 장원한 손자 이차돈의 손을 잡고,

"오, 기특하다. 내 손자다. 네 아비가 살았더면 얼마나 기뻤으랴마는 네 아비는 스무 살에 대재 싸움에 고구려 군사의 화살에 맞아 죽었고나. 네 아비는 군중에서 가장 용기 있는 장수로 여러 번 큰 공을 세웠더니라. 길승(吉升)이라는 이름만 들어도 고구려 군사가 떨었더니라. 그러나 네가 아비만 못지않아. 너는 아무리 하여서라도 고구려를 쳐서 나라의 원수와 아비의 원수를 갚고 부디 이 나라를 크게 하여라."

"네. 한아버님 가르치심을 뼈에 새겨서 잊지 아니하겠습니다."
하고 이차돈은 감격하여 대답하고, 허리에 찬 금장식한 칼을 끌러 두 손으로 받들어 조부에게 드리며,

"한아버님, 이것이 오늘 상으로 상감마마께오서 하사하옵신 보검이옵니다."
하였다. 한마로는 곧 무릎을 꿇고 절한 뒤에 이차돈이 주는 칼을 받아서 먼저 칼집과 칼자루를 살펴보고 그리고 바른팔로 칼자루를 잡아서 칼을 쭉 빼었다. 불빛에 무지개가 번쩍하였다.

한마로는 칼을 앞에 세워들고 이윽히 서리 같은 칼날을 바라보더니, 다시 칼집에 꽂아서 이차돈을 주며,

"오, 국은이 망극하고나. 내가 내일은 일찍 예궐하여 사은을 아뢰어야 하겠다."
하고 이윽히 말이 없다가 다시 입을 열어,

"듣거라. 너는 우리 조상님네 다섯 가지 가르치심을 아느냐?"

하였다.

"네, 어리오나 다섯 가지 가르치심을 잊을 리가 있습니까."

하고 이차돈은 하사하신 칼을 두 손으로 받은 채로 대답하였다.

"어디 네 그 다섯 가지 가르침을 외워보아라."

"첫째 임금을 충성으로 섬기라."

"옳지. 충성이란 무엇인고?"

"목숨을 바치는 것으로 아옵니다."

"옳지, 또 둘째는?"

"둘째는 어버이를 효도로 섬기라."

"옳지. 충효가 쌍립하기 어려운 때에는?"

"충을 취하옵니다."

"옳지. 임금께 충성하고 나라를 빛내는 것이 곧 어버이께 효도여든. 또 셋째는?"

"셋째는 벗을 미쁨으로 사귀이라."

"오, 그렇지. 미쁨이란 무엇인고?"

"거짓이 없고 언약을 지키는 것으로 아옵니다."

"옳다. 또 넷째는?"

"넷째는 전장에 나아갈 때 뒤로 물러나지 말라."

"응, 그래. 죽기를 무서워 말란 말이냐?"

"그러하온 줄 아옵니다."

"옳다. 다섯째는?"

"할 수 없는 때밖에는 산 것을 죽이지 말라."

"응, 그래. 저 죽기는 두려워 말고 남 죽이기를 두려워하란 말이야."

"네, 그러한 줄로 아옵니다."

"바로 알았다. 네 이 다섯 가지 가르침을 잠시도 잊지 말고 재주를 잘 닦으렷다."

"네, 한아버님 말씀을 뼈에 새겨듣겠습니다."

“오, 인제는 네 어멈 가 뵈어라. 젊어서 홀로 되어 핏덩이 너 하나를 믿고 살아온 네 어멈이다. 잘 효도로 봉양하렷다.”

“네.”

“내야 늙은 것이 인제 며칠 더 살겠느냐마는 그래도 사람의 욕심이라 네가 큰 공을 이루는 것을 보고 싶고나.”

하고 한마로는 고개를 끄덕끄덕하였다.

이차돈은 물려나오려고 두어 걸음 문을 향하고 가다가 되돌아서서 조부의 앞에 읍하고 선다.

한마로는 창으로 달을 바라보다가,

“무슨 할 말이 있느냐.”

하고 고개를 돌려서 이차돈을 본다.

“네, 아뢰옵기 황송하오나 이손 이마로의 딸 달님과 이놈과 혼인하게 하여 주십시오.”

하고 이차돈은 낯을 붉혔다.

“이마로의 딸?”

“네, 달님이 그 이름이옵니다. 어린 이놈과 동갑이옵고 부덕이 있다고 하옵니다.”

“오, 이마로의 딸이면 언뜻 말은 들었다. 그렇지마는 네 혼인은 네 마음대로도 안 되고 내 마음대로도 안 될 것 같다.”

할 뿐 맑은 하늘에 뜬 뚜렷한 달을 바라본다. 그 달빛에 멀리 남쪽으로 상감님 계신 금성(金城)이 보인다. 한마로는 금성을 향하여 고개를 숙인다.

그의 조부도 임금이었고 그 윗대도 무론 임금이었다. 그렇지마는 그는 한번 신하의 자리에 서면 충성으로 임금을 섬기는 것이 옳음을 믿는다.

조부의 말에 이차돈은 놀랐다. 그것이 무슨 말씀인고? 뜻은 알 수 없으나 심상치 아니한 말씀인 것만은 알았다.

이차돈은 더 묻기가 어려워서 달을 바라보고 앉았던 조부의 등뒤에 절하고 물러나왔다.

이튿날, 가윗날이다. 이날은 신궁과 시조 묘에 임금이 친히 제사하시는 날이다. 햅쌀, 햇실과를 신전에 고여놓고 임금이 백관을 거느리고 제사 지내는 날이다. 제사는 달이 뜬 뒤에야 지낸다.

아침에 이차돈은 오늘은 어디서 놀꼬? 하는 것을 생각하고 어서 밤이 되면 신궁에서 달님을 만날 것을 천추같이 기다리고 있을 때에 조부의 부르심을 받았다.

조부는 벌써 소세하고 조복을 갖추고 칼을 차고 단정하게 꿇어앉아 있었다. 이차돈은 꿇어서 조부에게 아침 절을 여쭈었다.

"지금 너를 데리고 즉각으로 입시하라신 어명이 계시니 어서 차리고 나서거라."
하는 명령이었다.

"네."
하고 이차돈은 조부의 방에서 물러나왔다. 웬일인지 몹시 가슴이 울렁거렸다.

이차돈은 조부의 예궐할 차비하라는 명령을 받아가지고 안으로 들어와서 하인에게 수레를 준비하라 하고 자기는 어머니 계신 방에 들어갔다.

"어머님!"

"오, 잘 잤느냐. 고단하지나 아니하냐. 나는 네가 어저께 장원한 것이 기뻐서 간밤에 한잠도 이루지 못하였다. 네 아버님께서도 열여덟 되시던 해에 전장에 나가셔서서 큰 장수가 되셨지마는, 꼭 네 나이셨단다 ── 아버님께서 살아 계셨더면 얼마나 기쁘셨을까. 아아, 그런 생각은 해서 무엇하게. 그렇지만 원, 하도 고구려, 백제가 설레니까 너도 또 전장에나 안 나가게 될지 그것이 걱정이다."
하고 죽은 남편을 생각하여 눈물이 글썽글썽하였다.

“대장부가 전장에를 안 나가면 무엇을 합니까. 소자도 어서 전장에를 나가고 싶습니다.”

하고 이차돈은 빙그레 웃으며,

“한아버님께 소자 데리고 곧 입시하라신 전교가 계시다니 무슨 옷을 입고 가올지?”

“오, 예궐이야. 너도 장원급제를 하였으니 인제는 한나마(大奈麻)로고나. 어느새 서방님이 아니요, 한나마 나으리로고나. 오, 내 아들이 한나마가 되어 예궐을 하는구나. 오, 너 입을 옷일랑 내가 손수 내어주마.”

하고 어머니는 장문을 열고, 푸른 바지, 자주 저고리, 푸른 전복, 다홍 띠, 흰 행전을 차례차례로 내어놓으며,

“이것이 오늘 같은 날이 있기를 기다리고 내가 여러 해 전부터 손수 짜서 손수 지은 옷이다. 어디 갈아입고 내게 보여라.”

하고 시녀를 불러 이차돈의 일습 옷을 이차돈의 방으로 날라가기를 명한다.

이차돈은 방에 돌아와 어머니가 주시는 새 옷 일습을 갈아입었다. 품 하나 화장 하나 틀림없이 꼭 들어맞았다. 이차돈은 어머니의 사랑이 극진함을 느끼고 또 어젯밤 조부가 젊어서 과수된 어머니께 효도하라던 훈계를 더욱 명심하였다.

이차돈은 깨끗하게 차리고 붉은 솔 달린 검은 벙치를 쓰고 하사하신 칼을 차고 어머니 앞에 나왔다.

어머니는 소매도 당기어보고 깃고대도 쳐들어보고 이모로도 보고 저모로도 보고 두루 보고는 서너 걸음 물러서서 이윽히 아들을 바라보더니,

“어쩌면 그렇게도 네 아버님 닮았느냐. 돌아가신 네 아버님을 다시 뵙는 것 같고나. 그 입 모습 빙그레 웃는 양이 더욱이나 네 아버님 같고나. 네 아버님은 참 깨끗도 하시더니라. 전장에서는 호랑이같이 고구려

군사들이 이름만 들어도 떨었다고 하건마는, 집에 들어오시면 위엄이 있으시면서 인자하시더니라. 여봐라, 유모 이리로 좀 오라 하여라. 유모가 보면 얼마나 기뻐하겠느냐. 네가 나면서부터 너를 받아서 젖을 먹이고 안아주고 업어주고 기른 유모다. 이 어미와 꼭같이 생각하여라.”

이때에 한 오십 된 부인이 들어온다.

어머니는 이차돈을 가리키며,

“유모 보게. 우리 도련님이 이렇게 엄전한 어른이 되었네그려. 어저께 서방님이 장원하셨다고 유모가 너무나 기뻐서 울지 아니하였나. 지금 상감께서 부르셔서 예궐을 한다기에 내가 지금 이 옷을 입혔는데 꼭 자네게 보이고 싶어서 불렀네. 어떤가. 꼭 돌아가신 나으리 같으시지 아니한가. 저 입 모습하고 저 빙그레 웃는 눈찌하고?”

“참 엄전도 하시오. 이 유모의 젖을 빠시고 이 유모의 이 팔에 안겨서 주무시던 도련님이 어쩌면 벌써 저렇게.”

하고 유모는 또 눈물이 글썽글썽하고 말이 막힌다.

“유모, 언짢아하지 말아.”

하고 어머니 자신도 언짢아하면서,

“그래 내가 서방님보고——아, 서방님인가, 인제는 한나마 나으리시지. 그래 나으리보고 그랬네, 유모를 꼭 낳는 어미, 나와 같이 알라고.”

“황송도 하셔라.”

하고 유모는 눈물을 씻으면서,

“인제 나라에 으뜸가시는 귀하신 양반이 되신걸. 이 유모도 나으리께서 크게 귀하시게 되시는 것을 보고야 죽겠습니다.”

“그런데 또 전장에를 나가면 어떡허나?”

하고 어머니는 유모를 보며 걱정을 한다.

“나라에서 하시는 일을 어찌합니까. 그저 하느님께서 도우시고 검님께서 도우시와서 어느 전장에를 나가시든 백전백승하시게 하옵소사.”

하고 유모는 하늘을 우러러 손을 비빈다.

이때에 대궐에서는 오늘은 정사를 쉬는 가윗 명절이라 왕께서는 침전에 원로와 중신들을 부르시어 주식을 나외시고 평양공주와 이차돈의 혼인을 의논하시려 하였다. 왕의 생각에는 의논이라기보다도 선언하려는 것이었다. 이차돈 자신이나 이차돈의 조부 한마로 아돌손은 말할 것도 없고 누구나 이 일에 반대할 사람은 없으리라고 믿었다.

왕의 부르심을 받아서 모인 사람 중에는 왕의 아우시요, 장차 진흥대왕이 되실 선마로(立宗)를 비롯하여 서불한 어진마로(또는 어진아비, 哲宗 또는 哲夫), 이손 이마로, 이손 물력(勿力, 거칠마로의 아버지), 바돌손 공목(波珍湌 工目), 한아손 알공(大阿湌 謁恭) 같은 이들이 있었다.

이차돈의 조부 아돌손 한마로도 원로 중의 한 사람이었다. 한마로를 기다리는 동안 왕은 대단히 유쾌한 태도로,

"금년에는 전국이 풍년이 들어서 오곡백과가 다 풍성하니 백성들이 배가 부를 것이라. 다 경들이 이음양순사시를 잘한 공이오. 마음에 그득하니 자, 사양 말고 술들 마시오. 풍년처럼 국가 경사가 또 있는가."
하고 금잔에 가득 부은 누런 햅쌀 술을 왕이 먼저 들어 마신다.

신하들도 한 잔을 마시고, 그 중에서 어진마로 서불한이 가장 지위가 높으매 제신을 대신하여,

"황송하옵니다. 나라이 잘 다슬고 시화세풍하와 백성이 배불리 먹고 격양가를 부르는 것이 모두 성주의 은덕이시옵지, 소신 등이 무슨 공이오리까."
하고 부복하였다.

그러나 중신들은 오늘 무슨 일로 임금이 이렇게 일찍이 다들 부르셨나 하고 궁금하였다. 그러나 임금은 즉위하신 지 불과 십여 년에 남으로는 금관국과 싸워서 이기어 많은 땅과 백성을 얻어 금관국은 이제는 임금과 서울이 남았을 뿐이라 신라의 제후나 다름이 없을 뿐더러 말 한 마디면 금관국 왕 구해(仇亥)는 아주 신라의 신하가 되어버릴 지경이 되

었고 또 동으로 우멧을 쳐서 항복받았고 서로는 백제와 싸워 비록 그리 크지는 못하더라도 몇 고을을 회복하였으므로 그 위엄이 날로 높아서 아무리 세력 있는 신하들이라도 감히 임금의 뜻을 거스르지 못하였다.

전부터 큰 세력이 있기로 말하면 거칠아비의 아버지 물력 이손이지마는 그조차 근래에는 아주 임금에게 눌려버렸고 서불한 어진아비는 임금의 손으로 세운 사람이요, 모든 싸움에 가장 큰 공로자인 이마로는 참된 충신이어서 오직 나라와 임금을 생각할 뿐이요, 제 공을 자랑하려 하지 아니하였다.

그리고 이차돈의 조부 한마로는 학자님이요, 엄격한 도덕가로 공명도 바라지 아니하고 임금의 신임을 얻으려고 애를 쓰지도 아니하였다. 그래서 그렇게 지체가 좋고 사람도 잘났건마는 세상의 존경은 받을지언정 세력가는 아니었다.

공목과 알공은 다소 음험하나 수완이 많은 정치가요, 따라서 대단히 야심이 많은 사람이었다.

임금은 족히 이 여러 사람의 본성과 특장을 알아볼 만한 총명도 있고, 학문과 생각도 뛰어나시고 또 그들을 위압할 만한 풍신도 있었다. 그러나 웬일인지 항상 몸에 병이 있고 그 때문인지 버틸성이 부족한 것이 흠이었다.

국정에 대하여서도 임금은 여러 가지 높은 이상을 가졌건마는 신하들이 그 이상을 잘 알아주지 못하고 반대를 하면 신념은 신념대로 두고도 그대로 관철하지를 못하였다.

일례를 들면, 임금은 인재를 널리 얻기 위하여 남모(南毛), 준정(俊貞)이라는 두 아름다운 여자를 뽑아 원화(源花)를 삼아서 젊은 남자들을 많이 모아 그 인격을 시험하는 제도를 세워 그 중에서 빼어난 청년에게는 두 여자로 하여금 그 머리에 꽃을 꽂게 하여 머리에 꽃을 꽂은 청년을 꽃서방님이라 하여 임금이 친히 불러보시고 상급을 주고 벼슬을 시키려고 하였으나 이것도 여러 신하들의 방해로 뜻같이 되지 못하여

남모와 준정의 질투 싸움을 기회로 일시 폐지하였다. 이 모양으로 임금은 제 신념을 끝까지 우겨 나가는 힘이 부족하시었다. 만일 이 임금에게 굳센 의지력까지 있었던들 즉위하신 지 십삼 년에 내치 외교에 더 많은 공적을 나타내었을 것이다.

이때 내전에서는 평양공주가 진골(眞骨)의 여러 처녀들을 불러서 또한 잔치를 배설하였다. 이마로 이손의 딸 달님과 달님의 시녀 별님도 우멧나라 임금의 딸이라는 자격으로 이런 자리에 참례하는 허락을 받는 것이 전례였다.

평양공주가 오늘 이 처녀들을 모은 것은, 표면으로 오늘 밤 여섯 마을(六村, 六府) 여자들이 대궐 마당에 모여서 길쌈내기를 겨룰 때에 진편에서 어떠한 음식을 차리고, 어떠한 노래를 부르고 어떠한 춤을 추고 또 어떠한 재미 있는 놀이를 할까 하는 의논을 하자는 것이었다. 이 놀이는 유리 임금(儒理王) 때부터 생긴 것으로, 칠월 보름날부터 여섯 마을 여자들을 두 편에 갈라서 삼 삼기를 시작하여 한가윗날 밤에 삼 삼은 것을 대궐로 가지고 모여들어서 어느 편이 많이 삼았는가를 겨루어서, 진편에서 술과 떡과 그 밖에 여러 가지 먹을 것을 한 턱 내이고 또 소리와 춤을 추어 즐기는 것이었다.

그런데 임금의 따님 두 분이 각각 한 편에 머리가 되는 것인데 평양공주는 형제가 없으므로 해마다 한 사람씩 이날에 공주를 대신할 사람을 뽑는 법이어서, 금년에는 이마로의 딸 달님이 이날에 공주 대신을 하게 된 것이었다.

표면은 이런 일을 의논하러 모인 것이지마는 평양공주의 속에는 저와 이차돈과 혼인할 것을 자랑하는 것이 제일 목적이었다. 어젯밤에 임금은 사랑하는 외딸을 부르시와,

"너는 이차돈을 아느냐?"

하고 웃으며 물으시었다. 공주는 낯을 붉히며,

"오늘 재주겨룸에 장원급제한 이차돈을 모르는 사람이 우리 신라 나

라에 어디 있으리까."
하고 대답하였다.

"그렇지. 이차돈을 네 남편을 삼아서 태자로 봉하려 하니 네 마음이
기쁘냐?"
하고 임금은 물으시었다.

"네. 아바마마 분부대로 하겠습니다."
하였다. 임금은 평양공주의 등을 어루만지시고 웃으시었다.

이 말씀을 들은 평양공주는 밤 동안 가슴이 두근거려서 잠을 이루지
못하였다. 이차돈은 전에도 본 일이 있지마는 어제 신궁 앞에서 호랑이
같은 거칠아비를 때려눕히던 미목이 청수한 젊은 남자 이차돈의 씩씩하
고 아름다운 풍채——이것이 공주의 눈에서 떨어지지를 아니하였다.
만일 임금이 먼저 말씀하심이 없으시면 공주는,

"이 몸은 이차돈이 아니면 시집을 아니 가겠습니다."
하고 조를 뻔하였다.

임금은 평소에 공주의 손을 잡으시고는,

"너는 우리 나라의 제일 잘난 사람을 골라서 남편을 삼아줄 것이다."
라고 노 말씀하시었다. 공주는 이차돈이 신라 나라에서 제일 잘난 사람
이라고 믿었다.

이러한 생각을 가지고 공주가 여섯 마을 처녀들을 내전으로 불러들인
것이었다.

오늘 밤에 술은 무슨 술, 떡은 무슨 떡, 거문고는 누구, 가얏고는 누
구, 비파는 누구, 대금은 누구, 중금은 누구, 소금은 누구, 회소(會蘇)
노래는 누구, 이러한 의논들이 얼추 끝난 뒤에 공주는 참다 못 하여,

"인제 가윗놀이 의논도 다 끝났으니 다른 이야기나 할까."
하였다. 공주는 술과 흥분으로 낯이 벌겋고, 몸을 가만히 두지 못하
였다. 달님, 별님, 그 밖에 모든 처녀들은 공주의 입을 바라보았다. 그
들도 다 술김에 얼굴이 불콰하였다.

"내가 지금 무슨 말을 하려는지 누구나 알아맞춰보아. 못 알아맞추면 벌로 술 한 잔 먹기."

하고 공주는 웃으며 앞에 술 한 잔을 따라놓았다. 다들 빙긋빙긋 웃기만 하고 말이 없었다.

공주는 다시,

"내가 지금 큰 기쁨이 있으니 그 기쁨이 무엇인가 알아맞춰보아, 알아맞추면 이 금가락지를 줄게."

하고 왼손에 꼈던 누런 금가락지를 뽑아 들었다.

공주의 손가락에 꼈던 굵다란 금가락지 —— 그것은 처녀들의 욕심을 움직이지 아니할 수 없었다. 다들 지금 공주의 가슴에 생각하고 있는 기쁨이 무엇일까 하고 고개를 갸웃거리고 생각하였다.

그 중에서 한 처녀가,

"소인이 알아맞춰보겠습니다."

하고 자리에서 일어났다.

"어디?"

하고 공주는 그 처녀를 바라보았다.

"공주마마께옵서는 항상 백성들을 생각하시오니 금년에 풍년이 들어서 오곡백과가 잘 익어서 오늘 한가윗날 만민이 햅쌀밥, 오려송편, 신청주에 배불리 먹고 마시고 즐겨하오니 마마께오서는 그것이 고작 큰 기쁨이신 줄로 아옵니다."

하였다. 공주는 구름 같은 머리를 서너 번 흔들며,

"그것도 큰 기쁨이지마는 그것은 상감마마의 기쁨이시요, 나 같은 어린 계집애의 기쁨은 아니지."

하고 도리어 시무룩하였다. 말하던 처녀는 벌주의 한 잔을 받아 마시고 무안하여 고개를 숙이고 자리에 앉았다.

다른 처녀 하나가,

"그러면 소인이 공주마마 크신 기쁨을 알아맞춰보겠습니다."

하고 자리에서 일어났다.

"어디?"

하고 공주는 눈을 들어 그 처녀를 보셨다.

"공주님은 효성이 지극하시오니 상감마마께오서 오래 미령하시던 병환이 나으셨으니 그것이 마마의 가장 크신 기쁨인가 하옵니다."

하고 이번에야 그 금가락지가 제 것이 되었다 하는 듯이 공주의 손에 들린 누런 금가락지를 보았다. 공주는,

"그것도 큰 기쁨이지마는,"

하고 또 고개를 서너 번 흔들었다. 그 처녀는 또 술 한 잔을 받아 마시고 물러나와 자리에 앉았다.

"소인이야말로 똑바로 알아맞추겠습니다."

하고 또 한 처녀가 일어났다.

"어디?"

하고 공주가 그 처녀를 바라보았다.

"오늘 저녁 삼 삼기에 알메(關山), 무도(牟果), 밝을메(明活山) 편이 이기겠으니 이 세 마을은 공주님 편이라 그것이 가장 크신 기쁨이신가 하옵니다."

하였다. 공주는 이번에는 고개도 흔들지 아니하고 술잔만 들어 내어밀었다. 말하던 처녀는 벌주를 받아 먹고 무안하여 제자리에 물러와 앉았다.

공주는 화가 나는 듯이 약간 미간을 찌푸리며,

"다같이 나와 같이 나이 어슷비슷한 아가씨들로서 그렇게도 내 속을 못 알아줄까. 사람의 마음과 마음 사이가 천리 만리라더니 과연 그러한가 보고나. 어디 가장 지혜 많다는 이마룻집 달님이나 내 속에 있는 기쁨을 알아줄까?"

하고 아까부터 금가락지에는 눈도 거들떠보지 않던 달님을 바라보며,

"어디 달님! 우리 다같이 형제와 같이 친한 동무들 중에서도 가장

친한 동무 달님. 마치 아바마마께오서 이마로 이손을 가장 믿고 사랑하시는 모양으로 이 평양공주가 가장 믿고 사랑하는 달님. 지금 내 가슴 속에 마치 금산 산젯불같이 타오르고 동해 바다 물결같이 늠실거리는 기쁨——너무 큰 기쁨은 아프도록 괴로워——이 기쁨을 알아맞춰줄까. 달님마저 이 기쁨을 못 알아맞추면 나는 어찌할꼬? 만일 달님이 내 기쁨을 알아맞춰준다면 기쁨은 열 갑절이나 더 클 것을. 또 내 기쁨이 곧 달님의 기쁨도 되려니. 어디 달님, 이 가락지를 달님의 그 석 잠 자고 난 누에 같은 손가락에 끼워주게 하오.”
하고 사랑에 넘치는 표정을 한다. 다른 처녀들은 모두 달님이 공주에게서 받은 은총을 부러워하여 달님을 바라보았다.
　달님은 공순히 자리에서 일어나서 공주의 앞에 나아가 한 번 무릎과 팔을 땅에 짚어 절하고,
　“높으신 공주마마께오서 미미한 버러지와 같은 이몸(矣身)을 그처럼 말씀하시오니 황송무지하옵니다. 그러면 소인이 헤아리는 대로 아뢰오리다.”
하고 잠깐 말을 끊었다.
　“어디?”
하고 공주는 달님을 재촉하였다. 처녀들은 모두 달님의 긴 머리채를 바라보며 그 말에 귀를 기울였다.
　“아뢰옵기 황송하오나, 공주마마께오서는 장차 나라를 이으실 높으신 어른이시라 이내(矣徒——저희들)와는 하늘과 따와 같이 다르겠사오나 이내 생각으로 하오면 처녀의 가장 큰 기쁨이 잘난 남편을 만나는 것이라, 아마마마께오서 우리 나라에 으뜸으로 잘나신 서방님(젊은 남자를 존칭하는 말)을 찾으시와 혼인이 되시는가 하옵니다.”
하고 달님이 아뢰었다.
　“옳아！ 옳아！”
하고 공주는 자리에서 일어나서 감격한 듯이 달님의 손을 잡고,

"달님이 내 속을 알아맞췄다. 달님 아니고 뉘라서 알아맞추리. 자, 다들 보아. 내 언약한 대로 이 가락지를 달님의 손에 끼워준다."
하고 공주는 달님의 손을 치어들며,

"손도 부드럽기도 하여라. 어쩌면 이렇게 명주 고름같이 부드러울꼬. 어느 서방님이 이 부드러운 손을 잡으려는고. 그 서방님을 천하가 부러워할 것이다. 옳지 이 손가락은 옥으로 깎은 듯하고나. 옥이 이럴 수가 있나. 금오산(金鰲山, 南山) 옥도 이렇게 희고 미끄럽지는 못할 것을. 자, 이봐, 꼭 맞네. 어쩌면 내 손가락과 한날 한시에 난 듯이 이렇게 맞을까. 아무리 열여덟 살 한달에 난 동갑이기로."
하고 달님의 가락지 낀 손을 한 번 더 차마 못 놓을 듯이 만지고는 술잔을 들어,

"자, 이것은 벌주가 아니라 상주라고. 아니, 그런 게 아니라 남의 속 속 깊이 감춘 기쁨을 훔쳐내인 벌주라고. 자."
하고 달님께 준다. 달님은 그 술을 받아 마시고 나서 손수 술 한 잔을 가득 부어,

"공주마마 기쁘심을 하례하옵니다."
하고 두 손으로 받들어 공주에게 드렸다.

공주는 술잔을 받아들고 웃으며,

"오, 이것은 내가 남달리 큰 기쁨을 가진 벌주라."
하고 한 모금에 죽 들이켜고 나서 잔을 놓을 때에야 달님은 자리로 돌아와 앉았다. 달님은 어이한 일인지 가슴이 설렜다. 다른 처녀들 중에는 시기의 독한 눈으로 달님을 흘겨보는 이도 있었다.

"자, 인제 또 하나."
하고 공주는 웃으며,

"또 하나 알아맞춰보아요. 그건 무엇인고 하니, 내 남편 될 사람이 누구냐 말이야. 누구든지 알아맞추면 내가 여기 입고 있는 활옷을 벗어줄게."

하고 자주 바탕에 오색 색동 소매를 단 비단 활옷을 가리켰다.

한 처녀가 벌떡 일어나며,

"소인이 아뢰리다."

하였다.

"어디?"

하고 공주는 그 처녀를 바라보셨다. 그 처녀는 웃음을 머금고,

"공주마마께오선 신라 나라에 으뜸가시는 아가씨니오니 부마될 이는 신라 나라에 으뜸가는 서방님일 것이 아니오니까."

하고 공주를 잠깐 바라본다.

공주는 말없이 웃는다.

"그렇다 하오면 어제 장권급제한 이차돈 서방님밖에는 없을까 하오나 어떠하온지?"

하고 또 공주를 바라보았다.

공주는 아까보다 더한층 감격을 가지고 자리에서 일어나서 입었던 활옷을 벗어 그 처녀에게 입히며,

"꼭 맞췄다. 꼭 맞았다. 네 말이 꼭 맞은 모양으로 이 활옷도 네 몸에 꼭 맞는다."

하고 손수 술을 따라 그 처녀에게 주며,

"자 상주."

하였다.

"그게야 누구는 몰라."

하고 누구 하나가 중얼거렸다.

이차돈이 공주의 배필이란 말은 달님의 머리에 떨어지는 벼락과 같았다. 달님만 못하지 않게 별님도 타격을 받았다. 어젯저녁에 아버지가 내 마음대로도 안 되고 네 마음대로도 안 된다던 말뜻을 달님은 알았다. 달님은 앞으로 고꾸라질 듯한 것을 가까스로 참았다. 공주의 눈은 달님의 이상한 거동에 번개같이 빛났다.

　다른 처녀들의 눈도 달님에게로 쏠렸다. 달님은 이 자리에 더 앉아 있을 기운이 없었으나 또 일어나 나갈 수도 없었다. 천지가 캄캄해지는 것 같았다. 별님도 그러하였다.

　이때에 한마로 이손은 이차돈을 데리고 침전에 들어가 상감 앞에 부복하였다. 한마로는 감격한 어조로,

　"폐하, 황송하옵니다. 어저께 소신의 미거한 손자 이차돈이 천은을 입사와 장원급제하옵고, 손수 보검을 하사하시오니 망극한 천은을 어찌 갚사올지, 늙은 이 몸이 몸을 가루를 만들어도 만일을 보답할 줄이 있사오리까. 그저 황송하올 뿐이옵니다."

하고 수없이 머리를 조아렸다. 상감은 만족한 듯이,

　"한마로 이손 일어나오. 하느님과 검님께오서 우리 나라를 복주시려고 이차돈 같은 문무겸전한 사람을 주시었소. 내 평생에 어제와 같이 기쁜 날을 처음 보았거니와, 오늘을 어제보다 더 기쁜 날을 만들려고 이 자리를 베풀었소. 저 자리에 앉으오."

하고 한마로를 위하여 남겨놓은 자리를 가리켰다.

　상감은 한마로와 이차돈에게 술을 권한 뒤에 한마로가 술잔을 내기를 기다려,

　"한마로 이손은 우리 나라의 기둥이요, 나라의 기둥은 덕이어늘, 한마로 이손은 우리 나라의 덕의 모범이 되었소. 충성과 효도와 신의와 용기와 인자와 이 다섯 가지는 우리 나라 개국 이래로 열성조께옵서 나라를 다스리시고 백성을 가르치시는 근본이어니와, 이 덕을 골고루 가진 이가 한마로만한 이가 또 있소? 안 그러오?"

하고 임금은 좌우를 돌아보신다.

　"과연 폐하의 말씀과 같이 그러하옵니다."

하고 제신이 일제히 아뢰인다.

　"황공하옵니다."

하고 한마로는 떨리는 음성으로 아뢰인다.

상감은 한마로를 보고 다시 제신을 돌아보시며 장중한 음성으로,

"내 오늘 경들을 부른 것은 다름이 아니라 내 나이 이미 늙었고 또 몸에 병이 떠나지를 아니하니, 생각건댄 세상에 있을 날이 오래지 못할 것 같고 또 연전에 태자 세상을 떠난 후로 아들이 없어 오직 미거한 딸 하나 있을 뿐이니 보위를 전할 곳이 없어. 우리 나라는 시조 이래로 나라에 가장 어진 사람을 골라서 나라를 전하는 법이어니와, 이제 우리 나라로 말하면 북에 고구려가 강성하여, 서에 백제가 엿보아, 남에 금관국과 동해 중에 우산국은 저 이마로 이손의 큰 충성과 용기로 항복받았다 하더라도 동해를 건너서 왜가 있어, 이 모양으로 바야흐로 다사한 때라 천하에 으뜸가는 사람이 아니고는 우리 신라는 맡아서 안으로 백성을 다스리고 밖으로 국위를 떨칠 길이 없어. 이러매로 내 밤낮으로 하늘과 검님과 열성조의 영에 빌어서 이 나라를 맡길 사람을 주소서 하였더니, 하느님과 검님께서 내 비옵는 마음을 살피시와서 사람 하나를 주셨어. 그 사람이 누구인 줄을 알면 경들도 다 기뻐할 줄 믿소."
하고 잠깐 말씀을 끊으신다.

지금까지 임금이 붕어하시면 그 자리를 이을 사람은 내라고 믿고 있던 임금의 아우 선마로의 얼굴에 검은 구름이 뜬다. 다른 신하들도 무슨 말씀이신가 하고 잠잠하다. 임금은 신하들이 잠잠한 것을 보시고 소리를 가다듬어서,

"그 사람——내가 나라와 어린 딸을 맡길 사람은 여기 있는 이차돈이오."
하시고 이차돈과 한마로를 바라보신다. 이차돈은 앞이 캄캄하여 지는 듯하여 고개를 수그린다. 제신은 아무 말이 없다. 임금은 한마로를 바라보신다.

한마로는 자리에서 일어나 임금의 앞으로 한 걸음 나아가 땅에 엎드리며,

"상감마마, 이 몸은 너무나 황공하와서 여짜올 바를 알지 못하올 뿐

더러, 폐하께오서 혹시 어린것을 잘못 보심이나 아니올지. 하물며 선마로 이손으로 말씀하오면 폐하의 친동기시요, 또 덕이 높으시와 민심이 귀복하는 줄로 아오니, 원하옵건댄 폐하는 돌이켜 생각하옵시와 뒤에 뉘우치심이 없으소서 하옵니다. 어리석은 늙은 몸이 감히 죽기를 무릅쓰옵고 믿는 대로 아뢰입니다."
하였다. 선마로는 한마로를 유심히 보았다.

임금은 머리를 흔드시며 약간 불쾌한 듯이,

"한마로 이손이 그런 말을 할 줄은 몰랐소. 비록 겸양이 덕이라 하지마는 막중대사에 그런 허례를 돌아보는 법이 없소. 내 한 번 말하였으니 임금의 말씀은 땀과 같아서 한 번 나가면 다시 거두어 들이지는 못하오. 오늘 밤 신궁과 시조 묘에서도 이 뜻대로 아뢸 것이요, 내일은 조회에서 전국에 선포할 것이니 그리 아오! 다시 왈가왈부를 말하는 사람이 있거든 불충으로 논할 것이오."
하고 자못 어성이 높으시었다.

이는 상감이 그 아우 선마로의 야심을 못마땅히 여기심으로 한마로가 선마로를 거들어 말한 것을 불쾌히 여기심이었다.

임금이 이렇게 불쾌하게 말씀하시매, 한마로도 다시는 말을 못 하고 선마로는 오직 고개를 숙이고 앉았다. 다른 제신들도 숨도 크게 못 쉬었다.

밤이 되어 팔월 한가위 달이 토함산 위에 솟았다. 신궁과 시조 묘에는 서울 여섯 마을 진골 남녀들이 구름같이 모여서 달이 솟기를 기다렸다. 저마다 가위 달을 먼저 보려 하여 동천을 바라보았다. 토함산에 달과 함께 임금과 평양공주도 신궁으로 오시었다. 거동의 앞을 서는 쌍횃불이 보일 때 신궁에 모인 남녀는 좌우로 갈라서서 허리를 굽혔다.

임금과 공주는 신궁 홍살문 밖에서 연에서 내리시와 좌우에 벌여 선 남녀의 절을 받으시면서 신궁 정전을 향하고 옥보를 옮기시었다. 앞선 쌍횃불 빛에 임금의 머리에 쓰신 금과 옥으로 만든 관이 번쩍번쩍 오색 광채를 발하고 임금의 길고 흰 수염이 걸음을 따라 흔들리는 것이 보였다. 호위하는 군사와 창과 칼, 수없는 사람의 눈과 금 옥의 장식은 횃불빛과 달빛에 수없는 별과도 같이 번쩍거렸다. 신궁에서는 풍악 소리가 흘러나왔다. 수없는 깃발이 가을 서늘한 바람에 펄렁거렸다.

큰 북이 둥둥 울었다. 검님께 임금이 친히 드리는 제사가 시작된 것이다.

북이 둥하고 울 때마다 풍악이 흐르고 사람들은 두 손을 마주 비벼서 검님께 빌었다.

"지은 죄는 모래 같더라도
다 벗겨주시옵고
입은 덕은 별 같사오나
더 입혀주시옵소서
해마다 풍년 들어
묵은 곡식은 썩어나고
햇곡식은 넘쳐나고
고뿔 행불 시기 열병
천리 만리 물러나고
적군에겐 겁을 주고
우리 군사 힘을 주어
싸우며는 이겨지다
치거들랑 얻어지다
평반에 물 담은 듯이
얼음에 박 미는 듯이
수월하게 미끈하게
오는 일 년 살아지다
아야 모두 다
검님 은혜시었다."

　절차 따라 검님께 드리는 노래를 부르고 춤을 추고 풍악을 아뢰었다. 노래 맡은 신관은 번갈아가며 나라 열던 노래와 시조님 행적 노래, 영웅들의 노래며 비는 노래며 참회하는 노래를 부르고, 모든 절차가 끝난 뒤에는 상감님이 먼저 검님 앞에 놓았던 술 한 잔을 마시고 떡 한 개를 잡수시고 그러고는 벼슬자리 차례로 복술과 복떡을 받았다.

　"이마로 이손 복받아 예거라."

　"한마로 이손 복받아 예거라."

　이 모양으로 신관이 엄숙하게 부르면 불린 사람은 나가서 술과 떡을 받았다.

　그러나 신궁 제사도 풍악 소리도 귀에 들어오지 않는 이가 있으니 그것은 이차돈과 달님이었다.

　사람들이 제사 절차에 취한 틈을 타서 이차돈은 달님을 찾아가지고 슬그머니 신궁 뒤 검산에 올랐다. 하늘에 닿은 늙은 소나무 틈으로 달 그림자가 어른거렸다. 오직 별님만이 두 사람의 뒤를 따랐다.

　검산을 서쪽 비탈로 돌아서 나무가 없고 앞이 탁 터진 벌판을 바라보는 곳에 이르러 이차돈은 바위 위에 윗옷을 벗어 깔고 달님을 안아 앉히고 자기도 그 곁에 앉으며 달빛에 비추인 달님의 얼굴을 바라보았다. 그 달빛 같은 달님의 얼굴에는 눈물이 흘러내리는 것이 보였다.

　"달님 우오?"

하고 이차돈은 처량하게 말하며 옷소매로 달님의 눈물을 씻었다.

　"아니 울고 어찌하여요?"

하고 달님은 한숨을 쉬더니,

　"어저께 장원급제하시는 것을 나도 가서 보았습니다. 서방님이 그 무서운 거칠마로 서방님과 겨루실 때에 어떻게나 내 마음이 졸였는지 그리다가 번번이 서방님이 이기실 때면 얼마나 내 마음이 기뻤는지."

할 때에 달님의 눈에서는 빛이 발하였다.

　"그런 줄 알았더면……."

하고 이차돈은 산밑으로 흐르는 개천 물이 달빛에 번쩍거리는 것을 무심히 바라보면서,

"차라리 장원을 말았더라면 좋았을 것을."

하고 말을 끊는다.

"장원을 하셨길래 평양공주 부마가 되시고 태자가 되신다니, 그런 경사가 어디 있어요."

하는 달님의 말은 떨렸다.

"응? 달님도 그런 말을 들었소?"

하고 이차돈은 놀란다.

"그럼 안 들어요?"

"아버님한테?"

"아버님께서 그런 말씀 하시나요?"

"그럼 어떻게?"

"오늘 아침 공주님이 부르시길래 내전으로 들어갔더니 여섯 마을 처녀들이 모인 자리에 공주님이 그러시니깐 알았지요. 이차돈 서방님과 혼인하게 되었으니 다들 기뻐해달라고."

이차돈은 고개를 끄떡끄떡하였다.

달님은 다시 눈물을 흘리며,

"그러니깐 이렇게 만나뵙는 것도 오늘이 마지막입니다. 오늘 이렇게 만나뵙는 것도 공주님이 아시면 큰일날 것입니다. 내가 서방님을 남편으로 생각하는 것도 오늘이 마지막입니다. 서방님은 이제부터 평양공주 부마시고 태자시고. 그렇지만 나는 서방님을 떠나서 이 세상을 어떻게 살아가나. 차라리 저 개천에 몸을 던져버리고 말까."

하고 느끼기를 시작하였다.

부엉이와 쑥덕새 우는 소리가 들린다.

"울지 마오."

하고 이차돈은 달님의 어깨를 만지며,

"이차돈의 한 번 한 언약이 열 번 백 번 죽기로니 변할 줄 아오? 울
지 마오. 저 푸른 하늘이 알고 저 밝은 달이 증인이 되니 이차돈의 마음
은 변하지 않는 줄 아시오."
하고 손을 들어 제 가슴을 가리켰다.

달님은 이차돈의 마음이 기뻐서 만족한 듯이 빙그레 웃었다. 그러나
그 웃음은 곧 스러져버리고 말았다. 그것은 아무리 이차돈의 뜻이라 하
여도 나라에서 하시는 일을 막을 수 없기 때문이었다. 달님은 손을 들
어 이차돈의 어깨에 얹으며,

"그렇지마는 그것은 안 될 말씀입니다. 서방님 뜻이 아무리 그러하시
더라도 나라에서 하시는 일을 막을 길이 없지 아니합니까. 만일 서방님
이 나라님 말씀을 거역하시면 그때에는 큰죄가 될 것을——죽을 죄가
될 것을."
하고 절망하는 듯이 고개를 수그린다.

요란한 벌레 소리, 틈틈이 청승스러운 부엉이 소리. 그것은 괴로운
두 젊은 남녀의 애를 끊는다.

"달님께 한 언약을 지키다가 목숨을 잃는 것쯤 괴로워할 이차돈이 아
니오."
하고 이차돈은 자신 있게 그러나 침착하게 말한 다음,

"나는 벌써 마음에 작정한 바가 있으니 달님은 아무 걱정 마오."
하였다

"어떻게 하시려고?"

"내일 아침 조회에 나라님께서 평양공주와 나와의 혼인을 선포하시
고 또 나를 태자로 책립하실 것도 선포하신다 하시니 나는 조회 전에
예궐하여 못 합니다 하는 뜻을 아뢰일 생각이오."

"그러면 큰일이 나실걸."

"큰일이라면?"

"나라님께서 얼마나 진노하시겠습니까. 왕명을 거역하는 자는 죽이

는 것이 국법이라 하는데.”

“죽이시면 죽지.”

하고 이차돈은 태연하게,

“신라 남아는 목숨보다 언약을 더 무겁게 아는 줄 모르오?”

하고 빙그레 웃는다.

“그렇지만 이 몸 같은 계집 하나로 서방님 같으신 대장부가 목숨을 버리신다면 그것은 안 될 말씀입니다. 이 몸이야 서방님 돌아가시는 것을 보고 따라 죽으면 그만이지마는 사내 대장부가 몸은 비록 죽어도 이름은 천추에 남는 것인데 이차돈 서방님이 달이라는 계집애 하나로 하여 임금님이 되실 자리도 버리고 목을 찔혀 죽었다면 그 부끄러운 이름이 천추만세에 전하여 훗사람의 웃음거리가 될 터이니 그런 애석한 일이 어디 있습니까. 또 그나 그뿐인가. 훗사람이 들으면 그 달이란 년이 요망한 계집이 되어서 이차돈 서방님을 호려서 이차돈 서방님이 비록 반하셨더라도 바른 말씀으로 준절히 거절하는 것이 아니라 그 요망한 달년이 큰 영웅을 망쳤다고 할 터이니 ——. 또 그나 그뿐인가. 훗사람들이 하는 말이 그 달이란 년은 금관국과 우산국을 쳐서 항복받은 명장 이마로 이손의 딸이라는데 그년이 제 아비의 이름을 더럽히고 제 아비의 가문을 망쳤다고 할 터이니 ——. 또 그나 그뿐인가. 이마로 이손이 딸년을 잘 훈계를 못 하여서 나라에 큰 화단을 내었다고 할 터이니 ——. 그러고말고. 참말 그렇거든. 서방님, 이 몸을 버려주셔요. 이 몸을 잊어주셔요. 그리고 평양공주님의 부마가 되시고 태자가 되셔서 나중에 우리 나라에 크신 임금이 되어주셔요.”

하고 달님은 자리에서 벌떡 일어나서 달아나는 모양으로 몇 걸음 빨리 걷더니 다시 이차돈의 곁으로 오며,

“또 그나 그뿐인가요. 아까 오늘 아침에 평양공주님이 내가 당신 속을 알아맞췄다고, 당신 속에 품은 기쁨이 무엇이냐고 물으시는데 아무도 바로 알지를 못하니간 나중에는 나를 보시고 달님, 어디? 달님이야

내 속을 알겠지, 내가 형제와 같이 믿고 사랑하는 달님, 지혜가 많은 달님, 어디? 하시길래 나는 내 속에 있는 대로 내 속에 있는 가장 큰 기쁨이 서방님과 혼인하는 일이길래 그대로 공주님께, 아마 공주마마께 오서는 신라 나라에 으뜸가는 서방님을 고르셔서 혼인을 하시게 되셨는 줄로 아옵니다, 하였더니 공주님이 옳아, 옳아, 꼭 맞았어, 하시고 나를 이렇게 껴안으시다시피 하시고 당신 손에 끼셨던 이 금가락지를……."

하고 왼편 손을 들어 가락지를 보이며,

"그러시고는 내 기쁨이 달님의 기쁨이라고 그러셨습니다. 그러고는 또 공주님이, 인제는 누구든 내 마음속에 있는 남편이 누구냐고 물으시었습니다. 그러니깐 누가 있다가 그것은 이차돈 서방님이십니다, 하고 여쭈었습니다. 그러니깐, 옳지 옳지, 꼭 맞았어, 그러시고는 오늘날 신라에서 이차돈 서방님과 겨룰 사람이 누구냐고 그러시겠지요. 그러니깐 모두 다 이차돈 서방님과 겨룰 사람은 우리 신라에만 아니라 고구려, 백제에서도 없습니다. 그때에 이 달년은 정신이 아뜩해져서 별님이 붙들어주지를 아니하였더라면 쓰러질 뻔하였습니다. 그러는 것을 공주님이 힐끗 바라보시고는 눈살을 찌푸리시더라구요. 서방님 이 몸은 어찌하면 좋습니까?"

하고 달님은 울며 이차돈의 가슴에 몸을 던진다.

이때에,

"이차돈, 이차돈!"

하고 부르며 나서는 것은 거칠아비였다.

달님은 깜짝 놀라 이차돈의 가슴에서 물러났다. 그러고는 나무 그늘로 달아났다. 별님이 따라와서 쓰러지려는 달님의 겨드랑을 부축하였다.

"어떡허면 좋아!"

하고 달님은 별님에게 몸을 싣고 우뚝 서며,

  "거칠아비는 이차돈 서방님을 미워하는데, 나를 제 것을 만들려고 거칠아비는 이차돈 서방님을 미워하는데 지금 내가 이차돈 서방님께 안긴 것을 보았으니 필시 가만히 있지는 아니할 것인데, 만일 이 말을 상감마마께 여쭙고 아버님께 여쭈면 이 일을 어떡허나, 별님아, 이 일을 어떡허면 좋은가?"
하고 무서운 듯이 몸을 떤다.
  "달님, 가만 계셔요. 이차돈 서방님하고 거칠마로 서방님하고 무슨 말씀을 하시는 모양이니 여기 이 큰 나무 그늘에 숨어서 우리 엿들어보아요."
하고 두 사람은 숨소리를 죽이고 몇 걸음 이차돈 있는 데로 걸어가서 큰 소나무 그늘에 숨는다. 두 처녀의 가슴은 놀란 새 모양으로 할딱할딱한다.
  "상감마마께서는 이차돈이 갔느냐고 오늘 저녁 검님께 평양공주와 혼인할 것을 아뢰일 터인데 이차돈이 어디를 갔느냐고 찾으시고, 자네 한아버님께서는 이차돈아 이차돈아, 하고 미칠 듯이 찾으시는데 자네는 이런 곳에 와서 재미를 보고 있네그려."
하는 것은 거칠아비의 빈정대는 말이었다.
  "거칠마로, 정말 상감마마께서 나를 부르시던가. 정말 우리 늙으신 한아버님께서 미치실 듯이 나를 찾으시던가."
하고 이차돈은 황망한 빛을 보이며 뛰어가려 하는 것을 거칠마로가 이차돈의 팔을 잡으며,
  "그렇지만 아직까지 상감마마께서 자네를 기다릴 듯 싶은가? 상감마마께서는 크게 진노하시와서 서불한을 부르시와 밝은 날에는 이차돈을 잡아 대령하라고 엄히 분부하시고 앞길잡이 횃불도 켤 새가 없이 시조 묘로 가셨네. 그나 그뿐인가. 자네 한아버님이 상감께서 환궁하시는 길에 엎드려서 머리를 조아리며 죽을 죄로 잘못하였습니다고 아뢰니까 상감마마께서는 흥, 뉘라 한마로 이손이 덕이 높다 하던고, 덕 높은 사

람이 자손을 그렇게 가르치던가, 임금께 충성할 줄 모르는 자손을 가진 늙은이는 어서 죽는 것이 좋지 아니하냐, 하시고 발을 구르시고 지나가셨네. 만일 자네 한아버님 한마로 이손이 듣는 바와 같이 충성이 있는 늙은이라면 벌써 목숨은 없을 것일세. 상감마마께 그러한 책망을 받고도 목숨을 부지한다면 그거 어디 충신이라고 하겠나? 자네 같은 손자를 둔 한아비도 가엾은 일일세, 허허허…….”

하고 조롱하는 웃음을 웃는다.

“거칠마로, 내가 지금 바쁘니까 버릇없는 말을 하는 자네 모가지를 아직 그냥 두고 가네. 내일 만일 내 목숨이 남았거든 자네 모가지는 없는 줄 알게.”

하고 거칠아비의 팔을 뿌리치고 신궁 쪽을 향하고 뛰어간다. 거칠아비는 뒤에 혼자 남아,

“흥, 건방진 놈. 네 놈의 목숨이 내일까지 붙어 있을 줄 알고. 하하하하. 이놈, 계집애같이 생긴 놈이 내게서 달님을 빼앗고 장원을 빼앗고. 생각하면 가슴이 터지도록 분하다. 그렇지마는 하늘이 도와서 내가 네 원수를 오늘 갚았다. 내 애시 그럴 줄 알고 살살 네 뒤를 밟았거든―― 허기야 달님의 뒤를 밟은 것이지마는―― 아니나다를까. 살짝 빠져서 이리로 올라온단 말야. 그러자 상감이 이차돈을 찾자, 옳다 되었다 하고, 이차돈은 이마로 이손의 딸 달님을 데리고 으슥한 뒷산으로 올라갔습니다 했더니 그때에 상감이 노여시는 양이라니. 그놈을 그놈을 밝는 날에 잡아 대령하라! 그리고 이마로 이손과 한마로 이손이 미친 듯이 연놈을 찾아 헤매는 양이라니. 어, 상쾌한 일이로고. 하하하하.”

하다가 사방을 휘 돌아보며,

“그런데 이 달님이 어디 갔을까.”

하고 찾기를 시작한다.

신궁과 시조 묘에 제사가 끝나고 왕은 지극히 불쾌하시어 환궁하시었다. 왕이 내전에 듭시자 평양공주는,

"아바마마, 이차돈을 죽여주시오. 달님과 둘을 한칼로 목을 잘라주시
오. 그렇지 아니하면 이 몸이 먼저 죽어버리려오."
하고 울었다.

왕은 평양공주의 손을 잡으시며,

"악아 울지 마라. 이차돈 이놈의 마음이 그런 것을 어찌한단 말이냐.
내일 아침 조회 끝에 자연 알 도리가 있을 것이다. 네야 또 남편 없겠느
냐. 이마로 이손도 매양 이차돈보다는 거칠아비가 인물이 낫다고 일컫
는 것을 내가 잘못 보았고나. 인제는 너도 이차돈일랑 잊어버리고 거칠
마로를 생각하여보려무나. 거칠마로가 이차돈에게 패하기는 하였지마
는 사람이 한 번 승부만 보고는 모르는 것이야. 이마로 이손의 말이 그
저 옳은 것을——충신의 말을 내가 범연히 들은 죄로구나. 아가, 그
만, 울지 마라!"
하고 따님을 위로하시었다.

"싫어요! 싫어요! 이마로도 제 딸 달님을 위해서 그런 말씀을 여쭈
었지요. 이 몸은 이차돈에게 시집을 안 가면 이차돈을 죽이고야 말 터
입니다. 이차돈을 살려두어서 다시 달님과 만나는 꼴은 이 몸은 다시
보지는 못합니다. 아바마마, 이 가엾은 딸을 보시와 이차돈과 달님을
한칼로 목을 베어 죽여주시오. 그렇지 아니하면 이 몸은 죽어도 원혼이
되옵니다."
하고 평양공주는 더욱 느껴운다.

"악아 울지 마라."
하고 임금은 평양공주의 머리를 만지시며,

"허, 이게 웬일이란 말이냐. 내가 너를 금싸래기같이 애지중지하여
길러서 나라의 영광을 다 네게 물려주려 하였거든 이것이 웬일이란 말
이냐. 몸이 한 나라의 임금이 되어서 고만 이차돈 한 놈의 마음을 누르
지 못하는 내란 말이냐. 악아, 밤 동안만 참아라. 밝은 날에 이차돈을
잡아 대령하라 하였으니 내일 아침 조회 끝에 이차돈의 죄를 나토고 당

장에 그 목을 잘라 네 원을 풀어줄 테니 악아, 울지 마라.”
하고 임금님 자신도 분개하여 웅하고 이를 갈으셨다.

내전 뜰에는 여섯 마을 딸들이 모두 아름다운 옷을 입고 마음껏 단장
을 하고 지나간 한 달 동안에 삼은 삼을 싸가지고 모여들었다. 달님도
억지로 정신을 수습하여 시각을 맞추어 들어왔다. 아까 신궁에서 일어
난 야단을 아는 처녀들은 달님을 힐끗힐끗 보고 손가락질하며 수군거
렸다. 저희들보다 뛰어나게 아름다운 자태를 가진 달님, 평양공주에게
저희보다 뛰어나게 사랑을 받는 달님, 저희는 감히 바라보지도 못할 이
차돈을 평양공주의 손에서 빼앗은 달님은 일변 부럽기도 하고 일변 밉
기도 하였다. 그러나 내일 아침이면 달님이 크게 경을 치리라 하면 고
소하기도 하였다.

그러나 그 중에는 이차돈과 달님을 동정하고 아끼는 사람도 없지 아
니하였다. 나라를 준다고 하여도 아니 바꾸도록 한 여자에게 대한 언약
을 지키는 이차돈을 사모하는 마음과 그러한 끔찍한 정을 받는 달님은
죽어도 한이 없다고 생각하는 사람도 있었다.

“그렇지만 공주님은 딱하시어.”
하고 공주의 체면과 정경에 동정하는 이도 있었다.

“성미가 불 같으신 어른이.”
하고 공주의 열정적인 것이 더욱 이 일을 어렵게 할 것을 생각하는 이
도 있었다.

“상감마마께서는 마음이 인자하시고 무르시지마는 공주님은 한 번
먹으신 마음은 푸시지를 못하시는 성미신데.”
하고 대궐에 자주 드나드는 귀한 집 딸들은 근심도 하였다.

“그러기로 벌써 달이 낮이나 되고 모재기와 기르맛다물이 저기를 오
고, 얼마 아니하면 멍애다물(삼태성)이 올라올 터인데 공주님께서 웬일
이시어?”
하고 무슨 불길한 예감을 가지고 걱정하는 이도 있었다.

이윽고 평양공주가 시녀들에게 옹위가 되어서 뜰에 나오시었다. 처녀들은 모두 일어나 일제히 허리를 굽혔다. 대궐 층계 앞, 돌로 만든 두 대 위에는 솔강불이 춤을 추는데 그 사이에는 공주의 자리가 있고 그 맞은편 문안에는 또 솔강불 둘이 피고 그 사이에는 달님이 앉고 공주와 달님과 사이에는 멍석 위에 돗자리를 깔고 여섯 마을 딸들이 두 편으로 갈려서 줄을 지어 바라보고 앉았다. 처녀들 곁에는 삼 보퉁이가 놓였다.

공주가 좌정하신 뒤에 풍악이 일어났다. 풍악을 하는 것도 모두 처녀들이었다. 거문고 한 쌍, 가얏고 한 쌍, 비파 한 쌍, 큰저 한 쌍, 중저 한 쌍, 가는저 한 쌍, 그리고는 북과 쇠가 하나씩. 맑은 달빛 맑은 바람에 아뢰는 풍류는 더욱 맑은 것 같았다.

이러한 동안에도 공주는 뚫어져라 하고 달님을 바라보시고 달님도 때때로 눈을 들어서 공주를 바라보았다. 공주의 가슴에는 달님에 대한 분한 마음과 질투하는 마음이 가득하고 달님의 마음에는 슬픔이 가득하여서 거문고 줄이 스르릉 우는 소리에나 저 소리 호르르 꺾일 때마다 끓는 눈물이 쏟아질 듯하였다.

한 가락이 끝나매 두 편에서는 앞에 놓인 커다란 광주리에 저마다 삼은 삼을 갖다가 놓았다. 그러는 동안에도 풍악이 울었다. 처녀들은 삼을 한아름 안고 풍악에 맞추어 걸음을 걸어서 광주리 앞에 가서는 삼을 내려놓고 공주께 절하고는 물러나왔다. 공주 편에 있는 처녀들은 달님에게 절하고 물러나왔다.

큰 광주리 둘에는 어슷비슷하게 삼이 쌓였다. 이것이 다 끝난 뒤에 공주와 달님은 앞으로 걸어나와서 마주선다. 공주는 고개를 번쩍 들고 달님은 고개를 약간 숙인다.

"어느 편이 많은고?"

하고 공주가 두 광주리를 손을 눌러보면서 달님에게 묻는다.

"공주마마 편이 많습니다."

하고 달님이 대답한다.

"몇 필 거리?"

하고 공주가 또 묻는다.

"스물두 필 거리요."

하고 달님 편 사람들이 일제히 대답하였다.

"몇 필 거리?"

하고 달님이 묻는다.

"스물 세 필 거리요."

하고 공주 편 사람들이 대답한다.

"그러면 우리 편이 이겼다."

하고 평양공주가 두 손을 높이 든다.

평양공주는 이 일에 달님을 이긴 것만으로도 마음이 좀 흡족하였다.

풍악이 다시 울기를 시작한다.

달님은 공주에게 절하고 제 돌자리에 나온다. 시녀들이 커다란 잔에 금빛 같은 술을 따라 공주와 달님에 먼저 드리고 다음에 다른 사람들에게 술을 따른다. 그러고는 달덩어리와 같은 둥근 떡을 소반에 놓아 각 사람의 앞에 돌린다.

술이 몇 순배가 지나고는 노래와 춤이 시작된다. 진 편 사람은 무엇이나 한 가지 하지 아니하면 아니 된다. 이날에 첫 노래인 회소곡(會蘇曲)은 달님이 아니하면 아니 된다.

달님은 시녀가 드리는 거문고를 받아 스르렁스르렁 줄을 고르다가 일변 뜯고 일변 노래한다——.

"올해 가윗달은

님 더불어 보건마는

오는 해 가윗달은

눌 더불어 보리이꼬

해남다 회소 달은 있는데

    사람은 안 머물러라, 회소 회소.”
하면 일동이 모두 ‘회소, 회소’하고 화답한다.
    달님은 또 더욱 떨리는 소리로,
    “올에 삼은 가는 베로
    님의 옷을 지으렸더니
    나를 두고 님 가시니
    베 끊어라 틀 치워라
    백년을 회소같이 못 늙은 몸이
    만날 줄이 설워라, 회소 회소.”
    “풍년들어 무엇하리
    오곡백과 썩어나도
    먹일 님 목 먹이니
    풍년도 허사로다
    알뜰히 회소 먹이고 싶은 님 가시오니
    설워라 설워라, 회소 회소.”
    “참 그래.”
    “잘도 해.”
하고 사람들이 달님의 노래에 취하여서 칭찬하는 것도 평양공주에게는
이가 갈리도록 불쾌하였다. 그러나 오늘과 같이 나라의 큰 명절에는 그
러한 빛을 보여서는 안 된다. 공주는 억지로 웃음 지어서 웃고 술 한 잔
을 부어 달님에게 권하였다. 이 잔에 독약을 쳤으면 하고 공주는 독약
이 없는 것을 한하였다.
    “달님, 노래를 퍽 슬프게 잘 하였으니 내 술 한 잔 받으라.”
    “황송하오.”
하고 달님은 공주의 앞에 나아가 무릎을 꿇고 술을 받아 마신다. 술을
마시노라고 달님이 고개를 뒤로 잦길 때에 공주는 달빛에 비추인 달님
의 얼굴을 물끄러미 들여다보았다. 그리고 속으로,

46

‘참 아름다운 얼굴이다.’
하고 미운 중에도 황홀하였다.

이 아름다운 얼굴이 내일 아침에는 검푸르게 되고 눈을 홉뜨게 되려니, 하면 일변 시원하기도 하지마는 일변 아깝고 가엾기도 하였다. 그러나 달님을 이차돈과 함께 목을 잘라버리는 것을 보지 아니하고는 가슴이 터져서 살 수 없을 것만 같았다.

이때에 임금이 왕후와 함께 층계로 걸어내려 오셨다.

사람들은 모두 손에 들었던 거문고와 술잔을 놓고 일어나서 무릎을 꿇고 땅에 엎드렸다.

임금은 사람들을 굽어보시고 공주를 향하여,

“그래 올해는 어느 편이 이겼느냐?”

하고 물으시었다.

공주님이,

“이 몸 편이 이겼습니다. 달님 편은 스물두 필 거리옵고 이 몸 편은 스물세 필 거리옵니다.”

하고 임금께 여쭈었다.

“그래 벌써 회소는 불렀느냐?”

하고 임금은 다시 물으시었다.

“네, 회소는 불렀습니다. 달님이 어떻게 회소를 슬프게 부르는지 다들 울 뻔하였습니다.”

하고 공주가 또 아뢰었다.

임금은 달님이 슬프게 불렀다는 말에 잠깐 미간을 찡기시더니,

“올해는 달이 유난히 밝고나. 오는 해는 달이 이보다 더 밝았으면 아니 좋으랴.”

하시고 고개를 들어 달을 바라보시었다. 그 허옇게 세인 수염이 은실 모양으로 달빛에 번쩍거리고 금관에 달린 구슬에서 오색 무지개가 일어났다.

"상감마마 성덕이 하늘 같으시옵고 천하가 태평하오니 오는 해는 달이 갑절이나 더 밝을 줄로 아뢰오."

하고 왕후가 아뢰었다.

"자, 왜들 풍악을 그치느냐. 다 기쁘게들 놀아라. 젊은 날이 늘 있느냐. 한 번 가면 아니 오고 인생의 일을 믿을 수가 있나. 하늘에 뜬 구름 같고 물에 뜬 거품 같단 말이 허언이 아니야. 안 그러오?"

하고 임금은 추연히 왕후를 바라본다.

"상감마마, 왜 그런 말씀을 하시오?"

하고 왕후는 근심스러운 듯이 임금을 우러러보며,

"그것은 저 토함산 밑에 있다는 아두사마(阿頭彡麼——중이라는 말)나 하는 말이지."

하시다가,

"바람이 선선하신데 들어가시지요. 밤바람, 밤이슬이 약하신 몸에, 어서 들어가시지요."

하고 임금을 재촉한다.

"오, 다들 잘들 놀아라. 우리는 들어간다."

하고 임금은 왕후와 함께 층계를 올라가시며,

"늙고 병들면 사는 것이 사는 것이 아니야."

하신다. 상감이 몸이 약하시고 마음이 슬퍼하시는 양을 보매 공주뿐 아니라 다른 사람들도 다 파흥이 되었다.

공주는 그래도 한 곡조 더 아뢰이라고 하였으나 그 곡조가 끝나기도 전에 몸이 오싹함을 깨닫고는 들어가버리고 다른 사람들도 다 파연을 하고 집으로 돌아갔다.

달님은 별님과 함께 문냇다리를 건너 집으로 돌아왔다. 집에서는 큰 걱정이 기다리고 있을 것을 알기 때문에 문냇물에 비치인 달도 눈에 들어오지를 아니하였다.

집에는 아버지 이마로 이손이 걱정하는 얼굴로 부인과 함께 딸이 돌

48

아오기를 기다리고 있었다.

"인제 오느냐?"

하고 부인은 딸이 아버지에게 걱정을 들을 것이 가엾어서 잠깐 동안이라도 위로할 양으로 달님이 올라오는 마루 끝에 마주 나가며,

"그래 오늘 길쌈은 어느 편이 이겼느냐?"

하고 물었다.

"공주님 편이 이겼습니다."

"그럼 네가 회소를 불렀겠구나. 작히나 잘 불렀을라구."

"공주님께서 이 몸을 지극히 사랑하시다가 지금은 지극히 미워하시기로 우리 편에서 삼은 삼을 덜 가지고 갔습니다. 공주님이 이기셨기에 망정이지 지시고 회소를 부르시게 되셨더면——. 그렇지 않아도 가끔 무서운 눈으로 이 몸을 노려보시던데 그럴 때마다 몸에 소름이 끼치고."

하고 달님은 한숨을 쉰다.

"아버님께서 널 보고 하실 말씀이 계시다고 기다리시니 들어가서 뵈어라."

하고 부인은 가슴에 가엾은 생각이 꽉 차서 딸의 등에 늘인 삼단 같은 머리채를 두어 번 쓴다.

달님은 아버지의 걱정이 무엇인지를 짐작하면서 방으로 들어가서 왼편 무릎을 꿇고 오른팔을 땅에 짚어 아버지께 절하고,

"아버님, 인제 대궐에서 나왔습니다."

하고 한편에 읍하고 섰다.

이마로 이손은 신궁에 갈 때에 입었던 자주 전복을 입은 채로 자주 관을 쓴 채로 앉아 있었다. 아버지가 아직 옷도 벗지 아니한 것이 더욱 달님의 마음을 괴롭게 하였다.

"너는 아까 신궁에서 어디를 갔었느냐?"

하는 아버지의 어성은 서리 같았다.

"검산에 올랐습니다."
하고 달님은 고개를 숙였다.
"누구허고?"
"이차돈 서방님께서 잠깐 할 말씀이 있다고 해서 별님을 데리고 셋이
갔었습니다."
"그래 무슨 말을 하였느냐?"
"이차돈 서방님은 이 몸을 버릴 수가 없노라고, 내일 아침 상감마마
께 여쭙겠노라고."
"너는 이차돈이 평양공주마마 부마가 되고 또 태자가 된다는 말을 못
들었느냐?"
"들었습니다."
"그러면 어찌해서 네가 이차돈을 따라 검산에를 올랐어?"
"이차돈 서방님께서 가자고 하시옵기로."
"아무리 이차돈이 가자고 하더라도 못 합니다, 하고 왜 준절하게 거
절을 못 하였느냐 말이다."
"잠깐 하실 말씀이 있다고 하시기로."
"그 할 말이 무슨 말인 줄 생각하였노?"
"아마, 나는 평양공주님 부마가 되고 태자가 되겠으니 너를 아내로
삼을 수는 없다──."
"그래 무에라고 하더냐?"
달님은 잠깐 말이 막혔다가 아버지의,
"바로 말해보아라."
하는 재촉을 받고,
"부마도 싫고 임금 되는 것도 싫다고."
"무어?"
하고 이마로는 놀라는 빛을 보인다.
"부마도 원치 않고 임금 되는 것도 원치 않고──."

하고 달님은 그 이상 말을 못 한다.

"그래, 너는 이차돈보고 무에라고 하였어?"

"안 되실 말씀이라고. 나라에서 하시는 일을 거역하면 불충이 아니냐고."

"옳지, 그렇지. 그러니까 이차돈은 무에라더냐?"

"대장부가 한 번 한 언약을 죽기로서니 어기겠느냐고."

이마로는 말없이 고개를 끄덕끄덕하더니,

"그래서 너는 무엇이라고 했어?"

하고 달님을 노려본다.

"그렇지만 서방님께서는 장차 임금이 되시어서 한 나라를 다스리실 어른이니 그런 조그마한 언약을 생각하시지 말라고."

"옳은 말이지. 그러니까?"

"그래도 대장부가 언약을 지켜서 죽는 것은 쾌한 일이라고. 내일 아침에는 상감께 그런 절차로 여쭙는다고."

"그래서 너는 무엇이라 하였나?"

하고 이마로는 눈을 감는다.

"그래 이 몸은——."

하고 달님은 주저하다가,

"이 몸은 안 될 말씀이라고. 이 몸은 차라리 저 문냇물에 빠져 죽을지언정 이차돈 서방님을 그릇되게 할 수는 없노라고. 그러고는 달아났습니다."

"그래서?"

"얼마를 뛰어오다가."

하고 달님은 울음 섞인 소리로,

"아무리 해도 이차돈 서방님을 잊을 수가 없어서."

"응?"

"이차돈 서방님을 아주 떠나거니 하면, 그것이 차마."

“무어?”

“그래서 몇 걸음 뛰어내려오다가 다시 뛰어올라가서.”

“어째서?”

“암만해도 그냥 헤어지기가——아무리 해도 발길이 돌아서지를 아니해서 도로 뛰어가서 이차돈 서방님께 안겼습니다. 아버님 죽여주시오.”

하고 달님은 느껴운다.

“으응.”

하고 이마로는 괴로운 듯이 소리를 지르더니 느껴우는 딸을 물끄러미 바라본다. 하나밖에 없는 딸이다.

이마로는 옆에 놓인 칼을 들어 자루에 손을 대었다. 차라리 칼을 빼어 내 손으로 딸의 목숨을 끊을까 한 것이었다. 그러나 이마로는 눈에 안개가 끼는 듯함을 깨닫고 칼을 도로 자리에 놓고 길게 한 번 한숨을 쉬더니,

“그러고는 어찌하였느냐?”

하고 약간 부드러운 음성으로 다시 묻는다.

“그러고 있을 때에——이 몸이 이차돈 서방님의 가슴에 낯을 파묻고 울고 있을 때에 거칠마로 서방님이 나서서.”

“거칠아비가?”

“네.”

“거칠아비가 보았어?”

“홍, 홍, 홍.”

하고 느끼면서 달님은,

“네.”

“그래서 무에라고 하더냐?”

“상감마마께서 이차돈 서방님을 부르신다고. 그래서 한마로 이손이랑 아버님이랑 미치실 듯이 찾으신다고. 그래서 자기가 이차돈은 이마

로 이손의 딸 달님을 데리고 검산에 올랐습니다고 여쭈었노라고. 상감
마마께옵서는 불같이 노하시와 밝는 날에 이차돈과 이 몸을 잡아 대령
하라고 하시고 길잡이 횃불도 돌릴 새없이 시조 묘도 행차하옵셨다고."
하고 달님은 거칠마로의 이런 말이 다 참말인가 하고 아버지를 우러러
보았다.

"응, 알았다. 물러나가 자거라."
하고 이마로 이손은 그렇다고도 아니 그렇나고도 말하지 아니하고 마치
달님의 입에서 더 나올 말을 듣기를 원치 아니하는 듯하였다.

달님은 일어나서 다시 절하고,

"아버님 안녕히 주무시오."
하고 두어 번 마음 안 놓이는 듯이 뒤를 돌아보고 물러나왔다.

달님은 뜰을 건너 후원 연못가 제 방으로 돌아오면서 생각하였다.

'나도 죽는 법은 알아요. 내일 아침에 만일 왕명으로 죽으라면 나는
옷깃을 바로 하고 똑바로 앉아 검님께 빌고 그러고는 빙그레 웃으며 칼
을 들어 배를 가르면 그만인걸.'
하고 마음을 턱 놓았다.

방에 돌아오니 별님은 난간에 지켜서 울고 있다가 일어나 달님을 맞
았다.

"왜 울어?"
하고 달님이 별님에게 물었다.

"자연 비감해요."
하고 별님은 눈물을 씻으며,

"그러나 나는 원이 없어요. 달님 아가씨를 모시고 있다가 무엇이나
달님 아가씨와 함께 하면 고만이니."
하고 빙그레 웃어 보였다.

"살아도 같이 살고 죽으면 같이 죽고?"
하고 달님이 물었다.

"그러믄요?"

하고 별님이 대답할 때에 달님은 별님을 덥썩 안고 느껴 울었다. 달님이 괴로워할 때에 이차돈도 괴로워하였다. 이차돈은 집에 돌아오는 길로 한아버지 한마로 이손의 앞에 불려 준절히 책망을 받고,

"이제는 네가 살기를 바랄 수가 없으니 내일 만일 상감께서 마지막 은혜로 목 베이는 것을 면하시고 제 손으로 배 째어 죽는 것을 허락하시거든 죽는 모양이나 사내답게 하여라."

하는 훈계를 받고는 방에 물러와 잠을 이루지 못하고 괴로워하다가 아마 이것이 마지막일 듯하니 한 번 달님을 만나 가슴에 사무친 정이나 풀리라 하고 벽에 걸었던 어사하신 보검을 차고 집안 사람이 모르게 가만히 집을 나서서 대낮과 같이 환한 달빛을 피하면서 집 그림자를 골라 몸을 숨겨가면서 문냇다리를 건너 이마로의 집에 다다라 대문을 피하여 담을 끼고 돌아 달님의 별당이 있는 후원에 이르렀다.

이차돈은 담 그늘에 몸을 숨기고 이윽히 주저하였다. 이차돈의 발자국 소리에 놀라서 잠깐 고요하던 벌레들이 다시 요란히 울고 어디선지 저를 부는 소리와 거문고 타는 소리가 울려온다. 아마 중추월 좋은 달에 흥에 겨워 밤 깊은 줄을 잊은 사람이 있는 모양이다 하고 이차돈은 그 소리에 잠깐 귀를 기울이다가 담에 두 손을 걸고 섬쩍 몸을 숫쳐 담을 넘었다.

연못에 졸던 오리들이 이차돈의 발자국에 놀라 소리를 두어 마디 지르고는 다시 고요하였다.

연못가에 있는 초당 별당, 이것이 필시 달님이 거처하는 곳이리라, 하고 이차돈은 벌레 소리 나는 풀사이를 걸어 초당문 밖에 다다랐다. 툇마루에는 달빛이 비치었는데 여자의 신 두 켤레가 가지런히 놓여 있고 방 안은 고요하였다. 이차돈은 잠깐 주저하다가,

"달님?"

하고 불렀다.

이때에 달님은 눈물로 베개를 적시고 창에 비친 달빛에 이차돈의 모양을 그리고 있다가 '달님' 하는 소리를 듣고는 제 귀를 의심하면서 다시 귀를 기울였다. 이차돈은 한 번 더,

"달님!"

하고 불렀다. 그것이 분명히 이차돈의 음성인 것을 알아들은 달님은 옆에 누운 별님을 흔들었다.

"이차돈 서방님이신가 보아요."

하고 별님이 일어나,

"누구셔요?"

하고 문에 입을 대고 물었다.

"내요, 이차돈이오. 달님께 이 세상에서 마지막 작별 인사를 하러 왔소."

하였다. 달님은 벌떡 일어났다.

"어떡하나?"

하고 달님은 별님의 귀에 입을 대고 소근거렸다. 혼인 아니한 남자를 밤중에 방에 불러들이는 것이 옳지 아니한 것을 생각함이다. 그렇지마는 이차돈의 말과 같이 밝은 아침에는 둘이 다 이 세상 사람이 아닐 것이다. 그렇게도 그리워하던 두 사람이 처음 겸 마지막 겸으로 한 번 만나 정을 풀지 아니할 수도 없었다.

이차돈은 안에서 주저하는 것을 보고,

"이렇게 밤에 담을 넘어서 찾는 것이 법에 어그러진 일인 줄은 아나 이 세상에서 마지막이요, 날만 밝으면 다시 만날 기회는 없겠기로 왔으니 잠깐만 얼굴만이라도 보여주오."

하였다.

"들어오시라지요."

하고 별님이 달님의 귀에 입을 대고 속삭였다.

"들어오시라지."

하고 달님은 등잔에 불을 켰다. 별님이 문을 열고 나서며,
　“들어오십시오.”
하였다. 이차돈은 신을 벗고 마루에 올라섰다. 그러고는 방으로 들어
갔다. 별님은 이차돈의 신발을 들어다가 감추었다. 그리고 달님과 이차
돈이 단둘이 만날 기회를 주노라고 자기는 건넌방으로 들어갔다. 이차
돈과 달님은 한참 동안 마주섰을 뿐이요, 피차에 말이 없었다.

　달님은 이차돈의 아름답고도 씩씩한 풍채를 바라보았다. 이 사람을
남편으로 한 백년 같이 살리라 하던 것은 꿈이었다. 동방화촉으로 서로
만나지 못하고 마지막 작별로 만난 것을 생각하면 가슴이 터질 듯 하
였다. 달님은 이차돈에게,
　“앉으시오.”
하고 자리를 권하였다. 이차돈은 달님이 앉으라는 자리에 앉는다. 이번
엔 이차돈이 달님더러,
　“이리 앉으시오.”
하고 자리를 권한다. 등잔을 새에 놓고 두 사람은 마주앉았다. 구슬 같
은 등잔불은 두 사람의 얼굴을 비춘다. 두 사람의 그림자가 커다랗게
벽에 나뜬다.
　“달님, 이것이 살아서는 마지막인가 보오. 한아버님 말씀이 밝는 날
에는 죽기는 면치 못할 것이니 상감마마께서 마지막 은혜로 배 째기나
허락하시거든 죽는 모양이나 사내답게 죽으라고 하시었소.”
하고 이차돈은 끓어오르는 감정을 억제하고 냉정하게 말한다.
　“한아버님께오서 얼마나 이 몸을 원망하시겠소.”
하고 달님은 고개를 숙이면서,
　“요사한 이 몸 때문에 서방님께서 임금님이 되실 자리도 버리시고 젊
으신 몸이——. 그렇지만 설마 하느님이 무심하실라고. 설마 서방님
이. 이 몸이 모든 죄를 쓰고 대신 죽고 서방님께서는 귀히 귀히 되시와
서 오래오래 사시었으면.”

하고 치마꼬리로 눈물을 씻는다.

"달님, 그렇게 생각 마오."

하고 이차돈도 울음을 닦느라고 미간을 찡기면서,

"아두사마의 말과 같이 있는 것은 다 없어지고 산 자는 다 죽는 것이 이 세상이니, 어느 때에 죽으면 안 죽소. 사내가 나라를 위하여 전장에 나가서 죽는 것이 제일 소원이지마는, 그렇지 아니하면 언약을 지켜서 죽는 것이 소원이오. 작년 신궁 제사에 우리 둘이 살아도 같이 살고 죽어도 같이 죽기로 언약하고 하느님과 검님께까지 여쭈었으니 나는 달님을 위하여서 죽고, 달님은 나를 위하여 죽는 것이 소원이 아니오? 우리 둘이 다 청춘에 인생의 낙을 못 보고 죽는 것이 아깝고 또 달님이나 내가 다 늙으신 어버이가 계신데 어버이를 묻어드리지 못하고 죽는 것이 죄송하지마는 어떡하오. 그것이 다 타고난 것이지. 아두사마 말대로 하면 다 전생의 업보요 인연이지."

하고 웃는다. 달님은 한 번 몸을 떨면서,

"그렇지만 서방님 말씀이 다 옳으시지만 이렇게도 평생에 그립고 뵙고 싶던 서방님을 다시 못 뵈오려니 하면 가슴이 터지려고 합니다. 아아, 이 밤이 새지를 말았으면 달과 별이 걸음을 멈추고 이대로 머물렀으면."

이때에 닭의 소리 들린다.

"벌써 닭이 웁니다."

하고 달님은 눈을 실망하는 듯이 크게 뜬다.

"응, 벌써 닭이 우는군."

또 닭 우는 소리가 들린다.

이때에 별님이 문밖에 와서,

"혹시 안에서 보시면 걱정하실 듯하니 등잔불을 끄시지요."

한다. 달님은 잠깐 망설이다가 등잔불을 끈다. 또 닭이 운다.

"아아, 목숨을 재촉하는 닭이로구나."

하고 이차돈은 탄식한다.

"우리 둘의 짧은 인연을 재촉하는 닭입니다."

하고 달님이 화답한다. 오랫동안 침묵이 흐르고 못가에 벌레 소리만 요란하다. 달은 서형산 마루에 북두칠성 자루와 함께 올라앉았다. 닭이 세 홰를 울 때에 이차돈은,

"인제 나는 가야 하겠소."

하고 일어났다.

"동틀 때까지만."

하고 달님이 이차돈의 소매를 붙들었다.

"가야지."

하면서도 이차돈은 차마 달님의 손을 뿌리치지 못하였다.

이차돈이 달님과 이별하고 나와서 다시 담을 넘을 때에는 벌써 샛별이 토함산 위에 반짝거리고 있었다. 이차돈이 담을 뛰어넘어서 옷을 바로잡고 있을 때에 뒤에서,

"거 누고?"

하는 소리가 들렸다. 이차돈은 깜짝 놀라서 뒤를 돌아보았다.

"어, 이차돈 아닌가. 좋은 데서 만났네그려."

하고 이차돈의 어깨를 치는 것은 거칠아비였다.

"어디를 갔다가 오는 길인가."

하고 이차돈은 부끄러움을 이기지 못하면서 물었다.

"나 같은 놈이야 과거에 떨어져, 사랑에 떨어져, 보잘것이 있는가. 서산 밑 기생집에 가서 자고 오네 마는 자네야말로 귀하신 몸이 아닌 밤중에 무엇하러 남의 집 담 밑에서 어름어름하고 있나?"

하고 술내 나는 입김을 이차돈에게 불었다.

"아닌 밤중이라니 저 샛별을 못 보나?"

하고 이차돈은 밝은 데를 피하느라고 샛별을 가리킨다. 샛별은 하얀 광채를 발하고 반짝거리고 있다.

  "흥."
하고 거칠아비는 비웃으면서,

  "내가 저기서 오느라니까——나도 사랑에 떨어지기는 했을망정 달
님의 집을 무심코 지날 수야 있나? 말이야 바로 하지, 나도 이 담 밑으
로 밤새도록 오락가락한 일이 한두 번이 아니어. 그렇지만 자네와 같이
담을 뛰어넘지는 못하였어. 그래 나는 자네가 담을 뛰어넘어오는 것을
보고 도적이야, 하고 소리를 지르고 칼을 빼려고도 했지마는 팔월 가윗
날, 게다가 무전 대풍이라는 올 가윗날 설마 딴 도적놈이야 있으랴, 필
시 이차돈이 달님을 훔치러 간 것이이니 하고 참았네. 허, 허, 허. 디러
운 놈 같으니."
하고 이차돈을 향하여 경멸하는 듯이 한번 코를 킹 하고는 가버린다.

  "이놈!"
하고 이차돈은 마침내 참을 수가 없어서 거칠아비의 뒤를 따르며 불
렀다.

  "왜 불러?"
하고 거칠아비는 거만하게 대답하고 우뚝 섰다.

  "너 지금 무에라고 했느냐."
하고 이차돈은 거칠아비를 노려보았다.

  "더러운 놈이라고 하고 도적놈이라고 했다. 무어 덜 말한 게 있느
냐."
하고 거칠아비는 돌아서서 걸었다.

  "이놈, 고얀놈 같으니, 네 놈이야말로 이 말 저 말 일러바쳐서 나를
해치고. 이놈, 어디를 가느냐. 거기 섰거라. 너도 사내어든 칼을 뽑아
가지고 겨루어보아라."
하고 칼자루에 손을 대었다. 거칠아비는 여전히 걸어가면서,

  "흥, 해만 뜨면 망나니 손에 찍힐 네 모가지, 내 칼에 네 놈의 더러운
피를 바를 것도 없겠지."

하고는 뒤를 힐끗 돌아보아 이차돈의 손에 칼이 있는 것을 보고는 그저께 생각이 나서 걸음을 빨리 달아난다. 이차돈은 더 따르려다가,

"어 거칠아비가 저렇게 못난 놈인 줄을 몰랐다. 저놈과 재주를 겨룬 것도 부끄러운 일이다."

하고 칼을 도로 꽂고 문냇다리를 건너서 집으로 향하였다.

집에서는 한마로 이손이 벌써부터 이차돈을 찾았다 하므로 이차돈은 조부의 방에 가서 꿇어 절하였다. 한마로는 벌써 소세하고 촛불을 켜놓고 금방 예궐이나 하려는 듯이 위의를 갖추고 있었다. 이차돈이 절하는 것을 보고 한마로는,

"너 어디 갔었느냐?"

하고 물었다.

"잠깐 나갔다가 왔습니다."

하고 이차돈은 달님을 찾아갔던 모양을 그리면서 고개를 숙였다. 한마로는 어린 손자를 물끄러미 바라보더니,

"닭이 울기로 너를 찾았더니 네가 간 곳이 없기로 혹시 도망이나 한 것이 아닌가 하였더니 도망한 것은 아니니 다행이다. 인제부터라도 한잠 잘 자고 있다가 나라에서 부르실 때에 잠 못 잔 얼굴, 정신기 없는 얼굴을 보이지 말렷다. 이차돈이 오늘 일을 겁내어서 밤잠을 못 잤다는 말을 들어서 쓰겠느냐. 내가 부를 때까지 가서 자거라."

할 뿐이요, 다른 말은 없었다.

임금은 아침에 잠이 깨는 길로 오늘은 이차돈과 달님을 어떻게 죽일까를 생각하였다. 임금은 어젯밤의 불쾌함과 오늘 할 일이 불쾌하므로 자못 신기가 불편하였다.

왕후는 임금이 신기가 불편하신 것을 보고,

"어디가 또 편치 아니하시오?"

하고 여쭈었다.

"마음이 편안치 못하니 몸이 어찌 편안하겠소."

하고 임금은 말하기도 원치 아니하는 듯이 대답하였다.

왕후는 임금의 마음속에 이차돈과 달님을 죽일 생각이 끓고 있는 것을 알았기 때문에 어찌하여서라도 그 마음을 돌리고 싶었다. 그것은 왕후는 아두사마의 말을 전해 들어서 사람을 죽이면 그 보복이 돌아온다는 것을 믿는 까닭이었다.

먹되(黑胡)라는 별명을 가진 아도화상(阿道和尙)이 고구려로부터 신라에 들어와 일선주(一善州, 지금 慶北 善山) 모례(毛禮)의 집에 있으면서 불도를 전한 후로 민간에서는 불도를 믿는 사람이 꽤 있었다. 아도화상이 처음 들어온 지 백오십 년이나 되도록 나라의 압박으로 내놓고 홍통(전도)은 못 하여도 몰래 불도에 귀의하는 사람은 날로 늘어서 서울에도 서드릿개 건너 조그마한 절 하나가 생기고, 거기는 남승도 여승도 있었다. 그 중을 일반에서에서는 아두사마라고 불렀다. 아도시님에서 변한 말일 것이다. 그래서 직접 불도에 돌아오지 아니한 사람도 전생, 내생이라든지, 인과응보라든지, 살생의 죄라든지, 인생은 무상이라든지 하는 생각들을 가진 이가 많게 되고 또 어리석은 백성들은 부처님이라는 검님이 대단히 영검하다고 해서 몰래 절에 가서는 복을 비는 이도 있었다.

왕후도 상감이 오래 병환으로 계시는 동안에 몰래 궁녀를 절에 보내시어 부처님께 기도도 올리게 하고 또 무량수경(無量壽經)이라는 불경 책을 얻어다가 읽으시기도 하였다. 그러나 나라에서는 검님을 뫼시고 마지를 올리고 굿을 하고 선도가 있기 때문에 내놓고 이런 일을 할 수는 없었던 것이다.

이러한 사정이 있으므로 왕후는 임금이 이차돈과 달님을 죽이시는 것을 옳지 않게 생각할 뿐더러 혹시나 임금이 이 무죄한 사람을 죽이기 때문에 벌을 받아서 병환이 더치시기나 하면 어찌하나 하는 것을 근심하였다.

"상감마마."

하고 왕후는 신기 불편하신 상감께 조심하여 말씀을 드린다.

"왜 그러오? 또 이차돈과 달님을 살려주라는 말을 하려고 그러오?"

하고 낯을 찡기셨다.

"예, 그러하오이다. 죽이는 것은 옳지 아니할 듯하오니 달리 처분하십쇼."

하고 왕후는 간절히 아뢰었다.

"죽이는 것이 좋은 일은 아니지마는 검님께서도 가리어 죽이라 하셨으니 죽일 놈은 죽이라는 말이 아니오? 이차돈 같은 놈을 안 죽이면 나라의 서슬이 어떻게 선단 말이오? 다시는 그런 말씀을 마시오."

하고 임금은 왕후의 청을 뚝 잡아떼시었다. 이때에 평양공주가 들어와서,

"아바마마, 안녕히 주무셔 계시오니까? 어마마마, 안녕히 주무셔 계시오니까?"

하고 아침 절을 드린다.

"오, 악아, 잘 잤느냐."

하고 임금은 따님을 보시고 빙그레 웃으신다.

"이 몸이 어떻게 잡니까? 꼭 밤을 앉아서 밝혔습니다. 이차돈과 달님의 모가지가 떨어지고 그 자리에서 붉은 피가 솟아나는 것을 이 눈으로 보옵기 전에는 천 년 만 년을 가도 잠을 잘 것 같지 아니하옵니다. 아바마마, 이 몸의 원을 풀어주시겨오."

하고 공주는 임금의 앞에 엎드려서 운다.

그때에 늙은 중은 벼락 같은 소리로,

"이마와 가슴을 땅에 붙여라!"

하고 소리를 질렀다. 이차돈은 이마와 가슴을 방바닥에 딱 붙이고 일어나지를 못하였다.

"네가 무엇이길래, 네 속에 무엇이 있길래!"

하고 늙은 중은 더욱 소리를 높여서,

"마음이 젠체하는 교만이 꽉 찼단 말이냐. 그 교만을 토해버렷 !"
하고 주장으로 이차돈의 등을 후려갈겼다. 이차돈은 아픔과 분함이 뒤섞인 고통을 깨달았다. 그렇지마는 참았다. 실상 칼 쓰는 재주라야 이 늙은 중의 지팡이한테 지는 재주가 아니냐. 이차돈은 꽉 참았다.

이차돈은 이날부터 이 암자에 있었다.

사흘째 되던 날, 이차돈은 늙은 중의 손에 머리를 깎였다. 그리고 지금까지 입고 있던 비단옷을 벗고 늙은 중이 주는 누더기를 입었다.

이차돈이 막 누더기를 갈아입고 산에 나무하러 가려고 낫과 새꼬래기를 들고 나설 때에 암자 앞으로 고구려 군사 오륙 인이 철편을 들고 달려드는 것이 보였다.

이차돈은 나를 잡으러 오는 것이로구나 하고 마음에 짚였다.

그것은 과연 이차돈을 잡으러 온 고구려 관인들이었다. 이 용천암에 백봉국사가 있는 줄만 알면 군사들이 오지도 아니하였을 것이지마는 백봉국사는 사월 파일과 섣달 성도일 이틀밖에는 좀체로 세상에 나타나지를 아니하여서 어디다가 종적을 감추는지 이불란사나 홍복사 중들은 잘 알지 못하였다.

이차돈이 거울보고의 집에서 사람 둘을 죽이고 달아났다는 보고를 받고 관인들은 이차돈을 잡으러 떠났으나 종적을 알지 못하였다. 아무리 큰 죄인이라도 이불란사나 홍복사에 숨으면 잡기가 어려운 법인고로 그 두 절에 가서 물어보았으나 아무도 안다는 사람이 없었다.

그러다가 오늘에야 웬 싸울아비가 늙은 중 하나를 업고 용천암 길을 향하고 가더라는 말을 듣고 관인들이 용천암을 향하여 떠났는데 과연 발자국을 밟아와본즉 용천암으로 향한 흔적이 있기는 하나 삼사 일이나 지나서 더러는 눈보라에 묻히기도 하고 더러는 다른 사람들의 발자국에 섞이기도 하여 분명하지를 아니하였다.

수포교는 용천암에 이르러,

"방주 계시오."

하고 불렀다.

"그 누구요?"

하고 늙은 중은 문을 열고는 관인들을 보고 공손히 합창하였다.

"우리는 살인 죄인을 잡으러 떠난 사람이오."

하고 수포교는 방 안을 휘 둘러보며,

"살인 죄인이라도 여남은 살인 죄인이 아니라 상감마마를 엿보는 큰 죄인인데 사람을 둘이나 죽이고 달아난 죄인이오. 들으니까 용천암에 와서 숨었다 하니 바로 말하시오."

하고 무서운 낯빛을 보였다. 늙은 중은,

"아, 그러시오? 용천암이 보시는 바와 같이 방 하나 부엌 하나에 뒷간 하나 산신당 하나. 여기 숨은 듯싶거든 들어와 찾아보시오."

하고 문을 활짝 열어젖혔다.

문으로 들어오는 볕에 도금한 불상이 번쩍한다. 수포교가 먼저 합장하고 허리를 굽히고 뒤에 따르는 포교들도 다 그와 같이 불상 앞에 합장하고 허리를 굽힌다.

이차돈은 한 손에 새꼬래기를 들고 한 손에 낫을 든 채로 포교들의 뒤에 서서 하는 양을 보고 있었다.

늙은 중의 말대로 포교들은 이 문도 열어보고 저 문도 열어보았으나 아무도 없었다. 수포교는 산신당까지 다 문을 열어보고 돌아오더니 이차돈을 힐끗 보며 노장더러,

"이 암자에는 노장님 밖에 또 중이 몇이 있소?"

하고는 또 이차돈을 본다.

"이 늙은 몸 밖에 저기 저놈이 있소. 이 몸의 상좌요."

하고 턱으로 이차돈을 가리킨다. 이차돈은 낫과 새꼬래기를 한 팔에 걸고 수포교를 향하여 합장한다.

수포교는 다시 유심히 이차돈을 보며,

"우리가 잡으려는 살인 죄인의 나이 꼭 사미(沙彌)만하고."

하고 데리고 온 포교들을 돌아보면서,

"눈이 가느스름하고 얼굴이 갸름하고 희고 입술이 붉고 그렇더라지?"

하고 묻는다.

"예, 키도 이만하고."

하고 한 포교가 이차돈을 보고 대답한다.

"오, 알았소, 알았소."

하고 늙은 중은 무릎을 치고 웃으며,

"그런 사람이면 칼 차고 활 메고 신라 사람같이 생긴 사람 아니오?"

하고 수포교에게 묻는다.

"바로 노장 말씀과 같소. 노장이 그런 사람을 보셨소?"

하고 수포교의 눈은 늙은 중에게로 옮긴다.

"응, 옳지. 사흘 전이더냐 나흘 전이더냐?"

하고 이차돈에게 묻는 듯이 말하고는 그 대답도 기다릴 필요가 없다는 듯이,

"옳지, 나흘 전에로군. 내가 흥복 갔던 길에 자라여울에서 눈 속에 빠져서 꼼짝 못 하고 있노라니 웬 사람이 지금 말과 같이 저놈과 비슷하게 생긴 사람이 얼음을 타고 한개를 건느려고 하는 것을 이 몸이, 사람 살리오, 사람 살리오 하고 불렀더니 그 사람이 돌아와서 이 몸을 눈 속에서 끌어내고는 길이 바쁘다고 싫다는 것을 이 몸이 사람을 살리라고 매달려서 이 몸을 업고 용천암까지 온 일이 있소. 그럼 그 사람이로군. 대단히 길이 바쁘다고 짜증을 내고 화를 내고 이 몸더러 염체없는 늙은이라고 하고는 세 번이나 이 몸을 동댕이를 치고. 하하하하. 아직도 이 엉덩이 얼얼하거든. 그래 그렇거니. 참말 그 사람이 저놈 닮았거니. 딴은 짜증도 내게 되었어. 꽁꽁 얼었던 이 몸이 그 사람의 등에 업히니까 몸이 녹아서 잠이 오길래 코를 골고 잤단 말야. 그게 골이 났던 모양이어든, 하하하하."

하고 늙은 중은 차마 우스워 못 견딜 듯이 허리를 굽혔다 폈다 하며 웃는다.

수포교와 다른 포교들도 늙은 중의 말에 덩달아 웃다가 수포교가,

"그래 그 사람이 노장을 업고 여기까지 왔소?"

하고 아직도 웃음이 끝나지 아니한 늙은 중을 본다.

"응, 하하하하. 그 사람이 퍽이나 길이 바빠하는 모양이지마는 이 몸이 놓나. 헐 수 없이 여기가지 이 몸을 업어다놓고는 땀을 뻘뻘 흘리길래 젊은놈이 고만 일에 땀을 흘리느냐고, 어서 불이나 때고 밥이나 지으라고 했더니 밥을 지어왔는데 더러는 설고 더러는 눋지 않았겠나. 한 입 물었다가 그 친구의 낯바닥에 탁 뱉았더니 칼을 빼어가지고 덤빈단 말야. 그래 이 주장으로다 한개 단단히 때렸더니, 하하하하."

하고 또 웃기를 시작한다.

"마마, 이것을 보시오, 이것이 가엾지 않소?"

하고 왕후를 돌아보신 뒤에,

"오냐, 염려 마라. 오늘 조회 끝에는 년과 놈을 다 물고를 낼 터이니 염려 마라."

하고 굳게 결심하는 표로 고개를 한번 흔드시니 길다란 수염이 물결이 진다.

왕후는 공주를 노려보며,

"악아, 네 어찌 아바마마께 그런 악독한 말씀을 여쭙느냐. 마음에 자비심을 가지지 못하고 그런 악독한 생각을 품느냐. 어미가 밤 동안 그처럼 여러 말을 일렀거든."

하고 다시 임금을 바라본다. 평양공주는 샐쭉하여지며,

"어마마마께오서는 왜 그때에 세털이를 죽이셨소? 몸을 홀딱 벗겨서 인두로 모두 지지고. 아바마마께서 잡으신 손이라고 손목을 자르시고 젖꼭지를 끊으시고……."

하고 독한 말을 퍼붓는 것을, 왕후는 낯이 파랗게 질리며,

“너, 그것이 어미보고 하는 말이냐?”

하고는 더 말도 나오지 아니한다. 평양공주는 왕후가 말이 막힌 것을 이용하여,

“그리고 어마마마께서는 내 서방에 눈기는 년을 죽여버리지 못하면 죽어서도 원혼이 되어 눈을 감지 못한다고 안 하셨습니까. 이 몸은 서방을 빼앗기고도 가만히 있으라고, 어마마마께서 어떻게 그런 말씀을 하십니까. 어마마마께서 이 몸 대신 이차돈과 달님의 가슴을 물어뜯어 주시고 애를 꺼내어주시지는 못하실망정 아아, 어마마마께서는 너무도 이 몸에게 무정하시어요.”

하고 분함을 못 이겨 운다.

상감은 십 년 전 일이 생각이 나서 마음이 괴로웠다. 세털이라는 것은 상감이 동햇가으로 순행하다가 데리고 온 어여쁜 여자였다. 상감이 그 여자를 사랑하시는 것을 보고 왕후는 상감이 사냥 가신 동안에 내전 앞에 잡아들여 홀딱 벗기고 숯불에 인두를 달궈서 전신을 지지고 젖꼭지와 입술과 팔목을 잘라서 죽였다. 이 일이 있은 뒤로 상감은 잠을 못 이루시고 입맛도 잃으시고 이 때문에 큰 병이 나시게 된 것이었다. 왕후는 덜덜 떨리는 몸을 가까스로 진정하며,

“한 번 지은 죄는 억 년을 가도 그 값을 받기 전에는 스러지지 아니한다더니 그 말이 옳고나. 십 년이나 세월이 지나서 가까스로 잊어버린 옛 죄를 내 딸이 다시 끌어내어 나타낼 줄이야 뉘 알았으리. 악아, 나는 언제나 이생에서나 저생에서나 세털 죽인 값을 받고야 말 것이다. 오늘도 네 앞에서 받는다마는 이후에도 두고두고 죽은 뒤에도 두고두고, 아두사마 말과 같이 지옥이라는 데 가서라도 또는 세털이가 나로 되고 내가 세털이가 되어 내가 세털이를 지지던 그 인두로 세털이가 내 몸을 지지고, 내가 세털이 젖꼭지와 입술을 끊던 가위로 세털이가 내 젖꼭지와 입술을 끊고야 이 죄가 스러질 것이다. 아아 무서워, 아아 무서워!”

하고 왕후는 눈앞에 세털이 모양을 보는 듯 눈으로 허공을 바라보며 뒷걸음을 치더니,

“그 모양으로, 악아, 내 딸아, 그 모양으로 인제 이차돈과 달님의 원한을 누가 받을 것이냐. 아아, 제발 그 원한이 내 딸에게 오지 말고 이 몸 위에 내리소사. 이 몸이 지옥에를 가든지 아귀 중생이 되더라도 내 딸만은, 내 딸만은. 아아, 이게 도무지 웬일이냐. 계집의 질투가 삼천대천세계를 태운다고 아두사마가 그렇다더니, 아아, 무서운 것은 계집의 질투. 아마 세털이의 원혼이 다 이렇게 만드는 게야. 내가 그만큼 빌었건마는, 신령하시다는 부처님 앞에까지 그처럼 빌었건마는, 기에 보복을 하고야 말려나, 기에 보복을. 그래도 그 보복을랑 제발 이 몸에, 제발 이 몸에.”

하고 기색하여 엎더진다.

“정신 차리오.”

하고 임금은 쓰러진 왕후를 안아 일으키면서,

“악아, 왜 그런 말씀을 하였느냐. 어마마마께서 그 말씀만 들으시면 이렇게 괴로워하는 것을. 글쎄 왜 그 말씀을 하였느냐. 이보아라. 거기 누구 있느냐?”

하고 임금은 왕후를 흔들며 부르신다. 시녀 둘이 달려온다. 와서는 이 광경을 보고 눈이 둥글하여 어쩔 줄을 모른다.

“냉수를 먹여드리고 자리를 펴고 편히 누우시게 하려무나.”

하시고 임금은 조회 시간이 되어서 정전으로 납시었다.

평양공주는 정신없이 누우신 어마마마 곁에 앉아서 어머니의 주름 잡힌 얼굴을 들여다보았다. 하늘 아래서는 첫째로 가시는 왕후의 높고 귀하신 몸이시지마는 모든 사람에게 오는 것은 이 높은 자리에도 오는구나. 자식에 대한 사랑, 남편에 대한 질투, 원대로 안 되는 모든 근심, 걱정, 이 모든 것.

그러나 아무리 어머니의 정경을 생각하더라도 평양공주는 이차돈과

달님에게 대한 원한을 삼켜버릴 수는 없었다. 내 것이어니 하고 밤낮에 그리던 이차돈을 달님에게 빼앗긴 원한은 생각만 하여도 이가 갈리고 치가 떨렸다.

"아무리 하여도 두 연놈의 모가지가 떨어져서 피가 흐르는 것을 보고야."

하고 공주는 앞에 누우신 어마마마도 잊어버리고 혼잣말로 중얼거렸다. 이때에 시녀가 들어와서,

"공주마마, 선마로 이손께오서 마마께 여쭐 말씀이 있다 하와 큰마루에서 기다리시오."

하고 여쭈었다.

"숙부가?"

하고 공주는 일어나서 밖으로 나오면서,

"숙부, 무슨 일로?"

하고 고개를 기울인다.

선마로는 상감의 친아우시지마는, 상감과는 딴판으로 보기에도 아주 건장하고 씩씩하고 그리고 야심이 만만한 상모를 가지었다. 이이는 장차의 임금 진흥왕이라는 큰 임금이 되실 이다.

"숙부, 웬일이시오?"

하고 공주는 선마로의 허리 굽히는 인사를 받으며,

"숙부, 이런 분하고 원통한 일이 어디 또 있어요? 어쩌면 이차돈과 달님허고——. 생각하면 가슴이 터지게 분해요. 숙부, 상감마마께오서 지금 조회를 받으시러 정전으로 납시었으니 숙부도 얼른 나가셔서 이차돈과 달님의 목을 자르도록, 배를 째게 마시고 망나니의 무딘 칼로 모가지를 스무 번씩만 찍어서 자르도록 말씀해주세요. 상감마마께오서 마음이 약하시오셔 또 누구 말을 듣고 어떻게 마음이 변하실지 모르니 숙부는 이 몸의 편이 되어 주셔요."

하였다.

"그러하오리다."

하고 선마로는 공주의 눈치를 엿보며,

"이 몸도 듣잡고 하도 해괴하고 분하여서 만일 나라법이 없고 보면 이 몸이 손수라도 이차돈의 목을 베어서 공주마마 분하심을 풀어드리고 싶사오나 나라법이 그렇지를 못하여서."

하고 공주의 비위를 맞춘다.

공주는 눈을 크게 뜨며,

"숙부가 이 몸의 속을 알아주시오."

하고 선마로를 향하여 고개를 숙인다.

"그렇지만."

하고 선마로는,

"그렇지만 그걸랑 염려 마시겨오. 설사 오늘 조회에 늙은 것들이 또 무슨 말을 해서 이차돈의 목숨을 그냥 두더라도 이 몸이 기어이 이차돈을 물고를 내고 말리다."

하고 주먹을 불끈 쥔다.

"그렇지만 이차돈은 고구려 백제를 다 떨어도 겨룰 수 없이 칼을 잘 쓰고 용맹이 있으니 숙부가 어떻게?"

"무어? 고만 어린애를. 어떻게 하든지 이 몸이 생각이 있으니 공주마마는 염려를 버리시오. 이 몸이 공주마마께 듣고 싶은 것은 이차돈을 꼭 죽이고 싶은 생각이 계신지 또는 이차돈을 생각하시고 아끼시는지 그것을 여쭈어보려고——."

"그야."

하고 공주는 길게 한숨을 쉬며,

"이 몸이 이차돈을 생각하기야, 아끼기야, 천하에 이 몸이 이차돈을 생각하고 아낀 것보다 더 생각하고 아끼는 것이 있었을까. 이 몸보다도 이 목보다도 더 생각하고 아꼈지마는."

하다가는 말을 끊고 손을 낯을 가리고 애통하게 한바탕 울고 나서,

"그렇지만 인제는 인제는, 천하에 이차돈같이 미운 것이 또 있을까. 이차돈같이 큰 원수가 또 있을까. 이차돈의 가슴을 입으로 뜯어 헤치고 그 간을 내어 씹어 삼켜도 이 원한은 못 풀릴 것을."

하고 이를 갈고 운다.

"다 알았습니다. 공주마마 가슴이 어떻게 아프신 줄도 이 몸이 다 알았습니다. 그러면 이차돈의 목은 이 목이 맡았으니 마음놓으시겨오."

하고 공주의 앞에 허리를 굽히고 물러나온다. 선마로는 내전에서 나오면서 혼잣말로,

"오, 인제는 되었다. 이 천하는 내게로 돌아오는 천하다. 이차돈만 없어지면 뉘라서 나와 임금의 자리를 다투리. 거칫거리는 이차돈의 목을 아무리 해서라도."

하고 정전으로 향한다.

정전에는 만조 백관이 다 모였다. 달님의 아버지 이마로 이손과 이차돈의 한아버지 한마로 이손도 왔다. 그러나 그들은 사랑하는 외딸과 손자에게 어떠한 무서운 처분이 떨어지는고 하고 경황이 없이 임금의 입이 열기만 기다리고 있었다.

두 사람의 목숨——그도 오늘날 신라에서 가장 공이 높은 이마로의 딸과, 임금과 백성이 가장 존경하는 한마로의 손자. 그나 그뿐인가. 달님은 잘 생기고 지혜 있고 숙덕이 있기로 민간에까지 소문이 높고 이차돈은 신라에 장차 가장 큰 영웅이 될 사람으로 온 천하의 사랑을 받는 사람이다.

이 두 사람의 목숨을 끊자고 먼저 말을 내기는 실로 어려운 일일 뿐더러 만일 누가 먼저 이차돈과 달님을 죽이기로 발론을 하였다 하는 소문이 세상에 누설만 되는 날이면 필시 세상의 원망을 듣고야 말 것이다.

그러나 그렇다고 상감과 공주가 철천지한으로 아시는 이 일이어든 이차돈과 달님을 살리자는 말을 내는 것도 제 모가지를 단단히 만져보지

아니하고는 못 할 일이었다.

  이러한 무거운 공기 속에 말없이 얼마 동안의 시간이 흘렀다.

  상감의 마음속에는 또 기절한 왕후와 악이 나서 울고 날치는 평양공주가 번갈아 드나들었다. 만일 임금이,

  "이차돈과 달님을 죽여라."

하고 한 마디만 하면 두말없이 죽였을 것이다. 또 용서하여라 한 마디만 하면 누구나 다 다행으로 알았을 것이다. 선마로를 빼어놓고는. 그러나 결단성이 없고 또 약한 양심의 소리가 귀에 들릴락말락 하는 임금은 무엇이라고 결정적인 말이 나오지를 아니하였다.

  그러나 마침내 무슨 말이나 아니하면 아니 될 처지에 빠진 임금은,

  "서불한!"

하고 서불한을 불렀다. 서불한은 바로 거칠아비의 조부였다.

  "예이!"

하고 서불한이 옥좌 앞에 나악아 엎드렸다.

  "이차돈과 달님을 잡아 대령하였는가?"

하고 상감은 떨리는 음성으로 물으시었다.

  "예이, 분부대로 이차돈과 달님을 잡아 궐문 밖에 대령하였소."

하고 서불한은 집에서 손자 거칠아비가 이차돈을 죽여달라고 조르던 것과 어젯밤 이차돈이 달님의 집에 갔던 말을 상감께 아뢰어달라던 말도 생각하였다.

  "이차돈과 달님을 정전으로 불러들이라."

하고 상감이 말씀하시었다.

  "예이."

하고 서불한은 손을 들어 옥 맡은 관원을 불러서 왕명을 전달하고는 거칠아비가 상감께 여쭈라던 말씀을 여쭐까 말까 하고 망설이다가 체면에 안 된 듯하여서 아니 여쭙고 자리에 돌아와 섰다.

  이윽고 이차돈과 달님이 오라에 얽히어 옥졸 네 사람의 호위를 받아

서 정전 계하에 끌려들어왔다. 사람들의 눈은 이 젊은 남녀에게 잠깐 쏠렸으나 차마 다시 보지는 못하였다. 그처럼 두 사람의 정경은 가련하였다.

이마로와 한마로는 정전에서 물러나와서 딸과 손자가 엎드린 곁에 엎드려서 머리를 조아렸다.

상감도 이 광경을 보고는 두 남녀의 죄를 나톨 생각도 다 스러지고 측은한 마음만 솟아올랐다. 공주는 임금의 마음의 귀에 입을 내고 '죽여주오!'하고 조르고 왕후는 눈물 어린 낯으로 '살려주오!' 하고 애원하였다.

선마로는 임금의 낯에 측은한 빛이 움직이는 것을 보고 얼른 임금의 앞에 나악아 엎드렸다.

"아우, 무슨 말인가?"

하고 임금은 선마로를 향하여 물었다. 사람들의 시선은 선마로에게로 쏠렸다. 선마로는 잠깐 고개를 들어 옥좌에 앉으신 상감을 우러러보며,

"상감마마께옵서는 항상 창생을 늘 쌍히 여기시오니 저 이차돈과 달님이 비록 만 번 죽어 아깝지 아니한 죄를 지었더라도 필시 측은지심이 움직이실 줄 아오. 이차돈의 소위 비록 괘씸하오나 그 아비는 나라를 위하여 전장에서 죽었사옵고 그 한아비 한마로 또한 도학이 높사와 나라에 공이 크오며, 달님으로 말씀하오면 제 감히 공주마마와 겨루었으니 만 번 죽어 마땅하오나 그 아비 이마로의 공을 보시와 두 사람의 목숨은 살리시옵고, 그러하오되 저희 둘이 지아비와 지어미 되어 살게 할 수는 없사온즉 이차돈은 고구려로 보내어 삼 년 말미를 주시되 삼 년 안에 무슨 공을 세워 고구려 임금의 목을 베든지 고구려의 한고을을 떼어 신라에 붙이거든 죄를 사하시와 신라에 돌아오기를 허하시옵고, 달님으로 말씀하오면 일생에 아무 데도 시집을 가지 못하고 혼자 늙게 하시오면 상감마마 성덕도 상하심이 없고 또 나라법의 위엄도 세울 줄로 어리석은 이 몸이 생각하오니 어떠하올지. 이만 아뢰오."

하고 머리를 조아렸다.

임금은 선마로의 말에 살아난 듯함을 느꼈다. 그래서 용안에 웃음을 띠시고,

"과연 아우의 말이 옳다. 과연 지당한 말이다. 이차돈아, 네 듣거라. 너를 죽일 것이나 선마로 이손의 청함을 들어 네 목숨을 살려주니 네 오늘로 이 나라를 떠나 고구려로 가되 삼 년 말미를 주니 삼 년 안에 큰 공을 이루거든 죄를 사하여 나라에 돌아오기를 허할 터이니 그리 알아라."

하시고 좌우를 돌아보시었다. 좌우도 다 살아난 듯함을 느껴서 긴 한숨을 쉬며 선마로의 지혜에 탄복하였다.

이차돈과 한마로는,

"성은이 망극하오."

하고 무수히 머리를 조아렸다.

임금은 만족한 듯이 또 입을 열어,

"달님아, 네 듣거라. 네 죄 만 번 죽어 마땅하거니와 네 아비 이마로는 나라의 기둥이라, 그 허연 터럭이 전장에서 세었고, 남으로 금관국과 동으로 우산국을 쳐 이기어 우리 나라의 위엄을 떨쳤으니 그 큰 공을 보아 네 목숨을 살리니 네 일생에 지아비를 얻을 생각 말고 혼자 늙으라."

하시고는 또 좌우를 돌아보시었다.

달님과 이마로는,

"황송하오. 하늘같이 높으시고 바다같이 깊으신 성은을 무엇으로 만일이나 갚사올지."

하고 수없이 머리를 조아렸다.

상감은 옥좌 앞에 엎드린 선마로를 굽어보시며,

"아우, 일어나라. 오늘 네가 나라에 바친 충성은 잊을 날이 없으리라."

하고 칭찬하시고 상급으로 금 한 짐을 하사하신다는 분부를 하시었다.

이차돈과 달님은 곧 결박지운 오라를 끄름을 받았다. 자유의 몸이 된 이차돈과 달님은 다시 옥좌를 향하고 엎드려 수없이 머리를 조아리고 각기 아버지와 한아버지를 따라서 대궐에서 물러나왔다.

이차돈은 한 번만이라도 달님을 더 바라보려 하였으나 달님은 벌써 가마 속에 스러지고 말았다. 이차돈은 달님이 탄 가마가 흔들흔들 흔들리는 양이 안 보일 때까지 보고 싶었으나 한아버지의 재촉으로 수레에 올라 집으로 돌아왔다.

이차돈은 한아버지를 사랑까지 모셔다드리고 어머니를 뵈오러 안으로 들어오려 하였으나,

"게 좀 있거라."

하는 한아버지의 명령에 한아버지 앞에 꿇어앉았다.

한마로는 한참이나 말이 없었다. 아무리 희노애락을 낯빛에는 나타내지 아니하는 수양을 가진 한마로도 오직 하나밖에 없는 혈육인 손자 이차돈을 원수의 나라 고구려로 오늘 안으로 떠내보낸다는 것은 견디기 어려운 슬픔이었다.

"이놈아!"

하고 한마로는 우렁찬 소리로 손자를 불렀다. 그러나 그 뒷말은 목이 메어서 나오지를 아니하였다.

또 한참이나 슬픔을 삭이고 나서 한마로는,

"네 목숨이 남아서 나라를 위하여 공을 세울 기회를 가지게 된 것도 나라님 은혠 줄 아느냐?"

하고 이차돈을 노려보았다.

"네."

할 수밖에 이차돈에게는 다른 수가 없었다.

"만일 너를 망나니를 시켜 목을 찍으라 하시거든 나는 상감께 배를 째어 죽기나 허락하십사고 여쭈어보려고 하였다. 그렇지만 인제는 너

는 살았어. 무엇하러 산 줄 아느냐?"

하고 또 한마로는 이차돈을 노려보았다.

"반드시 큰 공을 이루오리다."

하고 이차돈은 일어나서 한아버지 앞에 절하고 머리를 조아렸다.

"오, 바로 말하였다. 내 새끼다."

하고 한마로는 만족한 듯이 고개를 끄덕끄덕하였다. 또 얼마를 잠잠
하다가 한마로는,

"이놈아."

하고 손자를 불렀다.

"네."

하고 이차돈은 두 손을 땅을 짚고 고개를 수그렸다.

"너를 미워하는 사람이 있는 줄을 아느냐?"

하고 한마로는 이번에는 부드러운 음성과 부드러운 눈찌로 손자를 보
았다.

"대강 짐작합니다."

"누군 듯싶으냐?"

"거칠아비로 아옵니다."

"오, 그렇지만 그 밖에, 그보다 더 큰 원수가 있는 줄 모르느냐?"

"평양공주."

"그도 그렇지. 그렇지만 평양공주보다도 너를 미워하는 사람이 있다.
그 사람은 네가 고구려에 간 뒤에도 네 목숨을 엿볼 것이니 조심하여
라."

"그게 누구오니까?"

하고 이차돈은 거칠아비와 평양공주보다도 저를 미워할 사람이 누굴까
하고 의심하였다.

"네 스스로 생각해보아라. 입밖에 내어서 말할 것은 없고."

"선마로 이손?"

하고 이차돈은 물었다.

"말할 것은 없다니까."

"그렇지만 오늘 이놈을 살려주신 것이 선마로 이손이 아니오니까."
하고 이차돈은 더욱 의심이 깊었다.

"오, 자연 알 날이 있지. 마음만 놓지 아니하면 아무도 너를 범할 수는 없는 것이야. 그러니까 마음을 놓지 말고 네 목숨을 엿보는 사람이 네 곁을 따르는 줄만 알려무나. 행여 네 재주만 믿고 교만치도 말려니와 방심치도 말렷다. 범도 평소에는 발톱을 감추는 법이다. 더욱이 고구려 사람들은 너를 의심할 것이니 애어 재주있는 체 말렷다. 일상에는 재주를 숨겼다가 쓸 때에만 있는 재주를 다 쓰는 것이야. 보물을 번뜻거리면 도적이 따르고 재주를 번뜻거리면 원수가 따르는 법이야. 원수가 재주로 겨루기 어려운 때에 쓰는 함정이 두 가지가 있으니 하나는 아첨이요, 하나는 계집이다. 아첨하는 놈과 아름다운 계집을 삼가라. 계집은 보물보다도 시기를 끌고 원수를 맺는 것이야. 아무리 적국 속에 들어가더라도 인정은 일반이니 가는 곳마다 인정을 쓰면 인정이 너를 싸줄 것이다. 인정보다 굳은 갑옷은 없어. 겸손하고 인자한 사람을 미워하는 악인은 없는 법이다. 그러나 한 번 칼을 빼거든 저편을 죽이든지 네가 죽든지 적국 사람에게 신라 사람의 용기를 보여라. 불평과 원한은 못난이가 가지는 것. 못 바랄 것을 바르는 것도 어리석거니와 당한 일을 왜 당했는고 하는 것도 어리석은 일이야. 네가 집을 떠나 적국 속에 쫓겨가게 된 것을 원망을 말고 그리워도 바랄 수 없는 집을 그리워하지 말고 어디를 가나 날마다 그날의 기쁨을 가져라. 마음에 원망이나 슬픔이나 무슨 잡념이든지 잡념이 있으면 재주도 흐리는 법이야. 대장부 천하에 방랑함이 또한 쾌사여든 행여 근심있는 낯을 하늘에 보일까 두려워하여라. 어디를 가나 하느님이 내려다보시지 않는 데가 없다는 것과 어디를 가나 너는 신라 나라 영웅인 것을 잊지 말렷다. 네, 그러면 삼 년 안에 큰 공을 이루어가지고 오너라. 네 어멈헌테 하직하고 떠날 때에 한 번 더 나를 보아라."

이차돈은 안으로 들어가서 어머니께 하직 인사를 여쭈었다. 식전에 군졸들이 달려들어서 아들을 잡악아는 것을 본 어머니는 아침내 눈이 붓도록 울고 있었다. 그러다가 아들이 무사히 돌아오는 것을 보고 잠깐 마음을 놓았다가 불시에 절하는 것을 보고 또 한 번 놀랐다. 잠시 가라앉았던 가슴이 다시 설레기를 시작하였다.

어머니는 차마 웬일이냐고 묻기조차 무서운 듯이 눈만 크게 뜨고 아들을 바라보았다.

"상감마마께옵서 한아버님과 아버님 공로를 보시와 이 몸의 목숨을 살리시고 삼 년 동안 말미를 주시와 고구려에 가서 큰 공을 이루라 하시었사옵고 오늘 해지기 전에 서울을 떠나랍시는 엄명이 계시옵니다."
하는 아들의 말에 어머니는,

"고구려로?"
하고 더욱 놀라는 빛을 보인다.

"네, 고구려로, 고구려로 가서 삼 년 안에 고구려 임금의 목을 베거나 고구려 고을 하나를 빼앗거나 하면 나라에 돌아오기를 허하신다 하옵니다."

"고구려 임금의 머리를?"
하고 어머니는 더욱 놀란다.

"네, 고을 하나를 빼앗거나."
하고 이차돈은 고개를 들어 놀라는 어머니를 우러러본다.

"그것을 네가 혼자서?"

"네."

"삼 년 안에?"

"네."

"그렇지 않고는 나라에 못 돌아오고?"

"네."

“상감마마께서 그러시더냐?”

“네, 망나니 칼에 목을 자를 것이지마는 선마로 이손께서 여쭈어서.”

“선마로 이손께서?”

“네.”

“그래 오늘 해지기 전에 떠나?”

“네. 해지기를 기다릴 것이 아니라 지금 떠나려 하옵니다. 잠시라도 더 오래 집에 있고 싶어서 집이 그리워서 머뭇머뭇한다는 웃음을 받기가 싫습니다. 그럼 어머님 부디 내내 안녕히 계시겨오. 불효한 이 몸을 과히 생각 마시겨오.”

하고 이차돈은 또 일어나서 절을 하였다.

“이차돈아.”

하고 어머니는 슬픔을 감추나 떨리는 음성으로 부른다.

“네.”

하고 이차돈은 일어나다 말고 다시 어머님 앞에 꿇어앉는다.

“오냐. 어서 가거라. 좀더 있으면 내 가슴이 네 앞에서 터질 것 같고나. 네 아버님께서 전장에 나악아실 때에도 눈물을 아니 흘린 내언마는 이제 너를 보낼 때에는 끓는 피눈물이 복받쳐 오르는고나. 하지만 이런 말은 할 것이 아니고, 보아라 이차돈아, 네 재주가 족히 그 일을 할 만하냐. 고구려 임금의 목을 베거나 고구려 고을 하나를 빼앗거나 그것을 네 혼자서 할 만하냐.”

“어머님, 할 만하옵니다. 고구려 임금의 목을 이 몸이 베지 못하오면 이 몸의 목을 고구려 임금에게 주면 고만이옵니다. 어머님, 이 몸이 말 꼬리에 고구려 임금의 목을 달고 기운차게 돌아올 날을 기다려주시겨오.”

“오, 네 마음이 장하다. 한아버님께는 하직 사뢨느냐?”

“떠날 때에 한 번 더 보아라 하시었습니다.”

“오, 가 뵈어라. 한아버님 속은 오죽하시리.”

하고 일어나 나가려는 이차돈을 다시 부르며,

"이차돈아, 내 아들아."

"네."

"차라리 네 목을 고구려 임금에게 주고 올지언정 구차하게 도망하여 살아오지는 말아라."

"그리 아니하오리다."

"오, 인제 가거라."

"어머님, 부디 내내 안녕히 계시겨오."

"오, 애 내 아들아."

"네."

"오, 어서 가거라."

"어머님, 다녀오겠습니다."

"오, 잘 가서 소원성취하여라."

이차돈은 한 번 더 어머니를 돌아뵈옵고 나간다.

이차돈의 조부 한마로가 이차돈더러 떠날 때에 다시 자기를 보라는 뜻은 노자돈을 주려 함이었다.

한마로는 금을 넣은 전대 하나를 손자의 허리에 묶어주며,

"돈을 함부로 쓸 것은 아니지마는, 또 쓸 때에는 아끼지도 말아라. 만일에 사정이 딱한 사람이 있어서 돈이면 풀릴 만한 일이어든 아낌없이 다 내어 주어라. 인정을 팔아서 돈을 사는 것은 어리석은 일이니 네 가진 것을 다 주고라도 벗을 사거라. 목숨까지 주고라도 좋은 벗을 사고 인정을 사거라."

하고 훈계하였다.

"네, 한아버님 가르치심을 명심하여 잊지 아니하겠습니다."

하고 이차돈은 한마로 앞에 절하였다.

"오, 가거라. 네 몸을 죽일지언정 이름을 죽이지 말렷다."

"네, 한아버님 부디 내내 안녕히 계시겨오."

"오, 잘 가거라."

이차돈은 바위라는 하인 하나만을 데리고 말에 올라 열여덟 해 동안 자란 집을 떠났다. 바위는 이차돈과 같은 자라난 종이었다. 키가 크고 기운이 있고 걸걸하나 좀 어리석었다. 그러나 얼른 보기에는 무시무시한 사내였다.

"도련님, 고구려놈들 무서워 마세요. 제 아무 놈이라도 이놈의 주먹 한 개면 볼 일을 다 볼걸."

하고 이차돈을 따르면서 뽐내었다. 바위는 말 탄 이차돈을 따르느라고 이따금 달음박질을 쳤다.

이차돈은 집을 떠나기보다도 달님을 떠나는 것이 더 괴로웠다. 한 번만이라도 먼발치로라도 더 보고 싶었다. 이차돈은 남의 치소를 들을 것을 무릅쓰고 말 머리를 이마로 집께로 돌렸다.

"도련님, 어디로 가시오? 고구려로 가신다면서 왜 서쪽으로 가시오?"

하고 바위가 우뚝 섰다.

"이놈아, 잔말 말고 어서 따르라."

하고 이차돈은 말을 몰았다.

그러나 이마로의 집에는 문을 굳게 치닫고 문전에는 사람의 그림자도 없었다.

"도련님, 왜 여기서 어름어름하시오?"

하고 바위가 재촉하였다. 이차돈은 달님의 방이 있을 만한 곳을 다시금 돌아보면서 말을 몰았다.

이차돈은 바위와 함께 고을마다 들러서는 쉬고 낮이면 북으로 북으로 말을 몰아 육칠 일 만에 너른나루(지금 한강)를 건너 고구려 국경에 들어섰다.

너른나루 남쪽에는 신라 군사가 지키고 북쪽에는 고구려 군사가 지켰다. 신라 군사는 푸른 옷을 입고 고구려 군사는 검은 옷을 입었다.

고구려 쪽 너른나루에서 배를 내린 것은 해가 뉘엿뉘엿 넘어가는 다
저녁때. 이차돈이 배에서 내리는 것을 보고 고구려 군사 사오 인이 내
달아 길을 막았다. 그중에 두목인 듯한 긴 칼 찬 군사가 이차돈을 보고,

"누구?"

하고 물었다.

"신라 서울 사는 이손 한마로의 손자 이차돈."

하고 이차돈은 서슴지 않고 바로 대답하였다.

"어디로?"

하고 고구려 군사는 또 물었다.

"평양으로."

하고 이차돈은 똑바로 대답하였다.

"무슨 차로?"

"평양 흥복사에 백봉국사(白峰國師)를 찾아 불도를 배우러."

하고 이차돈은 미리 준비했던 대로 거짓말로 대답을 하였다. 이때에 고
구려 군사는 벌써 불법이 성행하여 나라에서도 불도를 믿고 평양 흥복
사를 머리로 하여 여러 곳에 큰 절이 있고, 그 중에도 흥복사는 바로 평
양에 있는 가장 큰 절로서 백봉국사라는 이가 주실이 되어 많은 제자를
가르치고 국사는 임금의 신임과 존경을 받아 나라 일에 세력이 많았다.
신라에서 고구려로 가는 사람은 대개는 불도를 배우러 간다고 핑계를
하는 것이었다.

뱃머리에서 이렇게 얼마 동안 힐난을 받은 뒤에 이차돈은 군사들의
호위를 받아 영문으로 끌려 어떤 높은 관원의 앞에 들어갔다.

거기서 '누구?', '어디로?', '무슨 차로?'하는 질문을 받고는 그
높은 관원이 신라 이손 한마로의 명성을 들어 아는 사람이라 이차돈을
융숭히 대접하여서는 그날 밤을 자기 집 사랑에서 유숙케 하였다.

그 관원의 집은 바로 너른나루 물가에 있었고 사랑은 바로 절벽 위에
있어서 물을 내려다보게 되었다. 너른나루의 물은 과연 컸다. 신라에서

못 보던 큰 물이었다. 동북으로부터서 서남으로 흘러 쭉 뻗친 큰 물에는 마침 부는 가을 바람에 물결이 높았다. 그것이 이차돈에게 용장해 보이고도 슬펐다.

나루 건너 신라 땅 촌락에서 저녁 짓는 연기가 오르는 것이 보였다.

저녁 상에는 술과 고기가 나오고 주인은 이웃나라 귀빈이라 하여 극진하게 대접을 하였다. 그리고 이차돈에게 신라 이야기, 신라 서울 이야기도 물었다.

두 나라가 다 한 조상에서 나왔고 또 서로 이웃하여 사니 싸우지 말고 의좋게 살자는 외교적 사령도 나오고 나중에는 검술 이야기와 선도 불도 이야기도 나왔다. 그러는 중에도 너른나루 관원은 고구려는 지방이 오천 리나 되는 큰 나라요, 신라는 고구려의 한 고을밖에 안 되는 조그마한 나라라는 말을 내세워서 이차돈에게는 가끔 불쾌한 인상을 주었다. 마치 광나루를 맡은 저만 해도 신라 임금만한 권위나 있는 것처럼 뽐내었다.

그 관원은 이런 말을 꺼내었다.

"신라 같은 조그마한 나라는 가만히 있는 것이 좋을 터인데 왜 고구려와 같이 큰 나라를 건드리려드오? 우리 고구려가 만일 하려고만 들면 신라쯤은 열흘 안에 다 멸해버릴 것을. 옛날로 말하여도 신라에서 실성왕(實聖王)을 고구려에 볼모로 바치고 가만히 있었기에 망정이지 그렇지 아니하였더면 벌써 서라벌도 고구려 땅이 되지 아니하였겠소?"

하고 마치 어른이 어린애 훈계하듯이 말하였다.

또 이런 말도 하였다.

"그래 조그마한 백제하고나 씨름이 될까."

이차돈은 분한 양을 보아서는 당장에 칼을 빼고 싶었으나 참았다. 나는 고구려의 임금을 잡으러 가는 몸이다. 이런 조그마한 관원하고 겨룰 내가 아니다 하고 꾹 참았다.

 "신라도 어느 나라와 싸워서 이겨본 일이 있소?"
하고 관원은 술김에 또 이차돈이 만만해 보이기 때문에 더욱 깔보는 수
작을 붙였다.
 이차돈은 약간 흥분하여,
 "너무 우리 신라를 깔보지 마오. 우리도 남으로 금관국을 쳐 이기고
동으로 우산국을 쳐 멸하고 백제의 고을을 뺏고——."
하고 신라의 싸움 잘하는 자랑을 하려 할 때에 관원은 껄껄 웃으면서,
 "금관국, 우산국, 하하. 손바닥만한 나라들. 그 따위야 나 혼잣들,
하하하하. 우리 고구려로 말하면 한나라를 쳐 물리고, 낙랑(樂浪), 임
둔(臨屯), 현도(玄菟), 진번(眞蕃)을 다 찾았거든. 우리 나라 광개토왕
(廣開土王) 말씀은 들었겠구려. 이 임금님이 좀더 오래만 앉아 왔더라
면 한나라를 모두 집어삼키는 것인데. 그렇지만 앞으로라도 다 먹을 날
이 있겠지. 이렇게 우리 고구려가 큰 나라와 싸우노라고 신라, 백제를
가만 두니까 꽨 듯싶어서, 하하하하. 자, 술이나 자시오."
하고 고구려 관원은 기고만장이다.
 이차돈은 참다 못하여,
 "너무 깔보지 마시오. 우리 신라는 비록 작지마는 국선도(國仙道)가
있어 사람들이 다 나라를 위하여서는 목숨을 아끼지 아니하니 반드시
평양 서울에 신라 군사의 말발굽이 울릴 때가 있을 것이오."
하고 뽐내었다.
 고구려 관원은 이 말에 손에 들었던 술잔을 도로 상에 놓고 깜짝 놀
라는 얼굴로 뚫어질 듯이 이차돈을 들여다본다.
 고구려 관원은 이윽고 이차돈을 바라보다가 정숙한 낯빛으로,
 "당신네 나라 국선도란 어떠한 것이오?"
하고 물었다. 이차돈은 호기있게,
 "우리 나라 국선도란 임금을 섬기되 목숨을 아끼지 아니하고, 부모를
섬기되 목숨을 아끼지 아니하고, 벗을 사귀이되 목숨을 아끼지 아니하

고, 전장에 나가되 목숨을 아끼지 아니하고, 죽일 때에 죽이되 함부로
죽이지 말라는 것이오."
하고 국선도의 다섯 가지 지킬 것을 말하였다.
"임금을 섬기되 목숨을 아끼지 아니하고, 부모를 섬기되 목숨을 아끼
지 아니하고, 벗을 사귀이되 목숨을 아끼지 아니하고, 전장에 나가되
목숨을 아끼지 아니하고."
하고 고구려 관원은 한번 외워보더니,
"그래 이 도를 닦는 사람이 얼마나 되오?"
하고 묻는다.
"신라 사람은 누구나 다 이 도를 닦소."
하고 이차돈은 자신 있게 대답하였다.
"신라에 꽃서방이라는 것이 있다니 그것이 무엇이오?"
하고 고구려 관원이 다시 묻는다.
"꽃서방이란 천하에 재주있고 기운있는 젊은 사람을 모아서 나라로
부터 국선도를 닦게 하는 사람들이오."
"그래 꽃서방은 모두 얼마나 되오?"
"몇천 명인지 수효를 알 수 없소."
"그래 정말 임금을 섬기되 목숨을 아끼지 아니한 사람이 있소?"
하고 고구려 관원은 또 묻는다.
이차돈은 서슴지 않고,
"있기를 두말요. 이루 다 세일 수도 없지마는 터마로(堤上)도 그러한
사람이지요."
하고 말을 끊고,
"응, 터마로, 터마로. 나도 아오. 당신네 나라 보해왕자(寶海王子)가
고구려에 잡혀왔을 때에 십 년이 넘어 우리 장수왕(長壽王)께서 돌려보
내시지를 아니하시니까 당신네 나라 내물왕의 명을 받아가지고 몰래 고
구려에 들어와서 보해왕자를 뽑아가지고 간 사람 말이오구려? 그렇지

마는 그게야 그리 칭찬할 것이 있소? 만일에 여러 만 명 대병을 무찌르고 왕자를 찾아갔다면 모르지마는 마치 좀도적 모양으로 훔쳐간 것이니 우리네 같으면 부끄러워할 일이오. 하하.”
하고 도리어 웃어버린다. 이차돈은,
  “그렇지마는 제 목숨을 아끼지 아니하고 임금의 뜻을 이뤄드린 것은 충성이 아니오?”
하고 관원을 노려보았다.
  “그는 그렇지. 조그마한 나라 충성은 되지.”
하고 또 웃는다. 이차돈은 충신 터마로가 일개 고구려 관원의 입에 욕을 당하는 것이 분해서,
  “그뿐 아니오. 그때에 보해왕자는 고구려에 볼모로 오셨고 미해왕자는 ○○에 볼모로 갔었소. 그런데 고구려에 가셨던 보해 왕자는 터마로의 충성으로 무사히 돌아오셨으나 ○○에 가신 미해왕자는 열 살에 가신 이가 마흔 살이 되셔도 ○○에서 돌려보내지를 아니하셨소. 그래 그때 임금 눌지왕께서 ○○에 가 계신 미해 아우님을 생각하시와 슬퍼하시는 것을 보고 터마로는 임금의 근심은 신하의 욕, 임금이 욕 되시면 신하는 죽을 것이라 하여 집에도 안 들르고 곧 배에 올라 ○○으로 간 것이오.”
  “집에도 안 들르고?”
하고 관원은 약간 놀라는 빛을 보인다.
  “응, 집에도 안 들르고 처자도 안 보고 배에 오르는 터마로를 보고 아내가 따라와서 잠깐만 만나고 가라고 부르는 것을 터마로는 다만 손을 흔들 뿐이요, 머물지를 아니하였다 하오. 그러고는 ○○에 가서 미해 왕자를 구원해내고 자기는 신라의 개도야지가 될지언정 ○○의 신하는 아니 된다 하여 높은 벼슬, 많은 상도 다 마다하고 끝끝내 항복하지 아니하고 형벌을 받아 죽어버렸으니 이런 충성이 또 어디 있소?”
하고 고구려 관원을 노려보았다.

"충신이오. 고구려같이 큰 나라에서는 생각할 수도 없는 일이지마는 의리를 위하여 목숨을 아니 지킨 것만은 갸륵하오."
하고 관원은 고개를 끄덕거리며 술 한 잔을 부어 높이 들고,
"신라 충신 터마로 용감하오."
하였다.

고구려 관원의 말을 듣고 보니 터마로의 한 일은 과연 작은 나라 사람의 충성이었다. 크게 군사를 일으켜 적국을 무찌를 생각을 못 하고 겨우 단신으로 꾀를 부려 보해와 미해를 뽑아내었으니 고구려 관원이 '조그마한 나라 충신은 되지'하는 말이 옳았다.

그렇지마는 그것은 터마로의 허물은 아니었다. 오직 신라라는 나라가 연약한 탓이었다.

터마로의 이야기를 듣고 고구려 관원은 이차돈을 놀려먹는 태도를 그쳤다. 더구나 이차돈이, '평양 서울에 신라 군사의 말발굽 소리 울릴 때가 있으리라' 하던 말이 몹시 관원의 신기를 불편케 하는 동시에 이차돈을 무섭게 보는 마음을 생기게 하였다.

그것저것 합하여 관원은 이차돈하게 편히 쉬라는 인사말을 남기고는 안으로 들어가버렸다.

이차돈은 사랑에 혼자 남았다.

잠이 들 것 같지도 아니하였다. 밖에서는, 아마 파수 보는 군사들이겠지, 소라 부는 소리가 가끔 들렸다.

이차돈은 문을 열고 뜰에 나섰다. 밤은 캄캄한데 바람은 차고 하늘에는 별이 총총하였다. 강가에는 고구려 군사와 신라 군사들의 화톳불이 뻘겋게 춤을 추고 있었다. 가만히 귀를 기울이면 절벽 밑으로 흐르는 너른나루 물소리가 들린다.

이차돈의 생각은 멀리 남쪽 신라 서울로 달린다.

'여기서 서라벌이 팔백팔십 리.'
하는 신라 군사의 노래를 기억한다.

'여기서 평양이 오백오십 리.'

하고 이차돈은 아직 보지 아니한 평양을 생각한다. 언제 올지 모르는
길, 살아 돌아올지도 모르는 길.

어머니, 한아버지, 달님. 서울의 낯익은 경치들!

'그러나 사내는 이런 생각을 하여서는 안 된다!'

하고 이차돈은 거의 눈물이 쏟아질 듯한 것을 꾹 참는다.

'거만한 고구려!'

하고 이차돈은 주먹을 불끈 쥔다.

'신라가 무서운 줄을 알리라.'

하고 이차돈은 하늘을 우러러본다.

'평양 서울에 신라 군사의 말발굽이 울릴 날이 있으리라.'

하고 뽐낸 제 말이 퍽 장쾌하였다.

'거만한 고구려!'

하고 이차돈은 한 번 더 주먹을 부르쥐었다.

'사내가 세상에 났거든 한 번 천하를 호령하여볼 것이다. 대군을 몰
아 적국을 부실 것이다. 오냐, 집 생각을 버리자. 고구려를 내 한 손으
로 때려눕힐 생각을 하자.'

하고 이차돈은 무릎을 꿇고 하늘을 우러러 큰 힘과 큰 용맹을 내리시기
를 빌었다.

하현달이 동천에 솟았다. 무시무시하게도 밝은 달이 솟자 강물이 금
빛으로 늠실거렸다. 앞으로 보면 고국의 산들, 뒤로 보면 적국의 산들.
하늘을 찌르는 한산이 자칫하면 어린 적국 사람의 기운을 누를 듯하
였다.

게다가 젊은 가슴의 사랑의 정, 달님의 모양. 그것은 한산의 위엄을
누르기보다도 이차돈에게는 어려웠다.

서울을 떠난 첫날 밤. 이차돈은 밤에 혼자 말을 달려서 도로 서울로
향하였다. 그러나 달이 하도 밝아서, 달이 하도 밝아서 중간에서 돌아

오고 말았다.

그렇지마는 인제는 팔백팔십 리, 날개 돋친 새라도 이 밤에 다녀올 수는 없는 것이다.

'꿈에나, 아아, 꿈에나.'

하고 이차돈은 술이 다 깨어서 방에 들어왔다.

그러나 원체 피곤한 이차돈은 꿈을 이룰 새도 없이 깊이 잠이 들었다가 아침에 일어나서는 평양길을 떠났다.

너른나루 지키는 관원의 물금(勿禁—여행권)이 있기 때문에 관문을 지날 때마다 일이 없었고, 산을 넘어 물을 건너 이국 풍토를 구경하면서 한개(大同江)에 다다른 것은 들국화 향기 높은 구월 초생이었다.

이차돈은 한개가에 서서 한개 좌우쪽에 즐비한 평양 서울을 바라보았다. 장수왕이 도읍을 이리로 옮긴 지 백 년도 다 못 되는 동안에 이렇게 굉장하게 되었는가 하고 이차돈은 놀랐다.

큰 강을 사이에 두고 벌인 평양은 신라 서울 서라벌의 열 갑절이나 될 듯이 크고 그뿐 아니라 모두 붉은 기와집에 집들이 높고, 강 건너 함박재(지금 모란봉), 쪽박재(지금 을밀대) 밑에 하늘에 솟은 우렁찬 집은 물어볼 것도 없이 남북 만여 리라고 일컫는 큰 나라 고구려의 임금의 궁성이었다.

장수왕이 오릿골 서울(지금 만주 집안현)이 협착할 뿐더러 왕검의 옛터를 차지하여 천하의 으뜸이 되려던 그 아버지, 광개토왕의 뜻을 이어 서울을 왕검성으로 옮기고 궁궐과 시가를 대규모로 건설하여 이십만 호 백여만 인구를 포용하게 만든 것이었다.

길에는 박석과 인조석을 깔고 시가에는 여기저기 운하를 파서 한개와 연하게 하여 일변 물을 마음대로 쓰게 하는 동시에 일변 배가 마음대로 다니게 하고 또 왕의 증조 되는 소수림왕(小獸林王) 때에 세웠던 대학과 기타 학교며 또 역시 소수림 때에 세운 이불란사(伊佛蘭寺)와 초문사(肖門寺)를 새 서울로 옮기어 이 불란사는 함박재 뒤 한재(大城山) 앞에 세우고 초문사는 함박재 앞 바로 뒷대궐 안에 세워 임금이 몸소 수도하는 절을 삼았다. 그 밖에도 여러 절이 있었다.

또 한개 강가에는 수재와 강 언덕이 무너질 것을 두려워 어떤 데는 성을 쌓고 어떤 데는 물 밑으로 호안 공사를 하였다(지금 중성 강가에 있는 두텀성이 그것이다).

또 한개 위에는 다리 셋을 놓았는데 다리 기둥은 모두 인조건(시멘트)으로 하였다. 맨 위에 놓은 다리는 밝은다리라 하여 밝은 여울 위에 놓았는데 임금과 귀족들이 다니는 다리요, 문간에 놓은 다리는 너른다리라 하여 뭇백성들이 다니는 다리요, 맨 아래 놓은 다리는 시체만을 운반하는 다리로서 이 다리 이름은 연우다리라고 하였다. 밝은다리는 무지개 모양으로 홍예를 틀고 무지개와 같은 채색을 그리었고, 너른다리도 홍예는 틀었으나 오직 푸른 난간을 하였고, 연우다리는 상여가 보이지 아니하게 하기 위하여 높은 난간을 만들어 어두운 다리라는 별명이 있었다. 고구려 사람들은 옛날에는 사람이 병이 들어 죽으면 그 집을 버리고 새 집을 짓고 살았지마는 문화가 발달된 뒤에는 거의 다 죽게 된 사람은 죽는 집으로 옮기었고 죽은 뒤에는 반드시 그 시체를 도성에서 멀리 강을 건너가서 묻었다.

이차돈은 한개 위에 놓인 세 다리를 보고도 아니 놀랄 수가 없었다. 신라 서울 서라벌에는 강이라 할 만한 강이 없고 문내라든지 서드릿개라는 다 겨우 작은 배나 다닐 만한 개천인데 평양의 한개는 바다같이 넓은 데다가 게다가 물이 맑고 그 큰 강에 다리를 셋씩이나 놓은 것이 놀랍지 아니할 수 없었다.

그러나 이차돈의 놀람은 너른다리를 건너서 평양의 가장 번화한 시가에 들어설수록 더하였다.

붉은 기와를 인 큰 집들, 그 둥근 주춧돌의 웅장함, 그 드높음, 그 널찍널찍함 그리고 신라 서울에서는 볼 수 없는 모든 물화를 쌓은 가게의 즐비함. 그리고 또 놀라운 것은 사람들이 대개 신라 사람들보다 건강하고 씩씩해 보이고 걸음이 빠르고 옷도 신라 옷 모양으로 가랑이와 소매가 넓지 아니하고 모두 경첩하게 된 것이었다.

그리고 이따금 활을 메고 창을 든 군사들이 기운차게 말을 몰악아는 것이었다. 동명왕 이래로 일찍 한 번도 싸워서 져본 일이 없다는 고구려 군사요, 또 천하에는 저 하나밖에 없는 듯이 뽐내던 한나라를 만리장성 저쪽으로 쫓아버린 고구려 군사다.

이 나라에는 국민개병주의여서 남자치고는 한 번 군사 안 되어본 이가 없고 전장에 나갔던 아버지나 한아버지를 안 가진 이가 없었다. 지금이라도 다른 나라와 싸움만 나면 벼슬하던 사람이나 장사하던 사람이나 다 집어치고 명령 일하에 활을 메고 칼을 차고 전장으로 달려가는 것이었다. 이러한 기풍을 볼 때에 이차돈이 너른나루 관원이 신라 사람도 싸움할 줄을 아느냐, 하던 것이 또한 당연하다고 하였다.

이차돈이 평양 서울에서 또 하나 놀란 것은 평양 서울에 한족과 선비족의 포로가 많은 것이었다. 그들은 고구려 복색을 입기를 나라에서 금하기 때문에 저희 복색을 하고 혹은 긴 막대기 두 끝에 광주리 둘을 달고 고기나 채소를 팔러 다니고 혹은 잔나비와 곰을 가지고 다니면서 꽹과리를 치며 구경을 시키고 혹은 칠장이 혹은 석수장이 같은 장색을 다녔다. 그 중에도 혹은 낙랑 혹은 대방 같은 본래 한나라 고을에서 태수나 그 밖에 높은 벼슬 하던 사람의 자손들은 특별한 대우를 받았지마는, 그래도 그들은 고구려 사람들 사는 도성 안에 살기를 금하고 한개 동편 연우다리 건너 고구려 사람 묘지 저쪽에 땅을 그어서 모여 살기를 허하였다.

한족, 기타의 포로들은 고구려 사람과 혼인하기를 금하고 고구려 사람을 삯 주어 부리기를 금하고 만일 한인이 고구려 여자를 건드리는 이가 있으면 곧 사형에 처하였다. 그러나 고구려 사람 중에는 한인의 여자를 첩으로 얻는 사람도 있어서,

"이년, 한나랏년이!"

하고 여자들의 미움과 천대를 받았다.

그들은 아무러한 일이 있어도 본국에 돌아가기를 허함이 되지 못할 뿐더러 평양 서울 밖에는 나가기를 금함이 되었으니 이것은 고구려의 사정을 저희 나라에 염탐해 보내기를 두려워함이었다.

이 모양으로 한인의 포로의 자손들은 그 여자는 많이 고구려 사람의 첩으로 팔려 가되 고구려 여자를 아내로 데려올 수는 없기 때문에 홀아비는 사는 사람이 많고 따라서 그 자손은 날로 줄었다.

한나라가 망한 뒤에는 이 포로들을 단속하는 법이 좀 풀어져서 다소 자유를 얻었지마는 예로부터 오는 법은 변함이 없었다.

이런 것들을 보고는 이차돈은 너른나루 고구려 관원이 거만한 것도 당연한 일이라고 생각하였다. 신라에서 기껏 가락국이나 우산국 포로를 잡아다가 종으로 부리는 것쯤은 실로 부끄러운 일이었다. 고구려 사람의 눈에 신라나 백제 따위는 셈에 처지지도 아니할 것도 당연하다고 생각하였다.

이런 것을 볼 때에 이차돈은 고구려의 위대함을 느끼는 동시에 조국인 신라의 무한히 작고 약함이 느껴져서 슬펐다.

고구려 임금의 목을 벤다든지 고구려의 한 고을을 빼앗는다는 것은 설사 성공한다 하여도 어린애다운 우스운 일이라고 생각하였다. 그러한 일로 고구려가 움찔할 것도 아니요 또 신라가 커질 것도 아니었다.

이차돈은 우선 평양에 와서 사는 신라 사람을 찾아서 명주 장사하는 사람을 만났다. 그 사람은 본래 서라벌 사람으로 평양에 온 지 십여 년이나 되고 또 장사가 꽤 크게 벌이고 있었으나 지금은 고구려 배가 양나라로 다니기 때문에 양나라 비단이 많이 들어 와서 장사가 잘 되지 아니한다고 하였다.

"인제야 평양 부자들이 한나라 비단만 입지, 신라 명주야 돌아나 보아야지요."

하고 거울보고(鑑福)라는 명주 장수는 이렇게 불평을 하였다.

장사는 잘 안 된다고 불평은 하지마는 꽤 잘사는 모양이어서 한나라 여자 첩도 두고 고구려 여자 아내도 두고 집도 좋은 집에서 살며 고구려놈들이 한나라 비단 입는 것을 험구를 하면서도 저도 한나라 비단옷을 입고 있었다.

거울보고는 심히 약삭빠른 장사아치였다. 가냘픈 몸이 온통 꾀로만 생긴 듯하여서 그 조그마한 눈은 늘 사람의 눈치를 보느라고 반짝거렸다. 이차돈은 이 사람을 좋아하지 아니하였으나 이와 인연을 맺은 것은 어찌할 수 없을 뿐더러 그는 이차돈이 명가 자제인 것과 이차돈의 몸에 돈(금)이 있는 것을 보고 무척 우대를 하였다.

사십이 넘었건마는 깍듯이 이차돈을 서방님이라고 부르고 저를 이 몸이라고 부르기를 잊지 아니하고 거처하는 방도 제 방을 내어주었다. 객지에 난 사람이 잠자리와 음식 범절이 편한 것은 싫지 않았다.

이차돈은 아직 거울보고의 집에 있으면서 형편을 보기로 하였다.

거울보고의 말에 의하면 평양에는 꽤 많이 신라 사람들이 와 있었다. 대학에 와 있는 이도 있고 절에 와 있는 중도 있었다.

신라에서는 중노릇을 내놓고 못 하기 때문에 불도를 배우려는 사람들은 고구려에 올 수밖에 없었다. 그러나 중의 복색을 하고 다니는 이는 어느 것이 신라 사람인지 알 수가 없고 오래 이야기나 해보아야 사투리를 들어서 겨우 알아볼 만하다고 하였다.

또 거울보고의 말을 들으면 고구려에서는 신라 사람을 한껏 멸시하고 한편으로는 의심하여서 가끔 두 나라 사람 사이에는 충돌이 생겨서 살사가 생기는 수도 있다고 하며, 그래서 신라 사람들은 평양 서울에서 기를 펴고 다니기가 어렵다고 한다.

또 거울보고의 말에 의하면 고구려 사람들이 신라 사람들을 미워하는 까닭은 신라 사람은 꾀만 부리고 거짓말쟁이라는 것과 같은 왕검을 조상으로 삼는 형제국이언마는 신라가 매양 고구려를 미워하고 도리어 멀리 한족이나 왜와 가까이한다는 것이었다.

또 하나 고구려 사람들이 신라를 미워하는 까닭은 장차 고구려를 멸할 자는 신라라는 말이 있다는 것이었다. 지금 형편으로 보면 고구려와 신라는 어른과 아이, 호랑이와 고양이지마는 이러한 신라가 무슨 꾀와 거짓으로 고구려를 해칠는지 모른다는 것이었다.

또 거울보고의 말에 의하면 그러하기 때문에 고구려에서는 어떤 자는 아주 신라를 없애버리자는 이도 있고 또 어떤 이는 건드리지 말고 가만히 내버려두었다가 정말 말썽을 부리거든 혼을 내자고 하기도 하였다.

거울보고는 이차돈더러,

"그러니까 서방님 같으신 양반은 까딱 잘못하면 의심받으시기 쉬우십니다. 고구려놈들이 원체 우악스러워서."

하고 조심하기를 권하기도 하였다.

그렇지마는 이차돈은 비록 신라에서는 아이 어른 할 것 없이 이름을 모를 이가 없도록 유명한 서방님이지마는 고구려에 들어와서는 하잘것없는 작은 나라의 하잘것없는 어린애였다. 길에 나가 다니더라도 어떤 신라 아인고 하고 고구려 사람들은 이차돈을 거들떠보지도 아니하였다.

시월 상달이 되었다. 상달에도 초사흘, 평양 왕검님을 모신 신궁에서는 팔관재라는 커다란 제사를 드리고 임금과 왕후와 모든 귀족들의 남녀노유가 모여서 각색 재주를 겨루고 각색 놀이를 하는 날이다.

평양 서울 이십만 호, 백만 인구는 이날을 가장 큰 명절로 집집마다 술을 거르고 시루떡을 찌고 황토를 깔고 왼새끼 금줄을 늘이고 사내아이들이면 작은 칼을 채우고 활을 메우고, 어른들이면 이날에 칼과 창과 활촉을 갈고 갑옷을 입고 아이 어른이 모두 전장에 나가는 군사들처럼 차리고 신궁에 들어갈 자격이 없는 백성들은 강가와 벌판에 모여서 편을 갈라가지고 재주를 겨루었다.

그 중에도 가장 용장한 것이 말타고 창쓰기와 돌팔매를 던지는 것이다. 싸움이 한창 어우러지면 여러 백 명 사람이 죽기도 하고 상하기

94

도 하지마는 고구려 사람들은 그것을 유쾌한 것으로 알았다.

이차돈도 이날에 칼을 차고 활을 메고 창을 들고 편싸움터에를 나갔다. 도성 서쪽에 있는 넓은 벌판에는 수십만 명 젊은 사람들이 모여 있었다.

말 타고 창 가진 자는 그러한 자들끼리, 활과 칼 가진 자는 그러한 자들끼리, 또 활도 칼도 없는 자들을 돌을 한 주머니씩 차고 따로따로 편을 갈라섰다. 좌우편 맨 뒤에 말을 타고 섰는 이는 두 왕자라고 거울보고가 이차돈에게 일러주었다.

북이 울자 경기가 시작되었다. 맨 처음 과목은 활쏘기, 그 다음이 칼쓰기, 그 다음이 말 타고 창쓰기, 또 그 다음 맨 나중이 돌팔매였다.

활쏘기가 한창 어우러졌을 때에 어떤 고구려 청년이 이차돈을 보고,

"너 신라 사람 아니냐?"

하고 빙글대며 물었다.

"그렇다."

하고 이차돈은 그 고구려 청년의 거만한 태도를 보고 거만하게 대답하였다. 그 고구려 청년은 이차돈이 뻑뻑한 것을 보고 눈이 불온해지며,

"너도 활을 메고 칼을 찼으니 싸울 줄을 아느냐?"

하고 빈정대었다. 이차돈은 이날의 용장한 기분의 영향도 받아서 호기 있게,

"오, 너희 고구려 젖비린내 나는 아이들과는 겨룰 생각도 없다. 저것들이 활을 쏘는 것이냐?"

하고 뽐내었다.

"건방진 놈 같으니!"

하고 그 고구려 청년은 주먹을 불끈 쥔다.

"어디 주먹으로 한번 겨루어볼까?"

하고 이차돈도 주먹을 쥐인다.

"서방님, 서방님."

하고 거울보고가 큰일났다고 이차돈의 소매를 끌었다. 성난 고구려 청년은 거울보고를 힐끗 돌아보며,

"오, 너도 신라놈이로구나. 신라놈들은 기운은 한땀도 없으면서 꾀만 많아 도무지 미덥지를 않고 요리 붙었다 조리 붙었다 간사만하고── 신라놈들이 우리 고구려에 와서 하는 것이 무엇이야? 나쁜 물건 갖다가 속여 팔아먹기, 염탐꾼질하기, 요놈들을 깡그리 때려서 내어쫓아버려야──."

하고 뽐낼 때에 다른 청년들도 무슨 일인가 하고 모여든다.

거울보고는 이거 큰일났구나 하고 땅에 손을 짚고 절을 하며,

"이 몸은 나기는 신라에서 났으나 평양에 온 지가 이십 년이요, 고구려 여자에게 장가를 들고 명주 장사를 하는 놈이오. 이 서방님은 신라에서 구경오신."

하고 발명을 하는 것을 이차돈이 한 팔로 떠밀어 젖히며,

"무슨 그런 소리를 하고 있어? 입 닥쳐!"

하여 호령을 하고는 성난 고구려 청년더러,

"나는 고구려가 큰 나라라 하기로 그 백성이 예의를 아는 줄 알았더니, 너 같아서야 오랑캐나 다름이 있느냐. 아무 허물 없는 외국 손님 보고 그 말버릇이 무엇이란 말이냐. 보아하니 너도 활을 메고 칼을 찼으니 천한 사람은 아닌 듯 또 네 검은 옷을 입었으니 조의 선인이라는 것도 같으니 더러운 입심만 부리지 말고 겨루려거든 활이나 칼로 겨루어보자."

하고 그 청년을 노려보았다.

"오, 네 말이 그럴듯하다."

하고 그 고구려 청년은 칼을 뽑으며,

"어디 네 감히 내게 덤비어볼 테냐. 고구려 사람의 칼 맛이 어떤가 한 번 보려느냐. 보아하니 계집애같이 생긴 것이, 게다가 젖비린내는 나는 것이. 자, 덤비어라."

하고 서너 걸음 물러 넓은 데로 나섰다.

"오냐, 신라 사람의 칼 맛이 어떤가 보아라."

하고 이차돈도 칼을 빼었다.

좋은 구경 났다 하고 고구려 청년들은 두 사람의 주위로 모여들었다.

이차돈은 칼을 들고 나서며,

"내 처음 이 나라에 와서 사람을 죽인다는 것은 상서롭지 못하니 네 귀 왼편 하나만을 떼고 말 테다. 네 왼편 귀가 떨어지거든 더 덤비지는 말렷다. 피를 본 칼은 사정이 없는 것이어든."

이차돈의 말에 둘러선 사람들은 더욱 긴장하였다. 열 겹 스무 겹으로 사람들은 이 두 젊은 검사가 싸우는 것을 보려고 모여들었다.

다들 발을 벗디디고 고개를 쳐들었다. 거울보고는 달아날 기운도 없이 이차돈의 활을 들고 서서 덜덜 떨고 있었다.

이차돈은 고구려에 온 후로 고구려 사람들이 신라를 멸시하는 양만 당하고 있었으므로 오늘 이 자리에서 제 용기와 재주를 보여 고구려 사람들의 간담을 서늘케 하는 것도 쾌한 일이라고 생각하였다.

고구려 청년이 먼저 칼끝을 이차돈의 가슴으로 향하고 엄습하였다. 그러나 이차돈은 슬쩍 몸을 비켜 고구려 청년은 칼끝을 따라서 한 걸음 헛발을 짚었다.

여기서 벌써 이차돈은 그 고구려 청년의 실력을 알았다. 그 고구려 청년은 자기의 자신 있는 칼끝이 허공을 찌른 것에 가슴이 서늘하였다. 그러나,

"요것이!"

하고 그 청년은 연해 전력을 다하여 이차돈을 엄습하였으나 번번이 허공을 찔렀다.

이차돈은 마치 칼을 안 쓰려는 사람과 같이 저편의 칼끝을 슬쩍슬쩍 피하기만 하였다. 고구려 청년이 헛칼을 쓰는 동안에 분명히 여러 번 기회가 있었으나 이차돈은 그것을 알고도 이용하지 않는 것 같았다. 그

러나 곁에서 보는 검객들은 벌써 승부가 어느 편에 있는 것을 알았다.

고구려 청년은 마침내 이차돈이 만만치 아니함을 깨닫고 지키기에 많이 힘을 쓰는 양이 보였다. 더구나 이차돈이 언명한 왼편 귀를 지키기에 전력을 다하였다.

그러나 고구려 청년의 마음에는 아직 자리잡히지 못하고 비인 구석이 있었다. 이차돈은 그 비인 구석을 알았다.

이차돈은 고구려 청년에게 그가 가장 탐내는 듯한 제 가슴을 주었다. 아니나다를까 그 청년은 번개같이 이차돈의 비인 가슴을 향하고 힘을 다하여 칼끝을 몰았다.

이차돈은 고구려 청년의 이 빈 틈을 타서 살짝 왼편 귓머리를 칼끝으로 베었다. 서리 같은 이차돈의 칼끝에는 빨갛게 고구려 청년의 피가 묻고 그 목과 어깨에도 빨간 피가 흘렀다.

"그만!"

하고 곁에 섰던 사람들이 소리를 질렀다. 이 소리에 고구려 청년은 제 귀가 떨어진 줄을 알았다. 두 사람은 칼 든 채로 물러섰다.

고구려 청년은 왼편 귀를 만져보았다. 삼분지 일쯤 귀가 없어진 것을 깨달았다. 그 청년은 이차돈의 앞에 무릎을 꿇었다. 그리고 떨리는 소리로,

"과연 선생님이시오."

하였다.

둘러섰던 사람들도 다 이차돈의 재주와 또 그 침착한 용기를 칭찬하였다.

"누구 이 신라 사람과 재주를 겨룰 사람 없느냐?"

하고 무리 가운데서 누가 소리를 질렀다.

거울보고는 너무나 기뻐서 얼굴이 찌그러졌다. 무서워서 떨던 무릎이 기뻐서 떨렸다. 더구나 이차돈이 고구려 청년의 목숨을 끊지 아니한 것이 기뻤다. 만일에 이차돈이 그 고구려 청년을 죽이기만 하였더면 이

차돈뿐 아니라 저까지도 모둠매나 모둠칼 속에 죽었을 뻔하였다고 생각하였다.

그러나 '누구 이 신라 사람과 재주를 겨룰 사람 없느냐?'하는 소리에 나도나도 하고 수십 명 청년이 칼을 빼어 들고 나설 때에는 거울보고는 간담이 서늘하였다.

"신라놈한테 지느냐."

하는 살기가 등등한 소리가 군중 속에서 날 때는 거울보고는 그만 무릎마디에 힘이 빠져서 땅에 쓰러졌다.

이때에 어떤 사람 하나가 무리 속에서 쑥 나섰다. 그는 수염이 길고 나이가 육십이나 되어 보이는 풍신 좋은 사람이었다. 이 사람이 나서자 칼을 빼어 들고 있던 청년들은 다들 읍하고 뒤로 물러섰다.

"다들 칼을 거두라."

하고 명령하고, 다음에는 이차돈의 손을 잡으며,

"서방님의 이름이 무엇이오?"

하고 물었다.

이차돈은 오늘에는 사생이 결단되는 날이다 하고 최후의 결심을 하고 있던 차에 의외에 이 노인의 친절한 태도를 보고 첫째로는 늙은이에 대한 대접으로나, 둘째로는 그의 위풍과 언사에 사람을 누르는 무엇이 있음을 보아서 공손하게 읍하며,

"이 몸은 신라 서울 이손 한마로의 손자 이차돈으로 불법을 배우려고 고구려에 들어온 사람이오."

하였다. 이차돈의 말에 그 노인은 놀라는 빛을 보이며,

"이차돈? 한마로 이손의 손자?"

하고 한 번 뇌이고,

"여기서는 길게 말할 수 없으니 내 집으로 갑시다. 나는 메주(彌鄒)요."

하였다. 이차돈도 이 말에 놀라면서,

“메주한가(彌鄒大加)시오?”

하고 물었다.

“그렇소.”

하고 메주한가는 말을 불러 이차돈더러 오르라고 하였다.

이차돈은 거울보고의 손에서 활과 창을 받아들고 말에 오르다,

“먼저 가오.”

하였다.

메주한가가 말을 타고 고삐를 채니 청년들은 모두 허리를 굽혀서 인사한다.

메주는 고구려 장수왕의 둘째 아들이요, 문자명왕(文咨明王)의 아버지 고주한가(古鄒大加)의 아우요, 지금 왕의 종조부다. 명장으로 고구려 문자명왕 때에 신라 비추마리한(毗處麻立干)이 묵은 원수(보해왕자를 볼모로 데려가고 놓아주지 아니하여 터마로가 가서 빼앗아 온 일)를 갚는다 하여 대군을 몰아서 살여울까지 몰아갔을 때에 아직 삼십도 못된 메주가 그 무서운 칼로 물리친 일이 있다. 그래서 신라에서는 고구려의 메주한가가 죽기 전에는 고구려와 싸우지는 못할 것같이 생각하리만큼 메주한가는 신라에서 두려워함을 받은 사람이었다. 이차돈은 이 무서운 신라의 적장을 따라가는 것이었다.

메주한가는 광개토왕 이래로 고구려가 문약에 흘러 큰 인재가 나지 아니함을 한탄하여 해마다 시월 상달이면 몸도 미복으로 재주 겨루는 ‘편싸움판’에 나왔다가 그 중에 가장 빼어난 사람을 보면 골라내어 더욱 재주를 가르치고 나라 일을 말하는 것이었다. 이날에도 메주한가는 편싸움판에 나왔다가 이차돈의 재주와 용기와 또 그 지혜를 보고 놀랍게 생각하여서 집으로 데리고 가는 것이었다.

메주한가의 집은 바로 만수대 대궐 앞에 있었다. 그는 임금의 종조부요, 선생이요, 높은 대신이면서도 퍽 검소한 생활을 하고 있었다. 집은 나라에서 하사한 것이라 으리으리하고 크지마는 메주한가가 거처하는

방은 오직 칼과 활과 창과 갑옷과 서책이 있을 뿐이요, 방 안에 사치한 것은 하나도 없었다.

메주한가는 이차돈에게 자리를 권하며,

"크게 높으신 손님이 오늘 내 집에 임하셨소."

하고 공손히 다시 주인이 손님에게 대한 예로 절을 하였다. 이차돈도 일어나,

"이 몸의 한아버지와 같으신 나이시요, 이 나라에 높으신 자리에 계신 어른께 인사를 드리오."

하고 절하였다.

메주한가는 하인을 불러 술을 내오라 하여 이차돈에게 술을 권하며,

"이 몸이 아직 만나 뵈온 일은 없으나 한마로 이손의 높으신 이름은 일찍부터 들었고 또 이차돈 서방님이 재주가 비범하신 줄도 벌써 들었소. 또 너른나루 지기의 보고로 서방님이 평양으로 오신 줄도 알았으나 만날 기회가 없어서 기회를 기다리던 중에 오늘 높은 재주를 뵈옵고 이렇게 내 집에 오시게 되니 이것은 다 하늘이 지시하고 왕검 한아버님이 지시하신 것이오. 우리네가 지금 고구려니, 신라니 또 백제니 하고 세 나라로 갈린 지가 사오백 년이 되었지마는 본래는 한 조상의 자손이 아니오. 북에는 한족이 있어 우리 고구려는 거의 오백 년을 두고 다투다가 다행히 이 몸의 한아버지 광개토왕의 힘으로 한족의 손에 들었던 고토를 거의 찾고 또 한나라가 망한 뒤에 위니, 양이니 하는 여러 나라들이 생겨서 서로 한토의 패권을 잡으려고 하는 모양인데 불원에 저들이 통일한 나라를 이루는 날이면 또 한나라에서 잃은 땅을 찾는다 하여 우리를 건드릴 터이니 불원에 우리는 또 한족과 싸울 날이 올 것이오. 이런 형세를 생각하면 우리네 같은 조상의 자손네가 네요 내요 하고 싸울 때가 아니라 하오."

메주한가는 젊은 이차돈을 앞에 놓고 국제 정세와 세 나라의 관계를 설명한 뒤에,

"이때에 정히 우리 고구려는 신라와 백제에 대하여 거만한 생각을 버리고 또 신라와 백제는 고구려에 대하여 시기하는 마음을 버리고 서로 화친하고 서로 연합하여 우리 공동의 원수인 한족과 대항하여서 저 넓은 한토를 우리 손에 넣도록 할 때라고 생각하오."
하고 성의있게 주장하였다.

이때 고구려에는 두 파가 있었다. 한 파는 신라와 백제를 쳐서 멸하여 모두 고구려 밑에 넣자는 파인데, 그 두목은 새치(乙支)라는 한가요, 또 하나는 그럴 것이 아니라 신라와 백제와 서로 제휴하여 장차 새로 일어나려는 한족에 대항하자는 파인데, 그 두목은 이 메주한가였다.

그러나 불행히도 고구려 귀족들은 소수림왕, 광개토왕 이래의 부귀와 영화에 분투의 기상이 줄어 일신의 안락을 생각하는 사람이 많고, 새치한가나 메주한가와 같은 큰 뜻을 알아듣는 사람이 적었다.

그래서 메주한가는 마침 평양에 유학 오는 신라, 백제 청년들은 기회 있는 대로 만나려 하였다. 무엇에나 좀 뛰어난 재주가 있다든지 덕이 있다든지 하는 사람이면 아주 고구려 사람을 만들어버리거나 그렇지 못하더라도 고구려와 친선하는 생각을 가지게 하려고 그리고 왕검족이 한데 뭉쳐서 한족과 대항하여 된다는 사상을 가지게 하려고 많이 애를 썼다.

이 때문에 대학의 교수들과 초문사나 이불란사 높은 중들에게 부탁하여 고구려 청년은 물론이고 신라 백제 청년 중에도 뛰어난 사람을 거천하라고 하였다.

그러나 불행히도 그는 아직도 큰 사람이라고 할 만한 사람을 만나지 못하였다.

그러다가 오늘 이차돈의 검술, 침착한 태도, 그리고 얼굴이 천하를 호령할 위맹상(威猛相)은 아니나 그 청수한 기골이 족히 백세에 만인의 흠앙을 받을 만한 것을 보고 반가워 데려온 것이었다.

이차돈은 메주한가의 말을 듣고,

　"지당하신 말씀이시오. 그러하오나 세 나라 사람이 다 각기 서로 미워하는 마음을 가지고 틈만 있으면 싸우려 하니 이 마음을 고칠 도리가 있사오리까."

하였다.

　메주한가는 이차돈의 이 말에 깊이 감복하는 빛을 보여 연해 고개를 끄덕이면서,

　"젊으신 이 생각이 어떻게 그렇게 도저하시오, 과연 세 나라 사람이 서로 미워하는 마음을 가진 동안 화평할 길이 없소. 그러매로 내 생각하기에는 우리 세 나라가 서로 한 조상의 자손이요, 또 공적한 큰 적— —그것은 한족이오, 이 큰 적에 대하여서는 힘을 합하지 아니하면 안될 것을 깨닫게 하는 것이 첫째 도리요, 둘째로는 불도를 널리 펴서 서로 불도를 통하여 한 마음이 되는 것이 좋을 줄 아오. 신라에도 지금부터 약 백오십 년 전에 소수림왕께서 역시 그런 마음을 가지고 아도화상을 신라로 보내었더니 신라에서 아도화상을 죽이려고 하기 때문에 일선주 모례의 집에 숨어 있는 것을, 그것을 알고 또 죽이려고 해서 땅을 파고 숨어 있다가 돌아갔지요. 그 후에 서라벌에 흥륜사라는 절까지 세우기를 나라에서 허하신 일도 있는 모양이지마는, 그 후에도 여전히 불도는 고구려에서 전한 것이요, 또 우리 국선도와 맞지 않는 것이라고 하여 신라에서는 여전히 금하는 모양인데 그것은 불도가 무엇인지 아직 깨닫지를 못하여서 그런 것이고 만일 우리 세 나라가 다 불도를 받는다 하면 첫째로, 세 나라의 쓸데없는 싸움이 끊어질 것 아니오. 이렇게 말하는 이 몸도——어, 벌써 삼십 년이나 되었나—— 살여울 벌에서 귀국 군사와 싸운 일이 있소마는——."

하는 메주의 말을 끊고 이차돈은,

　"네, 한가 이름은 신라에서 모르는 이가 없소."

하고 웃었다.

　"허허. 그러오? 서방님도 이 몸을 원수로 알겠구려."

하고 메주도 웃는다. 그의 기억에는 그가 이차돈 모양으로 젊은 때 용
장하게 신라 군사를 삼 후리듯 후려갈기던 생각이 떠오르는 것이었다.
 이차돈은 메주한가가 웃는 것을 보고,
 "이 몸의 아버지도 귀국과의 싸움에서 죽었소."
하고 슬픈 빛을 띠었다.
 "아, 그러셨소."
하고 메주한가도 곧 동정하는 빛을 보이며,
 "그러면 어느 싸움이었나?"
하고 이차돈을 본다.
 "너른나루 싸움에."
 "옳지, 너른나루 싸움에. 음, 근 이십 년 되는군."
 "이 몸의 나이 열여덟이니 그 싸움도 열여덟 해요."
 "오, 서방님 나이 열여덟이시오? 아버님 돌아가시던 해에 나셨소."
 "네, 유복으로."
 "유복으로?"
 "네, 아버지는 혼인하신 지 몇 달 안 되어서 전장에를 나가셔서 매우
용맹 있게 싸우셨다 하는 말을 어른들 입에서 들었소."
 "그러셨겠소——. 얼마나 많은 좋은 인재가 쓸데없는 전쟁에 죽었을
까."
하고 메주한가는 창연히 눈을 감았다. 그리고 제 손으로 죽인 신라 군
사도 수백 명이 되리라고 생각하였으나 이차돈의 아버지가 자기 손에,
즉 살여울 싸움에서 안 죽은 것만 다행으로 생각하였다.
 메주한가는 한참 동안 창연하게 눈을 감고 있다가 문득 눈을 번쩍 뜰
때에는 그 눈에서 불이 번쩍하는 듯하였다. 보기에는 퍽 온화하고 인자
한 듯한 이 늙은 장수의 눈에는 아직 불길이 있구나 하고 이차돈은 감
탄하였다.
 메주한가는 눈을 번쩍 뜨며,

"우리 세 나라가 서로 싸우는 것은 조그마한 사혐이거나 조그마한 고을 한두 개를 위하는 것이니 그런 조그마한 일에 형제 서로 피를 흘리는 것이 참으로 우스운 일이 아니오? 그렇지마는 우리가 저 한족과 싸우는 것은 왼 천하를 다투는 것이어든. 작은 싸움을 버리고 큰 싸움을 할 것이 아니오?"

하고 메주한가의 눈에서는 한 번 더 볼이 번쩍한다.

"한가 말씀이 참으로 옳으시오. 이 몸의 어린 가슴이 뚫리는 듯하오."

하고 이차돈은 평생에 이런 통쾌한 언론을 처음 듣는 듯이 유쾌하였다. 저더러 고구려 임금의 목을 베거나 고구려의 큰 고을 하나를 빼앗아 오라던 신라 조정의 마음이 적음이 부끄러웠다.

이차돈은 다시 꿇어앉으며,

"귀국 상감마마께오서 그러한 생각을 품으시고 겨오시오?"

하고 이차돈은 엄숙하게 물었다.

메주한가도 무릎을 다시 꿇며,

"우리 상감마마께오서 품으신 생각이 곧 지금 이 몸의 말씀 생각이시오."

이날에 이차돈은 별로 많은 말은 하지 아니하였으나 메주한가에게는 매우 좋은 인상을 주었다.

이차돈이 늦도록 이야기하다가 사관인 거울보고의 집에 돌아온 때에는 거울보고는 눈물을 흘릴 듯이 반가워하고 마치 대단히 높은 사람 앞에나 나간 듯이 대문에서부터 수없이 허리를 굽혔다.

"본대 높으신 어른인 줄을 모른 바는 아니지마는 오늘 그 재주를 뵈옵고는 이 몸은 너무도 기뻐서 땅에 쓰러졌소."

하고 거울보고는 이차돈을 따라서 이차돈의 방까지 가서는 감히 그 방에는 들어갈 수도 없는 듯이 문지방에 두 손을 짚고,

"이 몸이 고구려에 온 지 십여 년에 도무지 오늘같이 기운이 난 일이

없었소. 밤낮 눌려 지내고 쪼들려 지내고, 멸시를 받고, 어디 칼찬 고구려 사람 앞에서 고개나 들어보았나요. 칼찬 사람이 저만큼 오면 이만큼서 벌써 비슬비슬 피하지요. 그러던 것이 오늘은 어때요? 아, 그 거만한 놈의 귀를——아 어쩌면 글쎄 그렇게 묘하게 그 놈의 귀를, 아하하. 어쩌면 글쎄, 그놈의 귀를 요렇게 살짝——어쩌면 그렇게 재주가 그렇게 도저하신지. 그래도 이 몸은 그 우악스러운 고구려놈들이 떼를 지어 덤비지나 아니할까 하고."
하고 거울보고의 말을 끝날 바를 모른다.

거울보고는 연해 고개를 굽신거리면서,

"그래 그놈들이 무리로 덤비면 어떡허나 하고 어떻게 조바심을 하였는지——그야 서방님 같으신 재주로 그깐놈들이 만 명이 덤기기로 어떠하시리까마는, 그래도 사람의 일이란 알 수 없어서——이 몸 같은 미물이야 백 개 죽은들 어떠하오리까마는, 서방님 같으신 어른의 손가락 하나라도 다치시면 하고——그랬더니, 아, 그이가——그이가 누구신데요. 메주한가라고 지금 고구려에서——우리 나라로 이르면 서불한이란 말씀이야요. 아, 그 양반이 서방님께——글쎄."
하다가 이차돈이 제 말은 안 듣고 다른 생각을 하는 듯한 모양을 보고 얼른 말을 돌리며,

"그만 너무도 기쁜 김에 서방님을 뵈오니까 잔소리가 나왔소. 그런데."
하고 거울보고는 깡충 방 안으로 들어와서 문을 닫으며,

"서방님께 좀 여쭐 말씀이 있는데."
하고 매우 말하기 어려운 양을 보인다.

이차돈은 모처럼 메주한가하고 천하를 논의하여 저도 천하를 움직일 큰 영웅이 된 듯한 기분에 취하여 돌아온 것을 거울보고의 잔소리에 파흥이 된 것이 불쾌하여 어서 그 잔소리가 끝나고 방에서 혼자 천하를 움직일 큰 경륜이나 생각해보고 싶었다. 그래서 이차돈은 얼른 거울보

고를 물리치기에 바빠서,

"무슨 말이오?"

하고 말하는 대로 다 들어줄 듯이 온화하게 물었다.

"다른 말씀이 아니오라——이거 원, 서방님께 괘씸하게 생각하시면
어찌하나. 그렇기로 이 몸의 집에 계시는 처지에 노여시지는 아니하겠
지마는 그래도 너무 황송하여서."

하고 말을 더듬고 머리를 긁는다.

"무슨 말이오? 어서 하오."

하고 이차돈은 재촉하였다.

"그러면 황송함을 무릅쓰고 여쭙겠소. 잠깐만 기다리시오."

하고 분주히 일어나 나간다.

이차돈은 거울보고의 하는 경망스러운 것을 생각하고 혼자 빙그레 웃
었다. 대관절 무슨 말을 하려는고. 말하다 말고 나가기는 왜 홀랑거리
고 나가는고 하고 도리어 궁금하였다.

이윽고 짜작짜작 발자국 소리가 나더니 거울보고가 다시 문을 열고
들어서며, 들어서서는 다시 뒤를 돌아보며,

"이리 들어와. 허물 없으신 어른이신데."

하고 또 이차돈을 바라보며,

"이 몸의 처가속이 항상 서방님을 뵈옵기를 원하여서. 네, 이 몸의
아내와 미거한 딸년이오."

그러고는 또 뒤를 돌아보며,

"어서 이리 들어와 뵈어. 우리 나라에서 같으면 이런 참뼈 높으신 어
른께는 뜰 아래서 뵈올 것이지마는 다같이 타국에 나와서, 또 서방님께
서 우리 집에 유숙을 하시게 되었으니, 자 이리 들어와 뵈어."

하고 명령조로 재촉한다.

한 사십 된 부인이 앞을 서고 뒤에 열 칠팔 세 되는 처녀가 고개를 수
그리고 들어와 이차돈의 앞에 나붓이 절을 하고 앉는다. 이차돈도 잠깐

일어났다가 앉았다.

“네, 이것이.”

하고 거울보고는 노 웃음을 띄워가지고,

“이것이 이 몸의 아내요, 역시 서라벌 생장이옵고, 이것이 이 몸의 미거한 딸년이온데 이름은 반달이라고 하오. 노상 어리석지도 아니하옵지요마는 아직 미거하여서. 네, 오늘 이 몸이 돌아와서 서방님께서 고구려놈들 해내시던 말씀을 가속들을 보고 하였지요. 했더니 그렇지 않아도 노 한번 뵈오려고 했는데 오늘은 꼭 한 번만 뵙게 해달라고 조르옵기로 황송한 것도 무릅쓰고 서방님께 여쭈어서.”

하고는 아내와 반달을 돌아보며,

“인제는 속이 시원하겠군. 오늘 저녁에는 서방님 잡수실 것을 무엇 좀 잘 생각해서 마련해야지. 원, 노, 찬수가 마땅치 아니하여서. 귀하신 댁에서 자라나신 서방님을 원.”

하고 앉으락일락한다.

아내와 반달은 너무도 황송하고도 수삽하여서 고개를 들지 못한다. 이런 귀인——신라에서만 귀인이 아니라, 메주한가의 청함을 받아서 그 집으로 갔던 귀인——이런 귀인의 앞에 나오기는 처음인지라 두 여자는 어찌할 줄을 몰랐다. 더구나 이차돈이 이 세상 사람 같지 아니한 아름답고도 잘난 용모를 보고는 더욱이 어찌할 줄을 모르는 마음이 혼란하였다.

이차돈은 반달을 볼 때에 달님을 생각하였다. 더구나 그 반달이라는 이름이 달님을 생각케 하였고 더 더구나 반달의 얼굴이 달님과 비슷한 것이 달님을 생각하게 하였다. 달님보다 좀 무거운 맛이 적은 것은 그 경망한 아비를 닮은 것이겠지마는 마치 귀인의 집 딸인 것 같은 아름다움이 있었다.

집을 떠난 지 달 반, 인제는 찬바람 불고 눈 날리는 때도 되었다. 객지의 차디찬 외로운 생활에 아름다운 고국 여자를 보는 것이 이차돈에게도 그리 불쾌한 일은 아니었다. 전신에 따뜻한 김이 도는 듯하였다.

거울보고는 이차돈의 눈이 자주 반달에게로 가는 것을 보고 간사한 웃음을 띠며,

"악아, 너 오늘은 서방님께 인사를 여쭈었으니 인제는 가끔 와서 수종을 들어드려. 옷도 찾아드리고 잠자리도 보살펴드리고. 지금까지는 하인들이 했지마는 어디 하인 시켜 수종들게 할 손님이시냐. 마누라, 마누라도 가끔 채근을 하오. 내야 장사에 바쁘니까. 서방님, 서방님께서도 인제부터는 무슨 시키실 일이 있으시거든 아나 하고 부르시든지 반달아 하고 부르시든지 아무 때나 부르셔서 시키시오. 원, 도무지 미거하고 장사아치 집에서 배운 것이 없지마는, 또 어디 점잖으신 댁 예법을 압니까. 잘못하는 것이 있더라도 다 덮어주시고. 원, 이 몸의 집에서 서방님께서 유숙을 하시다니. 자, 인제 다들 가서 저녁 진지를 차려드려. 자 어서."

하여 아내와 딸을 쫓아버리고 자기는 다시 들어와서 아까보다는 더 친숙한 태도로,

"오늘 서라벌에서 온 사람을 만나서 서방님께서 어찌하고 고구려 오신 사정을 알았소. 서방님께서 부마되시기를 마다하시고 이마로 이손의 따님을 사랑하신 죄로 삼 년간 귀양살이를 오신 것이란 말씀을 들었소."

하는 말에 이차돈은 놀라는 빛을 보이며,

"서라벌에서 누가 왔단 말요?"

하고 물었다.

"네. 들으셔도 모를 사람이오. 이 몸의 앞으로 명주 사러 다니는 사람이오. 그놈이 바로 오늘 이 몸이 편싸움판에서 돌아오니까 왔겠지요. 그래서 서방님 말씀을 다 들었소. 아무려나 인제는 삼 년 동안 고구려에 계실 모양이니 젊으신 양반이 노 혼자 계실 수가 있소니까. 이 몸의 딸년이 과히 추물은 아니니 네, 그저 외람된 말씀이오나 수종이나 들게

하여 주시면 이 몸의 소원이 되옵고 이 몸의 계집의 소원도 되옵고 또
이 몸의 딸년의 소원도 되오.”
한다.

서라벌에서 온 사람이 장사하는 사람이란 말에 이차돈은 마음을 놓
았다. 이차돈은 한아버지 한마로의 말을 기억한다. 고구려로 간 뒤에도
필시 자기의 목숨을 엿보는 사람이 있으리라는 것이다.

이차돈은 평양까지 오는 길에서도 항상 누가 따르지나 아니하나 하고
살피었으나 지금까지는 별일이 없었다. 그렇지마는 이 앞으로도 선마
로와 거칠마로가 무슨 흉계를 쓸는지도 모른다.

선마로 자신도 임금의 자리에 야심이 있겠지마는 비록 저는 못 되더
라도 제 아들 시머마로(彡麥宗)는 지금 임금의 오직 하나인 친조카로
당연히 다음번 임금 자리를 차지할 자격이 있는 것이다.

이를 위하여는 우선 지금 임금이 가장 사랑하는 이차돈을 없애버리지
아니하면 마음이 놓이지 아니할 것이다. 선마로 이손은 필시 이차돈과
달님의 원수인 거칠마로를 이용하여 이차돈을 해하려들 것 같았다. 이
것은 한마로의 뜻 깊은 말을 듣고 물러 나와서 두고두고 생각한 결과로
얻은 이차돈의 결론이었다.

그날은 특별히 음식을 잘 차리고 또 좋은 술도 나왔다. 반달은 와서
음식을 나르고 술을 쳤다. 이차돈은 낮에 메주한가 집에서 먹은 술도
남아서 밥을 다 먹고 나서는 취한 기운이 있었다. 편싸움터에서 긴장하
였던 것, 메주한가 집에서 흥분하고 긴장하였던 것, 이런 것이 모두 합
하여 이차돈은 몸이 노곤함을 깨달았다. 이차돈이 안석에서 기대어 조
는 것을 보고 반달이,

“자리 펴드려요?”
하고 자리를 깔아놓고 물러나갔다.

이차돈은 자리에 누워서 초저녁부터 깊이 잠이 들었다. 한잠을 자고
깨어보니 등잔불 앞에 반달이 앉아 있는 것이 보였다.

“반달이냐?”

하고 이차돈은 누운 채로 물었다.

“네.”

하고 반달은 고개를 숙인다.

“너 어찌해 자지 않고 여기 와 앉았느냐?”

“아버지가 서방님을 모시라고 그러셨어요.”

하고 더욱 고개를 수그린다.

“밤이 얼마나 깊었느냐?”

“초문사 새벽 쇠북이 금방 울었소.”

“초문사 새벽 쇠북이 어느 때에 우느냐?”

“닭이 두 홰를 울면 우오.”

“밖에는 바람이 불지?”

“네. 눈도 옵니다.”

이때에 바람이 눈을 몰아다가 창을 친다. 또 어디서 먼 쇠북 소리가 들린다.

“저것은 웬 쇠북 소리냐?”

“그것은 이불란사 쇠북 소린가 보오. 초문사 쇠북이 울리면 이불란사 쇠북이 울고, 그러고는 다른 절 쇠북들이 우오.”

“쇠북들이 울면 어찌하느냐?”

“다들 일어나서 합장하지요.”

“어떻게?”

하고 이차돈은 일어나 앉았다.

반달은 합장하고 고개를 숙이고는 부끄러워서 웃는다.

“응흥.”

하고 이차돈은 자기도 반달 모양으로 합장을 하여본다. 그리고 이불란사의 백봉국사라는 유명한 중이 있다는 말을 들은 것을 생각하였다.

“나 잘 테니, 인제 가서 자거라.”

하고 이차돈은 다시 자리에 누웠다.

반달은 말이 없다. 이차돈은 다시 일어나서 냉수를 마시고 또 드러누웠다.

"바람이 대단하고나."

"평양은 높은 산이 없어서 겨울에는 바람이 많이 불어요."

"서라벌보다는 춥지?"

"이 몸은 어려서 서라벌을 떠나서 서라벌 일은 몰라요."

"인제 가 자거라."

하고 이차돈은 눈을 감았다.

다시 떠보면 반달은 여전히 고개를 숙이고 앉았다. 이차돈은 가슴이 설렘을 깨달았다. 그러나 달님이 혼자 울고 있을 것을 생각할 때에 또 한마로 한아버지가,

"계집을 삼가렷다."

하신 것을 생각할 때에 이차돈은 반달이 무서웠다. 이 간사한 거울보고가 무슨 까닭으로 제 딸을 이렇게 첩으로 내어놓을까 하면 알 수 없는 음모가 있는 듯하여 마음이 놓이지 아니하였다. 신라에서 사람이 왔다니 더구나 의심이 깊었다. 혹시나 이것이 함정이 아닌가. 그렇지마는 저 가련한 처녀의 마음에야 무슨 간계가 있으랴. 차라리 저 처녀를 내 편을 만들어서 거울보고의 간계를 알아내는 것이 묘책이 아닐까. 이런 생각도 해보았다.

술 취했다가 깨는 으스스한 바람이 불고 눈 날리는 타국 역려의 밤, 이차돈은 마침내 반달을 자리에 불러들였다.

아침에 환하게 밝을 때에는 이차돈은 여러 가지로 마음이 괴로웠다. 도무지 씻지 못할 무슨 더러운 것이 몸에 묻은 것만 같았다.

이야기는 잠깐 신라로 돌아온다.

임금은 이차돈을 고구려로 보내고 마음이 편치 아니하셨다. 웬일인지 임금은 이차돈에게 대하여 떼일 수 없는 애착심이 있어서 아무리 하

여도 이차돈을 미워할 수가 없었다.

그런데 하루는 바돌손 공목이 임금께 뵈옵고 이런 말씀을 여쭈었다.

"이차돈을 고구려에 두는 것은 도무지 마음이 놓이지 아니하오. 어느 모로 생각하여도 후환이 있을 것 같소. 만일 이차돈이 그 잘 쓰는 칼로 고구려 임금의 목이 베인다 하면 고구려가 필시 대군을 가지고 우리 나라를 엄습할 것이니 고구려가 비록 장수왕 이래로 약하여졌다 하지마는 아직도 장수로는 메주한가 같은 사람이 있고 옛날 한나라를 때려부수던 기운이 아직도 다 스러지지 아니하였으니 오늘날 우리 나라의 힘으로 고구려를 당해내기는 어려운 일일 뿐더러 저편은 임금의 원수를 갚는다 는 의분심이 강할 것이온즉, 더욱이 우리보다 더욱 기세가 높을 것이옵 고 또 만일 메주한가의 능란한 솜씨에 저 백제 장수들을 제것을 만드는 모양으로 이차돈을 달래어 고구려 장수를 만드는 날이면 이것은 원수에 게 보검을 주는 것과 마찬가지이오. 이차돈 같은 재주를 고구려에 준다 는 것은 참으로 무서운 일이옵고 또 고구려에는 지금 불법이 왕성하다 하온즉, 이차돈이 불법을 배우게 되면 우리 나라에 불법을 펼 근심이 있사오니 그 또한 무서운 후환이 아니오니까. 이런 모든 모로 보옵건 댄, 이차돈을 고구려에 두는 것은 무서운 후환이 될 근심이 있는 줄로 아오."

공목의 이 말에 임금은 고개를 끄떡끄떡하시며,

"공목 바돌손의 말씀이 옳소."

하고는 한참 침음하시다가,

"그렇기로 한마로 이손의 손자 이차돈이 우리 나라를 배반하고 고구 려에 가 붙기야 하겠소."

하고 공목의 수염 많은 늙은 얼굴 —— 경난도 지혜도 많은 듯한 얼굴을 바라보신다.

임금은 공목이 한마로를 좋아하지 아니함을 아신다. 한마로는 어디 까지든지 옳은 것을 내세우는 의리의 사람이요, 공목은 옳은 것이란 다 무엇이냐, 이롭고 해로움이 있을 따름이라는 사람이기 때문에 두 사람이 나라 일에 대하는 의견이 서로 어그러지는 일이 많았다.

그런데 임금은 어느 편에 치우친 성격인고 하면, 한마로와 같이 이해 관계보다도 옳고 옳지 아니한 것을 따지는 편이었다. 그러나 임금은 공목의 싸늘한 지혜에는 매양 경의를 표하고 계시었다.

임금의 입에서 그러한 말씀이 나올 줄을 미리 알아차렸던 듯이 공목은 곧,

"상감마마, 한마로 이손은 과연 충, 효, 신, 용, 인(忠孝信勇仁) 다섯 가지를 겸한 우리 나라의 큰 스승이오. 그러하오나 이차돈은 아직 어린 아이, 비록 그 조부의 훈계를 받았다 하더라도 아직 뜻이 서지 못한 어린아이옵고 게다가 이마로 이손의 딸과 살지 못하게 된 것이 상감마마 처분이시라 하여 나라에 원망을 품고 있지 아니하오? 사람이란 원망을 품으면 못 할 일이 없는 것이니, 옛날에도 수리마로는 나라에서 그 아비를 죽인 것을 원망하여 백제에 달아나서 백제 군사를 거느리고 우리 나라를 엄습한 일이 있지 아니하오니까."

하고 아뢰었다. 공목의 이 말에 고개를 끄덕이면서 옳다는 뜻을 표시하고,

"그러면 이차돈을 어찌하면 좋단 말이오?"

하고 공목에게 물으셨다.

"그것은 상감마마 처분이옵지 늙은 이 몸으로 무엇이라고 아뢸 수 없소."

하고 공목은 엎드려서 이마를 조아렸다.

"그러면 이차돈의 죄를 용서하여 다시 불러올까."

하고 임금은 공목의 속에 먹은 생각을 꿰뚫어보려는 듯이 엎드린 공목의 자주옷 입은 등을 굽어보시었다. 공목의 등은 늙어서 굽었다. 그러나 등이 굽도록 늙어도 공목의 야심과 지혜는 늙지 아니하였다.

나라에 야심을 품은 선마로는 이 공목을 꼭 붙든 것이다. 임금은 공

목의 생각과 말에는 일종의 두려움을 느꼈다. 그것은 공목의 힘이었다.

공목은 고개를 들어 상감을 우러러뵈오며,

"이차돈을 이제 죄를 용서하여 불러오시는 것을 옳지 아니한 줄로 아오. 비록 상감마마께오서 오늘 같으신 어지신 마음으로 이차돈의 죄를 용서하신다 하와도 한 번 내리오신 분부를 몇 달이 못 하야 뒤집으신다는 것은 위엄을 천하에 잃으심이 되오."

하였다. 임금은 또 고개를 끄덕이시어 공목의 말이 옳다는 뜻을 표시하시었다. 그리고 임금은 이윽고 눈을 감으시고 침음하시다가,

"그러면 이차돈을 어찌하면 좋단 말이오?"

하고 걱정되는 듯이 공목을 바라보았다.

"상감마마 처분이시오."

하고 공목은 제가 책임질 말은 하지 아니하였다.

"그러면 이차돈을 죽여야 하겠소?"

하고 임금은 마침내 공목이 말 못하는 바를 말씀하시었다.

"그것은 상감마마 처분이시오."

하고 공목은 공손하게 그러나 뜻깊은 눈으로 임금을 우러러보았다. 그러고는 물러나왔다.

임금은 공목의 말에 들으매 이차돈을 고구려에 두는 것이 마음에 걸렸다. 다른 것보다 이차돈이 고구려 왕의 목을 벨 것이 두려웠다.

임금의 생각에 지금 신라의 힘으로는 도저히 고구려와 자웅을 결단할 가망이 없었다. 지금까지는 고구려의 한 고을을 침노한 일이 있었지마는 만일 이차돈이 고구려 임금을 죽인다면 그것은 고구려 전체를 건드리는 것이었다. 그것은 참으로 큰일이 아니냐.

임금은 곰곰 생각하신 결과로 하루는 다시 공목을 불렀다. 공목의 입에서 무슨 묘방이 나올 것 같았다.

"공목 바돌손."

하고 임금은 공목을 보고,

"이차돈 일을 어떻게 하면 좋단 말이오?"
하고 물으셨다.
"상감마마 처분이시오."
하고 공목은 여전히 책임질 말을 하지 아니하였다.
"아니, 그런 게 아니오. 공목 바둘손이 이차돈을 고구려에 두면 후환
이 있으리라 하였으니 어찌하면 좋을 것도 생각이 있을 것 아니오. 바
돌손의 생각을 똑바로 말을 해보오."
하고 임금은 초초한 듯이 단적으로 말씀하셨다.
"그러하오면."
하고 공목은 잠깐 주저하다가,
"계교는 한 사람의 생각보다 여러 사람의 생각을 합하는 것이 좋사오
나 매사에 조심성이 많고 궁리가 많은 알공 한아손을 부르시면 좋은 지
혜가 있을 듯하옵고 또 이차돈을 고구려에 보내기로 여쭈운 이가 선마
로 이손이요, 선마로 이손도 부르심이 좋을까 하오."
하고 아뢰었다.
"그 말이 그럴듯하오."
하고 임금은 곧 선마로와 알공을 부르시었다.
알공은 공목과 뜻이 맞는 사람이요, 둘이 다 선마로의 편으로 서로
미리 의논한 바 있었던 것이다.
선마로와 알공이 들어오매 임금은,
"공목 바돌손의 말이 이차돈을 고구려에 두면 후환이 있을 듯하다니
어찌하면 좋겠소?"
하고 물었다.
"후환이 무슨 후환이오?"
하고 선마로가 좀 불쾌한 양으로 아뢰었다. 임금은 공목을 보시며,
"바돌손 말하오."
하셨다. 공목은 선마로를 바라보며,

"만일 이차돈이 그 무서운 재주로 고구려 임금의 목을 베인다면——
이차돈은 충효신용을 겸전한 사람이라 반드시 고구려 임금의 목을 베이
고야 말 것이니, 그렇다 하면——설혹 베이려다 못 베이더라도 고구려
에서는 대군을 일으켜가지고 우리 나라에 원수를 갚으려 할 것이 아니
오?"

하였다.

"그렇다면."

하고 공목은 말을 이어,

"쓸데없는 고구려 임금의 머리 하나 때문에 큰 원수를 불러 나를 치
게 하는 것이 다름이 없지 아니하오? 내게 정당한 이유가 있어서 내가
저편을 칠 때에는 힘이 있지마는 저편에 정당한 이유가 있어서 나를 칠
때에 내가 그것을 막는 것은 매양 어려운 일이오."

임금은 그 말을 옳게 여겨 고개를 끄덕이셨다. 그리고 선마로를 바라
보시었다. 선마로는 말이 없다. 임금은 알공을 바라보시며,

"알공 한아손 말하오. 기운은 젊은 사람에게서 찾고, 지혜는 늙은이
에게서 찾으라 하였으니, 알공 한아손, 어디 이 난처한 일을 순순히 풀
도리를 하나 말하오."

하시었다. 알공이 임금 앞에 한 걸음 나아가 엎드리며,

"이 몸의 생각에도 공목 바돌손의 말이 그럴듯하온데 그러면 이 일을
어쩌하느냐 하오면 매우 난처하오. 만일 이차돈이 그 무서운 재주로 고
구려 임금의 목을 베어, 그런다면 실상 임금님의 원수를 갚은 것이라
쾌하기 그지없지마는, 만일 그 때문에 고구려가 대군을 일으켜서 신라
를 쳐들어와, 그러하오면 우리 군사가 싸워서 고구려 군사를 이겨, 그
런다면 작히나 좋으리까마는 고구려를 이기고 못 이기는 것은 아마 이
마로 이손이 잘 알 듯하오마는, 만일 못 이긴다면 그런 변이 있으리까.
설마 그럴 리는 없겠지요마는, 만일에 우리 군사가 진다 하오면 숫제
고구려를 안 건드림만 같지 못하오."

하고는 책임 있는 말을 아니한다. 임금은 지리한 듯이,

"그러니 어떻단 말요?"

하고 미간을 찡기신다.

"그러니 이 일이 매우 난처하오."

"난처한 줄은 아무나 다 아는 일이니, 어떻게 할 방책을 말해보란 말
요."

하고 임금은 불쾌하신 빛을 보이신다.

선마로는 알공을 향하고 눈을 흘긴다. 알공은 대단히 거북한 듯이,

"공목 바돌손 먼저 말하오."

하고 공목을 본다.

"알공 한아손 먼저 말하오."

하고 공목은 알공을 본다. 선마로는 참지 못하는 듯이,

"이 몸이 아뢰오. 이차돈을 불러오심이 좋을까 하오. 이차돈을 불
러다가 이 약은 늙은이들을 모조리 목을 자르게 하시는 것이 좋을까 하
오."

하고 두 늙은이를 노려보았다.

"워 천만에."

하고 알공이 펄쩍뛰며,

"이 몸의 목을 자르시는 것은 어렵지 아니하오나 이차돈을 불러오시
는 것은 큰 후환이 있을 줄 아오. 이차돈을 도로 불러오는 것은——.
공목 바돌손, 어떻게 생각하오?"

하고 선마로와 공목을 번갈아 본다.

"알공 한아손이 아뢸 말씀은 바로 아뢰이지를 아니하고 해도 좋고 안
해도 좋은 말씀만 아뢰니까 선마로 이손께오서 그렇게 말씀을 하는 것
이지, 원, 사람이 목을 잘릴 때 잘려도 임금님 앞에서 똑바로 생각하는
바를 아뢰이는 것이 아니라, 원, 그게 무에란 말요? 우물우물하고. 다
늙은 대가리가 무엇이 아깝기에."

하고 알공을 책망한다. 알공은 공목의 말에 낯을 붉히며,

"그게 원, 무슨 말이오? 공목 바돌손은 왜 똑바로 말씀을 여쭙지 못하고 공연히 이 몸만 거들이시오. 오늘 말씀은 공목 바돌손이 여쭙기로 아니 되었소? 공연히 남만 거들고."

하고 알공은 무에라고 안 들릴 말로 중얼거린다.

임금은 이 광경을 보시고 못마땅한 듯이 고개를 두어 번 좌우로 흔드시더니,

"선마로. 그럼 네가 맡아서 좋도록 하여라."

하시고는 옥좌에서 일어나 나가신다. 세 사람은 엎드려 임금이 나가시는 것을 보낸다. 임금이 나가신 뒤에 선마로는,

"이 못난 늙은 것들."

하고 칼자루에 손을 댄다. 공목과 알공을 몸을 비킨다. 선마로는 칼자루를 놓고,

"그렇게들 용기가 없소?"

하고 좀 부드러운 말을 건다.

"선마로 이손!"

하고 알공 한아손이 애걸하는 웃음을 웃으며,

"용기가 없길래 지금까지 이 늙은 모가지가 붙어 있지 아니하오. 이차돈은 그 용기 때문에 모가지가 오락가락하고요."

하고 인제야 마음이 놓이는 듯이 소리를 내어서 웃는다.

"그러기로 할 말도 못 하는 모가지를 백 년 붙여둔들 무엇하오."

하고 선마로는 아직 낯이 풀리지 아니한다.

"그런 모가지라도 붙여두었길래 선마로 이손을 위하여 큰 일을 도모하지 아니하오."

하고 이번에는 공목이 웃는다.

"애초에 내가 이차돈을 고구려로 보내자고 할 적에 왜 안 되오, 당장 죽여야 하오 하고 말을 못 했단 말이요? 나는 그때에 이녁네 둘이서

겉으로는 내 말이 그르외다고, 안 될 말이라고 펄펄 뛰어서 이차돈을
죽일 줄로만 알았지, 다들 벙어리 모양으로 있을 줄이야 알았나. 그따
위로 눈치가 없고서 무엇들을 해? 큰일 도모? 흥."
하고 선마로가 몰아세우는 것을 알공은 여전히 웃으며,
 "그거 어떡헙니까. 이왕 지난 일을 뉘우치는 것은 또 어리석은 일이
아니오니까. 이왕지사는 막론하고 앞에 할 일을 생각하는 것이 지혜로
운 일이외다. 아무러기로 천운이 선마로 이손께로 돌아오는 데야 막을
뉘가 있소오리까. 선마로 이손께오서 임금이 못 되시오면."
하는 것을 공목이 알공에게 눈을 흘기며,
 "쉬! 무슨 그런 소리를 함부로 하는고."
하고 책망한다.
 "왜? 아무도 없는데. 우리는 속에 있는 말은 똑바로 하는 사람이야.
안 그러오니까, 선마로 이손? 선마로 이손께오서 설혹 임금이 못 되
신다 하더라도 아드님이신 시머마로 서방님께서야 임금이 안 되시겠
소?"
 "아! 쩟!"
하고 공목은 더욱 알공을 향하여 눈을 흘기며,
 "왜 입이 그렇게 가벼운고? 낮말은 새가 듣고 밤말은 쥐가 듣는다는
것이야. 응."
하고 더욱 무서운 눈을 하며 옥좌를 바라본다.
 선마로도 알공도 옥좌를 바라본다. 뒤에 해와 달과 구름과 용을 그린
병풍을 두르고 금과 옥으로 장식한 난간과 주홍 비단 방석을 깐 옥좌,
그 자리에 앉았던 임금. 그는 오랜 신병으로 금년에나, 이번에는 하고
전국민의 근심거리가 되는 임금의 목숨. 임금의 병환이 더치셔서 자리
에 누우신다는 말씀을 들을 때마다,
 "이번에나."
하고 임금이 돌아가시기를 바라고 기다리는 선마로. 선마로가 임금이

되면 한번 천하를 마음대로 주물러보겠다는 공목과 알공의 늙은 야심. 그러나 이마로와 한마로와 이차돈을 끝끝내 못 잊으시는 임금. 요새는 한마로와 이마로가 이차돈 문제로 근신하여 특별히 부르심이 있기 전에는 궐내에 들어오는 일도 없고 어찌하다가 들어오더라도 도무지 말이 없이 다만 황공한 뜻만 표하게 되매 공목과 알공은 이때야말로 궁중에 세력을 박을 때라고 선마로를 떠이고 좌지우지하는 판이었다.

선마로도 알공이 입을 닫치지 아니하는 것을 보고 미간을 찡기며,

"어, 그런 소리를 어느 안전에서 하는고!"

하고 소리를 질렀다. 그제야 알공은,

"쩟, 또 너무 지나쳤군."

하고 속으로 중얼거리고는 입을 닫치고 말았다.

그날 밤이 으슥한 뒤에 선마로는 공목과 알공을 집으로 불렀다.

임금의 아우가 대관들을 제 집으로 불러서 무슨 귓속말을 한다는 것이 세상에 드러나면 큰 문젯거리기 때문에 그들이 모이기는 항상 극비밀리에서였다.

이날 밤에도 공목과 알공은 잡이도 없이 미복으로 선마로 이손의 집을 찾아서 뒷문으로 따로따로 들어왔다.

"생각해보니."

하고 선마로는 오늘 밤에 공목과 알공을 부른 연유를 설명하였다.

선마로는 공목과 알공을 보고,

"상감 성품이——."

하고 말을 멈출 때에, 알공은,

"인자하시와서."

하고 대를 놓는다.

"응."

하고 선마로는 알공에 눈을 흘기며.

"인자?"

할 때에 알공은 얼른,

"인자라는 것이 무능하다는 별명이지요."

한다.

"쉬! 무엄한 소리로군."

하고 공목이 알공을 노려보며 입맛을 다신다.

"왜 고양이 모양으로 둘이 만나기만 하면 아옹거리기만 해?"

하고 선마로가 두 사람을 못마땅하게 본다.

"아옹거리기는요?"

하고 알공은,

"어디 이 몸이 아옹거리오? 저 공목 바돌손이 아옹거리지요."

하고 공목을 노려본다. 선마로는,

"생각해보니, 상감 성품이 인자하시고 내약하셔서 아까 우리가 여쭌 말씀을 들이시고 이차돈을 본국으로 불러오실 의향이 날듯싶단 말이야. 공목 안 그러오?"

하고 공목을 본다.

"예, 그러하오이다. 이 몸도 지금 바로 그 생각을 하고 있었소이다."

하고 공목이 생각이 깊은 모양을 보인다.

"공목만 그렇게 생각한 것이 아니라, 이 몸도 그렇게 생각하고 막 그런 말씀을 하려던 차에 공목 바돌손이 아옹거렸소이다."

하고 알공이 선마로와 공목을 본다.

"그러니."

하고 선마로는,

"만일 내일 아침 조회에 상감이 이차돈을 고구려에서 불러라 하시면 일이 낭패란 말이오. 아까도 왜 그대들이 이차돈을 불러오면 안 되오, 고구려에 두고 처치하여야 하오, 하고 우기지 아니하였소?"

하고 미간을 찡그린다.

"이 몸이 그렇게 여쭈고는 했지마는 공목 바돌손이 또 무엇이라고 할지를 몰라서."
하고 알공이 변명할 때에는 공목은,
　"원, 왜 좋은 일은 다 내게만 미오?"
하고 알공을 한번 흘겨보고는 선마로를 바라보며 미안한 낯빛으로,
　"이 몸도 그렇게 여쭈려고 하였지마는, 이손 생각이 어떠하신지 몰라
서."
하고 변명을 한다.
　"모두 내게만 미는구려."
하고 신마로는 화를 내며,
　"그러면 이녁네들이 나를 돕는 것이 무엇이오? 이마로, 한마로가 역
시 믿을 만한 사람들이로군. 그 사람들 같으면 죽을 때 죽어도 요리조
리 핑계하고 둘러대지는 않거든. 아아, 나는 어찌 이리 사람을 못 만나
는고? 응, 그래. 역시 한마로와 이마로가 사람이어든."
하고 혼잣말 모양으로 중얼거린다. 알공이 펄쩍 뛰며,
　"이손, 그게 무슨 말씀이오? 이 두 몸이 지금까지 상감마마 미움을
받으면서까지 이손을 도와드렸거든 이제 와서 그게 무슨 말씀이오?"
하고 공목도,
　"그게 지나치신 말씀이오. 이 늙은 몸이 그래도 이손을 위하여 개와
같이 충성을 다하였거든 그게 어인 말씀이오?"
하였다.
　"이러다가는 상하사 불급되겠소."
하고 알공이 공목을 보고 눈을 끔적거린다.
　"그럼 왜들 힘있게 말들을 못하고 얻어맞은 고양이 모양으로 눈치만
살살 보오?"
하고 선마로가 좀 말을 부드럽게 한다.
　"이 몸이 힘있게 말씀하오리다. 하려면 말이 없어서 못 할 이 몸은 아
니오."

하고 알공이 몸을 흔들며 뽐낸다.

알공이 뽐내며 나서는 것을 보고 선마로는 멸시와 기대를 절반절반 머금은 눈으로 알공을 바라본다.

알공은 텁석부리 수염을 흔들고 조그마한 눈을 반짝거리면서,

"이차돈을 고구려에 두고 없애버려야 하오. 왜 그런고 하면, 만일 이차돈을 불러오는 날이면 인자하신——아니 무능하신——아니 무에라 할까. 어쨌으나 그러하신 상감께서 또 이차돈을 사랑하실 것은 정한 이치가 아니오. 또 듣건댄 평양공주께서도 이차돈을 고구려로 보낸 것을 후회하시고 지금 식음을 전폐하고 자리에 누우셨다고 하니, 이런 때에 이차돈이 살아 돌아오면 평양공주께오서 울고 매달려서——아니 밑에 백성으로 치면 말씀이오. 이차돈도 거기 끌려 혼인이 되어, 그리되면 태자로 봉하심이 되어, 그리되면 그 뒤에 어찌 되느냐 말이오? 공목 바돌손, 어디 대답 좀 해보오. 이 몸의 근심이란 이것이란 말씀이오. 그러고 보면 이손은 뜻을 이루지 못하시어, 이손 아드님 시머마로 서방님도 임금 되어보시기는——공목 바돌손, 어떻게 생각하느냐 말이오?"

하고 선마로와 공목을 번갈아 본다.

"어서 말이나 하구려. 그 말을 왜 내게다 묻소? 나는 벌써부터 그 생각을 다 하고 그 걱정 때문에 잠을 못 이룰 지경이었소."

하고 공목이 졸리는 모양을 보인다.

"그래. 그러면 어찌하느냐 말이오?"

하고 선마로가 아까보다 좀더 많은 기대를 가지고 알공은 본다.

"이 몸만 말씀 여쭙기가 미안하니 어디 공목 바돌손이 말씀하시오."

하고 알공은 공목을 이윽고 바라보다가 공목이 뾰죽하여 말이 없음을 보고,

"그러면 죽기를 무릅쓰고 이 몸이 한 계책을 말씀하오리다. 처세지도를 생각하오면 이런 말씀은 아니하는 것이 보신지책이 되오마는, 이 몸

124

이 이왕 상감마마의 눈 밖에 나면서까지 이손을 도와드리기로 하였으니 무엇을 아끼겠소. 이 늙은 모가지라도 내어대라시면 내어대일 처지가 아니오? 안 그러오니까. 이손?”
하고 선마로를 본다.
“어서 그 계책이라는 것이나 말을 하오.”
하고 선마로가 성가신 듯이 재촉한다.
“글쎄, 이 몸의 충성만을 알아주신다면——.”
하고 알공이 말할 때에 공목이 또,
“쉬! 충성이라니? 원, 말 삼가오.”
하고 눈을 흘긴다.
“이 몸 말씀 아니하겠소. 공목 바돌손이 이렇게 말 마디마디 들고 나서 아옹거리니 어디 기가 질려서 말씀을 하겠소?”
하고 새뜩해서 돌아앉는다.
“공목 바돌손, 가만히 있으시오.”
하고 선마로가 공목을 본다. 이번에는 공목이 입맛을 다시며 돌아앉는다.
“그만큼 이손이 이 몸의 충성, 아니 충성이 아니면 무에라고 한담. 아무려나 이 몸의 정성을 그만큼 알아주신다면 말씀을 여쭙겠소. 원래 사람을 골리는 법이 어떤고 하면, 내 손에 피를 묻히는 것이 가장 하수요, 내가 시켰다는 의심을 받게 일을 하는 것이 버금가는 하수요. 사람을 골리는 상수는 어떤고 하니, 내 손에 피도 묻히지 말고 내가 말도 듣지 말고, 어느 귀신이 어떻게 하는지 모르게 하는 것이오. 이것이 상수인데, 이것은 참 저마다 못 하는 것이오. 공목 바돌손, 어디 그만하면 짐작하겠소?”
하고 상글상글 자랑의 웃음을 웃으면서 공목을 본다.
“어서 말이나 하오.”
하고 선마로가 재촉한다.

"아마 공목 바돌손은 아직 이런 경계에는 어림도 없으리다. 그럼 말씀하오리다. 이 늙은 모가지를 내어대고 말씀하오리다. 어떻게 하는 것이 피도 안 묻히고 말도 아니 듣고 사람을 골리는 법인고 하니, 골리려는 사람의 원수를 찾아내어서 그를 일변 충동하고 일변 중상을 주어서 그로 하여금 원수를 갚게 하는 것이오. 제 원수만으로는 그 일을 하지 못하던 사람도 중상을 탐하여 나서게 되는 법이오."

하고 의기양양하게 지껄인다.

"그래서?"

하고 선마로는 매우 흥미를 느끼는 모양이다.

"그만하면 공목 바돌손은 짐작하시겠소?"

하고 한참 공목을 바라보다가,

"그래도 모르겠거든 이 몸이 말씀하오리다. 이손을 위하여 이 늙은 모가지도 바쳤거든 무슨 말씀은 못 하겠소?"

하고 선마로를 한번 힐끗 쳐다보아 그가 매우 정신차리고 있는 것을 보고는 마음을 놓고 더욱 의기양양하게,

"이차돈을 미워하는 사람이 누구요. 공목 바돌손, 그것은 아시겠지? 그것이 거칠마로인 줄은 아시겠지? 거칠마로는 이마로의 딸 달님을 이차돈에게 빼앗겨, 또 재주 겨룸에는 져, 이 세상에서 이차돈밖에 미운 사람은 없을 것이오. 안 그러오?"

하고 작은 눈을 반짝거린다.

"그렇지."

하고 선마로의 눈이 빛난다.

"그러면 말이오."

하고 알공은 공목을 바라보며,

"그만하면 공목 바돌손도 생각이 나시겠소그려. 아무리 공목 바돌손이 늙으셨기로 사람이 늙으면 썩어져버리는 것이지마는 이만해도 생각이 못 나도록 썩지야 아니하였을 터이지."

하고 고개를 한 번 까딱한다.

"허, 그 사람. 누구를 놀리는 것인가, 원."

하고 공목은 알공을 흘겨본다.

"그러면."

하고 알공은, 공목은 안중에 없는 듯이,

"이손께서야 그만하면 벌써 다 아셨겠지마는, 이런 일이란 밑에 있는 사람의 말을 들어서 하신 것으로 해야만 쓰지, 이손께서 이손의 생각으로 하셨다면 나중에 어떻게 세상에 말이 나더라도 재미가 없지요. 그러니까 이손께서는 벌써 속에 다 먹고 계신 말씀이언마는, 입을랑 이 몸의 입을 빌려서 말이 나오게 하는 것이 좋소. 그래서 이후에 혹 무엇이 잘못되더라도——일이란 아무리 물 부어 샐 틈 없이 하노라 하더라도, 그래도 샐 틈이 생기는 수도 있으니까. 안 그러오니까. 그런 때에는 이손께서는 알공 이놈이 그리하자고 해서 하셨다든지, 이 몸이야 아는가, 다 저 알공 한아손의 소위지, 턱 이러시면 그만이란 말씀이지요."

하고 늘어놓는다. 선마로는 참기 어려운 듯이,

"아따, 잔추 퍽도 하네. 어서 할 말이나 하오."

하고 재촉한다.

"예, 이왕 내놓으려고 모가지가 나온 말이 도루 들어가겠소오이까. 그럼 말씀하오리다. 거칠마로를 고구려로 보내신단 말씀이지요. 이렇게만 말씀해서는 혹 못 알아들으실지도 모르지마는, 거칠마로를 부르셔서——아니 이손께서 부르시는 것이 혐의적다시면 공목 바돌손이 부르셔도 좋지요. 무엇이나 이런 일에서는 이손께서는 쏙 빠지시는 것이 묘책이니까. 만일 공목 바돌손도 찌픗하신다면 이 몸이 불러도 좋지요. 그건 누가 부르든지, 어쨌으나 거칠마로를 불러서 이차돈을 응, 이렇게 무엇이 무엇이 해버리라고만 일러주어도 될 것 같지마는, 그렇지 아니하오. 거칠마로가 아직 두 겹 세 겹 마음을 가질 줄은 모르거든요. 이런 일이란 마음을 두 겹 세 겹 또는 여덟 겹 여든 겹이라도 가지고야 하는 일인데 그게 저마다 못 하는 일이란 말이오.”
하고 뽐내는 것을 공목이,
 “흥, 알공 한아손의 마음은 쇠 처녑 같지?”
하고 빈정댄다.
 “이건 왜 이러시오?”
하고 알공은 공목을 흘겨보며,
 “누구는 누구만 못하길래, 패니시리.”
하고 다시 선마로를 향하여,
 “그러니까 거칠마로를 보고 무에라는고 하니 말씀이야요.”
하고 입을 선마로의 귀로 가지고 가서,
 “만일 재주로 이차돈을 잡을 수가 없거든요.”
하고는 또 말을 그치고 공목을 보며,
 “이건 참 장히 하기 어려운 말인데.”
하고 고개를 갸웃거린다.
 “그래? 어서 말을 하오.”
하고 선마로가 재촉한 뒤에야 알공은,
 “그럼 말씀하오리다. 어차피 이놈의 늙은 모가지는 이손께 내어바친
것이니까.”
하고 또 한 번 주춤하고는 입을 선마로의 귀에 갖다대고,
 “이차돈을 충동여서 고구려 임금을 죽이게 한단 말씀이오.”
하고 선마로의 눈을 본다. 선마로는 깜짝 놀라며,
 “그게 무슨 정신없는 소리오? 지금 이차돈이가 고구려 임금을 건드
릴까 보아서 이 걱정인데 게다가 도리어 충동이라니, 기껏 낸다는 묘책
이 그것이오?”
한다. 공목도 선마로의 말에 기운을 얻어,
 “그저 한다는 소리가 그렇지. 공치사는 쩰쩰, 기껏 한다는 소리가 나
라 망할 소리야?”

하고 알공을 노려본다.

알공은 기가 막힌 듯이 고개를 끄떡끄떡하며,

"공목 바돌손이 그렇게 생각하는 것은 용혹무괴외다마는, 이손께서야 설마……. 아아, 천하에 가히 더불어 말할 사람이 없군. 이 몸 입을 닫치오."

하고 입을 꼭 다물어버린다.

선마로는 알공의 말에 무슨 의사가 있는 듯싶어서,

"그래 어디 할 말이나 다 해보오."

하고 낯빛을 푼다.

"그만두겠소. 여쭈어야 못 알아들으시니."

"어서 말을 해보오. 하도 말이 엄청나길래 그랬소. 노여지는 말고."

하고 선마로는 다시 알공의 계책을 들을 준비를 한다.

"그렇게까지 말씀하시면 그럼 여쭙지요. 이왕 이 몸이 이손을 위하여 이 늙은 모가지……네, 네, 다 말씀하지요."

하고는 한 번 에헴하여 가래를 고스르고 나서,

"이러하오이다. 어, 말이 어찌 되었던가. 옳지, 이차돈을 충동인단 말씀이오. 그래서 이차돈이 만일 고구려 임금을 잡는다면 실성대왕 원수도 갚은 것이요, 만일 성사를 못 한다면 이차돈은 물고가 나는 것이 아니오?"

"그렇지만 그 후환을 어찌하느냐 말야. 성사가 되든 말든 고구려가 가만히 있을 리가 없거든."

하고 선마로가 고개를 기울인다.

"허. 아직도 못 알아들으시는군. 그러면 고구려가 군사를 일으켜서 우리 나라를 친다고 할 것 아니오?"

"암, 그렇지. 그러니까 걱정이란 말야."

"하. 그러니까 이손께서는 소원을 성취하신단 말씀이지요."

"어떻게."

하고 선마로는 침을 삼킨다.

"하. 그래도 모르시는군. 고구려——한나라를 때려누인 고구려가 대군을 끌고, 게다가 비록 늙었다 하더라도 천하 명장 메주한가가 대장이 되어서 우리 나라를 쳐온다고 하면 내약하신——어, 인자하신 상감께서 어찌하시겠느냐 말씀이오."

선마로와 공목은 눈만 껌벅껌벅하고 말이 없다.

"그러면 필시 상감께서는 무고한 창생을 어육을 만드는 것은 차마 할 수 없는 일이니 내가 임금의 자리를 원, 선마로 이손께 사양한다든지 그렇지 아니하면 이손의 아드님이시자 상감마마 조카님이시니까 시머마로 서방님께 임금의 자리를 전하신다든지, 그것은 그때가 되어서 또 다 하는 도리가 있지 아니하오? (눈을 끔적하고) 그러면 만사가 다 이손 뜻대로 되는 것이 아니오? 이차돈은 치워버려, 임금이 되시어."

"쉬! 또 그렇게 입을 놀려!"
하고 공목이 말을 막는다.

선마로는 알공의 말에 고개를 끄덕끄덕하며 이윽고 눈을 감고 생각하더니,

"그렇지만 그것이야 어찌 차마. 첫째 후한이 무서워."
하고 눈을 떠서 알공을 바라본다. 알공은 선마로가 주저하는 빛을 보고 한참 동안 눈을 깜박거리더니,

"만일 이손께서 인자하신 성품으로 이 일을 차마 못 하신다면 또 한 가지 계책을 여쭙지요. 그건 무엇인고 하니, 거칠마로를 고구려로 보내시되 좋은 말을 태워서 급히 보내시란 말씀이오. 그러고는 고구려 임금한테 편지를 하는데 어떻게 하는고 하니, 이차돈이란 놈이 성품이 불량하여서 이 나라에서도 억모를 하다가 발각이 되어 귀국으로 달아났는데 나중에 들으니 그놈이 대왕의 목숨을 겨누고 갔다 하오니 조심하시라고, 이차돈이란 놈은 칼쓰는 법이 비범하여서 만인을 적할 수가 있다고, 이렇게 편지를 하신단 말씀이오. 어때요? 이것이 또 제 손에 피 안

묻히고 미운놈을 골리는 수란 말씀이오.”
하고 이번에야 하는 듯이 가슴을 내어민다.

선마로는 빙그레 웃음을 머금고 고개를 끄덕끄덕하기를 오래한다.
공목은 알공의 이 말에 흉악하게 옳지 못함이 있는 줄을 생각하면서도
그것을 반대함이 불리할 듯하여 속으로만,

‘천벌이 안 내릴까. 그렇기로 내게야 내리리?’
하는 생각으로 가만히 있었다.

그러나 알공의 계책이 성공되어 좋은 수가 생긴다면 그 수까지도 퇴
해버리려는 생각은 없었다. 그래도 아무쪼록 못마땅한 낯색도 보이지
아니하고 그저 무관심하게 있으려 하였다. 이것은 천벌이 무서운 까닭
이었다. 마침내 선마로는 알공의 말을 따라서 거칠아비를 고구려로 보
내기로 작정하였다.

이튿날 아침에 선마로는 편전에 입시하였다. 임금은 웬일인지 친아
우인 선마로를 대하는 것이 늘 마음에 놓이지 아니하였다. 싫기도 하고
무섭기도 하였다.

인자하신 성품을 가지신 상감은 친동기인 선마로에게 대하여 이처럼
우애지정이 가지지 아니하는 것을 슬프게 생각하시고 또 그것을 당신이
덕이 부족함이라 하여 뉘우치셨다. 더구나 불도에 잠심하신 뒤로는 그
러하셨다.

그래서 늘 이번에 선마로가 돌아오거든 아주 간격이 없이 우애지정을
발하리라 하고 벼르시지마는 정작 선마로의 얼굴——그것은 상감과
비슷한 얼굴이건마는——이 번뜻 보이면 마치 사람이 배암을 볼 때에
느끼는 것과 같이 소름이 끼칠 지경이었다. 이것이 웬일인고, 전생에
무슨 악연인가, 임금은 이렇게 생각하신다.

이날도 밤에 선마로에게 핍박을 당하여 쫓기는 꿈을 꾸시고 잠을 깨
셨으므로 아우님 문제로 마음을 괴롭게 하시다가 선마로가 들어온단 말
을 들으시고 심기를 고치시려고 애를 쓰시었다. 그래서 웃는 낯을 지어

가지고 선마로가 방에 들어오기를 기다리셨다.

그러나 선마로가 쓰윽 들어와서 절을 할 때에 임금의 미간은 저절로 찌푸려졌다.

"잘 잤나?"

"날이 차온데 상감마마 밤 사이 기운 안녕하시오?"

"오, 아우, 그리 않으라. 아무리 군신의 분이 있기로니 형과 아우 아닌가."

하고 상감은 손수 자리를 가리키신다.

"황공하오이다."

하고 선마로는 선뜻 앉는다.

"날이 매우 추운가?"

"싸락눈이 뿌리고 바람이 부오."

"날이 차면 몸이 아파."

하고 상감은 한숨을 쉬신다. 선마로는 상감의 혈색 좋지 못하신 얼굴을 힐끗 본다.

"보중하시오."

"응, 게다가 평양공주가 또 저 모양이니."

하고 아까보다도 더 깊은 한숨을 쉬신다.

선마로의 가슴에는 불쾌한 감정이 치민다. 평양공주는 이제는 이차돈을 내어쫓은 것을 후회하고 이차돈을 그립게만 생각하는 것이다. 지난밤에도 이차돈을 고구려에서 불러오라고 죽기 전 한 번만 더 만나보게만 하여달라고 아바마마를 조른 것이다.

선마로는 아마 지난밤에 이런 일이 있어서 상감의 마음에는 이차돈을 불러올 생각이 계심을 짐작하고 선수를 쓸 필요가 있음을 느꼈다. 그래서 선마로는 임금이 더 말씀하시기 전에 입을 열어서,

"상감마마, 이차돈을."

할 때에 상감은 선마로의 말을 막고,

“마로(朕)는 이차돈을 불러올 생각이야.”

하시고 잠깐 생각하시는 모양이시다가,

“공목이나 알공은 이차돈을 불러오는 것을 못마땅하게 여기는 모양
이지마는 죄 없는 사람을 타국으로 쫓는 것이 마로의 마음에 괴로워.
또 인재가 귀한 우리 나라에서 이차돈만한 인재 하나를 잃는 것이 어떻
게 아까운 일인가. 그뿐 아니라 평양공주의 정경을 볼 수가 없어. 그것
이 마로의 외딸이 아닌가. 마로의 딸이자 아우의 딸이어든. 죽기 전 이
차돈을 한 번 보게 하여달라니 그런 애처로운 일이 어디 있는가. 그래
곧 고구려에 사람을 보내어 이차돈을 불러올 생각이야. 아우가 아니더
면 이차돈은 죽었을 사람, 만일 이차돈을 죽였던들 부르고 싶기로 어떻
게 부르나? 모두 아우의 지혜의 덕이야. 또 공목과 알공이 알면 무에
라고 잔소리를 하겠지마는 마로의 뜻을 정하였어.”

하신다.

이것은 선마로의 입에서 무슨 말이 나올지 몰라서 미리 방패막음을
하신 것이었다.

“그러하오.”

하고 선마로는,

“이 몸이 아뢰이려던 말씀도 그 말씀이오. 조정에는 이차돈을 살려서
후환을 끼치게 하는 것이 모두 이 몸 때문이라고 이 몸을 원망하는 사
람들도 많은 모양이오나 상감마마의 근심이 이 몸의 근심이 아니오니
까. 피로는 형제옵고 자리로는 임금이시요, 신하오니 이 몸은 어찌하오
면 상감마마 뜻을 받자올까, 그것만 생각하오.”

하고 이마를 조아린다.

“그런 줄 알지. 안 그럴 리 있나? 병 많은 이 몸이 언제 죽을지도 몰
라. 사람의 목숨이란 풀 끝에 이슬이라고 하였고, 사람의 영화란 그 이
슬 방울에서 나는 빛이라 하였거든. 하물며 마로같이 병 많은 몸의 목
숨을 믿을 수가 있나. 임금의 자리가 높다 하여도 임금도 사람이어든.

뭇백성에게 오는 슬픔은 임금에게도 오는 것이지. 어찌하면 만백성을 즐겁게 할까, 잘 살게 할까, 이러한 근심이 임금의 자리에는 더 무겁거든. 마로와 같이 몸도 약하고 마음도 약하여 변변치 못한 사람이 임금의 자리에 오래 있는 것이 생각하면 부끄러운 일이지마는, 그렇기로 얼마 오래겠나. 마로가 오래 살기로니 십 년 이십 년 살 것 같지도 아니하니——어, 이런 말은 다 쓸데없는 말이고, 이 몸이 죽으면 나라를 맡길 데가 아우밖에 있나? 그런데 아우가 사람을 사귀되 의리를 아는 높은 선비를 사귀지 아니하고 추세하는 무리를 좋아한다는 말이 들리니 그것이 근심이야."

하신다.

"황송하오."

하고 선마로는 이마를 땅에 붙이고는 일지를 못하였다. 친형님이시요, 또 임금이신 이 어른, 게다가 저를 이처럼 사랑하시는 어른께 대하여서는 지금까지 좋지 못한 마음을 먹어 왔던 것이 진실로 황송하였다.

그뿐 아니라 상감이 제 속을 다 들여다보시는 것 같으신 말씀을 들으매 더욱 송구하였다. 그래서 선마로는 고개를 들어 잠깐 상감을 우러러보고 또 한 번,

"황송하오. 지금까지 도와드리는 정성이 및지 못하와 매양 근심을 끼치오니 젓사옵기 그지없소."

하고 수없이 머리를 조아린다.

"일어나지. 아우가 그렇게 생각한다면 마로는 이에 더 기쁜 일이 없어. 간사한 무리들이 아우와 마로의 사이를 떼려고 하기가 쉬우니 조심하는 것이 좋지."

"젓사오(황소하오.)"

이때에 문이 열리며 평양공주가 시녀의 어깨에 몸을 의지하고 들어온다. 그 낮에 나온 달과 같이 해쓱한 얼굴과 한없는 슬픔을 띤 눈!

"악아, 왜 일어났느냐."

134

하고 상감은 측은함을 못 이기시어 미간을 찌푸리신다. 공주는 임금 앞에 절하며,

"아바마마, 밤 사이 기운 안녕하시오?"

한다. 그 소리는 속으로 당기는 소리였다.

"오, 잘 잤느냐. 춥지나 않았느냐."

하고 상감은 공주의 머리를 만지신다.

"불효한 이 자식은 이차돈이 고구려로 간 후로는 잠도 마음도 다 잃어버렸소. 다만 잃어버린 것이 슬픔과 그리움. 아바마마, 어마마마 설워하시는 것을 보아 참자 참자 하와도 참는 것조차 잃어버린 이 몸. 이차돈을 원수로 보자, 미워하자 하고 아무리 마음을 돌려먹으려 하와도 마음조차 이 몸의 말을 듣지 아니하옵고, 몸조차 마음의 말을 듣지 아니하옵고——아두사마(중) 말마따나 이 몸이 전생에 죄가 한량없이 무거워, 몸과 마음조차 원수가 되어——아아, 아바마마, 이렇게 죄 무거운 몸이 이생에 어버이를 슬프게 하삽는 죄를 더 지어서 이번에 죽으면 필시 지옥으로 가옵거나 지옥보다 더한 아귀도로 가옵거나 그보다도 더한 축생도로 가옵거나——차라리 아무것도 모르는 버러지가 되고도 싶사오나 버러지도 마음이 있다 하온즉, 마음있는 곳에 슬픔이 없을 리 없사옵고——그래서 부처님이라는 검님은 정성으로 잘 빌면 이 죄를 다 소멸하여 주신다 하오니 차라리 옛날 모례의 누이 모양으로 머리를 박박 깎고 먹물들인 칡베 장삼을 입고 중이나 될까 하와, 오늘은 서두릿개 절에나 갈까 하와——이번 가오면 다시 안 올 양으로 무덤에 들어가는 마음으로 서두릿개 절에 가서 숨어서 세상을 보낼 양으로 아바마마께 하직을 사뢰려고 왔소."

하고 기운 없는 몸을 일으켜서 또 한 번 임금 앞에 절을 한다.

"아우, 이 정경을 보오."

하고 임금은 눈물 고이는 눈을 다른 데로 돌려 코를 푸는 듯 눈물을 씻으신다.

“오, 숙부께서도 오늘이 하직이오.”

하고 공주는 선마로를 돌아본다.

“공주마마.”

하고 선마로가 공주 앞으로 무릎을 돌린다.

“예.”

하고 공주는 선마로를 보며,

“숙부 하시는 말씀은 무엇이나 듣사오리다마는 이 몸을 위로 하신다든가, 그까짓 이차돈은 잊어버리라 하신다든가, 중이 된다니 말이 되느냐든가 그런 말씀이어든 말아주시옵고, 만일 좋다, 절로 가서 중이 되어라 하신다든가, 차라리 죽어버려라 하신다든가, 그렇지 아니하면 고구려로 이차돈을 따라가거라 하신다든가 하는 말씀이면 기쁘게 듣겠소.”

한다.

선마로는 잠깐 말이 막혔다. 어서 죽기를 바라던 임금과 평양 공주, 이 두 사람의 정의 움직임이 냉혹한 야심으로만 찬 듯한 선마로에게 다른 세상, 못 보던 세상 하나를 눈앞에 벌여놓은 것 같았다.

아우 생각, 딸 생각, 그리운 사람 생각——이런 것은 선마로가 오래 잊었던 것이었다. 그것이 번쩍 눈을 뜨는 것 같았다.

“이차돈을 불러오시오.”

하고 선마로는 말씀을 아뢰었다. 이 말은 선마로가 임금에게 허가를 주는 것과 같았다. 그처럼 근래 궁중에서는 선마로의 세력이 커졌다. 임금도 본래 내약도 하시지마는 선마로의 입에서 ‘그리하라’는 말을 듣기 전에는 무슨 분부를 내리시기를 꺼리는 지경이었다.

임금은 선마로의 말에 감격하는 듯이,

“아우, 그러면 이차돈을 부르도록 하지. 이 정경을 차마 못 보겠어.”

하시고 평양공주를 돌아보시며,

“악아, 네 숙부가 이차돈을 불러다 줄 것이니, 마음을 안정하고 가서 누워 있거라.”
하시었다.
　“그렇지마는.”
하고 평양공주는 허공을 바라보며 혼잣말 모양으로,
　“그렇지만, 이차돈이 돌아오기로 이 몸에 오나? 달님에게로 오지. 그렇지만 한 번만, 꼭 한 번만 보았으면. 그렇지만 이 몸이 이처럼 그리우면 달님은 더하지 않을라고. 그렇지만 이보다 더한 그리움도 있을 수 있나? 만일 달님도 이 몸과 같이만 그립다 하더라도 벌써 말라 죽고 타 죽었을 것을. 이 몸과 달님과 둘이서 함께 그이를 바라볼 수는 없나? 아아.”
하고 쓰러지고 만다.
　선마로의 집 사랑에는 공목과 알공이 선마로가 돌아오기를 기다리고 있다.
　알공은 기다란 수염을 쓰다듬으면서,
　“글쎄 여보 공목 바돌손, 아무것도 모르시거든 나같이 잘 아는 사람이 하는 대로 가만히 굿이나 보고 있다가 떡이나 자시지 왜 되지못하게 들고 나시오. 어리석은 사람의 표여든.”
하고 눈을 반짝거린다.
　“허, 이 사람. 날더러 어리석으니, 되지못하니 하니 요다음에는 무에라고 하려는고.”
하고 혀를 찬다.
　“요다음에는 못난이라고 하지. 사실 못나지 않으셨소? 하하.”
하고 알공은 수염을 더욱 빨리 쓰다듬는다.
　“어, 고이한 손이로군.”
　“고이? 무엇이 고이요?”
　“한다는 말이 도무지 횡설수설이란 말이야. 아첨을 하더라도 분수가 있고 농담을 하더라도 다 보는 데가 있는 것이지. 응, 그게 무에람. 사람이 줏대가 있어야 하고 의를 알아야 하는 게지, 그렇게 남의 비위만 맞추려드는 것은 개란 말야. 개 !"

이것은 공목이 알공의 선마로에 대한 아첨을 책하는 말이다.

"흥, 인제는 개라. 더 할 말은 없으시오 ?"

하고 알공이 성난 모양을 보인다.

"그럼, 그게 개 행세가 아니고 무엔가. 그래 그대는 정말 선마로 이손이 임금이 될 만한 사람이라고 생각하는가? 설사 그렇기로니 당장 임금이 계시거든 어찌 그런 무엄한 소리를 함부로 해 ?"

"어, 장히 충의가 높으시오. 그래 선마로 이손이 임금이 되시지 아니 하면 공목 바돌손이 서불한의 섯자가 되어보겠소? 괘니시리 그리는구 려. 이 몸이 이렇게 하는 것도 다 공목 바돌손일래 그러는 것이 아니 오 ?"

하고 웃는다. 이때에 선마로 돌아오는 수렛소리가 들린다.

"쉿 !"

하고 알공은,

"암말 마시고 내가 말한 대로 옳소, 그러하온 줄로 아오, 알공 한아 손 말이 지당하오, 이렇게만 해요. 굿이나 보아요."

하고 공목에게 눈을 끔적거린다.

선마로의 발자취가 문 밖에 들린다. 알공은 옷을 만지고 공목은 천장 을 바라본다.

"오, 다들 기다리고 있소 ?"

하고 선마로가 공목과 알공의 허리 굽히는 인사를 받으면서 자리에 들 어와 앉는다.

"그래, 이손. 어찌 되었소 ? 이 몸은 마음이 졸여서, 공목 바돌손도 초조하여서 앉으락일락하였소. 그래 그 내약——어, 인자하신 상감마 마께서 이차돈을 금시로 불러오라고 하시지나 아니하였는가 하여서, 이손께서 미처 말씀을 내이시기도 전에 상감 마마께오서 그 내약——

어, 인자하신 분부를 내리시면 어쩔까 하고 그 동안에 알공의 수염이
백 올은 더 세었겠소.”
하고 공목이 재잘거리는 것을 선마로는 다 듣지도 아니하고,
　“공목 바돌손！”
하고 공목을 부른다.
　“예.”
하고 공목이 한 번 고개를 숙인다.
　“상감마마께오서 이차돈을 부르라 하시오.”
하고 이손은 말을 끊는다.
　“허어！”
하고 알공이 놀라운 모양을 보인다. 선마로는 다시,
　“공목 바돌손！”
하고 부른다.
　“예.”
하고 공목은 또 고개를 숙인다.
　“이차돈을 부르러 사람을 보내야 할 터인데 시각이 바쁘니 누구를 보
내야 하겠소？”
한다.
　“오, 알아듣겠소.”
하고 알공이 가로막아서,
　“이차돈의 혼을 부른단 말씀이오？”
한다.
　“이차돈의 혼을 부르다니？”
하고 선마로가 알공을 본다.
　“그 말씀을 못 알아들으시오？”
하고 알공은 기운을 얻어,
　“설마 산 이차돈을 부르실 리는 만무하니 시각이 바쁘게 이차돈을 물

고를 내어서 혼이나 신라로 돌아오시게 하신단 말씀이지요?"
하고 깔깔 웃는다.
"만일 이차돈의 혼이 신라에 돌아온다면 먼저 누구의 목을 자를까?"
하고 선마로가 알공을 본다. 알공은 무서운 듯이 몸을 흠칫한다. 공목
은 선마로의 뜻을 안 듯이,
"예, 그러면 거칠아비를 보내는 것이 좋을 줄 아오. 가장 용맹이 있
고 지혜가 있고——."
하고 선마로의 눈치를 본다.
"이 몸의 생각에도 그러하오. 그러면 거칠아비를 불러서 오늘 해 안
으로 고구려로 떠나게 하오."
하고 선마로는 무슨 급한 볼일이 있는 듯이 방에서 나가버린다.
"어찌 된 셈인가?"
하고 공목이 알공을 본다.
"공목 바돌손이 아시지, 이 몸이 아오?"
하고 알공은 새뜩한다.
"도무지 선마로 이손 말씀은 어떻게 들어야 옳을지 알 수가 없어. 속
에 속이 있고, 또 속에 속이 있으니까 어느 속이 그 속인지 알 수가 있
나? 정말 이차돈을 데려오란 말인가. 원. 죽여버리란 말인가. 말을 말
대로 똑바로 들을 세상은 없단 말인가 원."
하고 공목은 참으로 어찌할 줄 모르는 양을 보인다.
"그만하면 알지, 그래도 모르오? 원."
하고 알공이 일어나며,
"자, 바돌손 일어나오. 댁으로 갑시다."
하고 옷을 떤다.
"가서는 어찌하게?"
하고 공목은 아직도 앉은 채로 알공을 쳐다본다. 마치 그 지혜로 이 곤
경에서 빼어달라는 듯이.

　"어떡허기는."

하고 알공은 공목의 소매를 끌어 일으키면서,

　"자, 어서 댁으로 가요. 다 내가 할 도리가 있으니. 이건 원, 도적질을 하여도 손이 맞아야 한다고, 이렇게도 못 알아들으시니 어디 힘이 들어서 해 먹겠소? 자, 갑시다."

하고 앞서서 나간다. 공목은 그 길다란 몸을 일으켜서 느릿느릿 알공의 뒤를 따른다.

　이때에 거칠아비는 집에서 여러 젊은 무리를 모아 데리고 술을 먹고 있었다. 이차돈이 한번 신라를 떠나매 신라는 모두 제 세상이 된 것 같았다. 또 젊은 패들도 거칠아비를 따르는 이가 많았다. 명색은 충효신용인 다섯 가지 정신을 가지고 덕과 재주를 닦는다는 것이지마는 기실은 술을 먹고 계집을 후리고 걸핏하면 다른 패와 싸움짓거리를 일삼는 무리였다.

　이차돈이 죄를 지고 고구려로 쫓겨가, 그 때문에 한마로와 이마로가 집에 숨어버린 뒤로는 마치 해도 달도 없는 깜깜한 세상 모양으로 모든 어두움 좋아하는 무리들이 서울에 횡행하였다.

　하루도 서울 바닥에 피 흘리는 싸움이 아니 일어나는 일이 없는데 거기는 반드시 거칠아비네 무리가 끼여 있었다. 거칠아비네 패라면 모두들 무서워하지마는, 그 대신에 거칠아비네 패를 미워하는 이가 많아서 싸움은 끊일 날이 없었다. 싸움의 원인은 대개 계집에서요, 그 다음에는 계집을 빌미로 하는 싸움의 원수 갚음이었다. 원수갚음은 원수갚음을 낳아 끝이 없었다.

　오늘도 양산말 패에 원수를 갚은 것을 축하하느라고 술을 먹는 것이었다. 좌중에 머리를 싸맨 무리가 사오 인 있었다. 그 싸맨 헝겊에는 뻘건 피가 배어 있었다. 한편 눈이 퉁퉁 부어서 찌부러진 이도 있고 버드나무를 대고 뽕나무 껍질로 싸맨 부러진 팔을 어깨에다 메어달고 술을 마시는 이도 있었다.

　모두 양산말 패와 싸우다가 혹은 칼에 혹은 몽둥이에 다친 무리들이었다.

　모두들 취안이 몽롱하여 떠들고 있었다. 거칠아비도 취하였다. 이런 판에 공목집 사람이 왔다.

　“거칠마로 서방님께 아뢰오.”

하고 거래를 하였다.

　“그 누구냐?”

하고 거칠마로는 손에 술잔을 든 채로 밖을 내다보았다. 거칠마로의 손이 흔들려 술잔의 술이 넘쳐 자리에 떨어진다.

　“공목 바돌손께오서 거칠마로 서방님 잠깐 오십소사고 전갈이오.”

하고 아뢰었다.

　“공목 바돌손?”

하고 거칠마로는 술잔을 다 비우고 나서,

　“공목 바돌손이 이 몸에 할 말이 있거든 이 몸의 집으로 오시라고 그래라. 누구더러 오너라 가거라 하는 것이야, 아니꼽게.”

하고 뽐낸다. 거칠마로는 제 조부가 서불한인 것을 등에 대는 것이었다.

　“그렇지 아니하오.”

하고 곁에 있던 사람이,

　“아까 보니 공목 바돌손이 대궐에서 나오나봅데다. 아마 서방님을 여쭙는 것은 필시 상감마마 분부신 듯싶으니 가보시오.”

하고 분별한다.

　“그렇다면 몰라도.”

하고 그제서야 거칠마로는,

　“오, 곧 옷을 갈아입고 가 뵈옵니다고 여쭈어라.”

하고 나서,

　“자, 다들 가지 말고 여기서 실컷 술들 먹고 놀아. 그 길다란 늙은이가 무슨 소리를 하는가, 듣고 올 테니."

하고 자리에서 일어난다.

"아마 무슨 좋은 일이 생기나 보오."

하고 누가 말한다.

거칠아비는 혹시나 평양공주의 혼인 문제가 아닌가 하고 은근히 크게 믿으며, 옷을 갈아입고 말을 달려 공목 바돌손의 집으로 갔다.

거칠마로는 거만과 술이 합하여 마룻바닥을 쾅쾅 울리면서 공목의 방으로 가서 늙은이와 벼슬 높은 이에 대한 예로 공목께 절하고는 곁에 있는 알공에게는 절도 아니하였다. 알공 따위는 눈에 있지도 아니한 것이었다.

"바돌손 기운 안녕하시오?"

하고 거칠마로는 취한 소리로 인사를 하였다.

"오, 거칠마로. 공부 잘하고 서불한 한아버님 강녕하신가?"

하고 공목이 거칠마로와 붉은 얼굴을 본다.

"예."

하고 거칠마로는 감기려는 눈을 억지로 크게 뜨며,

"늙은이들은 다 돌아가셨으면 좋겠소."

하고 방약무인하게 웃더니 알공을 힐끗 보며,

"알공 한아손도 인제 그만하고 돌아가셨으면 좋겠소."

하고 또 소리를 내어서 웃는다.

"어, 그 사람 술이 취했군."

하고 알공이 외면하고 입맛을 다신다.

"남아의 기운이 그래야지."

하고 공목은 알공에게 눈을 끔쩍하고 거칠마로를 향하여,

"그렇지마는 늙은이를 보고 그렇게 말하는 법이 있나!"

하고 가볍게 책망한다. 거칠아비는 더 버릇없이 웃으면서,

"오죽 사람들이 못났어야, 육십, 칠십이 되도록 산단 말이오. 정말

사내 같으면 전장에 나가 죽든지 그도 못 하면 계집 간사 편싸움을
하다가 죽기로니 어떻게 못 죽어서 육십, 칠십을 산단 말요. 잘난 사내
는 다 젊어서 죽고 못난 쭉정이들만이 요리 숨고 조리 피하고 구차하게
오래 사는 것이어든. 하하하하하하. 그러고도 죽기는 싫다고. 대관절
살았거든 산 보람을 해야지. 그래서 저 이차돈이놈 하나 처치를 못 하
고 쩔쩔매는 늙은이들이 무슨 면목으로 밥을 먹고들 산단 말요. 하하하
하.”
하고 거칠마로는 웃다 말고 게슴츠레한 눈을 부릅뜬다.
  거칠아비의 해괴한 행동에 공목 바돌손은 어안이 벙벙하여 입을 크게
벌리고 열 손가락을 덜덜 떨면서 체머리를 흔든다. 분하고 괘씸한 것이
었다. 그러나 알공은 상그레 웃으면서,
  “오, 거칠마로, 그 말이로구먼. 허허. 과연 할 말이 없네. 그런데.”
하고 공목을 잠깐 바라보고 공목이 할 말을 대신한다는 듯이,
  “그렇지 않아도 오늘 자네를 부른 것이 그 일이야. 자네가 하도 서두
르니까 얼뜨신 바돌손이 그만 말문이 막히고 말았네그려. 지금 상감께
오서 고구려에 가 있는 이차돈을 부르라신 분부를 내리셨는데, 자네도
아다시피 고구려라는 나라는 무서운 나라이라 여간 용기와 재주가 있지
않고는 못 가는 네란 밀일세. 그러니 여간내기가 가다가는 평양까지 가
보지도 못하고 질겁을 하여서 죽거나 도망해올 것이란 말이야. 인물도
잘나야 하고 언변도 좋아야 하고 재주도 있어야 하거든. 첫째 의표가
비범하지 않고는 고구려 사람들한테 휘둘려서 안 되고, 둘째 언변이 좋
지 못하고는 임기응변을 못 하고, 셋째로 재주가 없고는 고구려와 같이
재주 많은 나라에 가서 배겨나지를 못한단 말일세. 그러니 그런 사람을
찾는다면 자네밖에 또 있느냐 말이야. 자네로 말하면 의표가 비범하여,
언변이 좋겠다, 재주로 말하면 어찌 한 번 실수로 이차돈한테 패를 보
았지마는 우리 신라에서 으뜸이 아닌가. 그러니까 선마로 이손께서도
자네를 마음에 두신 것인데 자네가 서두르는 바람에 그만 얼띤 공목 바

144

돌손이 말문이 꽉 막히고 말았네그려."
하고는 또 공목을 한 번 보고 깔깔 웃는다.
"이 사람아, 얼띠기는. 사람더러."
하고 공목이 중얼거린다.
"말이야 바로 하지. 공목 바돌손이 얼띠지 않소?"
하고 알공이 또 깔깔 웃는다. 거칠마로는 놀라는 듯,
"이차돈을 부르라? 상감께오서? 이 몸더러 이차돈을 부르러 가란
말씀이오?"
히고 눈을 크게 뜬다. 그제야, 공목이,
"그러이, 자네가 고구려로 가되 오늘 해 안으로 떠나랍시라는 분부
셔."
하고 위엄을 갖추어서 거칠마로를 본다.
"이차돈을 불러?"
하고 거칠마로는 의아함을 마지 아니한다.
"응, 성화같이 부르라신 분부시어."
하고 공목이 또 말한다.
"아따 그게야."
하고 알공은,
"이차돈을 산 채로 부르거나 혼을 부르거나 그것은 거칠마로 자네가
알아서 할 것이 아닌가. 상감께서는 이차돈을 고구려에 두는 것이 후환
이 있을까 염려하셔서 하시는 분부시니까? 응, 거칠마로, 알아듣지 않
겠나?"
하고 거칠마로를 보고 눈을 끔적한다.
"혼을 부르다니? 원, 그 사람 실없는 소리."
하고 공목이 알공을 노려본 뒤에,
"그러면 거칠마로. 군명이 지중하시니 술일랑 더 먹지 말고 해안으로
떠나게."

한다.

"예, 가오리다. 임금의 명이시면 물불을 헤아릴 거칠마로오리까. 원수 이차돈을 업고 오시라면 업고라도 오겠소."

하고 일어나 절하고 나가는 것을 알공이 따라나가며,

"거칠마로. 왼 몸을 업고 오자면 무겁지 아니한가? 머리만 업고 오소."

한다. 거칠마로는 어느 말을 믿어야 좋을지 모르는 듯이 한참 뒤를 돌아보다가 알공이 눈을 끔적하고 손으로 제 목을 베는 시늉을 하는 것을 보고는 알아들은 듯이, 그러나 아무 대답도 없이 공목의 집에서 나와버렸다.

    "평양이 여기서 일천하고 오백 리

    기러기가 날아가도 사흘하고 이틀 길."

하는 노래를 읊조리며 집으로 간다.

메주한가는 이차돈을 여러 번 만날수록 더욱 마음에 들어 아무리 하여서라도 이차돈을 고구려 사람을 만들어 나라에 힘있는 일꾼이 되게 하고 싶었다.

한나라가 망한 뒤로 여러 조그마한 세력들이 서로 싸우고, 위니 양이니 하는 천자란 것들이 생기나 모두 통일할 힘이 없어 아침에 일어나면 저녁에 거꾸러지는 이 좋은 기회를 타서 한토를 들이칠 경륜도 있고, 또 만일 신라와 백제가 이 큰 경륜에 아무리 하여도 응하지 아니하면 왕검의 정통이란 권위를 가지고 이 두 나라를 쳐서 하나를 만들어 안에 있는 근심을 덜어버릴 경륜도 있었다.

"아아, 세월은 가고 이 몸은 늙는고나."

하고 메주한가는 혼자 칼을 어루만지며 한탄하였다.

"부귀와 영화에 취한 무리들이!"

하고 조정에 있는 힘없는 무리들을 위하여 한탄하고 또 임금이 인자하시기는 하나, 불도에만 취하여 살생을 싫어하고 나라의 위엄을 떨치려는 기백이 없는 것을 한탄도 하였다.

한가는 그 아들들을 모아놓고는,

"너희들은 아느냐. 평양은 모든 나라의 나라다."

이러한 말도 하였다.

한가는 그 아들들로 하여금 이차돈에게 검술과 활 쏘는 법을 배우게 하고 이차돈에게 대하여서는 항상 한토를 경영할 큰 이상을 말하였다.

고양이 이마만한 이 땅에서 세 나라가 서로 다투는 것은 극히 어리석은 일이니 세 나라는 본래 한 조상의 자손인즉 서로 화친하여 한토에 대할 것이라는 밀을 하였다.

메주한가의 말을 들으면 들을수록 이차돈은 그 말에 탄복하여 어렁그렁하는 동안에 적국 사람이라는 의심하는 간격이 스러지고 진정한 동지요, 선배로 사랑하고 사모하게 되었다. 더구나 어떤 날 메주한가가 이차돈과 그 아들을 데리고 왕검을 모신 신궁에 가서,

"보라, 이 어른은 고구려의 한아버지시요, 신라의 한아버지시요, 백제의 한아버지시니 우리 함께 절하자."

할 때에는 이차돈은 신라와 고구려와 백제가 네요 내요 할 것이 아니로 모두 하나임을 보았다.

메주한가의 아들들도 이차돈을 친동기와 같이 사랑하여서 하루라도 못 만나보고는 못 견디었다.

어떤 눈 많이 오는 날, 이차돈은 메주한가의 집에서 술을 먹고 늦도록 놀다가 이불란사 종소리를 듣고 깜짝 놀라서 거울보고의 집으로 돌아오려 하였다.

이때에 메주한가의 큰아들 고주가 이차돈을 붙들며,

"아버지께서 형이 가시기 전에 잠깐 할 말이 있다고 하시고 큰사랑에서 기다리고 계시니 잠깐만 다녀가오."

하였다. 이차돈은 옷을 바로잡고 큰사랑으로 간즉, 메주한가는 아직도 자지 아니하고 촛불을 켜놓고, 엄연하게 앉아 있었다. 이차돈은,

  "놀기에 미쳐서 밤이 깊는 줄을 모르고 이불란사 새벽종을 들었소."
하고 하직하는 인사를 하였다. 메주한가는 이차돈에게 잠깐 앉으라 하
고,
  "내 긴히 한 마디 할 말이 있으니, 늙은 사람의 말을 물리치지 마오."
하였다.
  "무슨 말씀이신지 모르거니와, 한가께오서 이 몸을 아들같이 사랑하
시니 우리 신라 국법에 어그러지지 않는 일이면 우리 신라 나라의 충,
효, 신, 용, 인에 어그러지지 않는 일이면 어떠한 말씀이든지 듣겠소."
하고 메주한가를 바라보았다.
  "옳은 말이오."
하고 메주한가는,
  "다름이 아니라, 이 몸이 서방님을 사랑하매 줄 것이 없소. 무엇을
주어도 이 몸의 지극한 정을 표할 것이 없소. 마침 이 몸이 딸 하나가
있으니 어리나마 서방님이 짝이 되기에 그리 부끄럽지는 아니할 듯하니
그것을 받아주오."
하였다. 이차돈은 메주한가의 말에 놀랐다. 그 동안 이차돈은 몇 차례
버들아기(柳兒)라는 한가의 딸을 본 일도 있거니와, 그러면 이런 생각
을 미리 가지고 버들아기를 이차돈과 만나게 한 것인가. 평양 여자가
아름답다는 것은 신라, 백제에도 소문이 난 것이지마는, 버들아기는 마
치 강에 비치인 가을 달과 같이 아름다웠다. 그렇지마는 이차돈은,
  "생각하여주신 뜻은 황감하오나 신라 국법에 참뼈(임금의 겨레)는 다
른 여자와는 혼인을 못 하게 되었소."
하고 거절하지 아니할 수 없었다. 메주한가는,
  "이 몸도 신라 법을 모름이 아니오. 또 서방님이 신라 공주의 부마도
마다하시고 명장 이마로의 따님 달님을 사랑하신 까닭에 고구려로 쫓겨
오심을 모르는 바도 아니오——."
할 때에 이차돈은 깜짝 놀라며,

  "한가께오서 어떻게 그런 일을 다 아시오."
하고 눈을 크게 떴다.

  "그뿐이 아니오. 신라에서 서방님을 고구려로 쫓을 때에 우리 나라 임금을 해하라는 왕명을 받아가지고 온 것도 아오."

  이 말에 이차돈은 정신이 아뜩하여지는 것 같았다. 그러나 놀라는 빛을 보이는 것이 겁한 듯하여 태연하게,

  "어디서 그런 말씀을 들으셨소?"
하고 메주한가에게 물었다.

  "다 듣는 바가 있소. 거칠마로라는 사람을 아시겠소그려?"

  "거칠마로? 예, 아다뿐이오."

  "거칠마로가 귀국 상감마마의 아우 선마로 이손의 명을 받아가지고 고구려로 들어왔소."

  "평양에?"

  "아직 평양까지는 아니고──그러나 며칠 아니하여 평양에 들어올 모양이오. 이것을 보시오."
하고 메주한가는 무슨 편지 같은 종이 한 조각을 이차돈에게 내어주었다. 이차돈은 그것을 두 손으로 받아 읽었다.

  "높으신 메주한가 안전."
이렇게 허두를 하고 쓴 너른나루 지키는 장수의 장계인데,

  "오늘 신라 나라 거칠마로라는 사람이 나루를 건너옵기로 붙들어서 우리 나라에 오는 연유를 묻사온즉, 아주 끔찍한 말을 하옵기로 먼저 그 말을 적어 아뢰나이다. 거칠마로의 말에, 두어 달 전에 평양으로 간 이차돈은 우리 높고 높으신 나라님을 해하려고 간 자객이라 하오며, 이것은 오래 병들어 정신이 혼몽한 신라 나라 임금의 아우 선마로 이손이 이 일을 알고 이것 큰일났다, 크고 큰 고구려의 높고 높으신 나라님을 만일 건드리오면 이웃나라의 도리로는 두려운 일일 뿐더러, 필시 큰 후환이 있으리라 하여 거칠마로를 평양으로 보내는 것이라 하오며, 거칠

마로는 높고 높으신 우리 나라님께 올릴 글월과 높으신 우리 한가마마께 올리는 글월을 가지고 가나이다. 밤낮으로 말을 달려 아뢰오니, 이차돈을 곧 잡아 가두시고 거칠마로가 평양에 가기를 기다리심이 좋을까 하와 사뢰나이다.”

한 것이었다. 이차돈은 이것을 읽고는 이 편지 든 손을 떨었다. 그리고 이를 드윽 갈았다. 이차돈의 처녀와 같이 유순하던 눈에서는 갑자기 번갯불이 번쩍이는 듯하였다

메주한가는 가만히 이차돈의 낯빛을 바라보고 이차돈의 속에 있는 불같은 성질 하나를 더 찾았다. 그리고 흡족한 듯이 이차돈의 눈에 띄지 아니하리만큼 빙그레 웃었다.

이차돈은 얼른 정신을 수습하여 그 편지를 접어서 도로 메주한가의 앞에 놓았다.

“이차돈 서방님 !”

하고 메주한가는 힘있게 이차돈을 부르고 손을 내밀어 이차돈의 손을 잡았다. 이차돈을 잡은 메주한가의 손은 크고 힘있고 부드럽고도 따뜻하였다. 메주한가는 이차돈이 미처 입을 열 사이도 없이,

“이차돈 !”

하고 서방님이라는 존칭도 빼고,

“인제 고구려 사람이 되오. 인제 내 사위가 되오 ! 신라는 벌써 이차돈을 버리지 아니하였소? 인제 고구려에서 벼슬을 하시오. 고구려의 기둥이 되시오 !”

하고 간절하게 힘있게 말하였다. 이차돈은 취한 술이 다 깨어버렸다. 과연 신라는 나를 버렸다. 버릴 뿐더러 나를 미워하고 죽이려 함이다. 이렇게 이차돈은 생각하였다.

거칠아비가 고구려로 오는 것은 자기를 죽이러 오는 것이다. 고구려 사람의 손을 빌려서 미워하는 사람을 죽이는 것은 신라에서 예로부터 써오는 방법이다. 그 편지가 무엇을 말하느냐. 선마로가 제 야심을 펴

150

기 위하여서 고구려에 대하여 제 임금이요, 제 친동기인 이를 모함하고 동시에 임금이 가장 사랑하는 이차돈을 제 손에 피 안 묻히고 죽여버리려는 것을 말함이 아니야. 이것을 생각하면 이차돈은 분이 가슴에 북받침을 깨달았다. 당장 신라로 달려가서 음모의 중심인 선마로와 공목과 알공과 거칠아비를 한칼로 죽여버리고 싶었다.

'그렇지마는, 아아 그렇지마는'

하고 이차돈은 가슴이 쓰림을 깨닫는다. 그렇지마는 그렇다고 고구려 사람이 되어 고구려의 부귀를 누려? 메주한가의 시위요, 본래는 신라의 왕족, 이만하면 인물을 찾음이 급한 고구려에서 영화를 누릴 것은 확실하였다. 그런 예도 옛날에는 있었다.

'그렇지마는.'

하고 이차돈은 늙은 조부 한마로를 생각하였다.

만일 한아버지가 여기 계시다면, 하고 생각하여보았다. 그것은 물론 문제도 안 될 것이다.

"나는 신라 사람이다. !"

한 마디면 고만이 아니냐.

'그렇지마는 신라는 너를 버리지 아니하느냐. 너를 죽이려고 자객을 보내고 또 적국에게 너를 모함하여 적국의 손으로 너를 죽이려고 하지 아니하느냐.'

이렇게 생각하면 이차돈은 메주한가의 권하는 말에도 넉넉한 이유가 있음을 부인할 수 없었다.

그러나 이차돈의 머릿속에는 터마로의 일이 떠올랐다. 고구려에 오는 길에 너른나루 관원에게 뽐내어 자랑하던, 터마로의 전신에 피를 흘리면서 나는 신라 사람 사람이오라고 외치던, 차라리 신라의 개돼지가 될지언정, 하고 외치던 양이 떠올랐다. 이차돈은 몸을 흠칫하여,

"메주한가. 이 몸은 신라 사람으로 났으니, 신라 사람으로 죽겠소!"

하고 분명하게 힘있게 대답하고 자리를 차고 일어났다. 메주한가는 다

만 고개를 끄떡끄떡할 뿐이요, 더 말도 없고 이차돈을 더 붙들지도 아니하였다.

이차돈은 메주한가의 집에서 주는 수레도 버리고 눈 오는 밤 길을 혼자 걸어서 거울보고의 집으로 돌아왔다. 방에는 거울보고의 딸 반달이 홀로 앉아서 기다리고 있다가,

"이 추운 밤에 어디서 그리 늦으셨소?"

하고 이차돈은 낯빛을 엿보았다.

"자지 않고 왜 여기 와 있소?"

하고 이차돈은 반달에게 귀찮은 듯이 말하였다.

"이 몸이 서방님 곁을 떠나서 어디를 가오. 이 몸은 서방님께 바친 몸. 인제부터는 미워하시나 고와하시나 서방님 방에서 살려오. 들으니까 서방님이 메주한가 댁 따님한테 반하셔서 밤마다 늦도록 계시니다 하오마는 이 몸을 죽이시기 전에는 이 몸을 떼어버리시지는 못하시리다. 죽어서 저승에를 가서라도 이 몸은 서방님을 떨어지지 아니하려오. 그까짓 고구려 계집년한테 질 이 몸으로 아시오? 이 몸이 밉거든 차라리 서방님의 차신 칼로 이 몸의 목을 베이시거나 가슴을 찔러주오."

하고 이차돈의 옷에 매달려 울기를 시작한다.

이차돈은 소매에 매달리는 반달을 뿌리칠 수도 없었다. 그러나 이차돈은 이 반달을 어찌할 바를 몰랐다. 비록 마음으로 마음으로는 달님을 이 세상에 가장 그리운 사람으로 생각하면서도 반달에게 한 달 넘어 들인 정도 깊었다. 반달은 지극히 이차돈을 사랑하고 아꼈다. 그렇지마는 이 반달을 장차 어찌할 것인고. 내일 어찌 될지 모레 어찌 될지 모르는 제 목숨이 아니야. 이차돈은 저로 해서 불행하게 된 세 여자——달님과 평양공주와 반달과—— 를 생각하였다. 그리고 늙으신 한아버님과 어머님과.

'무엇하러 내가 세상에 났으며 무슨 까닭으로 이렇게 앞길이 탁 막히

152

는고?'

이차돈은 이러한 생각을 하면서 소매에 매달려서 울고 있는 반달을 굽어보았다.

"반달!"

하고 이차돈은 그제서야 자리에 앉으면서 반달을 곁에 앉히고 불렀다.

"예?"

하고 반달은 눈물 어린 눈으로 이차돈을 바라보았다.

"반달! 너와 나와의 인연은 잠시 잠깐이다. 마치 흘러가는 별과 같이 저기 있다 하면 벌써 없어지는 인연이다."

"왜요?"

"오, 내 목숨이 내일 죽을지 모레 죽을지 모르는 목숨이야. 나를 죽이려는 사람이 내일이나 모레나 이 평양에 나타날 것이다. 벌써 평양에 들어와서 나를 엿보고 있을는지도 몰라. 나는 그런 사람이란 말이다."

"무슨 일로?"

"무슨 일인 것은 네가 알 바 아니오."

"그렇기로 서방님 재주를 누가 당하리라고."

"흥!"

"그나 그뿐인가. 메주한가가 있는데 누가 서방님을 건드려요?"

"메주한가의 말을 내가 들었으면 이 액을 면할 수도 있겠지마는, 내가 그의 말을 안 들었으니까 오늘부터는 메주한가도 나를 미워할 것이다."

"메주한가가 무슨 말씀을 서방님께 하였는데 서방님께서 안 들어셨어요?"

"그것은 네가 알 바가 아니고——."

"무어, 내가 다 알아요. 메주한가의 딸 버들아기가 서방님을 몇 번 뵈옵고는 서방님이 그리워서 병이 들어 누웠다고, 서방님께 시집을 안 가면 차라리 굶어 죽는다고 식음을 전폐하고 누웠다고. 메주한가 집 한

나라 사람 종이 그러더라고 이 몸의 서모한테서 다 들었는걸요.”
　이차돈은 처음 듣는 이 말에 속으로 놀랐으나 그런 빛은 보이지도 아니하고,
　“그런 것은 나도 모르는 말이고.”
　“모르실 리가 있어요? 그것을 모르시면 무엇하러 날마다 메주한가의 집에를 가셔서는 다 늦게야 돌아오셔요?”
　“그보다 더 난처한 일이 있지.”
　“무슨 일이오?”
　“그것은 네 알 바 아니고.”
　“그것도 이 몸이 다 알아요. 말씀은 아니 하시더라도 이 몸이 다 알아요.”
　“무엇을 안다고 그러느냐.”
　“서방님께서 신라를 배반하시고 고구려 벼슬을 하시게 된다는 말이 짜아한데요.”
　“무엇이?”
　“서방님께서 고구려에서 높은 벼슬을 하셔서 신라를 치신다고──신라에 대한 원수를 갚으신다고.”
　“무어? 너 그런 소리를 어디서 누구한테 들었니?”
하고 이차돈은 반달의 어깨를 붙든다.
　“다 알아요.”
　“어디서 들었어? 응. 그런 말을 어디서 들었느냐 말이다. 바로 말해라.”
하고 이차돈은 무서운 눈으로 반달을 노려보았다. 반달은 무서운 듯이 몸을 뒤로 끌며,
　“남들이 그러는 말을 들었어요. 이 몸은 아무 죄도 없소.”
하고 애원하는 듯이 이차돈을 바라본다. 그러나 이차돈은 이 비밀을 알아내지 않고 그냥 둘 수는 없었다. 반달이 하는 말 속에는 필시 무슨 큰

음모가 있는 것 같았다.

"반달아!"

"예?"

"너 내 반달이지?"

"그러믄요. 서방님의 몸이 서방님 것과 같이 이 몸은 서방님의 반달이오. 이 몸은 서방님의 그림자가 되어서 서방님 가는 곳이면 어디나 따라가는 반달이오. 서방님이 아무리 떼어버리지 못하시더라도 서방님의 몸을 떼어버리지 못하시듯이 서방님의 그림자 이 반달은 못 떼어버리시오."

"그렇거던 바로 말해라. 네가 그런 소리를 어디서 누구한테 들었는지 똑바로 말하란 말이다."

하고 이차돈은 이번에는 반달의 두 어깨를 꽉 붙들었다. 반달은 말이 없이 고개를 숙인다.

"반달아!"

"예?"

"너의 집에 요새에 신라에서 누구 온 사람 없니?"

"몰라요."

"몰라?"

"신라에서 명주 팔러 오는 사람이 겨울이면 가끔 오지요."

"칼 찬 사람이 아니 왔더냐 말이다."

"몰라요."

"그러면 너 그 말을 어디서 들었니?"

"……."

"왜 말이 없어?"

"똑바로 말을 해. 너 아버지한테 들었니? 그렇지?"

"……."

"바로 말 안 할 테냐?"

하고 이차돈은 칼자루에 손을 대면서,

"필시 네 아비가 내 정탐을 해서 신라에 있는 말 없는 말을 일러바치는 모양이로구나. 그렇게 생각하면 내게 걸리는 것도 아니다. 내가 메주한가의 집에서 나올 때면 그 앞에서 가끔 네 아비를 만나길래 어디 갔다 오느냐고 물으면 '네, 장사 일로'하고 대답하길래 그런 줄만 알았더니, 이제 생각해보니 필시 네 아비가 내 뒤를 밟는 모양이로구나. 네 아비 일을 네가 모를 리가 없지. 똑바로 말을 해야망정이지 만일 기이면 내 이 칼로 너를 죽이고 너의 집 식구를 모두 죽여버릴 터이다."

하고 칼을 번쩍 뽑았다.

"서방님!"

하고 반달은 이차돈의 옷자락을 붙들면서,

"똑바로 말씀할게 그 칼을 도루 꽂으시오. 서방님 손의 그 시퍼런 칼을 보니 무서워요."

한다. 이차돈은 칼을 꽂으며,

"그래 바로 말해라."

하고 이차돈은 가여운 듯이 반달의 등을 만진다.

"서방님. 똑바로 말씀을 여쭐 테니 이 몸을 버리시지 마시오. 서방님이 이 몸을 버리고 가시면 이 몸은 죽어요. 이 몸을 버리시려거던 차라리 이 몸을 그 칼로 죽여주시오."

"어서 말을 해라."

"이 몸을 안 버린다고 다짐두시오. 하느님을 두고 다짐두시오. 검님을 두고 다짐두시오. 이 몸을 안 버리신다고. 하늘 닿은 끝까지 가시더라도 한나라에를 가시더라도 서방님 그림자 모양으로 데리고 다니시마고 다짐을 두어 주시오. 이 말씀을 여쭈면 서방님은 해가 뜨기 전에 우리 집에서 나가실걸. 이 몸을 버리고 가시면 이 몸은 어찌하게. 서방님. 어서 다짐을 두어두시오."

"그렇지만 나는 너를 데리고 갈 수는 없는 곳으로 갈지도 모를 것을.”

하고 이차돈이 주저한다.

“어디를 가시더라도 이 몸은 따라갈 것을.”

“중이 되어서 절에를 가면?”

“절이라도 따라가서 절 문밖에 살지요.”

“만일 죽는다면?”

“같이 죽지요. 서방님 몸을 이 치마로 싸다가 묻어드리고 이 몸도 그 곁에 묻히지요.”

“그렇다면 다짐두마.”

하고 이차돈은 다짐을 두었다.

“인제 여쭈어요. 인제는 아버지도 어머니도 다 버리고 서방님을 따라 나설 길이니 여쭈어요. 그렇지만 또 한 가지만 다짐을 두어 주시오.”

“또 무슨 다짐?”

“이 몸의 아비를 죽이시지 마시오.”

“그래라.”

하고 이차돈은 선선하게 대답하였다.

“그럼 여쭈어요. 이 몸의 아비가 서방님 뒤를 밟고 또 메주한가집 하 인들에게 돈을 주어서 날마다 밤이면 메주인가 집 하인이 아버지를 찾 아오기도 하고 불러내기도 해요. 무슨 말을 하는지 이 몸은 듣지 못하 였으나, 오늘 아침에 서방님이 나가신 뒤에 거칠마로라는 점잖으신 젊 은 양반이 오셔서 서방님 계신 방을 다 돌아보고, 서방님을 만나신다고 밤이 들도록 집에서 기다리다가 가셨는데, 이 몸의 아비하고 단둘이서 조용히 말씀하시기로 암만해도 수상한 것 같아서 문틈으로 가만히 엿들 었지요 했더니 무슨 말씀을 하는고 하니, 서방님 이름을 부르면서 그놈 저놈 하시면서, 그놈이 우리 나라에서 죽을 죄를 지고 온 놈이요, 또 고 구려 임금을 죽이러 온 놈인데 네가 그놈을 집에 두었으니 큰 화단을 당하리라고 어르면서, 그렇지만 네가 내 말대로 잘하면 두 나라에서 큰 상급을 받으리라고 달래겠지요. 그러니깐 이 몸의 아비 말이. 그렇지 않아도 알공 한아손이 벌써 사람을 보내어서 그런 말씀을 하시고, 서방님 이름을 부르면서, 그 서방님의 뒤를 밟아서 서방님이 무엇을 하고 계신지 다 알았노라고 그러겠지요. 그러니깐 거칠마로라는 서방님이, 그래, 그놈이 무엇을 하고 있느냐고 물어요. 그러니깐 이 몸의 아비 말이, 이차돈 서방님은 지금 메주한가와 친해서 날마다 그 집에 가서 묻혀 있고, 요새에 알아보니까 메주한가의 외따님 버들아기라는 이하고 혼인을 하여가지고 고구려 벼슬을 하여가지고 고구려 장수가 되어 신라를 쳐서 원수를 갚으려고 한다고 그러겠지요. 그러고는 이차돈 서방님의 이 비밀을 알아내느라고 메주한가 집 하인들에게 인정을 쓰느라고 돈도 많이 쓰고 명주도 많이 썼노라고, 암만해도 이차돈 서방님의 행색이 수상하기로 그러다가 우리 신라에 해나 되면 어찌하나 하고 그렇게 돈을 써가면서 이렇게 알기 어려운 일을 알아냈노라고, 그러니 제발 후환이 없이 하여달라고 빌겠지요. 그러니까 거칠마로 서방님 말씀이, 그것은 걱정 말라고. 그러고는 이 몸의 아비의 귀에 입을 대시고 무엇이라고 소근소근하시는데, 그 말씀은 들리지 아니해요. 그러고는 헝겊에 싼 묵직한 뭉텅이를 이 몸의 아비의 손에 쥐어주시니깐 이 몸의 아비가 빙그레 웃으면서 그것을 받아서 품에 넣고는 고맙다고 절을 하겠지요. 아마 금인가 보아요. 아시다시피 요새에는 한나라 비단이 많이 들어와서 신라 명주가 잘 팔리지를 아니해서 이 몸의 아비도 장사가 잘 안 되어서 어려운 판이라, 아마 거칠마로 서방님한테서 돈을 받고 무슨 하기 어려운 일을 하마고 맡았나 보아요. 그러기에 거칠마로 서방님이 돌아가신 뒤에 아비가 이 몸을 부르더니 —— 아이, 그 말씀은 차마 못 여쭈어요.”

하고 진저리가 나는 듯이 몸을 흔든다.

“어서 말을 다 해라.”

하고 이차돈은 반달의 허리를 흔든다. 반달은 한참이나 말을 못 하고

158

있다가,

"예, 이 몸은 서방님의 몸이지요? 그림자 모양으로 서방님을 따라갈 몸이지요? 아비까지 배반하고 따르는 이 몸을 차버리실 서방님은 아니시지요? 예. 말씀 여쭈어요. 무슨 말씀이나 여쭈어요. 아비가 이 몸더러 서방님을 죽이라고."

하고 이차돈의 낯빛을 엿본다.

"예, 죽이라고. 음식에 약을 타든지, 잠드신 때에 칼로 찌르든지."

하고 반달은 제 품에 손을 넣어 명주 헝겊에 싼 것을 내어서 이차돈에게 주면서,

"이것으로 서방님을 죽이라고. 만일 말을 안 들으면 내어쫓아버린다고. 그렇지마는 서방님을 죽이기만 하면 거칠마로 서방님이 잘——."

하고는 말을 끊는다.

이차돈은 반달이 내어놓는 명주 헝겊으로 싼 뭉텅이를 열어보았다. 거기서 나오는 것은 칼 하나와 비상 한 봉지였다. 이차돈은 물끄러미 보다가 도로 쌌다.

"그래서?"

하고 이차돈은,

"그럼 너는 나를 죽이러 온 것이로구나?"

하고 반달을 바라보았다.

"예."

하고 고개를 까딱까딱하였다.

"그럼 어째서 나를 죽이지 아니하고 도리어 내게 이런 실토를 하느냐?"

하고 이차돈은 무서운 눈으로 반달을 노려보았다.

"그럼 어떻게 하오?"

하고 반달은 울먹울먹하면서,

"아비가 시키는 것을 어찌하오? 그래 이 칼과 약을 받아가지고 서방

님 방에 들어와서 덜덜 떨고 서방님 돌아오시기를 기다렸소. 서방님이 돌아오시거든 저 술에 이 비상을 타서 드리고, 만일 그래도 서방님이 안 돌아가시거든 서방님이 잠드신 틈에 이 칼로 서방님을 죽이려고——또 생각하면 이 몸도 서방님이 원망스럽소. 이 몸을 버리고 버들아기한테 장가를 드신다면 이 칼로 서방님을 찌르거나 이 몸이 이 칼을 물고 엎더지거나 하고 싶은 마음도 있소. 그렇지만 서방님을 뵈오니깐 원망스럽던 마음도 다 풀어지고 부질없은 줄 알면서도 한번 마음을 하소나 하여볼까 하고——.”

하고는 고개를 숙여버렸다.

이차돈은 반달의 말을 듣다가 고개를 끄덕끄덕하며,

“오, 그 아비에 어떻게 그 딸이 있는고 ! 간사하고 거짓 많은 신라 사람 중에서는 드물게 보는 사람이로다.”

하고 반달의 손을 잡으며,

“네 마음만 변하지 아니하면 어디까지든지 너를 데리고 가고 싶다마는, 내 앞길이 어찌 될지 모르니 너도 아다시피 나는 고구려에도 신라에도 몸붙일 곳이 없는 사람. 제 몸 하나 붙일 곳도 없거든 너를 어디로 데리고 간단 말이냐. 나는 밝는 날에는 평양에도 붙어 있을 수는 없을 것이어든.”

하는 말을 반달은,

“그럼 어디로 가시오 ?”

하고 두 손으로 이차돈의 손을 만진다.

“알 수 없지.”

하고 이차돈은 메주한가의 청을 거절한 것과 거칠마로가 평양에 들어와 있는 것을 생각한다. 메주한가가 이차돈을 제 사람을 만들 생각을 가졌길래로 가지는 호의니, 이차돈이 손에 늘어오지 아니할 줄을 안 다음에는 이차돈은 메주한가의 적이 될 것이다.

그렇다면 밝는 날에는 메주한가가 관인을 보내어 이차돈을 잡아 고구려 임금을 죽이련다는 거칠마로의 밀고대로 이차돈을 죽여버릴는지도 모른다. 이러한 생각이 이차돈의 머리에 떠오른 것이었다.

그렇다고 이차돈은 반달에게 대하여 무슨 조처를 하지 아니할 수 없었다. 그래서 이차돈은 몸에 지녔던 견대를 끌러 반달에게 주면서,

"이 속에 아직 돈이 얼마 있으니 너는 이것을 가지고 신라로 가서 이마로 이손의 집을 찾아 그 딸 달님에게 몸을 의탁하든지 그렇지 아니하면 한마로 이손이라는 이가 내 한아버지요 또 집에는 내 어머니가 홀로 계시니 거기 가서 몸을 의탁하든지 또 그렇지 아니하면 절로 가서 여승이 되든지 하여 내가 찾기를 기다려라. 지금은 날이 밝을 때가 멀지 아니하여 내가 이곳에 오래 머물 수가 없으니 네가 진실로 나를 따르려거든 이 몇 가지 길 중에 하나를 택하여라."
하고 반달을 개유하였다.

이 말이 끝나자마자 문득 문밖에서 들리는 소리——그것은 쌓인 눈이 신에 밟히는 빠드득거리는 소리였다.

이차돈은 벼락같이 문을 열었다. 뜰 눈 위에는 사람의 발자국이 있고, 거무스름한 그림자가 안중문께로 사라지고 말았다. 반달은 무서운 듯이 이차돈에 매달리며,

"이 몸의 아비가 우리 말을 엿듣고 갔나요? 필시 그러하오."
하고 덜덜 떨었다.

"으응."
하고 이차돈은 발자국을 노려보았다. 반달은 황망하게,

"서방님, 서방님!"
하고 부르기만 하고 말이 잘 나오지를 아니하였다.

"왜?"
하고 이차돈은 더욱 침착하게 반달의 씨근거리는 등을 만진다.

"서방님, 얼른 몸을 피하시오. 이 몸의 아비가 필시 거칠마로 서방님한테 갔을 것이오. 거칠마로 서방님은 장사를 둘이나 데리고 왔다는데,

세 사람이 덤비면 서방님 혼자서 어떻게 당하오? 거칠마로 서방님이
계신 데가 여기서 다섯 집 건너 구슬 장사하는 신라 사람 술이아비라는
사람의 집인데 이 몸의 아비가 달음박질로 갔으면 벌써 술이아비 집 대
문에는 갔을 것을. 이 몸이 서방님을 죽이지 못하고 도리어 서방님께
내통하였다는 말을 들으면 이를 악물고 덤빌 것을. 서방님 자, 어서 칼
차시고 윗옷 입으시고 창도 드시고 어서 이 집에서 나가시오. 어서 어
서!"
하고 애를 쓴다.
 "응, 염려 마라. 어차피 거칠아비는 내가 찾아가서라도 만나려던 참
이니, 저편에서 온다면 작히나 좋으랴."
 "서방님 머리를 베이지 못하면 본국에를 못 돌아간다고 그러시던데
요."
 "뉘 머리가 떨어지나 두고 보아라."
 "서방님 칼 재주는 천하에 으뜸이라고 하오마는, 구태 위태한 일을
하실 것이 있어요? 서방님 물 건너시는 것만 뵈오면 이 몸도 마음 놓
고 서라벌로 가겠어요."
 "내 염렬랑 말고 네 먼저 떠나 가거라. 네 키와 내 키와 어슷비슷하니
내 옷을 입고 사내로 차리고 가려무나."
 반달은 이차돈의 말에 마지못하여 이차돈의 옷을 얻어 입고 이차돈이
주는 돈을 품고 살며시 뒷문을 열고 나서며,
 "서방님, 이 몸을 잊지마시고 꼭 찾아주시오."
하고는 눈을 밟고 사라져버린다.
 이차돈은 반달을 떠나보내고 혼자 서안에 기대어 잠시 잠이 들었다.
 벼락같이 문을 열어젖히는 소리에 눈을 뜨니, 거기는 칼을 빼어든 거
칠아비가 서고 거칠아비의 뒤에는 그를 따라온 두 싸울아비(武士)가 역
시 칼을 이차돈에게로 겨누고 섰다.
 거칠아비는 문 안에 들어서지는 않고 칼끝만을 이차돈에게 겨눈 대

로,

"이놈, 대역부도한 이차돈아, 네가 나라 은혜를 잊고 감히 적국 장수에게 팔리어 도리어 조국을 범하려 하매, 거칠아비 네 목을 잘라 천하의 역적을 징계하러 왔으니 네 한아비를 생각하는 마음이 터럭끝만치라도 남았거든 곱게 목을 늘여서 칼을 받아라."

하였다. 그러나 이차돈은 아직 칼자루에 손도 대지 아니하고 서안에 기댄 채로 빙그레 웃으며,

"오. 네가 매주한가에게 보낸 편지를 보건대, 고구려 임금에게 충신이 되려는 것 같더니 이제 말하는 것을 들으니 신라 임금께도 충신이 되려는 모양이로구나. 이놈 듣거라. 개도 제 주인을 알거든 네 한아비 우리 임금의 크신 은혜를 입어 서불한이 되었고, 네 또한 상감마마의 사랑하심을 받음이 크거든, 이제 공목, 알공 따위 좀된 무리의 개가 되어서 적국 임금에게 제 임금의 흠담을 하고 인제는 도리어 이 몸에 죄를 씌우려들어? 내 남의 나라에서 내 나라 사람의 피를 흘리기를 원치 아니하거니와, 네 만일 네 죄를 깨닫지 못하고 굳이 목숨을 끊어달라고 한다면 옛 벗의 정리로 그만 것을 못 하랴. 잘 생각해보아서 이 몸의 앞에 무릎을 꿇고 죄를 뉘웇든지 칼을 들고 덤비든지 마음대로 하여라."

하고 멸시하는 눈으로 거칠마로를 보았다.

이차돈의 말은 마디마디 거칠마로의 가슴을 찔렀다. 본래가 간사하지는 아니한 거칠마로로서는 이마와 등에 땀이 흐름을 깨닫고 칼 든 손이 떨릴 듯 떨릴 듯하였다.

그러나 이 처지에 내가 잘못했다 하고 칼을 던지고 이차돈의 앞에 무릎을 꿇을 수는 없다. 거칠마로는 비록 순식간이지마는 달님을 빼앗긴 것, 재주 겨룸에 진 것, 이러한 이차돈을 미워할 재료를 한데 모아서 마음을 독하게 먹고,

"이놈!"

소리를 지르며 칼로 이차돈을 치려 하였다. 그러나 어느새에 이차돈

은 벌써 거칠마로의 등뒤로 돌아 칼등으로 거칠마로의 칼든 팔목을 쳤다. 거칠마로의 칼은 소리를 내며 방바닥에 떨어졌다.

이 광경을 보고 거칠마로를 따라온 두 싸울아비가 한꺼번에 이차돈을 범하였으나, 이차돈의 칼이 한번 번득이매 두 사람은 목과 가슴에서 피를 뿜고 쓰러졌다. 뜰에서 보고 섰던 거울보고가 그만 눈 위에 펄썩 주저앉으며,

"이차돈 서방님! 이, 이 몸의 따, 딸, 반달을 보셔서 이 목숨만 사, 사, 살려줍소서."

하고 뒹굴었다. 이차돈은 칼끝으로 거칠마로를 가리키며,

"거칠아비, 내가 칼등으로 너를 친 은혜를 알거든 잘못했다고 빌어라. 옛 정분을 보아서 목숨만은 살려주마. 만일 불복하거든, 엇다 이 칼을 다시 들어라. 이차돈이 칼 쓰는 법이 어떠한가 한번 구경이나 하고 죽어라. 너같이 은혜도 의리도 모르는 놈은 살려두면 나라에 이로울 것이 없어. 어서 칼을 들어라."

하고 거칠마로를 노려본다.

거칠마로는 피나는 팔을 내밀어 칼을 들었으나, 설마 제 재주가 이차돈에게 비겨서 이처럼 떨어질 줄은 몰랐으므로 고만 예기에 질려서 벽을 등에다 지고 이차돈의 칼을 막으려 할 뿐이었다.

그러나 거칠아비도 이름난 싸울아비라 만만히 적의 앞에 무릎을 꿇을 수는 없었다. 아무리 해서라도 이차돈의 빈틈을 타려 하나 탈 수가 없었다.

이차돈은 헛법을 써서 거칠아비의 칼을 유인한 뒤에 그 틈을 타서 몸을 비긋 돌리며 거칠마로의 칼 든 팔목을 잘라버렸다. 거칠마로의 손은 칼자루를 쥔 채로 방바닥에 떨어져서 뛰었다.

이차돈은 칼의 피를 씻어 칼집에 꽂으며,

"거칠마로! 네 칼은 일생에 바른 곳에 쓸 줄을 모를 것이니, 내 네 칼 잡는 손을 찍은 것은 네 일생에 큰 죄를 못 짓게 하고자 한 것이다.

이것이 다 어릴 제부터 사귄 옛 정인 줄만 알고 다시는 칼일랑 잡지 말고 호미자루를 잡거라. 혹시 마음이 바로 들어가거든 왼손으로라도 붓대나 잡아서 네 죄나 씻도록 하여라. 목숨을 붙여준 것만 고맙게 알아라.”

하고는 거칠아비를 방에 혼자 두고 마루로 나와서 쓰러진 두 시체를 발길로 밀고 마당으로 내려서니, 손과 이마에 눈이 발린 거울보고가 저를 죽이려는 줄 알고 이차돈을 우러러보고 손뼉을 싹싹 비비며,

“서방님, 서, 서, 서방님! 이놈의 목숨만 모, 모, 목숨만 살려줍소사. 이번에 이 놈이 받은 금 이백 냥도 다 드리오리다. 모, 모, 목숨만 살려줍소사.”

하고 애걸한다. 이차돈은 팔짱을 낀 채로 거울보고를 굽어보며,

“오, 그 더러운 목숨이 그렇게 아깝거든 살려주마. 그러나 그것은 너를 보아 살리는 것이 아니라 네 딸 반달의 청을 들어서 살려두는 것이니 그리 알아라.”

하고 이차돈은 팔짱꼈던 손을 빼어서 반달이 품었던 칼과 비상 봉지 싼 뭉텅이를 거울보고의 가슴에 안기며,

“살다가 살다가, 차마 부끄러우서 더 살 수가 없거든, 이 칼로 목을 따든지 그 비상을 먹든지 마음대로 뒈져라.”

하고는 한 번 발을 구르고 대문을 박차고 밖으로 나가버린다. 거칠마로는 그제야,

“여보게 이차돈, 여보게 이차돈!”

하고 이차돈을 부른다.

이차돈이 거울보고의 집 대문을 나서서 이리 갈까, 저리 갈까, 하고 잠깐 주저할 때에 아직도 어두운 집 그늘에서 쑥 나서서,

“아이, 서방님!”

하고 이차돈에게 매달리는 것은 반달이었다.

“너 어찌해 아직도 여기 있느냐?”

하고 이차돈은 반달의 어깨에 손을 얹는다. 반달은,

 "이 몸은 서방님 말씀대로 아까 방에서 나와서 암만해도 서방님을 두고 발길이 돌아서지를 아니하여서 뒷담 밖에서 서방님 방에 비취인 불을 바라보고 있었소. 차마 어떻게 서방님을 떠나나. 죽어도 서방님 곁에서 죽지. 필연 아비가 거칠마로 서방님을 불러올 텐데, 이러고 있노라니깐 아니나 다를까, 저쪽으로서 사람오는 기척이 나겠지요. 가만히 숨어서 보니깐 이 몸의 아비가 앞을 서고 칼 든 싸울아비 세 사람이 뒤를 따르는데, 그 칼빛이 별빛에 번쩍번쩍, 이 몸의 가슴은 울렁울렁. 그래서 서방님 재주를 믿기는 믿지마는 그래도 한 분과 세 사람, 게다가 이 몸의 아비도 젊어서는 창을 쓰던 사람, 아비까지 한데 합하면 네 사람. 아이구 어떡허나. 이 몸도 고구려 아가씨네같이, 칼쓰기를 배웠으면 도와드리기도 하련마는 쇠끝이라고 써본 것이라고는 바늘과 가위뿐, 그러자 서방님 방에서 서방님의 호령하시는 소리가 들려, 창에 칼 두르는 그림자가 보여 칼과 칼이 마주치는 소리가 들려. 오냐, 만일에 서방님께서 돌아가시기만 하면 이 몸은 문을 열고 달겨들어서 서방님을 안고 서방님을 벤 칼로 나마저 베라고 할 생각으로 눈 위에 무릎을 꿇고 저 함박재 위에 자루를 박고 한개 위에 빙그르 도는 북두칠성님을 우러러보고 서방님의 목숨을 빌고 있는데, '이놈아! 네 칼 잡는 손은 벤 것은 어려서부터 사귄 옛 정인줄 알아라' 하시는 소리, 그것은 분명 서방님의 우렁차신 음성. 아아, 우리 서방님이 이기셨구나. 북두칠성님이 이 이 몸의 비는 수를 들으시와서 우리 서방님을 도우셨구나 하고 너무도 기쁘고 너무도 억하여서 고만 정신을 잃고 눈 위에 쓰러져 있었소. 이 몸에 묻은 이 눈을 보시오. 아무려나 서방님이 살아나셨소. 그 무서운 거칠마로의 칼 잡은 손을 찍고――아아, 서방님. 그러다가 정신없는 중에도 서방님이 지나가시는 것 같아서 번쩍 정신을 차려서 일어나니, 아니나 다를까, 문을 열고 나서시는 서방님의 모양. 아아, 서방님. 이 세상 사람은 아니신 서방님! 그런데 서방님, 이 몸의 아비는 죽이셨소! 살리셨소?"

하고 별빛과 눈빛에 희미하게 보이는 이차돈의 얼굴을 우러러 본다.

"오, 살려주었다. 널 보아서 네 아비가 살려달라고 빌기로 그렇게도 살고 싶거든 더 살아라. 그러나 네 딸의 청을 들어서 살려주는 목숨인 줄 알아라 하였더니, 네 아비가 이마가 왼통 눈이 되도록 땅바닥에 이마를 조아리는 것을 보고 나왔으니 아직도 이마 방아를 찧고 있을 것이다. 인제는 너는 아비한테 쫓겨날 근심은 없으니 들어가서 아비 얼굴의 눈이나 씻겨주어라."

"서방님은 어디로 가시오?"

"나는 사람을 둘이나 죽였으니 살인한 사람이 무사할 리가 있느냐. 고구려 법에 사람을 죽인 자는 죽인다고 하였으니, 이 몸이 죽는 것을 무서워함이 아니언마는, 임금의 명을 받은 몸이 아직도 할 일이 남았기로 나는 아직 몸을 피하거니와, 너는 아비집에 있든지 달님을 찾아가든지 네 마음대로 하여라. 여기서 오래 지체할 수가 없어. 저 보아라, 북소리가 나지 않느냐."

"북소리가 나오. 새벽 순라가 돌 때가 되었소."

"그러메로 나는 간다. 부디 잘 있거라."

하고 이 차돈은 반달의 어깨에 놓았던 손을 들고 두어 걸음 북을 향한다.

"서방님, 이 몸도 데리고 가오."

하고 반달이 이차돈의 소매를 잡는다.

"안 될 말!"

하고 이차돈은 소매를 뿌리친다.

"서방님! 서방님 칼로 이 몸을 죽여주고 가오."

하고 반달은 또 이차돈의 소매에 매어달린다.

이차돈은 소매에 매어달리는 반달의 손을 뿌리치며,

"안 될 말!"

하고 빠른 걸음으로 가버린다. 반달은 땅에 엎드려서 운다.

 "서방님!"

하는 소리를 들으면서 이차돈은 북으로 북으로 간다.

 반달이 길바닥 눈 위에 엎드려서 울고 있을 때에, 반달이 '서방님!' 하고 길게 부르는 소리에 놀란 거울보고가 이마와 코에 눈이 묻은 채로 뛰어나온다.

 남복을 하고 쓰러진 반달을 처음에는 몰라보았으나 마침내 알고는 안아 일으키면서,

 "내 딸아, 반달아!"

하고 옷에 묻은 눈을 떤다.

 거울보고가 딸을 안고 들어오는 것을 보고 거칠마로는 그제야 찍힌 팔을 싸매고 나서,

 "이차돈은 어디로 갔나?"

하고 거울보고와 그 팔에 안긴 반달을 바라본다.

 "이차돈 서방님은 또 찾아 무엇하오? 왼편 손까지 마저 찍히고 싶어서 찾소?"

하고 거울보고가 멸시하는 눈으로 거칠마로를 힐끗 보고는 딸을 안고 안중문을 향하여 걸어간다.

 거칠마로는 마루에 쓰러진 두 시체를 똑바로 누이고 옷자락으로 얼굴을 덮어주고, 그러고는 눈을 감고 한참이나 우두커니 섰더니, 무슨 결심을 한 듯이 성한 편 손으로 칼을 들어 허리에 찬 칼집에 꽂고 벼룻집을 열고 먹을 갈아서 붓을 들어 벽에다가,

 "이 두 사람을 죽인 사람은 신라 사람 거칠아비."

하고 쓰고는 문 밖에 나섰다.

 밤 동안 쌓인 눈에 북쪽으로 향하여 걸어간 발자국 하나. 이것이 이차돈의 발자국이 아니면 누구의 것일까 하고 거칠마로는 그 발자국을 따라나섰다.

이차돈이 북으로 북으로 가는 까닭은 인가 없는 곳에서 얼음을 타고 강을 건너서 신라를 향하고 가려는 뜻이었다.

이차돈은 차라리 신라로 돌아가서 선마로와 공목, 알공의 무리를 죽여버리고 병중에 계신 상감의 마음을 편안하게 하고 조정에 있는 간사한 무리들을 일소하여 한번 나라를 새롭게 하려는 것이었다. 죽든지 성공하든지 양단간에 결단을 하려는 생각이었다.

이차돈이 북으로 향하는 길은 자연 메주한가의 집을 바라보고 지나게 되었다. 웅장한 대문은 굳게 닫혔으나 안에는 불빛이 있었다.

이차돈은 신라에 메주한가와 같은 인물이 없음을 한탄하였다. 조부한마로는 도학과 문장이 높고 절개가 있지마는 실제로 일할 인물이 아니요, 이마로는 용기가 있고 마음이 곧으나 인심을 수람할 줄을 몰랐다.

"오냐, 내가."

하고 이차돈은 주먹을 불끈 쥐고 하늘을 우러러보았다. 그러나 다시 생각하면 이차돈 자신도 그 정신으로는 그 한아버지의 깨끗함과 이마로의 씩씩함만 못하지 아니하나 많은 사람을 떼로 모아서 거느리는 재주도 없고 또 본성이 그것을 즐기지도 아니하였다.

메주한가의 밑에는 몇천 명인지 모를 젊은 사람들이 메주한가를 꼭지로 삼아서 뭉쳐 있었다. 거칠마로도 여러 십 명 떼가 있고, 그 밖에도 혹은 몇십 명, 혹음 몇백 명 떼를 가진 사람이 있건마는 이차돈에게는 그것이 없었다.

"그렇지만 내가."

하고 이차돈은 찬바람을 거슬리면서 북으로 북으로 숫눈을 밟으며 올라가서 마침내 청류벽을 지나 이불란사 앞을 지나 집 없는 곳으로 얼마를 올라가서 훤하게 밝는 빛을 꺼리면서 강을 건너려고 몇 걸음을 걷노라니 뒤에 덜덜덜덜 떠는 소리로,

"사람 살리오! 사람 살리오!"

하는 소리가 들린다.

이차돈은 멈칫 서서 뒤를 돌아보았다. 강가 하얗게 덮인 눈 위에 거무스름한 뭉텅이 하나가 꿈지럭거리는 양이 보이고,

"사람 살리우!"

하는 다 죽어가는 소리가 그 속에서 나옴이 분명함을 알았다.

"무엇일까?"

하고 잠깐 주저하였으나 또 한 번,

"사람 살리우!"

하는 소리에 이차돈은 모든 것을 다 잊고 소리나는 편으로 뛰어갔다. 어떤 누더기 입은 늙은 중이 몸을 반이나 눈 속에 묻고 손만 허우적거렸다.

이차돈은 그 늙은 중을 눈 속에서 끌어내었다. 그 늙은 중은 몸을 덜덜 떨며,

"어떤 서방님인지 모르거니와, 이 늙은 것을 좀 업어다가 저기 저 구렁소 뒤 용천암(龍泉庵)까지 데려다주오. 늙은 것이 시장하고 추워서 촌보를 옮길 수가 없소. 어, 어, 어, 추워. 나무아미타불, 나무아미타불 관세음보살, 관세음보살."

하고 이차돈의 등에 매달린다. 이차돈은 어깨에 매달리는 늙은 중을 뿌리치지는 못하고,

"내가 길이 바쁜 사람이니 가까운 인가까지 업어다 드리리다."

하고 늙은 중을 업고 걷기를 시작하였다.

벌판이요, 우묵어리가 많은 곳이라 눈보라 쌓인 데가 많아서 다리가 쑥쑥 빠져 걸음을 걷기가 어려웠다. 게다가 보기에는 뼈다귀 주머니와 같은 늙은 중이 무겁기가 천근이나 되는 듯하여서 이차돈의 등골에는 땀이 흐르기 시작하였다.

아침 햇발에 올려 쏘아 멀리 홍복사의 웅장한 가람이 보였다. 아침 기도하는 북소리와 쇠소리와 목탁 소리가 은은히 들려왔다.

“저 흥복사로 갑시다.”

하고 이차돈은 등에 업힌 중을 어깨 위로 돌아보며 말하였다.

“아니, 아니. 흥복사 중놈들이 나를 미워해서 어젯밤에도 밤중에 쫓아냈는데, 어서어서 용천암으로 가요. 십 리만 가면 될걸. 자, 어서 가요.”

하고 늙은 중은 무릎으로 이차돈의 옆구리를 푹푹 찌른다.

이차돈은 이 염치없는 늙은 중에게 대하여 괘씸하게 생각하여서,

“여보. 내가 길이 바쁜 사람이야.”

하고 사정도 해보고,

“눈구덩이에 내어버리고 갈 테야.”

하고 윽박질러도 보았으나, 그 늙은 중은 유들유들하게도 ‘조금만 더, 한 고개만 더’하고 떨어지지를 아니하였다. 그럭저럭 가는 동안에 인제는 흥복사도 지나고, 인가 있는 데도 다 지나고 어디를 보든지 눈빛만 아침 해에 빛나는 등성이들이 물결같이 꿈틀거리는 벌판이었다.

이차돈은 화를 내어 고갯마루터기에다가 늙은 중을 동댕이를 치고,

“어디를 더 가잔 말이야. 인가 있는 데를 다 지나왔으니 어디까지 가잔 말야?”

하고 늙은 중을 노려보았다.

“사람을 살리려거든 끝까지 살려야 아니하오. 저기 저 고개를 넘어서면 이 몸이 있는 용천암이나 어서 업어다 주오.”

하고 또 이차돈의 어깨에 매달렸다.

이차돈은 또 측은한 마음이 생겨서 그 늙은 중을 업고 눈길을 걸었다.

아마 고구려 군사들이 벌써 자기를 잡으려 떠났을지도 모른다. 거울 보고와 거칠마로가 반드시 고구려 마을(관청)에 아뢰었을 것이다. 그러나 등에 업힌 늙은 중은 사정도 모르고 코를 골았다.

“여보, 자기는 왜 자? 어깨를 꽉 붙들어!”

하고 몸을 흔들면,

"어, 허, 잠이 들었군."

하다가는 또 잠이 들었다. 이차돈의 전신이 땀에 젖고, 다리가 허둥지둥할 때쯤 되어서야 겨우 용천암에 다다랐다. 구렁소라는 개천을 건너서 수풀 깊은 산골짜기로 꼬불꼬불 들어가서 있는 조그마한 암자였다.

"인제 다 왔소."

하고 늙은 중은 내려달라고 다리를 버둥거렸다.

이차돈은 늙은 중을 퇴에 내려놓았다. 밤새도록 한잠도 못 자고 싸움을 하고 이십 리나 넘는 눈길에 늙은 중을 업고 온 이차돈은 몸이 노곤하고 배가 고팠다.

이차돈이 한숨을 쉬고 이마에 땀을 씻는 것을 보고 늙은 중은,

"젊은 사람이 무얼 그러노?"

하고 뻔뻔스럽게 웃으면서,

"이 늙은 몸은 방에 들어가 누워 있을 테니, 방에 불도 때고 시장하거든 밥도 지어 먹으라구."

하고 방으로 들어가버리고 만다.

암자에는 사람 하나 없고 눈은 뜰에 쌓일 대로 쌓였다.

"흥, 인제는 불까지 때어라, 밥까지 지어라?"

하고 이차돈은 평생에 처음 당하는 일에 분하고 괘씸하기는 하였지마는 그래도 별수가 없었다. 늙은 것을 칼질을 할 수도 없고——.

이차돈은 아궁이에 불을 지피고 우물을 찾아서 물을 길어다가 솥에 쌀과 물을 두고 끓였다. 죽도 아니요, 밥도 아닌 것이 되었다. 이차돈은 그것을 바리때에 퍼가지고 들어가서 코를 골고 자는 늙은 중을 깨웠다. 늙은 중은 눈을 번썩 뜨며,

"으응, 등이 뜨뜻해와서 한참 단잠이 든 것을 깨운담."

하고 이차돈을 보고 소리를 질렀다.

  이차돈이 기가 막혀서 멍하니 섰는 차에 늙은 중은 더러는 타고 더러는 설고, 죽도 아니요 밥도 아닌 것을 한 입 떠넣더니 퉤 하고 이차돈의 면상을 향하고 뱉으며,

  "이게 밥이야? 낫살을 그만큼 처먹은 놈이 이 따위로 밥을 지어?"

하고 또 소리를 지른다. 이차돈은 분을 참지 못하여 허리에 찬 칼을 쭉 빼어 들었다.

  "아무리 참으려도 참을 수 없는 괘씸한 늙은 것! 다 얼어 죽은 것을 수십 리를 업어다 준 것도 고마운 줄을 알려든, 사람을 몰라보고 갖추갖추 버릇없는 소리! 그 늙은 모가지에는 칼이 들어갈 줄을 모르는가?"

하고 칼을 들어 늙은 중을 치려 하였다. 그 때에 늙은 중이 벌떡 일어나며,

  "어린것이 버릇없이 늙은이를 보고 불공한 말을 함도 용서치 못하려든, 하물며 피비린내 나는 칼을 들어 어른을 겨누어?"

하고 벽에 기대어 세웠던 주장을 들어 이차돈의 머리를 딱 때린다.

  이차돈은 앞이 아뜩함을 깨달았다. 이차돈의 손에 들었던 칼은 힘없이 뗑그렁 하고 방바닥에 떨어졌다. 칼든 싸울아비 백 명이 한꺼번에 대들어도 까딱없을 이차돈이 칼 한 번 써보지 못하고 늙은 중의 주장으로 정배기를 얻어맞았다는 것은 아무리 생각하여도 믿기지 않는 일이었다.

  이차돈은 가까스로 눈을 떠서 늙은 중을 보았다. 중은 어느새에 손에 염주를 들고 눈을 감고 입을 우물우물하고 염불을 하고 있었다.

  '그러면 이것은 꿈이던가. 내가 늙은 중에게 주장하고 얻어맞고 손에 들었던 칼——져본 일 없는 칼을 땅에 떨어뜨린 것은 꿈인가.'

하고 이차돈은 저를 의심하였다. 그러나 눈앞에는 뗑그렁 하고 떨어진 채로 힘없이 누워 있는 칼이 있지 아니하냐.

  '아마 이 늙은 중은 범상한 사람이 아니로다. 검술만으로 보더라도

이 몸보다는 큰 선생님.

이차돈은 이렇게 생각하였다.

이때에 늙은 중은 염불을 그치고 소리를 높여 느리게 엄숙하게,

　　"자비중생(慈悲衆生)

　　유화인욕(柔和忍辱)

　　관일체법공(觀一切法空)."

을 노래 모양으로 세 번 불렀다. 첫 번에는 무슨 소린지 몰랐으나, 두 번째, 세 번째에는 이차돈도 그것이 무슨 말인지 알았다. 늙은 중은 이 것을 부르기를 그치고 눈을 번쩍 뜨며,

"이차돈아 !"

하고 불렀다.

"이차돈아 !"

하고 늙은 중이 부르는 말에 이차돈은 깜짝 놀랐다. 도무지 사람의 지 혜로는 상상할 수 없는 일이었다. 그래서,

"대사는 이 몸이 이차돈인 줄을 어떻게 아시오 ?"

하고 무릎을 꿇었다.

"오, 네가 내 제자여든 모를 리가 있느냐."

하고 늙은 중은 빙그레 웃는다. 이차돈은 이 말에 더욱 놀라서,

"이 몸이 대사께 무엇을 배운 줄을 모르거든."

"응, 알 날이 있을 것이다."

"어느 때가 되면 그것을 알게 되오리까 ?"

"응, 오늘도 알 수 있고 내일도 알 수 있고, 그것은 네 공부에 달렸거 니와, 그것이 알아질 때까지 너는 내 곁에 있어서 밥짓고 불 때고 내 수 종을 들어라. 네가 활과 칼을 쓸 날은 인제 지났으니, 이로부터 중생을 제도할 큰일을 할 때가 되었다."

"그러하오나 이 몸은 마음에 먹은 것이 있어서 곧 신라로 가야 하겠 사온데."

"오, 네 뜻도 안다. 너는 신라 조정에 간신의 무리를 물리치고 나라를 바로잡으려고 하는 것이지마는, 너의 나라 사람이 모두 다 마음이 썩었거든 한두 사람을 없이 한다고 나라가 바로잡힐 듯싶으냐. 그놈 또 그놈이고, 그놈 또 그놈이지."

"그렇기로 당장에 나라가 망하는 것을 그냥 보고 있을 수는 없지 아니하오? 이 몸이 힘껏은 해보고."

"오, 그것은 좋은 마음이지. 그렇지만 한 나라 무너지는 것을 한 몸이 버틸 수는 없는 것이야."

"그렇기로 보고 가만 있을 수야 있소?"

"나라라는 것은 중생이——여러 사람이 모여서 되는 것이야. 중생의 업의 힘이라는 것이지. 선한 중생이 사는 곳에 선한 나라가 일러지고, 악한 중생이 사는 곳에 악한 나라가 일러진다는 말이다. 그러매로 네가 신라라는 나라를 좋게 하려거든 신라의 중생——신라의 나라 백성 말이지——신라의 중생을 좋게 하여야 되고, 신라의 중생을 좋게 하려면 신라의 중생의 마음을 좋게 하여야 한단 말이다. 신라 중생이 마음이 좋게 되지 아니하고 신라 나라가 좋게 될 수는 없는 것이니, 이것을 일러서 중생이 업력이라는 것이요, 인과응보라는 것이야. 알아듣느냐?"

"예, 대사의 말씀이 그럴듯하오마는. 그러면 신라 사람의 마음이 좋아지게 하는 법이 어떠하오?"

하고 이차돈은 엄숙하게 물었다.

늙은 중은 이차돈이 묻는 말을 가상하게 여기는 듯이 또 한번 빙그레 웃으며,

"오, 그것은 도다."

"도?"

"응, 도. 길이란 말이다. 별에는 별의 길이 있고 나무에는 나무의 길이 있고 짐승들에게는 각각 짐승의 길이 있듯이, 사람에게는 사람의 길이 있단 말이다. 사람마다 제 길을 바로 걷기만 하면 저도 평안하고 집

도 평안하고 나라도 평안하고 온 세상이 다 평안하련마는, 사람들이 바른길을 잃고 잘못된 길에 들어서 헤매기 때문에 집도 괴롭고 나라도 괴롭고 세상 괴롭단 말이다. 그러니까 네가 신라를 사랑하거든 신라 사람에게 도를 주어서 그 마음을 좋게 하란 말이다.”

“그러면 그 도란 무엇이오?”

“그것은 네가 알아내일 것이다. 네가 전생에는 알았던 것이니, 세상 생각을 끊고 얼마를 생각하면 저절로 알아질 것이다. 그때까지 너는 여기 있어서 나무하고 물을 긷고——.”

“그러기로.”

하고 이차돈은 의아한 듯이,

“그러기로 언제 그 많은 백성을 가르쳐서.”

하고 늙은 중을 보았다. 늙은 중은 또 한 번 웃으며,

“중생은 끝이 없다. 끝없는 중생에 비겨서는 십 년 이십 년은 말고, 천 년 만 년도 한 번 눈 깜짝할 동안. 그렇지마는 길 잃은 중생은 영겁에 괴로운 길을 걸을 것이다. 신라 나라에서 이차돈 하나가 길을 찾은 사람이 될 때에 신라 백성은 제도되는 것이다. 네 이 말을 알아듣느냐?”

하고 늙은 중이 이차돈을 물끄러미 본다.

이차돈은 그 늙은 중이 아까 보던 염치없고 유들유들하고 뻔뻔스러운 늙은이가 아니요, 이마의 눈에서 무슨 거룩한 빛을 발하는 늙은이임을 깨달았다.

이차돈은,

“우리 신라에도 도가 없는 것이 아니오. 있기는 하지마는 사람들이 그 도를 행하지를 아니하여서 그런 것이니 대사께서 말씀하시는 불도란 대체 어떠한 것이오?”

하고 물었다.

“신라에 도가 있다니 무슨 도인가 말해보아라.”

　"우리 신라에 다섯 가지 길이 있으니, 첫째는 임금과 나라에 충성하는 것이오."
　"충성? 응, 또?"
　"둘째로는 어버이께 효도하고 형제 자매 우애하는 것이오."
　"응, 효도와 우애. 또?"
　"셋째는 다른 사람들에게 대하여 참되고 속임이 없는 것이오."
　"응, 신. 또?"
　"넷째는 전장에 나아가서 죽더라도 뒤돌아보지 아니하는 것이오."
　"응, 용. 또?"
　"다섯째는 죽일 때에 죽이되 함부로 말라는 것이오."
　"오, 자비심이지."
　"이 다섯 가지 도가 우리 신라에 조상 적부터 내려오는 도여니와, 불도란 어떤 것이오?"
하고 이차돈은 자신을 가지고 늙은 중을 바라보았다.
　"응, 그것이 다 불도지."
하고 늙은 중이 고개를 끄덕끄덕하였다.
　"그것이 다 불도?"
하고 이차돈은 놀랐다.
　"응, 티끌과 같이 많은 세계에 티끌의 티끌과 같이 많은 중생치고 부처의 씨를 아니 가진 것은 없거든. 세계가 생긴 이래로 무량 억겁이 지나는 동안에 몇 천만인지 이루 헤아릴 수 없는 부처님과 보살님이 세상에 나타나셨거든. 이 사바세계에, 이 겁에 있어서는 석가여래 부처님이 오직 한 분이신 부처님으로 숨김없이 남김없이 불도를 설하셨거니와, 석가모니 부처님의 말씀을 못 들은 여러 나라에도 불보살의 화신이 수없이 나타나시와 중생을 가르치셨거든. 신라에나 고구려에나, 백제에나 또 저 한나라에나 예로부터 조금씩은 사람의 바른 길을 가르치신 이들이 나타나셨거니와, 그것이 다 불도란 말이다. 이차돈아! 이제 너는 조고마한 등잔불 빛에서 살던 세상에서 나와서 환한 햇빛 속에 들어설 때가 되었단 말이다.”

“대사！ 그 햇빛이 어디 있소？”

하고 이차돈은 열심으로 묻는다. 늙은 중은 손을 들어 이차돈의 가슴을 가리킨다.

“분명히 이 속에 햇빛이 있소？”

하고 이차돈은 제 손으로 제 가슴을 가리킨다.

“오, 분명히.”

“대사, 그러면 그 빛을 찾게 해주시오.”

하고 이차돈은 꿇은 무릎으로 한 걸음 늙은 중에게 가까이 간다.

“네 주머니에 있는 것을 남더러 찾아달라느냐？”

하고 늙은 중은 이차돈을 노려본다. 이차돈은 한참이나 말이 없다가,

“대사, 이 몸은 키 없는 배를 타고 한 바다에 나뜬 것 같아서 향방을 찾을 수가 없소.”

하고 제 심경을 솔직하게 자백하였다. 지금까지 천하에 적이 없이 잘난 사람으로 자처하던 이차돈은 이 늙은 중의 앞에서 어린애와 같음을 깨달았다. 그래 이차돈은 일어나서 늙은 중의 앞에 절을 하였다. 그러나 차마 이 남루한 옷을 입은 늙은 중 앞에 이마를 조아릴 수까지는 없었다.

그때에 늙은 중은 벼락 같은 소리로,

“이마와 가슴을 땅에 붙여라！”

하고 소리를 질렀다. 이차돈은 이마와 가슴을 방바닥에 딱 붙이고 일어나지를 못 하였다.

“네가 무엇이길래, 네 속에 무엇이 있길래！”

하고 늙은 중은 더욱 소리를 높여서,

“마음에 젠체하는 교만이 꽉 찼단 말이냐. 그 교만을 토해버렷！”

하고 주장으로 이차돈의 등을 후려갈겼다. 이차돈은 아픔과 분함이 뒤

섞인 고통을 깨달았다. 그렇지마는 참았다. 실상 칼 쓰는 재주라야 이 늙은 중의 지팡이한테 지는 재주가 아니냐. 이차돈은 꽉 참았다.

이차돈은 이날부터 이 암자에 있었다.

사흘째 되던 날, 이차돈은 늙은 중의 손에 머리를 깎였다. 그리고 지금까지 입고 있던 비단옷을 벗고 늙은 중이 주는 누더기를 입었다.

이차돈이 막 누더기를 갈아입고 산에 나무하러 가려고 낫과 새꼬래기를 들고 나설 때에 암자 앞으로 고구려 군사 오륙 인이 철편을 들고 달려드는 것이 보였다.

이차돈은 나를 잡으러 오는 것이로구나 하고 마음에 짚였다.

그것은 과연 이차돈을 잡으러 온 고구려 관인들이었다. 이 용천암에 백봉국사가 있는 줄만 알면 군사들이 오지도 아니하였을 것이지마는 백봉국사는 사월 파일과 섣달 성도일 이틀밖에는 좀체로 세상에 나타나지를 아니하여서 어디다가 종적을 감추는지 이불란사나 홍복사 중들은 잘 알지 못하였다.

이차돈이 거울보고의 집에서 사람 둘을 죽이고 달아났다는 보고를 받고 관인들은 이차돈을 잡으러 떠났으나 종적을 알지 못하였다. 아무리 큰 죄인이라도 이불란사나 홍복사에 숨으면 잡기가 어려운 법인고로 그 두 절에 가서 물어보았으나 아무도 안다는 사람이 없었다.

그러다가 오늘에야 웬 싸울아비가 늙은 중 하나를 업고 용천암 길을 향하고 가더라는 말을 듣고 관인들이 용천암을 향하여 떠났는데, 과연 발자국을 밟아와 본즉 용천암으로 향한 흔적이 있기는 하나 삼사 일이나 지나서 더러는 눈보라에 묻히기도 하고, 더러는 다른 사람들의 발자국에 섞이기도 하여 분명하지를 아니하였다.

수포교는 용천암에 이르러,

“방주 계시오?”

하고 불렀다.

“그 누구요?”

하고 늙은 중은 문을 열고는 관인들을 보고 공손히 합장하였다.

"우리는 살인 죄인을 잡으러 떠난 사람이오."

하고 수포교는 방 안을 휘 둘러보며,

"살인 죄인이라도 여남은 살인 죄인이 아니라 상감마마를 엿보는 큰 죄인인데, 사람을 둘이나 죽이고 달아난 죄인이오. 들으니까 용천암에 와서 숨었다 하니 바로 말하시오."

하고 무서운 낯빛을 보였다. 늙은 중은,

"아, 그러시오? 용천암이 보시는 바와 같이 방 하나 부엌 하나에 뒷간 하나 산신당 하나, 여기 숨은 듯 싶거든 들어와 찾아보시오."

하고 문을 활짝 열어젖혔다.

문으로 들어오는 볕에 도금한 불상이 번쩍한다. 수포교가 먼저 합장하고 허리를 굽히고 뒤에 따르는 포교들도 다 그와 같이 불상 앞에 합장하고 허리를 굽힌다.

이차돈은 한 손에 새꼬래기를 들고 한 손에 낫을 든 채로 포교들의 뒤에 서서 하는 양을 보고 있었다.

늙은 중의 말대로 포교들은 이 문도 열어보고 저 문도 열어보았으나 아무도 없었다. 수포교는 산신당까지 다 문을 열어보고 돌아오더니 이차돈을 힐끗 보며 노장더러,

"이 암자에는 노장님 밖에 또 중이 몇이 있소?"

하고는 또 이차돈을 본다.

"이 늙은 몸 밖에 저기 저놈이 있소. 이 몸의 상좌요."

하고 턱으로 이차돈을 가리킨다. 이차돈은 낫과 새꼬래기를 한 팔에 걸고 수포교를 향하여 합장한다.

수포교는 다시 유심히 이차돈을 보며,

"우리가 잡으려는 살인 죄인의 나이 꼭 사미(沙彌)만하고."

하고 데리고 온 포교들을 돌아보면서,

"눈이 가느스름하고 얼굴이 갸름하고 희고 입술이 붉고 그렇더라

지?"
하고 묻는다.
"예. 키도 이만하고."
하고 한 포교가 이차돈을 보고 대답한다.
"오, 알았소, 알았소."
하고 늙은 중은 무릎을 치고 웃으며,
"그런 사람이면 칼 차고 활 메고 신라 사람같이 생긴 사람 아니오?"
하고 수포교에게 묻는다.
"바로 노장 말씀과 같소. 노장이 그런 사람을 보셨소?"
하고 수포교의 눈은 중에게로 옮긴다.
"응, 옳지. 사흘 전이더냐 나흘 전이더냐?"
하고 이차돈에게 묻는 듯이 말하고는 그 대답도 기다릴 필요가 없다는
듯이,
"옳지, 나흘 전에로군. 내가 홍복 갔던 길에 자라여울에서 눈 속에
빠져서 꼼짝 못 하고 있노라니, 웬 사람이 지금 말과 같이 저놈과 비슷
하게 생긴 사람이 얼음을 한개를 건느려고 하는 것을 이 몸이, 사람 살
리오, 사람 살리오 하고 불렀더니 그 사람이 돌아와서 이 몸을 눈 속에
서 끌어내고는 길이 바쁘다고 싫다는 것을 이 몸이 사람을 살리라고 매
달려서 이 몸을 업고 용천암까지 온 일이 있소. 그럼 그 사람이로군. 대
단히 길이 바쁘다고 짜증을 내고 화를 내고 이 몸더러 염체없는 늙은이
라고 하고는 세 번이나 이 몸을 동댕이를 치고. 하하하하. 아직도 이 엉
덩이 얼얼하거든. 그래 그렇거니. 참말 그 사람이 저놈 닮았거니. 딴은
짜증도 내게 되었어. 꽁꽁 얼었던 이 몸이 그 사람의 등에 업히니까 몸
이 녹아서 잠이 오길래 코를 골고 잤던 말이야. 그게 골이 났던 모양이
어든, 하하하하."
하고 늙은 중은 차마 우스워 못견딜 듯이 허리를 굽혔다 폈다 하며 웃
는다.

수포교와 다른 포교들도 늙은 중의 말에 덩달아 웃다가 수포교가,

"그래 그 사람이 노장을 업고 여기까지 왔소?"

하고 아직도 웃음이 끝나지 아니한 늙은 중을 본다.

"웅, 하하하하. 그 사람이 퍽이나 길이 바빠하는 모양이지마는 이 몸이 놓나. 헐 수 없이 여기까지 이 몸을 업어다놓고는 땀을 뻘뻘 흘리길래 젊은놈이 고만 일에 땀을 흘리느냐고, 어서 불이나 때고 밥이나 지으라고 했더니 밥을 지어왔는데, 더러는 설고 더러는 눋지 않았겠나. 한 입 물었다가 그 친구의 낯바닥에 탁 뱉었더니 칼을 빼어가지고 덤빈단 말야. 그래 이 주장으로다 한개 단단히 때렸더니, 하하하하."

하고 또 웃기를 시작한다.

이차돈도 입을 막고 킥킥킥킥 아니 웃을 수가 없었다. 수포교는 웃음을 씹어 삼키며,

"그래. 그러고는 그놈이 어디로 달아났어요?"

하고 그 결과를 알고 싶어한다.

"그래 냉큼 나가라고 소리를 지르고는 몸이 으스스 하길래 한잠 자고 났더니 없어지고 말았어. 아마 한개에 나가 얼음 구멍에 빠져 죽었겠지. 그렇게 망신하고 살 수가 있나? 하하하하. 그런데 그놈이 사람을 둘이나 죽였어? 그놈에게 죽는 사람도 있으니, 하하하하."

하고 늙은 중은 유쾌한 듯이 웃고는 이차돈을 보고,

"이놈, 나무하러 안 가고 무얼 보고 있어? 저놈 좀 잡아가시오."

하고 눈을 부릅뜨고 소리를 지르며 주장을 들고 이차돈을 때릴 듯이 뛰어나온다.

이차돈은 매맞을 것이 무서워서 피하는 모양으로 수풀을 향하고 달아났다.

"가세."

하고 수포교가 부하들을 돌아보고는 늙은 중을 향하여,

"노장, 편히 계시오."

하고 돌아선다. 늙은 중은 아직도 성난 것이 가라앉지 아니하는 듯이 마루를 텅텅 구르며 이차돈 가는 쪽을 바라본다.

봄이 되었다.

이차돈은 멧나물을 캐러 산으로 돌아다녔다. 높지 아니한 산에서 구렁소 개천이 흐르는 벌판이 바라보였다. 이차돈은 나물을 찾아 돌아다니다가 문득 종다리 소리를 들었다. 젖빛 같은 안개가 하늘과 산을 엷게 덮고도 따뜻한 볕이 몸을 간지르는 봄날에 어디서 오는지 모르게 들려오는 종다리 소리는 잠깐 이차돈의 마음을 어지럽게 하였다.

뻐꾹새 소리에, 멧비둘기 소리에 어지러우려 하는 마음을 여러 번 붙잡은 이차돈이언마는 종달의 소리에는 저항할 수 없는 유혹의 힘이 있는 듯하였다.

이차돈은 나물 바구니를 든 채로 멀거니 소리 오는 편을 바라보았다. 앞을 보면 뒤에서 오는 것 같고 뒤를 보면 또 앞에서 오는 것 같았다.

"나무관세음보살."

하고 이차돈은 목에 건 염주를 세어서 흩어지려는 마음을 모으려 하였다.

그러나 신라 서울에서 듣던 종다리 소리——그것은 이차돈에게 여러 가지 옛 기억을 가져왔다. 구중에 검산(金鰲山) 앞에서 달님과 별님과 함께 종달의 소리를 듣던 기억도 있었다.

달님——인제는 서로 떠난 지 삼 년이다. 소식조차 끊인 지 삼 년이다. 이렇게 생각하면 이차돈의 가슴이 설레고 숨결이 커졌다. 이차돈은,

"번뇌야 가거라! 나무관세음보살!"

하고는 종달의 소리를 아니 들으려고 수풀 속으로 걸어들어갔다.

'삼 년 동안 잡은 마음을 놓아서는 아니 된다. 삼 년 동안 닦은 도를 깨뜨려서는 아니 된다.'

'인생은 괴로움이요, 헛된 것이요, 덧없는 것이요, 내라는 것도 없는

것이다.'

'있다고 보는 모든 것은 다 허망한 것이 아니냐.'

'끝없는 번뇌를 다 끊고지고.'

이러한 것을 생각하여 가슴속에 일어나려는 번뇌의 불길을 끄려 하였다.

그러나 귀에 들어오는 뻐꾹의 소리와 종달의 소리, 오늘따라 유난히 눈에 띄는 꽃들의 누른 빛, 붉은 빛이며 촉촉하게 물 기운을 먹은 흙 냄새, 따뜻한 봄바람의 간지러움, 이런 것들이 모두 이차돈의 마음을 어질으려 들었다.

"아아, 파순(波旬)의 유혹, 시험!"

하고 이차돈은 나물 캐기를 그치고 절로 뛰어내려왔다. 스님의 곁에 있으면 마음이 든든함을 깨닫는 까닭이었다.

이차돈이 예상보다 일찍 돌아오는 것을 보고 늙은 중(그야말로 백봉국사였다)은 퇴에 앉아서 졸고 있다가 눈을 번쩍 뜨며,

"어째 어느새에 오느냐. 벌써 나물 다 캤느냐?"

하고 비틀거리며 일어난다. 이차돈은 나물 바구니를 백봉국사의 곁에 놓으며,

"시님."

하고 국사의 앞에 합장하였다. 국사는 물끄러미 이차돈을 보면서 마주 합장하고,

"왜? 무슨 일이 생겼느냐?"

하고 도로 퇴에 앉는다.

"시님. 소승, 나물을 하다가 종달의 소리를 들었소."

"응. 종달의 소리!"

하고 국사는 주장으로 툇마루를 한 번 치며,

"이 소리와 다른 것이 있더냐?"

하고 이차돈을 본다.

“종달의 소리를 들으니 심서가 산란해지오.”
하고 이차돈은 한숨을 쉰다.

“오. 네 마음에 차별이 일어났고나. 이차돈아, 종달의 소리나 방귀 소리나 매한가지니라. 천하 절색의 살빛이나 풀밭에 썩은 개똥 빛이나 다 매한가지니라. 오직 네 마음의 차별이 곱게도 보고 밉게도 보는 것이니, 그것이 다 헛된 것이니라. 얼마를 지나면 절색의 살이나 개똥이나 다 매한가지 흙이 아니냐. 한층 더 들여다보면 다 매한가지 공이니라.”

“시님. 소승이 시님 앞에서 삼 년 수도를 하였건마는 종다리 소리에 마음이 산란하니, 이러고도 성불할 수 있사오리까?”

“물결이 자면 도로 물 제 빛 아니냐. 나물이나 삶아라.”
하고 국사는 다시 눈을 감고 졸기를 시작한다.

‘나물이나 삶아라’
하는 국사의 말은 대단히 힘이 있었다. 이 단순한 말 한 마디에 이차돈의 가슴을 설레게 하던 번뇌는 다 스러지는 것 같았다.

이차돈은 부엌에 들어가서 나물을 씻어서 솥에 넣고 불을 지폈다. 삼 년 동안 아침 저녁으로 정들인 부엌이다. 아궁이 속에서 뿌지직딱딱하고 타는 싸리개비, 그 끝에 뽀지직뽀지직 끓는 기름, 그 소리와 그 향기, 그것이 다 삼 년간 날마다, 아침마다 저녁마다 이차돈의 동무가 되고 말벗이 된 것이었다. 뻘건 불길이 활활 타오르다가는 탈 것이 다 타고는 뿌연 재만 남는 것을 볼 때마다 이차돈은 제행무상을 생각하고 일체 법공을 생각하던 것이다. 제 몸을 싸리개비에 비기고 불을 번뇌에 비기는 것이었다. 그 불길, 그 툭탁거리던 소리, 그것은 순식간에 다 스러지는 것이 아니냐.

‘모든 것은 덧없고 모든 것은 헛되다. 중생은 이 덧없고 헛된 것을 탐내어 성내고 슬퍼하고 기뻐하고 하는구나. 잠시 뒤면 다 스러질 것을, 잠시 뒤면 다 한 줌 흙이 될 것을. 그 흙조차도 잠시 뒤면 스러질 것을.

이차돈은 불을 땔 때마다 이런 생각을 하였다.

'나고, 늙고, 앓고, 죽고——이 짓을 한없이 되풀이하는 중생.

하고 이차돈은 이렇게도 생각하여본다.

'아까 구름 속에서 재재거리던 종달새도 벌써 죽었는지도 모른다.'

이렇게도 생각하여본다.

'가슴에 타는 번뇌를 못 이기어서 하늘로 오르락내리락 암놈을 부르는 종달새.'

이렇게도 생각하여본다.

'달님을 그리워하는 내 마음이나 암놈을 부르는 종달새의 마음이나 다 마찬가지 마음이다.'

이렇게도 생각하여본다.

'알 수 없는 것은 사람의 정. 그 중에도 사랑하고 그리워하는 정.'

하고 이차돈은 달님과 늙은 조부와 어머니를 생각하여본다.

"그 마음으로 모든 중생을 어여삐 여겨라."

하던 스님의 말씀을 생각하여본다.

이차돈은 삼 년 동안 수도에 과연 번뇌를 떼어버린 것을 깨달았다. 권세나 명예나 재물이나 그러한 것은 이제는 이차돈에게는 재와 같고 흙과 같았다. 부드러운 옷, 맛나는 음식——이것도 인제는 이차돈에게는 아무것도 아니었다. 세상 사람이 저를 알아주고 안 알아주는 것, 그런 것은 다 꿈보다도 헛된 것이었다. 노닥노닥한 누더기를 입는 것도 그저 심상하였다. 쓴 나물, 쓴 된장에 밥 한 덩어리——이것이면 족하였다.

이차돈이가 평소에 자랑하던 아름다운 풍채와 뛰어난 기운과 날램 ——이런 것도 썩는 나뭇잎, 구르는 팃검불과 다름이 없었다.

서리 오기 전날 풀잎사귀나 다름없는 몸뚱이와 그 풀잎사귀에 맺힌 이슬과 같은 영화니 행락이나 하는 것은 이차돈에게는 벌써 벗어버린 허울이었다. 어디서 언제 벗어버렸는지도 모를, 그런 것이 제게 있던

것조차 잊어버린, 그러한 옛 껍질이었다. 몸의 목숨조차도 이차돈에게
는 하늘에 선 무지개와 같았다. 있는 동안 있다고 보지마는 스러지기로
니 아까울 것도 없었다.

  이차돈은 이 하늘과 땅, 그 속에 있는 만물이 다 물에 거품이요, 잠시
번쩍하는 번개요, 꿈이요, 허깨비요, 실상은 텅 비어서 아무것도 없는
줄을 생각한다. 아무것도 이차돈의 마음을 움직일 것은 없었다. 그렇지
마는 오직 하나, 마치 다 사윈 재 가운데 반짝거리는 불똥 모양으로 남
은 번뇌의 씨가 있었다. 그것은 달님에 대한 그리움이었다.

  "시님. 소승 오늘 밤도 달님이 그립소."
하고 이차돈은 몇 번이나 스님에게 참회를 하였다. 그러면 스님은,

  "오, 몸뚱이 있는 동안 밥 먹은 지 오래면 배가 고프니라. 사내가 젊
은 동안 젊은 계집을 보면 그리우니라. 그렇지마는 사내라 계집이라 하
는 차별을 버리고 고깃간에 매달아놓은 고깃덩어리로 볼 때에 그 번뇌
가 스러지나니라. 실상 네나 달님이나 다 인연이 흙으로 빚어놓은 등신
이어든, 거기 속지 말고 애착하지를 말면 고만이야."
하고 훈계하였다. 이러한 훈계를 듣고는 이차돈은 부정관(不淨觀)과 공
관(空觀)을 하였다.

  달님을 눈앞에 세워놓고 그 뱃속의 오줌, 똥과 피, 고름을 생각하고
그 눈의 눈곱과 코의 콧물과 입이 창자에 연한 것과 머리의 때와 발의
고린내와 그리고 전신에서 흐르는 땀의 쉬적지근한 냄새와——이렇게
생각할 때에 그 아름다운 달님은 마치 썩는 송장과 같고, 냄새 나는 거
름더미가 되고 만다. 그리고 한층 더 나아가서 달님이 몇 밤을 자고 깨
고 하는 동안에 살이 쭈글쭈글하여지고 이가 빠지고 볼은 쪼그라지고
허리는 꼬부라지고 목소리도 흉험게 변하고, 그리고 숨이 넘어가면 그
흉한 꼴, 그 빛, 그 냄새, 그리고 그것조차 얼마 아니하여 한 줌 흙으로
변하고 마는 것이다——.

  이차돈은 이렇게 생각하므로 달님이 그리운 생각을 이기어버리고,

그 생각을 이긴 뒤에는 계속하여서 '나'와 '내 것'이라 할 것이 없다고
보아 공무변, 식무변, 무소유, 비상비비상의 정에 차례로 들어가는 것
이었다.

　나물 솥에 불을 때고 앉은 이차돈은 종달의 소리가 흔들어놓은 마음
을 안정하려고 전과 같이 부정관과 공관을 하려고 애를 썼다. 그러나
웬일인지 그 종달의 소리가 귀에 붙어서 떨어지지를 아니하고 나물 삶
는 솥에 물이 끓는 것과 같이 유난히도 이차돈의 마음이 끓어올랐다.

　이차돈은 아궁에 있는 불을 부지깽이로 들추어서 얼른 타게 하고 아
궁이 앞을 부엌비로 말짱하게 쓸었다. 솥의 물은 차차 끓는 소리가
줄다가 마침내 고요하게 되고 말았다.

　이차돈은 빙그레 웃고 일어나며,

　"번뇌 다 타니 물이 끓기를 그치는도다."

하고 중얼거리며 토기 버죽이에 물을 퍼가지고 우물로 나갔다. 국사가
졸다가 눈을 뜨며,

　"얘, 홍륜(興輪)아 ！"

하고 이차돈을 불렀다. 이차돈은 홍륜이라는 이름을 들어본 일이 없
었다. 그래서 나물 버죽이를 든 채로 뒤를 돌아보았다.

　"너 지금 부엌에서 무어라고 중얼거렸니？"

　이차돈은 나물 버죽이를 마당에 놓고 스님 앞으로 와서,

　"무어 중얼거린 것 없소."

　"아니다. 내가 다 들었는데 그래."

　"예. 번뇌 다 타니 물이 끓기를 그치도다, 하였소."

하고 국사를 쳐다보았다. 국사는 고개를 끄덕끄덕하더니,

　"오, 어서 가서 나물이나 씻어라."

하고는 또 눈을 감는다. 이차돈은 나물 그릇을 향하고 몇 걸음 오다가
되돌아서서 국사의 앞으로 와서,

　"시님. 지금 소승을 부르실 때 무엇이라고 불렀소？"

하고 물었다. 국사는 또 눈을 번쩍 뜨며,

"오, 홍륜이라고 불렀다. 일홍자 바퀴륜자. 네가 장차 신라에 불법을 일으킬 사람이니 홍륜이라고 불렀다."

"소승이 그렇게 큰일을 할 수가 있사오리까. 신라로 말씀하오면 지금 국법으로 불법을 금하옵고, 또 조정에 권세를 잡은 신하들이 다 불법을 기방하옵거든, 소승같이 연약한 것이 어찌 능히 신라에 불법을 일으키오리까."

하고 이차돈은 땅에 왼편 무릎을 꿇고 합장하고 국사를 우러러 보았다.

"오, 부처님의 원력이요, 중생의 원력이요, 또 네 원력이지. 그만큼만 알아라."

하고 눈을 감아버린다.

이차돈은 한 번 더 국사를 향하여 합장하고 마음에 일어나는 큰 기쁨과 큰 힘을 느끼면서 우물로 가서 나물을 헹궜다.

우물 맞은편 늙은 들매나무 어린 잎사귀 사이로 까마귀 네 마리가 앉아서 우는 것이 이차돈에게 보일 때에 이차돈은 눈앞에 한 허깨비를 보았다. 이차돈이 까마귀 소리를 들을 때에 본 허깨비란 것은 자기가 문냇개 죄인 죽이는 곳에서 칼로 목을 잘리는 것이었다. 이차돈은 그 허깨비를 다시 보려 하였으나 보이지 아니하고 까마귀도 무엇에 놀랐는지 날아가버리고 말았다.

이차돈은 맑고도 찬물을 길어서 삶은 멧나물을 헹구다가 잠깐 손을 멈추고 생각하였다.

'내가 신라에 불법을 펴는 첫 사람이 되어. 내가 무엇이길래. 아마 굳세게 불법을 주장하다가 국법에 걸려서 목을 잘리는 것이 아닌가. 그리함으로 신라 사람들에게 불법이란 생각을 깊이 넣어주게——그렇게 하는 것이 아닌가. 시님의 말씀이 그러한 뜻이 아닌가. 지금 본 허깨비도 그러한 뜻이 아닌가.'

이렇게 생각하고 이차돈은 눈을 감고 합장하였다. 그리고 속으로,

'원컨대 이 몸이 백 번 천 번 죽고 또 죽더라도 신라 나라 백성에게 불법의 빛을 주는 연이 되게 하옵소서. 신라 백성이 모두 탐, 진, 치의 삼독을 벗어나고 신라 나라가 불법으로 빛나는 나라가 되게 하옵소서.'

하고 신라 사람들의 거짓되고 간악하고 음란하고 탐심 많고 시기 많고 사람마다 이 모든 번뇌로 하여서 마음을 끓이고 있는 것을 생각할 때에 신라는 마치 피비린내 나는 아수와도 같이 보이고 기름 가마가 끓고, 유황불이 이글이글하는 속에 사람들이 오글오글 삶기고 볶이는 지옥도 같기도 하고, 끝없는 재물과 권세의 탐심과 음란의 욕심에 만족할 줄을 모르고 아우성치는 아귀도 같기도 하고, 또 먹고 마시고 나고 죽고, 취생몽사하는 축생도 같기도 하여 그 속에서 네 괴롬, 여덟 괴롬에 부대끼는 중생을 생각할 때에 끝없이 측은함을 느꼈다.

'오, 만일 이 몸의 피를 흘려서 그들을 건질 수만 있을진댄, 이 목을 잘라서 그들에게 불법의 연을 줄 수만 있을진댄 금시에라도, 백 번 천 번이라도 이 몸을 바치리라.'

이렇게 생각하였다. 이때에 문득

"여보시오. 대사."

하고 부르는 여자의 소리. 이차돈이 고개를 돌려보니 어떤 두 여자. 자주 명주 헝겊으로 머리를 싸서 두 눈만 내어놓은 두 여자.

이차돈은 손에 묻은 물을 저고릿자락에 씻고 일어나며,

"무슨 말씀이시오?"

하고 물었다.

이 암자에 혹시나 백봉국사 노시님이 안 계시온지요?

하고 앞선 여자가 묻는다.

"예. 백봉 노시님이 이 암자에 계시거니와, 세상에서 숨어 계신 백봉 시님이 여기 계신 줄을 어떻게 아시고 찾아겨요?"

"일 년이나 두고 고구려 나라에 절이란 절을 다 찾다가 사월 파일이면 백봉국사께오서 흥복사에 오신다기로 흥복사에서 파일을 기다리다가 여기 용천암이란 절이 있다기로 혹시나 백봉 노시님께서 여기나 안 계신가 하고 찾아왔소."
하는 것을 뒤에 섰는 여자가,
"백봉 노시님께오서 지금 겨오신지?"
하고 묻는다. 이차돈은 오래간만에 듣는 신라 사투리, 게다가 신라에서도 궁중이나 참뼈에서나 쓰는 높은 말씨에 일변 놀라면서,
"예. 노시님께서 금방 저기 계시더니 아마 방에 듭셨나 보오."
하였다.
"혹시 이 암자에."
하고 뒤에 섰던 여자가 앞으로 나서며,
"혹시나 이 암자에 신라 사람 수도하는 이는 안 겨오신지?"
하고 이차돈을 본다. 이차돈은,
"소승도 일전에 이 암자에 온 사람이라 알 수 없거니와 노시님은 아오실 듯하오."
한즉, 그 말에 그 여자도 고개를 까딱까딱하면서 같이 온 여자더러,
"아아, 이 넓은 천지에 어디 가서 그이를 만난단 말인고?"
하고 비틀비틀 쓰러지려 하는 것을 한 여자가 붙들어 안는다.
쓰러지는 여자를 붙드는 여자가 쓰러지는 여자의 귀에 입을 대고,
"아가씨, 아가씨. 관세음보살님이 지시하시오니 필시 이차돈 서방님을 만나뵈올 것이오. 노시님이 겨오시다니 들어가서 물어보시오. 나무관세음보살, 나무관세음보살."
한다.
"글쎄, 이차돈 서방님이 이 세상에 살아 계시기만 하면야 만나뵈올 날도 있으련마는, 삼 년이 넘도록 소식이 없으니 혹시 어디서 병으로 돌아가셨거나, 칼을 잘 쓰시니 적의 손에 돌아가실리는 만무하지마는 ——그렇지 아니하면 깊이깊이 어느 산 속에 들어가셔서 도를 닦으시거나——고구려에 절이란 절을 다 찾아다녀도 못 뵈온 이차돈 서방님

을 어디서나 뵈온단 말인가. 절 동구에 들어설 때면 이 절에나 행여 이
차돈 서방님이 겨오실가. 정작 허위단심으로 절을 찾아가서 물어보면
모른다 하고. 설사 이차돈 서방님이 겨오시기로니 이차돈이라는 이름
을 가지고 겨오실 리도 만무하고, 그렇다고 젊은 여자의 몸으로 이 사
람, 저 사람 얼굴을 들여다보지도 못하고. 또 설사 이차돈 서방님이 이
몸을 보시더라도 불도를 닦으시는 몸이, 오, 달님이냐, 내다, 하고 나
서실 리도 없고. 아아, 이 몸은 아무리 하여도 이차돈 서방님을 못 뵈옵
고 마는 것이 아닌가. 별님아, 흥복사 노장 말씀이 사람이 죽어서 혼이
되면 모르는 것이 없다고 하니 이 몸도 헛되이 이리저리 헤매지 말고
차라리 죽어서 혼이 되어 그리운 이차돈 서방님을 만나뵈올까. 제 손으
로 제 목숨을 끊으면 지옥으로 간다고 하지마는 설사 한 번만이야 이차
돈을 뵈옵게 하여 주시지 아니할까. 세상 사람들 말이, 사내들의 마음
은 믿을 수 없다고, 아무리 이차돈 서방님이 마음이 착하시고 맺히시고
또 이 몸을 극진히 사랑도 하셨지마는──별님아, 잊히지도 않지. 삼
년 전 가윗날 밤, 달이 낮이 기울어서, 이차돈 서방님께서 달을 넘으셔
서, 내 방에 오셔서, 그 말 다해 무엇하리. 평양공주님도 마다하시고
임금의 자리도 마다하시고, 변변치 못한 이 몸을 그대도록 사랑하시와
서──아아, 그날 밤도 왜 그리도 짜르던고? 그렇지만 이차돈 서방님
은 이 몸을 꼭 껴안아주시기만 하고, 범하시지는 아니하시고──그러
길래 세상 사람이 무엇이라고 하더라도 이 몸은 믿어. 이차돈 서방님은
설사 이 세상에 살아 계시더라도 아직도 동정으로 겨오실 것을. 이차돈
서방님이 그렇게 잘나신 어른이시니 고구려 여자 중에도 이 몸 모양으
로 사모하는 이도 있겠지마는──그러한 사람이 하나 둘만도 아니겠
지마는, 몸을 범한 일은 없으시리라고──세상 사람은 무엇이라고 말
하더라도 이 몸은 믿어. 저 명주 장사 거울보고의 딸이 아무러한 말을
하더라도 나는 믿어. 또 저 고구려 나라에 으뜸간다는 메주한가의 딸
버들아기가 아무리 천하절색이요, 이차돈 서방님을 사모하였다 하더라

도 이 몸은 믿어——. 이차돈 서방님은 몸을 범한 일은 없는 것을 이 몸은 믿어. 별님아, 안 그런가?”

“달님 아가씨. 이 몸은 더 믿소. 아가씨, 이차돈 서방님을 사모하시는 열두 갑절 이 몸은 사모하오.”

하고 별님은 수삽한 듯이 고개를 숙인다.

“그런가?”

하고 달님은 별님의 팔에서 일어서며 놀라는 빛으로 별님을 본다.

“예, 스무 갑절, 백 갑절.”

하고 별님은 힘있게 말한다.

“에? 이 몸보다도 스무 갑절? 백 갑절?”

“예. 천 갑절, 만 갑절.”

“별님!”

“예. 달님 아가씨.”

“그러면 별님은 이 몸보다도 더 마음이 괴로웠던가?”

“예. 적어도 두 갑절.”

“어인 일로?”

“이 몸은 이차돈 서방님을 사모하는 괴로움과 달님 아가씨를 사모하는 괴로움과.”

“오오, 별님아!”

하고 달님은 별님을 껴안는다. 두 사람은 껴안고 운다.

백봉국사는 문을 열고 달님과 별님, 두 아가씨를 보고 합장하면서,

“어떤 아가씨네완대 산에 숨은 늙은 중을 찾으시오?”

한다.

“예. 이 몸은 신라 서라벌 이손 벼슬하는 장군 이마로의 딸 달님. 백년해로를 언약한 이차돈 서방을 찾아 고구려 절이란 절을 두루 찾아 일 년 열두 달 삼백예순 날이나 헤매다가, 오늘 이 암자를 찾았소. 이차돈 서방님이 신라에 계오실 때 매양 백봉국사를 사모하옵기로 필시 백봉국

사를 따라갔으리라 하고 간 데마다 백봉국사를 찾았으나 다 종적을 모른다 하옵더니, 오늘 백봉국사를 뵈오니 이차돈 서방님을 뵈온 듯 반갑소. 이 가엾은 달님을 어여삐 여기시와 이차돈 서방님이 겨오신 곳을 지시하오시오."

하고 달님은 국사를 향하여 합장하고 허리를 굽힌다.

"이차돈? 이차돈?"

하고 국사는 고개를 기웃거리더니,

"오, 이차돈. 들은 법도 한 이름이오마는, 이차돈이라는 신라 사람, 이손 한마로의 아들——아니 손자 이차돈이 한개 얼음 구멍에 빠져 죽었다는 말을 들은 지가 벌써 삼 년은 되는가 보오. 이 애야, 홍륜아!"

하고 부엌 쪽을 바라본다.

"예."

하고 이차돈이 대답한다.

"이차돈이라는 신라 사람이 저 한개 함박여울에서 빠져 죽은 지가 삼 년은 되었지?"

한다.

"예."

하고 이차돈은 쌀을 일면서 대답한다.

"이차돈 서방님이 돌아가셨어?"

하고 달님은 그만 쓰러진다. 별님은 달님 붙들어 안았으나 역시,

"이차돈 서방님이 돌아가셨어?"

하고 달님을 안은 채 뜰에 쓰러진다.

"이 애야, 홍륜아!"

하고 국사는 툇마루에 나서면서 이차돈을 부른다.

이차돈은 쌀 일던 것을 놓고 부엌에서 나온다. 두 여자가 뜰에 쓰러진 것을 보고 두 팔을 허공에 들면서 놀란다.

국사는,

“안아다가 방에 뉘어라.”

하고 문을 열어젖힌다. 이차돈은 마음이 흔들리지 아니하기를 작정하면서 먼저 달님을 안았다.

이차돈은 품에 안은 것이 송장이나 나뭇조각으로 생각하면서 방에 들여다가 아랫목에 뉘었다. 그러고는 또 나와서 별님을 안았다. 역시 송장이나 나뭇조각으로 생각하면서 안아다가 달님의 곁에 뉘었다. 그러고는 밖에 나왔다. 나오는 이차돈을 백봉국사가 물끄러미 보더니,

“홍륜아!”

하고 이차돈을 보고 불렀다.

“예.”

하고 이차돈은 합장하였다.

“어떠냐?”

하고 국사는 빙그레 웃었다.

“종달의 소리가 들리오.”

하고 이차돈은 대답하였다.

“흙으로 아느냐?”

하고 국사는 물었다.

“시님, 이 몸은 흙이오.”

하고 이차돈은 대답하였다.

“오, 인제 데리고 신라로 가거라.”

하고 백봉국사는 눈을 감았다.

“오, 달님과 별님과 반달과 버들아기와.”

하고 국사는 먼산을 바라보았다.

“그 어인 말씀인지?”

하고 이차돈은 황공하여 무릎을 꿇고 합장하고 국사를 우러러 보았다.

“오, 네게 인연 깊은 사람을 먼저 건져야지. 석가여래께오서도 아약교진여 등, 다섯 비구에게 파라나에서 먼저 법을 설하셨나니라. 어서

밥이나 지어라.”

하고 국사는 지팡이를 끌고 밖으로 나간다.

　이차돈은 밥을 다 지어놓고 나물도 무쳐놓고,

　“시님! 시님!”

하고 백봉국사를 찾았다.

　“시님! 어디 겨오시오? 공양 잡수오!”

하고 사방으로 불렀으나 대답이 없었다. 이차돈은 놀랐다. 또,

　“시님! 시님!”

하고 불렀으나 대답은 없었다.

　이차돈이 스님을 찾는 소리에 달님과 별님이 정신을 차려서 일어
났다.

　“시님, 이 어린 몸을 혼자 버리시고 어디로 가시오?”

하고 이차돈은 울었다. 이차돈은 마치 갑자기 어미를 잃은 젖먹이와 같
은 붙일 곳 없음을 느꼈다.

　이차돈은 땅에 무릎을 꿇고 백봉국사가 지팡이를 짚고 나가던 방향을
향하여 합장하고 수없이 절하였다.

　이제 생각하여보면, 오늘 스님이 하시던 말씀──너는 신라에 불법
을 펴는 사람이 되라 하신 것이라든지, 흥륜이라고 이름을 지어주신 것
이라든지, 네게 인연 깊은 사람을 먼저 건지라 하신 것이라든지, 어서
밥이나 지어라 하시고 지팡이를 끌고 나가신 것이라든지, 이제 생각하
면 이 모든 것이 다 마지막 작별의 유훈이시로구나──이렇게 이차돈
은 생각하였다. 삼 년 동안이나 가르쳐주었으니 인제 네 발로 걸어서
네 할 일을 하여라 하는 것이로구나──이렇게 이차돈은 생각하였다.

　생각할수록 끔찍하신 것은 스님의 은혜였다. 삼 년 동안 밤이나 낮이
나 간곡하게도 일깨워주시고, 이끌어주시던 그 은혜, 하잘것없는 이 몸
을 이만큼 길러주신 그 은혜. 고맙소, 한 말씀도 드릴 새 없이 스님은
종적없이 가버린 것이다. 그럴 줄 알았더면 좀더 여쭈어보고 싶은 말씀

도 있던 것을. 아아, 인제는 혼자. 아직도 약하고 어리석은 몸이 혼자.

이차돈은 스님이 끌고 가신 지팡이 자국에 이마를 대고,

"시님! 시님!"

부르며 울었다.

달님과 별님은 이 광경을 보고 어리둥절하였다. 대체 스님이란 이가 어디로 갔길래 저 사람이 저렇게 슬퍼하는고 하고 둘이 서로 돌아보았다.

이차돈은 울다가 일어나 지팡이 자국을 찾아 허둥지둥 얼마를 가더니 지팡이 자국을 잃어버리고 말았다. 이차돈은 거기 엎드려서 또 울었다.

이차돈이 땅에 엎드려 일어나지 아니함을 보고 달님은 별님을 보고,

"별님아. 어쩌면 저렇게도 간절히 스승을 사모할까. 아들이 아비를 사모하는 것보다 더 간절히. 피눈물을 쏟는 듯하고나."

한즉, 별님도 옷소매로 눈썹에 맺힌 눈물을 씻으며,

"그러기에 말씀이오. 아가씨께오서 이차돈 서방님을 사모하심과도 같이."

하고 느껴운다.

달님도 소매를 들어 눈물을 씻으며,

"별님아. 우리 가서 저 중을 붙들어 일으키자. 우리 마음껏 위로하자."

"하도 그 중이 슬퍼하는 양이 거룩하여서 그 몸에 손을 대기가 황송할 것 같소."

하고 두 여자는 사뿐사뿐 이차돈이 엎드려 있는 곳으로 걸어간다.

버꾸기가 운다. 까치가 짖는다. 아지랑이 속으로 새들과 벌레들이 오르락내리락 난다.

달님은 이차돈의 곁에 서며,

"대사님 일어나시오. 과도히 슬퍼하심이 몸을 상하고 마음을 상한다 하오."

하며 차마 손을 그 몸에 대지 못한다.

"대사님 슬퍼하심을 뵈오니 곁에서 보는 이도 눈물을 금할 수 없소. 일어나시오."

그제야 이차돈이 누더기 소매로 눈물을 씻고 다시 합장하여 길게 절하고, 지팡이 자국을 한 번 들여다보고 다시 합장하고 몸을 일으킨다.

이차돈이 일어나는 것을 보고 달님과 별님은 좌우로 갈라서서 이차돈이 지나갈 길을 비킨다. 이차돈은 합장하여 두 여자에게 허리를 굽히고 걸어간다.

그 순간에 달님은 두 손을 들며 놀라는 소리를 지른다. 그것은 이차돈의 목덜미에 있는 붉은 점을 본 것이다. 달님은 걷잡을 새 없이,

"이차돈 서방님?"

하고 소리를 지르며 이차돈에게로 달려가 그 소매를 잡는다.

별님도 달려가서 이차돈의 다른 쪽 소매를 잡았다.

달님은 이차돈의 소매를 잡고 한 무릎을 땅에 꿇고 이차돈의 낯을 우러러보았다.

"분명히 이차돈 서방님. 아까부터 의심도 하였건마는 머리를 깎으시고 오랫동안 고행에 퍽도 수척하시고 또 눈찌와 얼굴에 속된 기운이 하나도 없으시고, 또 아무리 중이 되셨기로 이차돈 서방님이 설마 이러한 누더기를 입으시고 나물을 씻으시고 부엌에서 동자를 하시리라고는 생각을 못 하여서, 기인가 미인가, 게다가 노시님께오서 이차돈 서방님이 삼 년 전에 한개 얼음 구멍에 빠져 돌아가셨다 하시길래 더욱이나 설마 그러랴 하면서도. 그렇지마는 인제 서방님 목에 붉은 점을 보았으니 분명 이차돈 서방님. 아아. 관세음보살님 덕분에."

하다가 달님은 말을 끊고 이차돈을 또 한 번 이윽히 보다가,

"이차돈 서방님! 그렇다고 하시오. 그렇기로 한개에 빠져 돌아가신 이차돈 서방님이시면, 이 몸이 이렇게 단단히 소매를 붙들고 얼굴을 우러러볼 수가 있나? 이차돈 서방님!"

하고 이차돈의 소매를 잡아 흔든다. 이차돈은 가만히 눈을 감고 섰다.

"이차돈 서방님! 이 몸이 죽어서 혼이 되어서 이차돈 서방님을 한 번이나 뵈어지라고 관세음보살님께 발괄하사왔더니, 그 원이 일러져서 이 몸이 혼이 되어서 이차돈 서방님의 혼을 뵈온 것인가. 아까 분명 여기서——바로 이 자리에서 백봉 노시님께서 이차돈 서방님은 삼 년 전에 돌아가셨느니라 하시는 말씀을 듣잡고 분명 이 자리에서 이 몸이 기색하여 쓰러졌거든, 그때에 이차돈 서방님의 팔과 같이 힘있는 팔이 이 몸을 안아서 어디로 옮겨갔거든. 그러면 이 몸은 죽어서 그 애졸하던 몸, 서방님을 찾노라고 산으로 들로 헤매며 얼기도 많이 하고 땀도 많이 흘리던 몸을 벗어버리고 혼이 빠져나온 것인가? 분명 암자도 예와 같고 별님도 여기 있고, 그렇기로——아니 분명 이차돈 서방님이시다. 안 그러냐, 별님아. 너도 이 몸의 백 갑절이나 천 갑절이나 사모하였다는 이차돈 서방님이 아니시냐. 왜 소매에 매달려 울기만 하느냐. 이 몸도 이 소매에 눈을 비비고 울어야 옳은가. 삼 년 동안을 그렇게 쉬일 새 없이 쏟아지고도 아직도 눈물이 남았나? 서방님!"
하고 달님은 마침내 이차돈의 소매에 낯을 대고 몸을 떨며 울기를 시작한다.

이윽히 눈을 감고 있던 이차돈은 눈을 뜨고 두 손으로 두 여자의 머리를 만지며,

"달님, 별님."
하고 불렀다.

달님과 별님은 울던 고개를 들어서 이차돈을 바라보았다. 그 눈은 부처님의 눈과 같이 자비가 가득한 눈이었다. 이차돈은 입을 열어,

"인생은 꿈과 같고 물거품과 같소. 나는 듯 늙고, 병들고 죽고, 못 믿을 앞길을 생각하고는 근심하고 뜻 같지 아니한 뒷일을 생각하고는 슬퍼하고, 세상이 내 마음대로 안 된다 하여 괴로워하고, 내 마음속에 일어나는 욕심과 사랑과 미움으로 부대끼고, 인생은 괴로움이오. 모든 괴

로움의 근본이오. 그러매로 석가세존께오서는 인생은 괴로움이니라 하시와 고, 고집, 고멸, 고멸도의 네 가지 이치를 설하시고, 그러매로 인생은 모로미 애욕의 번뇌를 끊고 중생을 자비하여 고해화택에서 건지려는 대원을 세워 보시와지계와 인욕과 정진과 선정과 지혜와의 여섯 가지 바라밀을 닦으라 하셨소.”

  이차돈의 말에 달님은,

  “아아, 진실로 인생은 괴로움이오.”

하였다. 이차돈은 다시 말을 이어,

  “달님과 별님은 지금까지 이 몸을 사랑하시와 서라벌 평양 일천삼백 리 길을 이 몸을 찾아오셨거니와, 이로부터 무진 번뇌를 끊고 무수 법문을 배우고, 무상 불도를 이루어 무변 중생을 건지기 위하여 무량 겁 나고 죽는 걸음을 걸으며 보살행을 닦기를 발원하시오. 이 몸은 옛날에는 이차돈, 그러나 그 이차돈은 백봉국사 말씀과 같이 삼 년 전 한개 얼음 위에서 죽고, 이제는 불도를 닦는 한 중, 애욕도 부귀 공명도 다 끊어버린 불제자. 그러나 석가 세존께오서도 아소다라 부인과 라후라를 거두셨거든. 아아, 이 몸의 법력이 부족하니 어찌하나. 시님께오서 어찌하여 이 불쌍한 두 딸을 아니 건지시고 어린 이 몸에게 맡기시고 가버리셨나? 어린 이 몸으로는 지기 어려운 이 짐. 그러나 무서워도 아니 지지 못할 이 짐. 달님, 별님, 일어나오.”

하고 이차돈은 두 팔을 들어 두 여자를 일으킨다.

  달님은 이차돈의 소매를 놓고 다시 한 무릎을 땅에 꿇고 합장하며,

  “이차돈 서방님. 아니 인제부터는 시님, 지금까지는 아내가 남편을 따라오는 정으로 따라왔사옵거니와, 지금 가르치신 말씀에 이 어린 마음도 눈이 뜨이는 듯. 서방님의 옷자락에 매달려서 시님께오서 걸으시는 길을 따라 걷게 하여 주시옵소서.”

하고 고개를 숙인다. 별님도 달님 모양으로 한 무릎을 꿇고 합장하고 이차돈을 우러러보며,

"이 몸도 일생에 서방님이 걸으시는 길을 따라 걷게 하시옵소서."
하고 고개를 숙인다.

며칠을 기다려보아도 백봉국사는 암자에 돌아오지를 아니하였다. 이차돈은 끼니때마다 국사의 바리때에 밥을 떠놓고는 국사를 생각하고 국사의 장삼과 가사를 우러러보고는 합장하고 울었다.

이차돈은 제 힘이 약함을 깊이 깨달았다. 아직 걸음발 겨우 타는 어린애와도 같고, 만경창파에 키 잃은 배와도 같이 생각했다. 마치 어미 닭을 잃어버린 병아리와 같은 생각으로 가버린 스님을 간절하게 사모하였다.

그러나 달님과 별님은 오래 그리던 이차돈을 만나서 그 곁에 있게 된 것만으로 마음이 든든하였다. 그리고 기뻤다. 하루 종일 가더라도 이차돈은 말이 없었다. 이차돈이 말이 없으매, 달님과 별님의 사이에도 말이 없었다. 그렇지마는 두 여자는 이차돈의 얼굴과 행도에서 자기네를 끔찍하게 아끼고 위로하고 가엾이 여김을 깨닫고 만족하였다.

두 여자도 이 엄숙함을 깨뜨리지 아니하는 정도에서 이차돈을 위하였다. 나물도 캐어오고 밥도 짓고 방도 치우고 마당도 쓸었다.

그러나 이러한 살림을 오래 계속할 수는 없다고 이차돈은 생각하였다. 달님의 말이, 상감마마의 병환이 더하신 것을 보고 떠났다고 하고, 또 얼마 전에 신라에서 온 사람의 말을 듣건댄, 상감마마께오서는 병환이 더하실수록 이차돈을 생각하시와서 가까이 모시는 신하를 부르셔서는 이차돈을 부르라고 하신다 하며 선마로는 공목과 알공을 시켜서 상감께 어서 임금의 자리를 내어놓으라고 협박을 한다고 한다.

이것은 달님의 아버지 이마로 이손의 집에서 달님에게 전하는 기별이니 확실성이 있는 것일 뿐더러 이마로의 뜻이 이차돈이 돌아오기를 암시하는 것이라고 이차돈도 해석하였다.

그래서 이차돈은 단연히 신라로 돌아가기를 결심하였다. 거기는 두 가지 동기가 있었다. 첫째로 자기를 그처럼 사랑하여 주시는 상감의 이

세상 목숨이 끝나기 전에 불도를 알게 하여 그를 천도함으로 사사로운
은혜를 갚자는 것이요, 둘째로는 이리함으로 이 임금의 생전에 이 임금
의 이름으로 불법을 금하는 신라의 법을 고쳐서 신라에 불법의 길을 열
고자 함이었다.

　이차돈은 생각하였다. 만일 인자한 성품을 가지시고 또 불도에 향념
이 없지 아니하신 이 이금이 그냥 돌아가시고 선마로와 같은 마음이 악
한 임금이 들어선다 하면 신라에 불법이 행하기가 또 오랜 세월을 기다
리게 될 것이니, 이때야말로 일각이 천추나 될 중대한 시기라고. 그래
서 하루는, 이차돈은 달님과 별님을 보고,

　"이 몸은 오늘로 길을 떠나서 신라로 가려 하오."
하여 뜻을 말하였다.

　"신라로？"
하고 달님은 놀랐다.

　"예, 신라로."
하는 이차돈의 대답에 달님은,

　"신라에는 서방님을 미워하여 죽이려는 사람이 많거든, 신라로？ 거
칠마로가 서방님을 죽이지 못하고 팔목이 끊겨서 돌아왔다가 저놈 죽이
라는 바람에 어디로 갔는지 소식을 모르는데, 필시 아직까지 서방님의
종적을 따라다닐 것이오. 서방님의 머리를 베어 들지 아니하고는 다시
는 서라벌의 땅을 밟지 아니한다고 맹세를 하고 떠났다고 해서, 서라벌
사람들은 두 손을 가지고 세 사람이 합력해서도 한 손을 잘리는 위인이
왼손만 가지고 혼자서 어떻게 서방님을 당하느냐고 모두 웃었소."
하고 달님은 그때 생각을 하고 웃으며,

　"그래도 사람이 일념에 먹은 것이 무서운 것이라, 거칠마로가 서방님
의 종적을 따르노라면 무슨 일이 있을지도 몰라서——재주로는 겨루
지 못하더라도 혹시 서방님 잡수시는 밥이나 물에 독약을 칠 수도 있고
혹시 서방님 주무시는 틈에 칼로 어떻게 할 수도 있을 것이오. 그래 이

몸은 별님과 함께 의논하고 어리석은 마음에 우리가 거칠마로의 뒤를 따라나서서, 될 수만 있으면 앞을 질러서 서방님을 먼저 만나서 이런 말씀을 여쭈어드리고 또 다행히 길에서 거칠마로를 만나기만 하면 우리 둘이 거칠마로를 죽여버리자고 품에 비수를 품고 떠났소. 만일 힘으로 거칠마로를 못 당하면 무엇으로라도 몸을 버려서라도, 아무렇게 하여서라도 서방님의 몸을——.”
하고 어색한 듯이 말을 끊고 고개를 숙여버린다. 별님이 달님의 하던 말을 받아서,
“그러니 마음은 바쁘고 몸은 약하고, 서방님께 무슨 일이나 안 계신가, 무슨 일이나 안 계신가 하고 달님 아가씨께서 마음졸이는 양, 슬퍼하시는 양. 밤에 주무시다가도 벌떡 일어나셔서는 꿈자리가 사나운데, 어서 서방님을 찾아야겠는데 하고, 문을 열어보아서 달빛만 있어도 길을 떠나서 밤길을 걸었소. 그러나 아무 데를 가도, 어느 절에를 가도 서방님을 모른다 하여 한 달 두 달 세월은 가, 여름이 가고 가을이 와, 눈이 와. 서방님! 아가씨 몸에 살 한 점이 안 붙으셨소.”
하고 달님의 여윈 뺨을 바라본다.
이차돈도 감격하여 눈을 들어 달님을 바라본다. 과연 수척하였다. 하고 합장하고 고개를 숙였다.
“그러니.”
하고 달님은 고개를 들며,
“그러니 거칠마로가 지금도 어디서 서방님을 엿보고 다니는지 모르고 또 거칠마로가 팔목을 잘리고 돌아오자, 거칠마로 집에 드나들던 사람들이 모두 거칠마로를 배반하고 흩어졌다는데, 그 중에는 이름과 재물이라면 목숨 아까운 줄도 모르는 무리도 있어서, 공목 이손이나 알공 한아손에게 추김을 받고 서방님을 해하려고 떠다니는 이도 필시 있을 것이오. 설사 무사히 서라벌에 들어가신다 하더라도 선마로 이손이 가만 있을 리가 없사온즉, 그렇게 가볍게 신라로 돌아가시는 것이 어떠할

까, 어리석은 생각에 염려되오.”
하였다.
　“고맙소.”
하고 이차돈은 합장하여 달님의 앞에 고개를 숙이며,
　“그처럼 이 몸을 아끼시와서 여자로서는 하실 수 없는 수고를 무릅쓰
시고, 또 그렇게 염려하여 주시고 고마운 말씀 이루 다 헤아릴 수 없
소.”
하고 또 한 번 합장하고 고개를 숙인다.
　이차돈은 이윽히 잠잠하고 있다가 달님을 향하여,
　“그러나 이 몸은 죽고 사는 것을 생각할 수 없소. 불도를 믿으매 불도
를 펴기 위하여 몸을 바치지 아니할 수 없고 또 우리 나라를 사랑하매
나라를 위하여 몸을 바치지 아니할 수 없소. 세존께오서도 불법을 위하
여는 몸과 목숨을 아끼지 말라 하셨고, 우리 나라 가르침에도 나라와
부모와 벗을 위하여서는 목숨을 아끼지 말라 하셨으니, 이 몸이 생각하
기에는 이때야말로 그때라고 생각하오. 우리 신라는 지금 조정에는 거
짓되고 간사하여 제 권세만 생각하는 무리가 가득하고 또 참뼈나 상사
람이나 백성들도 다 서로 제 몸만을 생각하여 제 몸 위에는 나라도 있
고 불법도 있는 줄을 모르니 이러고는 나라가 아니 망할 리가 없는 것
이오. 그러매로 이 몸은 비록 힘이 없으나 한목숨을 바쳐서 나라 사람
들에게 불법을 펴고자 하오.”
하고 또 단 위에 놓인 불상을 향하여 길게 합장한다.
　이차돈의 정성스러운 합장이 끝나기를 기다려서 달님은,
　“그러하오나 만일 이제 신라로 가시다가 신라 땅을 밟으시기 전에 길
에서 무슨 변을 당하시거나, 또 다행히 신라 땅을 밟으시더라도 신라에
서는 중이라면 고구려 나라의 염탐군으로 알거나 그렇지 아니하면 우물
에 독약을 쳐서 신라 사람을 죽이러 오는 줄 알거나, 또 그렇지 아니하
오면 요술을 부려서 신라에 큰 병이 들게 하고 농사가 흉년이 들게 하

고, 과년한 딸들을 후려낸다고 해서 관인이나 백성이나 다 미워하여 돌팔매로 치고 몽둥이로 때리고 땅에 구덩이를 파고 산 채로 파묻는 일도 있다고 하오니 서방님께오서 서라벌에 득달하기도 전에 만일에 그러한 해를 당하시면 귀중하오신 몸이 그 아니 걱정이오니까. 그러하오매로 이 몸이 생각하옵기에는 서방님께서 신라로 가시더라도 머리를 기르시고 평복을 입으시고 또 신라 소식을 잘 알아보신 뒤에 가시는 것이 좋을까 하오. 어리석은 이 몸인 줄 모르는 배 아니오나 서방님을 아끼삽고 염려하삽는 마음에."

하고 수삽한 듯이 고개를 숙인다.

별님이 곁에서 이차돈을 바라보며,

"이 몸같이 어린 생각에도 아가씨 말씀이 옳은가 하오. 귀하신 서방님께오서 만일에 어떠한 일이 겨오시면 우리 신라에 또 언제 서방님만 하신 어른이 나실는지."

하고 한 무릎을 꿇으며 이차돈에게 절한다.

"또."

하고 달님은,

"만일에 그러한 일이 있으면 이 몸인들 의탁할 곳을 잃사옵고."

하다가 말을 끊는다.

"그 말씀이."

하고 이차돈은,

"그 말씀이 다 지당하시고도 고마우나 불법을 행하는 불자에게 옳고 옳지 아니함이 있을 분이요, 사생고락이 그의 염두에 있지 아니하오. 가다가 길에서 죽어도 불법을 위하여 죽는 것이요, 서라발에 들어가서 죽어도 불법을 위하여 죽는 것이니, 변변치 못한 몸이 불법을 위하여서 죽는다면 거기서 더한 기쁨과 거기서 더한 영광은 없는 것이오. 이 몸이 이번 신라에 들어가면 죽을 것을 믿거니와 한 번만 죽어서 우리 나라를 건지리라고는 생각하지 못하오. 열 번 나서는 죽고 백 번, 천 번 나서는 또 죽더라도 불법으로 신라를 건지자는 것이 이 몸의 원이니 한 번 죽는 것쯤 교계할 바가 아니오. 그러매로 이 몸은 오늘로 떠나서 신라로 가려 하니 달님, 별님 두 분은 아직 고구려에 머무시와서 불법을 배우시오."

하고 또 달님과 별님을 향하여 합장한다.

"아니오!"

하고 달님이 힘있게 대답하니 별님도,

"아니오!"

하고 같이 함께 대답한다.

"아니오. 이 몸도 서방님을 따라가오. 어디나 서방님 가시는 곳으로 따라가오."

하는 달님의 말이 끝나자 별님도,

"아니오. 이 몸도 서방님과 아가씨를 따라가오."

하고 결심을 보인다. 여자가 자기를 따른다는 말에 이차돈은,

"이 몸의 길을 위태한 길이오. 이 몸이 위태함을 당하면 두 분도 위태함을 당하기가 쉬우니, 이 몸을 따르심이 옳지 아니하오. 이 암자에는 젊은 여자 단 두 분이 오래 유하실 수 없으니, 홍복사나 이불란사의 어느 여승방에 거어시노라면 사월 파일에는 백봉국사를 만나실 듯도 싶으니, 백봉국사는 이 세상에 두 분 계시기도 어려운 선지식이오. 필시 두 분을 잘 거두시고 잘 인도하실 것이니 아무 염려 말고 고구려에 겨오시오."

하고 달님과 별님을 보았다.

"아니오!"

하고 달님이 먼저,

"이 몸은 아직 불도를 모르오나 서방님이 믿으시면 필시 참된 도리일 것이라, 서방님이 불도를 위하여 목숨을 바치시면 이 몸도 불도를 위하여서 목숨을 바치겠소. 이 몸이 비록 값없는 몸이라도 한 사람의 피가

흘러서 불도에 좋고 나라에 좋을진댄, 두 사람의 피가 흐르면 좀더 좋지 아니하리까. 서방님께오서 열 번 나고 열 번 죽으시면 이 몸도 열 번 나고 열 번 죽어서 서방님을 따르고, 서방님께오서 백 번, 천 번 죽으시면 이 몸도 백 번, 천 번 죽어도 서방님을 따르려오. 이 몸이 비록 불도를 위하여 나라를 위하여서 목숨을 바칠 생각은 나지 못한다 하더라도 서방님을 위하여서 만 번, 억 번 목숨을 바칠 수는 있는 것을 믿어주시오."

하고 눈물을 씻으니 별님도,

"이 몸도 서방님과 달님 아가씨를 따라서 천 번이고 만 번이고 억 번이고 나고 죽고 할 줄을 믿어주시오."

하고 역시 눈물을 씻는다.

"그렇고말고."

하고 달님은 흐르는 눈물을 흐르는 대로 내버려두고 멀거니 허공을 바라보면서 혼잣말같이,

"그렇고말고. 사람의 몸을 얻어가지고 태어나기 어렵고, 좋은 도를 듣기 어렵고, 좋은 사람을 만나기는 더욱 어렵다거든, 한 번 들은 도를 버릴 줄이 있으리. 한 번 만난 사람을 떠날 줄이 있으리. 이 몸이 무엇이길래, 이 몸이 무슨 공덕이 있길래, 서방님 같으신 천 년에 한 분 만 년에 한 분 나시기 어려운 어른을 만나 그 사랑을 받을 복이 있었던고. 그 어른이 위하는 도와 나라를 위하여 그 어른과 함께 목숨을 바칠 복을 얻었던고. 아아 생각할수록 고마워라. 어려운 일이어라."

하고 눈을 이차돈에게로 돌려서,

"서방님, 안 되오. 이 몸을 두고 가시지는 못하시오. 만일 더러운 계집의 몸이 서방님을 가까이 하옴이 서방님의 수도하심에나 체면에 마땅치 못하다 하실진댄 이 몸은 오 리만큼, 십 리만큼 서방님 뒤를 따라, 서방님 옷자락이 바람에 펄렁거리는 것을 바라보면서, 사모하면서, 절하면서, 빌면서 가더라도 서방님을 따——라——가——려——오."

하고는 또 혼잣말 모양으로,

"그렇고말고. 서방님께오서 밟고 가신 발자국을 찾아 밟으면서, 서방님의 그림자가 지나가신 자리로 이 몸의 그림자를 끌면서——서방님이 앉아 쉬이신 자리나, 누워 주무신 자리를 찾거든 그 앞에 엎드려 이마를 조아리고 절하고 사모하고——그렇고말고. 아무리 부처님의 가르치심이 엄하시기로 그것마저도 못 하리라고 금하실 리는 없으시니. 그렇게나 하여서라도 이 가슴이 터지도록 꽉 찬 이 사모하는 마음을—— 이 간절하게 그리운 뜻을——이 세상에 나온 뒤에 오직 한 분께밖에 드려보지 못한 이 싸고 싸고, 뜨겁고 뜨겁고, 붉고 붉은 사모하는 마음을 그렇게나 하여서라도 펴——볼——수밖에."

하고 눈물을 떨군다.

"이——몸——도."

하고 별님도 눈물을 씻는다.

이차돈은 마음이 무거워짐을 깨달았다. 숨쉬기가 거북함을 깨달았다.

"나무불, 나무법, 나무승, 나무제천호, 법선신증."

하고 이차돈은 마음의 흔들림을 누르노라고 오래 합장한다. 이차돈의 합장한 두 손이 풍 맞은 모양으로 떨린다.

달님의 극진한 사랑의 불길이 이차돈의 몸을 범하는 것이었다. 꿈결 같은 인생 백년, 그 중에서 사랑밖에 더 큰 것이 있는가. 그도 저마다 얻어볼 수 없는 이 큰 사랑을 죽여버린다는 것이 아깝기도 하거니와, 저항할 수 없는 유혹도 깨달았다.

이차돈은 떨리는 손을 들어서 달님의 손을 잡으려 할 때에 눈앞에 번쩍하는 관세음보살의 모상! 이차돈은 벌떡 일어나 불상 앞에 배례하고 그러고는 벽에 걸린 백봉국사의 가사를 향하여 배례하였다.

이차돈은 그래도 진정할 수 없는 몸을 둘 곳이 없는 듯이 문 밖으로 뛰어나가서 백봉국사의 지팡이 자국 있는 곳으로 가서 인제는 벌써 형적도 없는 지팡이 자리에 꿇어앉아 수없이 절하며, '시님! 이 몸을 붙들어주옵소서. 이 몸으로 하여금 저 두 여자를 건지게 하시옵고, 신라에 불법을 펴는 일을 하게 하시옵소서. 이 마음을 내려 누르는 무거운 업장의 짐을 벗겨주옵소서. 다시 살아나려는 번뇌의 불을 자비하신 법력으로 꺼주시옵소서.'

하고 빌었다.

맞은편 들매나무에서는 또 까마귀가 울었다.

이차돈은 겨우 마음의 평정을 회복하여 짐을 싸가지고 단연히 길을 떠날 양으로 방으로 돌아왔다.

방에 돌아온 이차돈은 깜짝 놀라지 아니할 수 없었다. 달님과 별님은 가위를 가지고 그 밤빛 같고 구름결 같은 머리채를 쌍둥 잘라버린 것이었다. 두 여자는 그 머리채를 불상 앞에 놓고 수없이 절하는 것이었다.

"웬일이오?"

하고 이차돈이 놀라는 것을 보고 달님은 마치 죽은 사람같이 해쓱한 얼굴에 무시무시하도록 밝은 빛을 띄우고,

"서방님. 이 몸이 업장이 두터워 계집의 몸을 받아가지고 세상에 나와서 서방님의 도 닦는 마음을 어지럽게 하는 것을 생각하오면 금시에 목숨이라도 끊어버리고 싶소. 남들이 아름답다는 이 외모를 이 몸도 아름답게, 아깝게 생각하였사오나, 깊이 생각하오면 이 아름다움이 모든 죄악의 뿌리. 여러 남자의 마음에 번뇌를 일으킨 죄를 받을 것은 이 몸. 풀에 이슬 같은 이 아름다움, 그도 마음의 아름다움에 비기면 하잘것없는 이 아름다움. 만일 이 몸의 아름다움을 금시에 베어버릴 도리가 있다고 하면 무슨 일은 못 하리까. 계집의 아름다움은 머리채에 있다 하오니 머리채를 끊어버렸거니와 다시는 몸에 모양 있는 비단옷을 감지 아니하고, 낯에 향기로운 분을 바르지 아니하고, 사람의 앞에 웃는 얼굴을 보이지 아니하리라고 불전에 맹세하였소. 이 몸의 아름다움이 사라질진댄 서방님을 곁에 뫼시더라도 서방님의 마음을 어지럽게 함이 없

을 것을. 그래도 이 몸이 곁에 뫼시는 것이 서방님의 마음을 어지럽게
한다 하오면, 손가락으로 이 눈을 빼고 칼로 이 코를 깎아버리고 단쇠
로 이 입술을 지쳐 흉악한 모양이 되어서라도 서방님을 따르려오."
한다. 별님도,
 "이 몸도 그리 하려 하오."
한다. 이차돈은 다만,
 "나무불!"
하고 합장할 뿐이었다.
 이차돈과 달님과 별님은 용천암을 떠났다. 달님과 별님은 남복을 하
고 고깔을 썼다. 세 사람이 홍복사 앞을 지나 한개 윗다리를 향하고 걸
어갈 때에 뒤에서,
 "홍륜아!"
하고 소리가 들렸다.
 이차돈은 깜짝 놀라서 돌아보니 그것은 백봉국사였다. 국사의 뒤에
는 젊은 중 둘이 따랐다.
 이차돈은 길바닥에 엎드려 오래 사모하던 국사에게 절하며,
 "시님, 생전에는 이 몸이 다시 시님을 못 뵈올까 하였더니 한 번 더
뵈오니 이만 기쁨이 없소."
하고 머리를 조아렸다. 국사는 이차돈을 붙들어 일으키며,
 "오, 우리 둘의 이 세상 인연은 오늘에 다하였다. 그러나 일체 중생
의 대원을 품고, 영겁의 중생과 함께 나고 죽을 때에 몸으로 다시 만날
때도 수없이 있을 것이다. 그러나 네 마음이 내 마음이요, 내 마음이 네
마음이니, 서로 떠난다 모인다 하는 것은 다만 한 방편."
하고 말의 중동을 끊고 뒤에 따라 섰는 두 젊은 중을 가리키며 이차돈
더러,
 "너 이 사람을 알지?"
하고 웃는다. 이차돈이 자세히 보더니,

210

"오, 고주 언니."

하고 합장한다. 그것은 매주한가의 아들이었다.

"오, 이차돈!"

하고 고주도 합장하였다.

백봉국사는 고주의 곁에 선 아름다운 얼굴을 가리키며 이차돈더러,

"너는 이 사람을 아느냐?"

하고 웃는다.

이차돈이 그 사람을 자세히 보더니 놀라며,

"설마 버들아기시리까?"

하고 국사를 본다.

"바로 그러하다. 버들아기가 지나간 삼 년 동안 너를 사모하여 늙은 이 몸을 찾아왔기로 이차돈을 따르려거든 중이 될 길밖에 없다고 하였더니, 이렇게 머리를 끊고 중이 되었다. 모두 전생다생에 얽히고 얽힌 인연이다. 저 별님, 달님 두 아가씨가 너를 따라 천리 길을 헤맨 모양으로 이 버들아기도 너를 따라 천리 길을 가는 것이다. 고주도 불법을 위하여, 또 네게 대한 우정과 누이에게 대한 우애지정으로 위하여 신라로 가는 것이다. 신라에 가서 어떻게 할 것은 미리 말할 것이 아니어니와, 오늘부터 너희 다섯 사람은 불법 속에서 형제요 자매, 이 몸이 낳은 아들과 딸. 신라의 억천만 중생을 건질 보살들."

하고 지팡이와 함께 싸서 들었던 칼 둘을 끌러 이차돈과 고주리에게 주며,

"자, 이 칼을 가져라. 살생을 금하였더니와 젊은 여자들을 데리고 가서 혹 쓸데도 있을 듯. 부처님도 일천제(一闡提), 불법을 해하는 중생을 버히기를 허하셨나니라. 길에 액이 없지 아니하니 삼가렷다. 이 몸을 떠난 뒤에는 너희들은 다 이차돈을 이 몸으로 알아라. 일심염불(一心念佛), 상호좌선(常好坐禪), 관일체법공(觀一切法空)이라 함은 마음에 항상 부처님을 생각하고, 자비심에 자리를 잡아 흔들리지 말고, 사생이

나 고락이나 간에 애체하지 말라는 뜻이야. 이 마음으로만 가면 거칠 것도 없고 막힐 것도 없나니라. 내가 허공이거니 무엇에 막힐까 보냐. 이 칼일랑 인욕(忍辱) 못 하는 너희들의 마음을 버리기에 먼저 쓰란 말이다. 나무불! 자, 다들 가거라."
하고 국사는 다섯 사람을 향하여 합장한다.
　"시님은 어디로 가시오?"
하고 이차돈이 차마 떠나지 못하는 빛을 보인다.
　백봉국사는 말없이 손을 들어 상하팔방을 가리키고는 지팡이를 짚고 용천암 쪽을 향하고 간다.
　이차돈 일행은 길바닥에 엎드려 백봉국사의 뒤를 향하고 수없이 절한다. 절하고 일어나보니 국사는 간 곳이 없었다.
　이차돈 일행은 국사가 가던 방향을 향하여 여러 번 합장하고 한개 다리를 건너서 동으로 동으로 걸었다.
　늦은 봄의 평양 끝없는 벌판. 밭 사이로 풀밭 사이로 다섯 명 젊은 중은 말없이 걸었다. 종다리가 뽀얀 대기 속에 오르락내리락 노래를 불렀다.
　이차돈은 평양을 떠날 때에 마음에 걸리는 것이 둘이 있었다. 그것은 메주한가와 반달이었다. 이차돈은 우뚝 서서 평양 서울을 돌아보았다. ('나랏벌'이라는 고구려 사람들이 서울을 부르는 말이었다.) 이십오만 호라는 평양성, 그것은 삼 년 전에 이차돈이 처음 올 때보다도 더 커지고 더 화려하게 된 것 같았다. 일백오십만이나 되는 평양에 사는 중생을 위하여 이차돈은 진심으로 복을 빌고 자비하는 마음으로 그들을 골고루 품었다. 반달, 그 아비 거울보고, 거칠아비, 이러한 생각이 한참 동안이나 이차돈의 마음에서 떠나지 아니하였다.
　이차돈 일행은 신라 국경을 들어서자 곧 관헌의 손에 체포되었으나 왕명으로 서울로 압송되었다. 이때에 상감은 일기가 온화한 까닭에 병이 좀 나아서 모든 정사를 친히 보시던 까닭이었다.

상감은 곧 이차돈을 부르시와서 반가운 정을 표하시고,

"네가 중으로 공부가 도저하더니, 어디 불법을 이 몸에게 들려다고."
하여 왕후와 함께 이차돈의 설법을 들으시었다. 평양공주도 이차돈이
설법하는 자리에 있었다.

상감은 이차돈의 설법을 들으시기 오륙 일이 되었다. 날마다 아침이
면 궁중에 법연을 베풀고 이차돈의 설법을 들으시었다.

사오 일이 지난 뒤에는 상감은 이차돈이 가져온 관세음보살 화상을
벽에 걸고 그 앞에 분향하고 임금과 왕후가 함께 합장 배례하게까지 되
었다.

더구나 평양공주는 이차돈의 말에 열복하여 이차돈이 궁중에서 떠나
기를 원치 아니하였다.

"인생은 덧없다."

"모든 살아 있는 것은 반드시 죽고, 모든 있는 것은 반드시 없어
진다."

"제가 지은 업보는 머리카락 하나만한 무게도 더하고 덜함 없이 반드
시 제가 받는다."

"이 몸은 비록 죽어도 이 몸의 업보만을 영겁에 살아서 여섯 길에 흘
러다닌다."

이러한 말들은 인생길에 많이 부대낀 상감에게는 마치 잊었던 것을
찾은 듯하게 마음에 쏙쏙 들어왔다.

"이 한 몸을 건지기 위하여서나 이 나라의 중생을 건지기 위하여서
나, 오직 한 길은 불도를 펴는 길이다."

이렇게 상감은 결심하게 되었고, 또 불도에 대하여 이러한 믿음을 얻
음으로부터는 상감은 전에 없이 마음이 편안함을 깨달았다. 몸에 있는
병——그것은 제 몸의 업보였다. 뜻에 안 맞는 신하들——그것은 제
몸의 업보였다. 나라에 오는 기근과 질병과 외국의 침노——그것도 제
몸의 업보였다. 상감은 모든 것을 이렇게 생각하게 되었다. 그런데 이

차돈의 말에 의하면 이 무서운 업보를 깨뜨리는 길은 오직 참회와 수도
가 있을 뿐이었다.

선마로나 공목이나 알공을 대하실 때에 항상 내시던 짜증도 아니 내
시게 되었다. 상감은 자비와 인욕으로 이 사람들을 대하시려고 공부를
하셨다.

신하들은 근래에 일어나는 임금의 태도에 아니 놀랄 수가 없었다. 더
구나 공목과 알공은 이것이 이차돈 때문인 것을 알고 이차돈의 세력에
대하여 큰 두려움을 품게 되었다. 그들이 늘어놓은 궐내의 염탐군들의
보고에 의하여 상감과 왕후와 평양공주가 부처 그림을 걸어놓고 촛불을
켜고 향을 피우고 배례한다는 말을 듣는 대로 그들은 수군수군 대책을
의논하게 되었다.

"이거 큰일났소."

하고 하루는 알공이 선마로 이손을 찾아보고 말하였다.

"이차돈이 고구려에서 중과 여승을 여럿을 데리고 와서 궁중에 머물
러서 날마다 상감께 불법을 설하여서 상감과 왕후와 평양공주까지도 거
기 반하여서 벽에다가 부처 그림을 걸어놓고 절을 하신다니, 이거 큰일
나지 아니하였소?"

하고 눈을 굴리고 고개를 기웃거렸다.

"상감이 몸에 병환이 계시니 병을 고칠까 하고 그러시는 게지."

하고 선마로는 심상한 듯이 대답한다.

"하, 그러니까 큰일이란 말씀이오."

하고 알공은 손에 내어 흔든다.

"무슨 큰일?"

하고 선마로는 도리어 의아하는 빛을 보인다.

"보시오. 요새 상감이 얼굴에 화기가 돌지 아니하시나. 노 못마땅한
듯이 찡기시던 주름살도 펴지고 어성가지도 기운이 나지 아니하셨나.
그리고 무슨 일이 있거나 신하들이 무슨 말씀을 여쭈면 귀찮은 듯이 눈

214

을 감으시고 고개를 흔드시고, 너희 마음대로 하려무나, 하시던 것이
이제는 그러시지 아니하시고 그렇다든가, 아니라든가, 좀더 생각해보
신다든가, 좀체로 신하들의 말대로 그래라 하지 아니하시니 이거 큰일
아니오?”
　알공은 옆에서 몸을 흔들고 앉았는 공목을 돌아보며,
　“그렇지 아니하오? 이 몸의 눈이 바로 보지 아니하였소? 상감의 하
시는 양이 수상하지 아니하오?”
하고 찬성을 청한다.
　“허기는 그래.”
하고 공목은 졸리는 듯이 눈을 뜨며,
　“상감께오서 요새에 기운이 나셨어.”
하고는 또 눈을 감는다.
　“그러니 큰일이 아니냐 말이오.”
하고 알공은 공목을 본다.
　“무엇이 큰일이야?”
하고 공목은 선마로와 같이 심상하게 생각하는 듯한 대답을 한다.
　선마로가 하시는 대로 하면 실수없겠지 하는 것이었다.
　“이런 양반 보았나.”
하고 알공은 손가락으로 공목을 가리키면서 딱한 듯이,
　“그만큼 말을 해도 이것이 큰일인 줄을 몰라? 원. 알고도 모르는 체
하는 게요? 원. 상감이 기운이 나시고 정신이 나시는 날이면 우리는
볼일 다 보는 것이 아니냐 말이오. 두 편이 싸울 때에 한 편이 성하면
한 편이 쇠하는 것이라, 상감 편이 성하시면 우리 선마로 이손마마께서
는 쇠하시는 것이 아니냐 말이오. 하물며 상감이 이렇게 기운을 얻은
것이 무엇 때문인가를 생각해보란 말이오. 이차돈 때문이어든. 불도 때
문이어든. 이제 두고 보아요. 이차돈이 나라 권세를 맡고 평양공주 부
마가 되고 태자가 되고——.”

하는 것을 공목이 끌끌 혀를 차며,

“응, 말 같지 아니한 소리. 중도 장가드나?”

하고 픽 웃는다.

“그래, 이차돈이가 평양공주 부마가 아니 된다치고라도 이차돈이가
나라 권세를 잡는 날이면 어떤 일이 있겠나, 좀 생각을 해보오. 뉘 모가
지가 먼저 날아나겠나 생각해보아요. 알기나 아오?”

하고 알공이 깔깔 웃는다.

“이녁의 모가지가 먼저 날아나겠구려.”

하고 공목이 졸리는 듯한 눈으로 알공을 본다.

“이 몸의 모가지가?”

하고 알공은 제 모가지를 만진다.

“그럼, 거칠아비를 누가 보내었는데?”

하고 공목이 뽐낸다.

“거칠아비를 누가 보내었는데?”

하고 알공도 뽐내면서,

“거칠아비를 보낸 것이야 공목 이손 아니오?”

하고 공목을 보고 눈을 끔적한다.

“원, 천만에. 거칠아비가 이차돈한테 팔목을 잘리지 아니하고 이차돈
의 모가지를 잘라가지고 왔던들, 그때에도 거칠마로를 보낸 것이 이 몸
이라고 할까. 그때에는 이녁이 어, 보시오, 거칠마로를 보낸 것은 이
몸 알공이오, 하고 보는 사람마다 뽐내었을걸. 아서, 그리 말아.”

하고 공목은 전에 없이 길게 말을 한다.

“아따, 그는 어찌 되었든지.”

하고 알공은 손을 흔들면서,

“이차돈이가 세도를 잡는 날이면, 알공의 모가지가 날아나는 날이면
공목 이손의 모가지도 성하지는 못할 것이오.”

하고 손을 칼을 삼아 공목의 모가지를 찍는 시늉을 한다. 공목은 정말

칼을 비키듯이 몸을 비키며,

"어, 한아손. 거 무슨 숭한 시늉이란 말이오? 사위스럽게시리."

하고 제 모가지를 만지다가 모가지가 분명히 제자리에 아직도 붙어 있는 것을 대견히 여기는 듯이 눈을 감고 몸을 흔들기를 시작했다.

선마로가 두 사람의 말을 듣고 있다가 장히 못마땅한 듯이,

"응. 모가지들이 그렇게 아까운가?"

하고 칼자루에 손을 댔다.

"아, 아, 아니오."

하고 알공이 손을 들어 선마로의 칼을 막으려는 모양을 하며,

"모가지가 아까울 리가 있소? 이 모가지는 벌써부터 이손마마께 바친 것이라 아까울 리야 있소? 마는 모가지라는 것이 손가락 모양으로 여러 개가 있는 것이 아니요 한 개뿐이니까, 노상 아니 아까울 리야 있소?"

하고 쌕쌕 웃는다. 선마로는 알공의 말에 빙그레 웃으며,

"알공 한아손, 그러면 이차돈을 잡을 꾀가 있소?"

하고 물었다. 알공은 공목을 바라보며,

"저번에는 공목 이손이 이차돈을 잡기에 실패하였으니 이번에는 이 몸이 한번 이차돈을 잡아보오리까?"

하고 빈정대는 웃음을 웃었다.

"이녁은 왜 이 몸을 걸기를 좋아하오?"

하고 공목이 눈을 흘긴다.

"선마로 이손."

하고 알공은 공목의 말은 들은 체 만 체하고 선마로를 향하여,

"이차돈은 그냥 내버려두면 이 몸의 모가지가 제자리에 붙어 있기 어려울 뿐 아니라, 이손의 크신 뜻도 귀어허지가 되고 말 것이오. 그런데 이차돈을 없이 하는 법이 두 길이 있아온데 한 길은 자객을 보내어서 암살하는 길이요, 한 길은 상감의 마음을 움직여서 국법으로 이차돈을

죽이시게 하는 것이오.”

“그러기로 거칠마로도 못 당한 이차돈을 누가 당한단 말이오?”

하고 공목이 모가지 떨어질 것이 걱정이 되어서 선마로와 알공을 바라본다.

“응, 그런 것이 아니오.”

하고 알공이 혀를 차며,

“자객으로 이차돈을 죽이기는 지금은 어렵지 아니할 것이오. 왜 그런고 하니, 불가에서는 살생을 금하기 때문에 이차돈은 칼을 쓰지 아니할 것이오. 칼을 쓰지 아니한다면 아무리 이차돈이기로 무서울 것이 없을 것이오.”

하는 말에 공목은,

“참, 그렇구먼.”

하고 고개를 끄덕끄덕하더니,

“응, 그렇지마는 또 걱정이 있소. 들으니까 부처라는 귀신이 매우 영험이 있다는데, 이차돈이 도력이 많다면 빈손으로 칼을 막아내는 재주가 있지 아니할까? 옛날 아도사마라는 중도 능히 사람의 앞에 몸을 감추고 물과 불도 그 몸을 범하지 못하였다지 아니하오. 아무리 잡으려 하여도 잡을 수가 없었다 하지 아니하오. 그렇다 하면 비록 이차돈이 칼을 아니 쓰더라도 잡기가 어렵지 아니하오?”

하고 제 말에 동감을 구하는 듯 선마로를 바라본다.

선마로는 픽 코웃음하고 공목을 흘겨보면서,

“원, 못 들을 말이 없소그려. 공목 이손도 불도를 하시나 보오구려.”

하고 경멸하는 듯이 고개를 한 번 끄덕한다.

“이손마마, 천만에.”

하고 공목이 펄쩍 뛰며,

“이 몸은 나라의 길을 닦아 충효신용인을 닦고 신궁과 시조묘에 춘추로 제사하는 사람이오. 불도를 하다니, 큰일날 말씀을 하시오구려.”

218

하고 변명한다.

"칼로 이차돈의 모가지를 찍어서 그 모가지가 다시 붙거나 칼로 찍은 자리에서 붉은 피가 나오지 아니하고 흰 피가 나오거든 이 몸도 불도를 하려오."

하고 알공이 깔깔 웃고 나서,

"그것은 다 농담이오마는, 설사 자객을 보내어서 이차돈을 죽일 수가 있다 하더라도 그것은 아주 하수요. 왜 그런고 하니, 만일 어떤 자객이 이차돈을 죽였다 하면 그 의심은 반드시 선마로 이손께로 올 것이 아니오? 다음에는 공목 이손과 이 몸 알공에게로 올 것이란 말이오. 그러고 보면 우리는 우으로는 상감마마의 노여심을 받잡고 아래로는 백성들의 미움을 받을 것이니, 이것은 지혜로운 자가 할 일이 아니란 말이오. 그러면 무엇이 상책인고 하니, 첫째로 상감게 여쭈어서 이차돈을 멀리하게 하고, 둘째로는 일변 백관과 백성들의 사이에 반간을 놓아서 이차돈을 미워하게 하여서 천하로 하여금 이차돈을 죽일 뜻을 품게 한 뒤에 선마로 이손께서 천하의 뜻을 들어서 이차돈을 죽이게 하시면 이야말로 천하의 뜻을 받아 내 뜻을 이룬다는 것이란 말이오."

하루는 공목과 알공이 함께 예궐하였다. 그것은 임금과 이차돈의 사이를 떼는 일을 하기 위함이었다.

때마침 상감은 편전에서 왕후와 평양공주를 데리시고 이차돈에게 법문을 들으실 때이므로 공목과 알공은 마루 하나 건너 다음 방에서 상감이 부르시는 분부가 있기를 기다리고 있었다.

"이 향내 보오."

하고 공목이 알공을 보고 눈을 끔적하였다.

"응 향내로구려."

하고 공목도 코를 킁킁하였다.

"부처 화상을 걸어놓고 무엇을 하는지 좀 보았으면."

하고 알공이 문틈으로 마루 쪽을 엿본다. 그러나 아무것도 보이지 아니하고 오직 향기로운 바람이 돌아올 뿐이었다.

"보아야 그렇겠지. 절하고 빌고."

하고 공목이 대수롭지 아니한 듯이 대답한다.

"그러니까 말이오."

하고 알공은,

"지금 선마로 이손은 임금만 되면 다시는 아무 소원도 없을 것 같은데, 한번 임금만 되면 금시에 죽어도 한이 없을 것 같은데, 상감은 무슨 소원이 있어서 부처라는 귀신 앞에 날마다 절하고 무엇을 비느냐 말이오? 임금이 되고 나서도 더 되고 싶은 것이 무엇이냐? 나 아무리 생각하여도 알 수 없어."

하고 고개를 갸웃갸웃 한다.

"알 수 없을 것도 많기도 많아."

하고 공목은 냉소하며,

"상감마마께선들 소원이 없으실 리가 있나? 몸에 병환이 늘 계시니 병이 나으시기도 소원이시겠고, 아드님이 없으시니 아드님을 낳으시기도 소원이시겠고, 또 근년에 해마다 가뭄이 들고 창수가 나고 흉년이 들고 병이 들고 하니, 그런 재앙을 소멸하기도 소원이시겠고, 어디 그나 그뿐인가. 조정에 있는 신하들이 모두 간사하고 아첨하는 무리가 아니면 선마로에게 붙어서 상감을 해치려는 무리뿐이니, 그러한 무리가 물러가기도 소원이실 것이고——원, 상감이 어째 소원이 없으시단 말이오."

하고는 눈을 감고 몸을 흔든다.

"그게 말이라고 하오?"

하고 알공은 공목을 노려보며,

"그래 아첨하고 간사한 무리라니 그것은 누구를 가리켜 하는 말이며, 또 선마로 이손에 붙어서 상감을 해치려는 무리라니 그것은 또 누구를 가리키는 말이오?"

하고 허리를 쭉 펴며 뽐낸다.

"생각해보오그려, 자연 알겠지."

하고 공목은 시치미를 뗀다.

"응, 알겠소. 공목 이손이 당신이 그러하시단 말이오그려?"

하고 알공은 쿵쿵 코웃음을 한다.

"옳은 사람을 해치려는 놈은 반드시 천벌을 받거든."

하고 공목은 제 속에서 평생 그런가 안 그런가 하고 그럴 듯 안 그럴 듯 하던 생각이 금시에 유난히 마음을 찌름을 깨닫고 이런 말을 하였다.

알공도 공목의 말에 몸에 소름이 끼침을 깨달았다. 그러나,

'천벌이 무슨 천벌.'

하고 얼른 속으로 지워버리고,

"여보. 그런 내약한 소리 마오. 큰일을 하려는 사람이 그런 내약한 생각을 하여서 쓰오? 자, 마음을 단단히 자시고 인제 상감을 뵈옵거든 아까 선마로 이손 집에서 의논한 대로 꼭 그대로 굳세게 말씀을 해야 하오. 어째 이손은 그렇게 마음이 묽으시오. 도무지 단단치를 못하시오? 도적질을 하여도 손이 맞아야 한다고, 이손이 저렇게 믿을 수가 없으니 이 몸 혼자만 힘이 들어서 해먹을 수가 있나 원. 천벌이 무섭더라도 오늘만은 다 잊어버리고 마음을 좀 독하게 자시오. 원, 영웅이 그게 다 무에란 말이오? 원."

하고 아첨하는 너털웃음을 웃는다. 공목은 여전히 눈을 감고 몸을 흔든다.

편전에서 딱딱딱딱 하는 목탁 소리가 들린다. 뒤를 이어서 '나무아미타불', '나무관세음보살'하고 부르는 소리가 들린다. 법문이 다 끝난 것이었다. 공목이나 알공이나 다 어느 것이 상감의 음성이요, 어느 것이 왕후, 어느 것이 평양공주의 음성인지 구별할 수가 있었다. 또 그 중에 잘 알 수 없는 음성이 누구의 것인지도 상상하였다.

알공은 눈이 둥그레지며,

"이손. 정말이오그려. 정말 상감이 불도를 하는구려."
하고 고개를 까딱까딱하였다.
"허, 세상은 말세가 다 되었군."
하고 공목도 고개를 끄덕끄덕하였다. 그들에게는 상감이 불도를 한다
는 것이 끔찍끔찍한 재변같이 생각혔다.
목탁 소리가 끝나고 염불 소리도 끝났다.
알공은 공목의 귀에 입을 대고,
"우리 나가봅시다. 어디 이차돈이 어떻게 차렸나 구경합시다. 또 고
구려서 여승과 남승이 왔다니, 그것들도 우리 구경합시다. 이 몸은 아
직 여승이란 것을 못 보았어."
하고 먼저 일어서서 가만히 큰 마루로 통하는 문을 열고 나섰다. 공목
도 뒤를 따랐다.
알공과 공목이 큰 마루에 나서서 혹시 상감께 꾸중이나 안 들을까 하
고 두리번거릴 때에 편전에서 이차돈이 먹물 들인 장삼을 입고 붉은 가
사를 메고 목에 염주를 걸고 나오고, 그 뒤에 매우 얼굴이 준수한 중 하
나가 역시 이차돈 모양으로 장삼을 입고 나오고, 또 그 뒤에 역시 장삼
을 입고 고깔을 쓴 여승 셋이 고개를 숙이고 나오는 양이 보였다.
"저거, 저거."
하고 알공이 공목의 소매를 끌면서,
"저것이 이마로 이손의 딸 달님이오. 보았소?"
하고 들릴락말락한 소리로 말하고 곁눈으로 공목을 본다.
공목은 말없이 이차돈을 바라본다.
이차돈의 얼굴은 푸른 기운이 들도록 엄숙하였다. 그 눈은 땅바닥만
을 내려다보고 그 발을 마치 살얼음 위를 걷는 듯하였다. 더구나 뒤를
따르는 여승들은 코끝도 잘 안 보일 만큼 고개를 숙이고 그 손들은 모
두 합장한 채로 가슴에 붙여 있었다. 그들은 공목과 알공이 선 앞으로
사뿐사뿐 발이 땅에 붙지도 아니하고, 또 땅에서 떨어지지도 아니하는

듯이 걸어 지나갔다. 공목과 알공이 섰는 것을 보는 것 같지도 아니하였다. 오직 길만을 보는 것 같았다.

알공도 공목의 소매도 끌지 못하고 재잘거리지도 못하도록 이차돈과 그 일행의 거동에 마음이 끌렸다. 바로 임금 앞으로 걸어가는 궁녀라고 이대도록 조용하고 고요할 수는 없을 것 같다고 생각하였다.

이차돈과 그 일행이 전정을 걸어 지나서 어느 협문을 나서서 사라질 때까지 공목과 알공은 정신없이 그들을 바라보고 있었다.

"어이구, 조용도 하오?"

하고 이차돈이 안 보이게 된 뒤에도 한참이나 있다가아 일공의 입이 비로소 열렸다.

"신궁에 들어간 제관보다도 더 엄숙하오."

하고 공목도 입을 연다.

"이 몸은 그렇게 엄숙한 사람들을 처음 보았소."

하고 알공은 고개를 도리도리하면서,

"세상에 살아 있는 사람 같지는 아니하오그려."

하고 공목을 본다. 공목은 고개를 끄덕끄덕하면서,

"응, 핏기가 하나도 없구려. 마치 새벽 하늘에 달린 달과 같이 싸늘하고 맑소그려. 그 속에는 무슨 욕심이 있는 것 같지도 아니하고 하물며 남을 해치려는 마음의 그림자도 비치일 것 같지 아니하오그려. 그 갸륵한 모양을 보니 이 몸이 마치 때묻은 옷을 입고 눈 위에 선 것 같아서 제 몸의 더러움이 눈에 띄이는 것 같소그려. 허, 처음 본다니. 칠십 평생에 그렇게 맑고 깨끗한 양은 처음 본다니. 그렇게 피비린내 없는 사람들은 처음 본다니, 허, 불도란 이상한 도여니."

하고 수없이 고개를 끄덕거린다.

"말이나 한번 붙여볼 걸 그랬네."

하고 알공이 혀를 찬다.

"말을 붙여보다니!"

하고 공목은,

 "그 사람들이 지나갈 때에는 몸이 저절로 땅에 엎어지려는 것을 가까스로 참았는데 말을 붙여보다니. 말이 나와야 붙여보지 않소?"
하고 마치 손 시린 사람 모양으로 손을 싹싹 마주 비빈다.

 "공목 이손은 너무 쉽사리 무엇에 반하는 것이 병이야. 벌써 불도에 반하셨소?"
하고 알공이 빈정대는 것을 공목은 펄쩍 뛰는 양을 보이며,

 "온, 큰일날 소리! 이 몸이 왜 불도를 한단 말이오? 애어 그런 소리 마오. 온, 할 말이 다 따로 있지, 아무런 말이나 함부로 하오?"
하고 알공을 보고 눈을 흘긴다.

 이때 임금의 말씀 전하는 벼슬아치가 나와서 공목과 알공을 보고,
 "공목 이손, 알공 한아손 오르랍시오."
하고 임금의 부르심을 전한다.

 공목과 알공은 무릎을 꿇어 임금의 말씀을 받잡고, 읍하고 시종관의 뒤를 따라서 상감이 겨오신 방문 밖에 섰다. 날이 따뜻하므로 문에 발을 드리웠다.

 "들라."
하시는 상감의 말씀에 공목과 알공은 허리를 굽혀 방에 들어가 상감을 한 번 바라보고는 엎드려 머리를 조아렸다.

 상감은 속으로는 이 사람들이 또 무슨 귀찮은 말을 하러 왔는가 하면서 자비라는 말과 인욕이라는 말씀을 생각하여서 온화한 낯빛으로,
 "무슨 말이 있어서 들어왔는고?"

 "황송하오."
히고 공목과 알공은 고개를 들지 아니하였다.

 "가뭄이 심하여서 곡식이 마른다 하건마는 비가 아니 오니 어찌하노?"
하고 상감은 한숨을 지으신다.

224

　"동햇가으로는 비가 왔다 하오."
하고 공목이 아뢰인다.
　"이 몸이 덕이 없어 해마다 가뭄이 들고 장마가 지고 병이 도니, 이
몸이 먹는 밥이 달지 아니하고 자는 잠이 편하지 아니하오."
하시는 상감의 말씀은 떨린다.
　상감은 이차돈의 설법을 들은 뒤로부터는 더구나 스스로 참회하는 마
음이 간절하였다.
　"황송하오. 상삼마마께오서는 성덕이 하늘과 같으시오니 터럭 끝만
치라도 무슨 허물이 있사오리까. 이음양순사시(理陰陽順四時) 못 하는
것은 대신의 잘못이라 하오니 매우 황송하오."
하고 공목이 떨리는 목소리로 아뢰인다.
　알공이 공목의 소매를 당긴다. 그것은 선마로의 집에서 약속한 말을
하라는 뜻이었다. 그 말은 무엇인고 하면, 궐내에 요기로운 중들이 출
입하여 민심이 흉흉하니 그것을 물리치라는 것이었다.
　그러나 공목은 차마 그런 말을 할 용기가 없었다.
　알공은 두어 번 공목의 소매를 당기다가 마침내 제가 입을 열어서,
　"아뢰옵기 황송하오나, 예로부터 임금을 섬기매 충성으로써 하라 하
였삽고, 충성된 신하는 임금께 바른 말씀을 아뢰이라 하였소. 그러하오
매 이 몸이 비록 죽사와도 바른 말씀으로 아뢰이려하오."
하고는 차마 말이 나오지 아니하여 머리만 조아린다. 알공의 등골에는
땀이 솟는다.
　"무슨 말? 바른말이면 이 몸이 가장 듣기 원하는 바. 오랫동안 바른
말에는 주려서 마음이 병들었더니 오늘 알공이 무슨 바른말을 하려
오?"
하고 임금이 빙그레 웃는다.
　"공목 이손이 자리가 위이니 아뢰오."
하고 알공은 숨이 차고 가슴이 설렌다.

"알공 한아손이 아뢰인다고 아니하였소?"
하고 공목이 엎드린 채로 낯을 찡긴다.
　"무슨 말이나 하오."
하고 상감은 고개를 돌려 벽에 걸린 불화를 바라보신다.
　"다름이 아니오라."
하고 알공은 짜내이는 목소리로,
　"요새 궐내에——요새 궐내에."
하고 또 말이 막힌다.
　"응, 요새 궐내에? 어떻다고?"
하고 상감은 알공을 보신다. 알공의 몸은 추운 사람 모양으로 떨린다.
　알공은 공연히 입을 열었다고 마음에 후회를 하면서,
　"요새 궐내에 요기로운."
하고 또 말이 끊어진다.
　"무엇? 요기로운?"
하고 상감의 음성은 날카로운 빛을 띤다.
　"황송하오. 죽을 죄로 황송하오."
하고 공목은 더욱 떨면서,
　"그러하오나 충신은 바른 말씀을 아뢰오. 만 번 죽사와도 바른 말씀을 아뢰오. 요새 궐내에 요기로운 인물이 출입한다 하와 민심이 자못 흉흉하오. 열 번 백 번 죽사와도 바로 아뢰오리다. 요기로운——대단히 요기로운 중이——이차돈이, 그리고 고구려 사내 중과 계집 중이 날마다 궐내에 출입하여 상감의 총명을 가리울 뿐더러."
하고는 알공은 이때에 문득 묘한 생각을 얻은 것을 기뻐하여,
　"그 요기로운 무리가 무엄하게 상감마마 옥체를 엿본다 하오. 원래 이차돈으로 말씀하오면 죽을 죄를 지은 죄인으로서 성은이 망극하와 죽을 죄를 사하시와 고구려 임금의 목을 베어오라신 어명을 받자와가지고 고구려에 갔거든, 도리어 적의 대장 매주한가의 수족이 되어서 그 딸

버들아기와 정을 통하옵고, 듣사온즉 고구려의 돈과 벼슬을 받으려고 상감마마를 죽이삽고, 우리 나라에 누구누구 하는 큰 인물들을 죽일 양으로 머리를 깎고 중이 되어서 들어온 것이오니, 이것은 이차돈이가 적장 메주한가의 아들 고주를 중으로 변복을 시켜가지고 데리고 온 것을 보아도 알 것이옵고, 또 메주한가의 딸 버들아기를 여승으로 변복을 시켜가지고 온 것을 보아도 알 것이 아니오니까. 또 듣사오즉, 이차돈은 평양에서 명주 장사하는 거울보고라는 놈의 딸을 데리고 살다가 메주한가의 딸 버들아기에 혹하와 거울보고의 딸을 돌아보지 아니하므로, 거울보고의 딸 반달은 오히려 절개를 변치 아니하고 울며 서라벌을 찾아와서 이차돈의 한아비 한마로에게 하소하와 반달은 한마로의 집에서 지금까지 울고 있다 하오. 그러하옵거늘 이차돈은 이손 이마로의 딸 달님과 달님의 시비요 예전 우멧나라 임금의 딸 별님도 상관하와 계집이 모두 넷이나 되오며, 그 밖에도 또 몇 계집이나 있는지 모르는 음탕한 사내오니, 그런 놈을 궐내에 들이시와 만일에 평양공주마마께 무슨 일이 있기나 하더라도 나라에 그런 상서롭지 못한 변괴가 있사오리까. 하물며 이차돈이 고구려 장수 메주한가의 추김을 받고 나라님과 나라를 해치러 들어온 것이라 하옵거늘, 그런 궁흉극악한 놈을 궐내에 출입케 하시와 상감마마의 지척에 드나들게 하시는 것을 뵈옵고, 신하의 도리에 잠자코 있을 길 없사와 공목 이손과 이 몸 알공은 죽기를 무릅쓰고 바른 말씀을 아뢰려고 상감마마 앞에 엎드린 것이니 이 두 몸을 죽이시든가, 저 요기로운 이차돈의 무리를 내어주시와 만백성이 보는 곳에 목을 베어 민심이 편안케 하시옵소서. 이 무리의 충성된 마음을 굽어 살피옵소서."

하고 알공은 이마의 땀을 씻는다.

상감은 눈을 감으시고 알공의 말을 다 들으시더니, 눈을 뜨시와 공목을 보시며,

"공목 이손도 그 말을 하려고 왔는가?"

하신다.

공목은 이 물으시는 말씀에 어떻게 대답할 바를 몰라 머뭇머뭇 하다가,

"아니오, 상감마마. 이 몸은 이차돈이 그렇게 궁흉극악한 사람으로는 알지 아니하오. 그 불도라는 것이 무엇인지는 모르오나 아까 편전에서 나와 전정으로 걸어가는 것을 보오니, 그 단아하고 엄숙함이 마음에 누구를 해칠 마음을 품은 것 같지는 아니하오."

하고 아뢰인다.

알공은 공목의 옆구리를 꼬집는다. 두 번이나 꼬집고 알공은,

"황송하오나 이 몸이 한 마디만 더 아뢰오. 원래 악인은 겉으로는 선인 모양을 꾸미는 것이오."

하였다. 상감은,

"악인은 입으로 더욱 선인 모양을 꾸미는 것이 아닌가?"

하고 입술을 푸르르 떠신다.

'악인은 입으로 선인 모양을 꾸미는 것이 아닌가?'

하는 상감의 말씀이 알공에게는 마치 제 뒤통수를 내려갈기는 쇠뭉치와 같았다.

"지당하오신 말씀이오."

하고 공목이 아뢰인다.

알공은 상감의 말씀이 자기를 가리킴인 줄 알기 때문에 옅은 꾀에,

"이 몸은 오직 바른 말씀만 아뢰오. 이 몸의 속을 상감마마 앞에 뒤집어 보이삽고 싶어라!"

이렇게 말하였다.

"오, 공목과 알공. 이녁의 속을 뒤집어 보일 날도 멀지 아니하지."

하고 상감은 알공을 보신다.

"황공하오나 어찌하온 분부시온지?"

하고 알공이 약간 고개를 들어 상감을 우러러본다.

"못 알아듣는가?"

하고 상감은,

"공목이나 알공이나 다 머리가 희뜩희뜩 하였으니 죽을 날도 멀지 아니하였거든. 누구나 죽으면 업거울 앞에 서는 것이어든. 사람의 혼이 업거울 앞에 설 때에는 일생에 마음속에 감추었던 모든 업이 악한 것이나 선한 것이나 다 그 업거울 속에 비치인다 하거든. 속이려 하여도 속일 수 없는 그날. 임금을 속이고 세상을 다 속여도 그 업거울은 못 속인다 하거든. 그리고 그 업거울에 비치인 대로 제 보를 받아 혹은 짐승으로 혹은 지옥 불구덩이와 기름 가마에 혹은 하늘에 혹은 인간에 태어난다 하거든. 거짓말을 하던 혀는 찢어서 뽑아서 유황불에 태워버린다 하거든. 공목과 알공아! 이녁네도 업거울 앞에 설 날이 멀지 아니하거든, 칠십 년 쌓은 죄를 뉘우쳐 봄이 어떠할꼬? 이 몸을 속임도 몇백 번 몇천 번, 백성을 속임도 몇백 번 몇천 번, 옳은 사람을 모함하여서 혹은 옥에 들게 하고 혹은 목숨을 잃게 한 것도 몇백 번 몇천 번. 몸이 나라의 높은 자리에 있어서 나라 녹을 먹으면서 일찍 임금이나 나라를 생각해본 일이 있었던가? 밤낮에 생각하는 것이 어찌하면 옳은 사람을 몰아낼까, 어찌하면 권세있는 사람의 비위를 맞출까. 어리석고 어두운 이 몸의 비위를 맞추기 삼십여 년에 이제 와서는 이 몸이 늙고 병들어 앞날이 길지 못할 것을 보고는 다른 사람에게 붙어 형제의 인륜과 군신의 인륜을 배반케 하려고 밤낮에 음험하고도 간교와 꾀를 내이기 벌써 사오 년. 그만하면 죄악이 관영할 만도 하건마는 아직도 무엇이 부족하여 늙은 것들이 죄없는 사람을 몰아서 함정에 빠뜨리려고 그러는고. 공목 이손과 알공 한아손아! 이녁의 무리가 나라에 지은 죄로 말하면 당장에 목을 베어 만민을 징계할 만하건마는, 선마로는 이 몸의 동기, 이녁네는 아바마마 적부터 오는 늙은 신하. 차마 그러지도 못하여 오늘이나 내일이나 마음이 바로 들기를 기다린 것. 또 돌이켜 생각하면——더구나 부처님의 가르치심을 듣자오면 모든 것은 다 업보. 이 몸이 옳은 신하를 못 탄 것도 이 몸의 업보. 옳은 사람은 멀어지고 간사한 무리들이 가까이 오는 것이 다 이 몸의 업보. 책망할 것은 이 몸 스스로라 하여 날로 참회의 눈물을 흘리는 바이니와, 이녁네도 인생의 앞날이 멀지 아니하였으니 마음을 바른길로 돌려봄이 어떠할꼬? 그러지도 못하겠거든 세상에 나오지 말고 가만히 집에 숨어 있는 것이 어떠할고?"
하고는 두 사람을 내려다보시었다.

공목과 알공의 입에서는 '황송하오'하는 말이 나오려 하였으나 입이 열어지지를 아니하였다. '집에 숨어 있으라'하심은 벼슬을 그만두라 하시는 뜻임을 두 사람은 잘 안다. 그 분부는 두 사람에게는 청천 벽력이었다. 어떻게 그렇게 내약하신 상감께 이러한 단단한 처분을 하실 용기가 있을까 하고 알공은 이차돈의 세력이 대단히 큰 것에 놀랐고, 공목은 알공 때문에 공연히 벼슬이 떨어지게 된 것이 싱겁고도 분하였다.

두 사람이 엎드린 채로 말이 없는 것을 보고 상감은,

"공목과 알공아. 고개를 들어 이 몸을 보고 저 벽에 모신 자비하신 부처님을 뵈옵고 본심이 돌아오기를 빌어보라."
하시었다.

공목과 알공은 고개를 들어 애원하는 눈으로 상감을 우러러보았다. 두 사람은 더 입을 열 용기가 없었다.

상감은 두 사람이 말문이 막힌 것을 보시고,

"공목아!"
하고 부르셨다.

"예."
하고 공목이 고개를 들어 상감을 우러러본다.

"절을 하나 크게 지으려 하니 어떨꼬?"
하고 상감이 물으신다.

"절을?"
하고 공목은 다시 상감을 우러러본다.

 "오, 절을. 서라벌 한복판에 이 대궐만한 큰 절을 지으려 하니 어떨꼬? 그리고 누구나 중이 되고 싶은 자는 중이 되고 불도를 닦고 싶어 하는 자는 불도를 닦고를 허하고 싶으니 어떨꼬?"
 공목은 입맛이 썼으나,
 "지당하신 말씀이오."
하고 고개를 숙였다.
 "알공은 무엇이라고 할꼬?"
하고 상감은 알공을 보신다.
 "상감마마 처분대로 좇사오리다."
하고 알공은 상감을 우러러본다.
 "응. 그러면 이녁네는 다시 가타부타, 시야비야 아니하겠는가?"
하고 상감이 다지시는 말에, 공목과 알공은 공손이 절한다.
 "공목, 알공도 불도를 닦으면 어떨꼬?"
 "상감마마께오서 하라 하시오면."
하고 공목이 떤다.
 "알공은?"
 "이 몸도 상감마마 하라시는 대로 따르오리다."
 "어, 갸륵한 말이로군, 그러면 이제 저 부처의 그림에 절을 함이 어떨꼬? 이제부터 부처님을 스승으로 섬겨 모든 물욕과 시기와 거짓을 다 버리고 착한 길을 닦으오리다 하고 맹세함이 어떨꼬? 제악을 막작하고 제선을 봉행하라(諸惡莫作 諸善奉行)하신 뜻을 이제부터 받자옴이 어떨꼬?"
 이 말씀에 공목은 알공을 보고 알공은 공목을 바라보았다. 서로 저편이 먼저 하기를 기다리고 또 재촉하는 것이었다.
 공목이 먼저 일어나고 알공이 따라서 일어났다. 두 사람은 임금이 하라신 대로 부처님 그림 앞에 신궁에서 하는 예로 무릎을 꿇어서 손을 비벼서 빌었다.

상감은 빙그레 웃으시며 두 사람이 절하고 비는 것을 보시었다.

알공은 대궐에서 물러나오는 길에 공목을 보고,

"공목 이손. 어쩌자고 부처 앞에 절을 하였소!"

하고 물었다.

"나만 하였나 왜? 저도 하고서는."

하고 공목이 눈을 흘긴다.

"이손이 일어나니 이 몸도 아니 일어날 수가 있소. 이손이 절을 하니 이 몸이 아니 절할 수가 있소?"

하고 알공은 짜증을 낸다.

"이녁은 왜 빌지 않았나?"

하고 공목은 괘씸한 듯이 걸음을 멈추며 알공을 노려본다.

"왜 이 몸을 잡아 자시려드오?"

하고 알공이 한걸음 비켜선다.

두 사람은 두 어깨가 축 처져서 선마로의 집으로 갔다.

선마로는 알공을 바라보았다. 그 입에서 예궐하였던 회보를 듣자는 것이었다.

알공은 한참 동안 입을 쭝긋쭝긋하였다. 그것은 선마로에게 보고할 말을 꾸미는 것이다.

"그래 어찌 되었소?"

하고 선마로가 기다리다 못 하여서 재촉한다.

알공은 상그레 웃으며 입을 열어,

"이 몸이 선마로 이손을 위하여서 몸을 바친 바에, 이 늙은 모가지를 내어놓은 바에 할 말 못 하겠소? 그야말로 추상같이 할 말을 다 하고 왔소."

하고 뽐낸다.

"그런 말씀은 다 긴한 것이 아니옵고."

하고 알공은 마치 지금까지는 농담을 하였으나 인제부터 정말 긴한 말

을 한다는 모양으로, 무릎으로 걸어 선마로 앞에 바짝 다가앉으며,

"이건 참 여쭙기 황송한 말씀이오나."

하고 선마로의 눈치를 본다.

선마로는 공목과 알공이 상감 앞에서 하였다는 말을 듣고는 성급한 마음 같아서는 칼을 빼어서 두 늙은 것의 모가지를 후려갈기고도 싶었지마는 꾹 참고 있다가,

"무슨 말이오?"

하고 점잖게 묻는다.

"이건 참 아뢰옵기 황송한 말씀이오."

하고는 공목을 돌아보며,

"여보시오, 공목 이손. 우리가 선마로 이손께 모든 것을 바친 바에 이런 말씀을 아니 여쭐 수 없지 아니하오?"

하고 눈을 깜작깜작 한다.

"무슨 말이 또 있소?"

하고 공목은 아직도 불쾌한 빛이 가시지를 아니하였다.

"아, 저, 그, 상감께서 우리 선마로 이손께 대해서 하신 말씀 말요. 차마 그 말씀은——."

하고 알공은 고개를 선마로에게로 돌리며,

"이 몸, 차마 그 말씀을 여쭙지 못하겠소."

하고 뒤로 한 걸음 물러앉는다.

"이 사람, 무슨 말이오? 어서 하오."

하고 선마로가 초조하여서 재촉한다.

"아니오."

하고 알공은,

"이 말씀만은 차마 못 삷겠소. 이손께서 이 말씀을 들으시면 설마 상감마마께서, 이손께는 친형님으로 골육이 같으신 상감마마께서 그런 말씀을 하실 리가 있느냐? 이것은 알공 네가 지어내인 말이다 하고 칼

을 뽑으실 것이오. 또 만일 이 몸의 말씀을 그대로 믿으신다 하면 이손께오서 이 말을 듣고 참을 수 없다 하시와 칼을 빼어 드시고 곧 궐내로 뛰어들어가실 것이니, 어느 편으로 보아도 끔찍끔찍한 일이라, 차마 이 몸은 그 말씀만은 못 여쭙겠소. 안 그러오, 공목 이손? 여쭐 터이면 차라리 공목 이손이 여쭈시오.”

하고 한 걸음 더 뒤로 물러앉는다.

알공의 이 모양에 선마로는 더욱 초조하여 한다.

“무슨 말이오? 하오.”

하고 선마로는 처음에 알공을 보고 다음에는 공목을 본다.

그래도 알공은 고개를 돌리고, 공목은 알공에게 대한 분으로 아직도 코를 벌룩거리고 있어서 둘이 다 말이 없다.

“알공! 어서 말을 하오.”

하고 선마로는 이번에는 언성을 높여서 명령적으로 외친다.

“하아.”

하고 알공은 길게 한숨을 쉬면서,

“원, 이 말씀을 차마 어찌 옮긴단 말인고? 왜 아까 궐내에서 나올 때에 이 몸이 고대 죽어버리지를 아니하고——그리만 되었더면 이런 말씀은 아니 여쭈어도 좋을 것을. 그러면 아뢰오리다. 어차피 이 몸은 선마로 이손께 바친 몸이오니 죽이시거나 살리시거나 이손마마 마음대로 하시오. 그러면 아뢰오리다.”

하고 한 번 기침을 하여서 목을 다듬은 뒤에,

“원체 이 몸이 상감 하라시는 대로 부처 화상에 절을 하고 불도로 믿겠노라고 하고, 무엇이나 상감 뜻을 맞춘 것은 상감 속을 뽑아보자는 뜻이란 말씀이오. 상감께서도 이 몸이나 공목 이손이나 다 선마로 이손 편인 줄 아시는 바에 우리를 보고 참말 속을 말씀하실 리가 있소? 그래서 마치 상감 편이 된 듯이 부처 화상에 절을 해라 하여도 예, 불도를 닦아라 하여도 예, 그랬단 말씀이오. 했더니 어수룩하신 상감이 거기

234

고만 속아넘어가셔서 속을 톡 다 떨어놓으셨단 말씀이오. 상감도 외로 우시니까, 조정에 신하라는 신하는 대개가 다 선마로 이손 편이니까, 당신 뜻을 맞추어드리는 것이 하도 기쁘고 고마워서 고만 이 알공이 놈한테 속을 쏙 뽑혔단 말씀이오."

하고 알공은 고소한 듯이 쌕쌕 웃는다.

공목은 알공이가 하도 교묘하게 꾸며대는 말에 얼빠진 듯이 물끄러미 알공을 바라보고 있다. 부처님 화상에 절을 한 것이나, 불도를 믿으오리다 하고 맹세한 것이나 다 상감의 위험에 눌려서 어찌할 수 없이 한 일이요, 결코 상감의 속을 뽑으려고 한 일이 아닌 것을 공목은 잘 안다. 또 알공도 그 자리에서 상감의 정당하신 책망에 그만 오금이 저려서 발발 떨던 것을 공목은 기억한다. 그런데 알공이가 그것을 마치 상감의 속을 뽑아보려는 수단이었던 것같이 말하는 것이 참으로 신통하고 교묘하였다.

'그런데 알공이 놈이 상감의 무슨 말씀을 가지고 선마로의 분을 돋우려는고?'

하고 공목은 생각하여보았다. 공목은 아무리 생각하여도 상감의 말씀에 선마로가 칼을 빼어 들고 대들 만한 일이 생각히지 아니하였다. 상감의 말씀에는 오직 선마로에 대한 차마 못 하는 골육의 극진한 정이 나타났을 뿐이었다. 그런데 알공은 어떤 모양으로 상감의 말씀을 꼬부려대려는고 하고, 호기심을 가지고 알공의 조그마한 입을 바라보았다.

"그래, 어서, 상감이 하시던 말씀을 옮겨보소."

하고 선마로는 약간 숨이 찬 듯이 알공을 재촉한다.

"예, 이왕 난 말씀이나 아뢰이지요."

하고 알공은 일단 소리를 낮추어,

"첫째로 상감께서는 서울 한복판에다가 대궐만한 절을 짓는다고 하시오. 그리고 백성들이 마음대로 중도 되고 불도도 닦기를 허하신다고 하시오."

하고는 말을 끊고 선마로를 바라본다. 이 말을 선마로가 어떻게 듣나 보자는 것이었다.

“절을?”

하고 선마로는 그 말의 뜻을 생각하는 듯이 잠시 눈을 감는다.

“예, 절을. 대궐만치. 그러고는 누구나 중 되기를 허하고——신라 나라에 불법을 펴신다고.”

하고는 알공은 또 말을 끊고 선마로의 낯빛을 엿본다.

“선왕이 금하신 불도를.”

하고 알공은 선마로가 할 말을 깨우친다.

“또, 그러고는?”

하고 선마로는 속에 일어나는 생각을 말은 하지 아니하고 상감이 하였다는 또 한 가지 말이라는 것을 재촉하였다.

“그 다음 말씀은.”

하고 알공은 몸을 비틀며,

“참 여쭙기 황송한 말씀이오.”

하고는 의논하는 듯이 공목을 돌아본다. 공목은 알공의 말이 정지한 것에 놀라면서,

“그래 상감께서 그 말씀은 하셨소?”

하고 알공이가 한 말에 이름을 두었다.

“어느 말은 안 하셨고?”

하고 알공은 공목을 향하여 한 번 눈을 흘긴 뒤에, 심사가 나는 듯이 선마로를 향하여,

“그러고는 상감께서 무에라 하시는고 하니——참 여쭙기 황송한 말씀이오. 상감께서 하신 고대로 옮길 수는 없사옵고, 그 뜻만을 말씀하오면 이것이오——선마로 이손을 상감과 동기시기 때문에 지금까지 잘못하는 것을 보고는——죄악이 관영하시다고 그러시오. 이손께서 돌아가시면 지옥으로 가셔서 유황불에 타고 기름 가마에 삶기시리라

고. 그렇게 죄악이 관영하여서 벌써 목을 베어 없이할 것이지마는 여태
껏은 참아오셨노라고. 그러고는 인제는 더 참고 용서할 수는 없으시다
고. 그러시고는 공목아, 알공아! 이렇게 이 몸들을 부르시고는 너희도
옛 허물을 고치지 아니하고 여전히 선마로 이손을 도와서 만일 불법을
비방하는 날이면 선마로 이손과 함께 모가지들을 잘라서 만민을 징계하
시겠노라고. 그 말씀을 하실 때에는 상감의 얼굴이 푸르락누르락 하시
면서, 이놈, 선마로가 천륜으로는 형제요, 대의로는 군신이어든! 하시
고는 몸을 부르르 떠시며 다시는 궐내에 발걸음도 말고 집구석에 가만
히 들어 박혀서 천벌이 내리기를 기다리라고. 그 말씀을 어떻게 이로
다 옮겨요?"
하고 지금 생각만 해도 치가 떨린다는 듯이 몸을 한 번 떨고 이빨을 사
려문다.

알공의 말에 선마로의 얼굴은 푸르락누르락하고 손끝은 떨리고, 마
침내 윗니와 아랫니가 떡떡떡 마주친다.

"늙은 것이! 병든 것이! 못난 것이!"
하고 선마로는 불끈 쥐인 주먹을 부르르 떤다.

"내 손으로 형을 밀어내었다는 말을 듣기를 꺼려서 내버려두니까 고
마운 줄을 모르고 이제 도리어! 응."
하고 금방 일어서려 하였다.

선마로의 생각에는 군사들과 모모한 대관들이 다 제 수중에 있으니,
금시에라도 말 한 마디면 임금을 몰아내고 제 욕심을 채울 수 있을 것
같이 생각한 것이었다.

그러나 알공은,
"이손!"
하고 선마로를 붙드는 듯이 손을 내밀며,
"어찌하시려고 일어나시오?"
하고 물었다.

“더 참을 수 없지 아니하오? 지금 군사를 풀어서 대궐을 들이치려오!”

하고 선마로는 뜻이 굳음을 보였다.

“아니오. 그렇지 아니하오.”

하고 알공은 말한다.

“군사를 풀어서 대궐을 들이치시기는 쉬운 일이지마는, 만백성의 입이 쇠를 녹인다고 아니하오? 이제 이손께서 몸소 군사를 풀어서 대궐을 들이친다면 필시 백성들이 이손을 좋지 못하게 말할 것이오. 도리어 상감께 동정을 할 것이오. 옛말에도 천하를 얻기는 쉬워도 백성의 마음을 얻기는 어렵다고 하지 아나하였소? 백성의 마음을 잃으면 천하를 잃는다고 하지 아니하였소? 그러니까 천하도 얻고 백성의 마음도 얻고, 이렇게 하는 것이 상책이라는 것이오. 또 천하를 얻으려다가 못 얻더라도 화단이 내 몸에 밎지 아니하게 하는 것이 성하거나 패하거나 양전지책이라는 것이 아니오? 그런데 이제 이손께서 군사를 풀어서 대궐을 엄습하신다면 다행히 이기시더라도 천하는 얻을지 모르나 백성의 마음을 잃으실 것이요, 또 만일에 일이 여의치 못하게 된다면 화단이 이손의 몸에 미칠 것이오. 그러므로 이제 군사를 풀어서 대궐을 엄습한다는 것은 하지하책이오. 게다가 이차돈의 궁중에 있는 줄을 세상이 다 아니, 아마 군사들도 누가 감히 앞서서 대궐 문에 들어갈 생각이 날 것 같지 아니하고, 또 만일 이차돈이 칼을 들고 나선다면 아무도 당해내일 사람이 없을 것인즉, 까딱 잘못하면 이손이나 이 몸들이나 다 역적 누명만 쓰고 도리어 이차돈의 손에 목이 떨어지기가 십상팔구인 것이오. 안 그러오. 공복 이손?”

하고 공목을 돌아본다.

공목은 알공의 말에 정신이 현황하여서 입맛이 썼다. 아무 대답 없이 몸만 좌우로 흔들었다.

“그러면 어찌하면 좋단 말이오?”

하고 선마로는 알공의 말을 들으매 기운이 꺾여서 자리에 도로 앉으며,

"그러면 그 상책이라는 것이 무엇이오?"

하고 알공을 본다.

"그것은."

하고 알공은 잠깐 눈을 감았다가 뜨며,

"그것은 다 이 몸의 방촌 속에 있소."

하고 자신 있는 웃음을 웃는다.

"어디 시원히 말을 좀 하오그려."

하고 선마로가 재촉한다.

알공은 천기를 누설할까 말까 하는 듯이 고개를 갸웃갸웃 두어 번 하고 나서,

"계책이란 임기응변이라 미리 다 말할 수는 없소마는 대강 변죽만 올릴 터이니 알아들으시겨오. 첫째는 여섯 마을 모모한 사람들에게 상감이 불도를 믿어서 이차돈의 손에 정권을 맡기셔서 불도를 아니 받는 자는 다 몰아낸다. 이렇게 말을 돌린단 말씀이오. 그러면 다들 어, 이거 큰일났군, 이차돈이 권세를 잡으면 우리는 어찌 되나, 이차돈은 우리를 다 원수로 알 터이니 필시 보복을 하렷다. 이렇게 다들 생각할 것 아니오?"

하고 선마로와 공목을 본다.

"그럴듯도 하지. 그러고는?"

하고 선마로는 뒤를 재촉한다.

"그러고는."

하고 알공은 더욱 신이 나서,

"저 이차돈의 한아비 한마로 이손하고 달님의 아비 이마로 이손이 있지 아니하오?"

하고 선마로를 본다.

공목은 알공의 이 말에 또 무슨 흉계가 나오는고 하고 눈을 크게 떠

서 알공을 본다.

"한마로는 죽어도 불도는 아니 믿을 것이오. 무엇이나 우리 나라 것이 아니면 배척하는 마음이 굳으니까. 당나라 것도 영 몸에 걸지 아니하니까."

하는 알공의 말에 선마로는,

"그렇지."

하고 찬성한다.

"또 이마로야말로 충신이 아니오?"

하고 알공이 선마로와 공목을 본다.

"그도 그렇지."

하고 선마로는 하기 싫은 대답을 한다.

"이 두 사람을 말이오."

하고 알공은 의기양양하게,

"이 두 사람을 시켜서 이차돈을 처치하게 한단 말씀이오."

하고 선마로와 공목을 본다.

"어떻게?"

하고 선마로는 눈을 크게 뜬다 공목의 마음속은 더욱 어찔어찔 하여진다.

"허, 그만큼 말씀을 하여도 못 알아들으시오?"

하고 알공은,

"이차돈으로 하여금 절을 짓게 내버려둔단 말씀이오."

"그래서는?"

하고 선마로는 숨을 참고 귀를 기울인다.

"절이 거의 다 된 때에."

"그래서?"

"불도를 금하는 것은 국법이요, 열성조의 엄명이라는 말을 듣고 나서서 국가의 원로로 한마로 이손이며 이마로 이손까지 다 모아서."

“그래서 ?”

“이차돈이 이렇게 국법을 깨뜨리고 열성조의 뜻을 거스린다는 것으로, 그 말씀이야 원 누가 하든지, 공목 이손이 하든지 이 몸이 하든지, 그때 형편 따라서 선마로 이손께서 말씀을 하시든지, 하게 되면은 다른 사람들은 비록 겁들이 나서, 모가 날지 도가 날지 모르는 판이니까, 다들 겁들이 나서 왈가왈부를 먼저 입을 열어서 하기는 어려울 것이오마는 한마로와 이마로는 마음이 곧은 사람이니까, 비록 제 손자요, 제 딸이요 사위라 하더라도 필시 이차돈이 불도를 끌어들이는 깃은 옳지 않다고 똑바로 말할 것이오. 한마로나 이마로의 입에서 이러한 말이 한마디 떨어지기만 하면 그때에는 지금까지 겁을 집어 먹고 남의 입만 바라보던 무리들이 좋다구나 하고 참 한마로 이손의 말씀이 옳으시오 한다든지, 또는 참 이마로 이손의 말씀이 옳으시오 한다든지, 하고 벌떼 모양으로 들고 나설 것이오. 이렇게 되면 내약하신 상감도 어쩔 수 없으실 것이오. 그래서, 그러면 이차돈을 어떻게 처분하느냐 하는 문제가 생기게 되면, 혹은 신라에서 내어쫓자는 사람도 있을 것이요, 잡아 가두자는 사람도 있을 것이요, 죽이자는 사람은 나서기가 어려우리다. 아직 모가 될지 도가 될지 모른 판이니까. 그때에 만일 선마로 이손께서 기어이 이차돈을 죽이고 싶은 뜻이 있으시거든 어떻게 하실꼬 하니, 선마로 이손께서 일어나시거나, 또 이 몸더러 하라시면 이 몸이 일어서거나 원, 공목 이손이 일어서거나 그때 형편 보아서 누구든 일어서서는 이차돈이 비록 죄가 크다 하더라도 개과천선만 하면 상감의 하해 같으신 성덕으로 용서하심이 좋다고, 그러니 이차돈을 불러서 개과천선을 시킴이 안 좋으냐고, 쓰윽 이렇게 말을 한단 말씀이오. 그러면 다들 이차돈이 말하는 꼴이 보고 싶으니까, 그거 좋다고 그럴 것이오. 그러면 필시 이차돈을 불러내어, 이차돈은 죽어도 마음을 변치 아니할 사람, 자 이만하면 알아들이시지요 ?”

하고 알공은 수염을 쓸며 웃는다.

"어, 과연 상책이오."

하고 선마로도 만족한 듯이 웃는다.

"별님 자나?"

하고 달님은 잠을 깨어서 곁에서 자는 별님이 손을 잡아 흔들었다.

"아니오. 벌써 깨었소."

하고 별님은 일어나 앉으며,

"벌써 깨었지마는, 첫 닭울이에 깨었지마는 아가씨에게 잠이 깨실까 두려워서 가만히 누워 있었소. 이 밤에는 좀 편히 주무셨나요?"

하고 달님의 손을 소중스럽게 두 손으로 잡는다.

여기는 대궐 안 평양공주 계신 채의 뒤에 연한 곳. 달님과 별님과 버들아기가 두 방을 차지하여 달님과 별님이 한방에서 자고, 공주의 시녀 한 사람과 버들아기가 한방에서 자고, 이차돈과 고주는 돌아가신 동궁이 계시던 방에 머물러 있으니, 그것은 담을 하나 새에 둔 곳이었다.

아직 밝지는 아니하였다. 별님은 일어나서 옥등잔에 불을 켜고,

"아가씨, 그렇게 잠을 못 주무셔서 어찌하오? 사람이 잠을 못 자면 피가 마른다는데. 밤마다 이리저리 돌아누우시기만 하고 바삭 소리만 나도 잠을 깨시니 그, 원, 어찌하시나."

하고 퍽 수척한 달님의 얼굴을 들여다본다.

"아니 오는 잠을 어찌하나?"

하고 달님은 눈을 부비며,

"봄이 오면 초목도 곤하다 하건만, 이 몸은 잠이 오지 아니하니. 졸리는 듯하다가도 눈을 감으면 정신이 반짝 들고, 이런 생각 저런 생각, 생각만 꼬리를 물고, 아아."

하고 두 손으로 얼굴을 가리운다.

"생각이 뒤숭숭하거든 염불을 하라고 하셨건마는."

하고 별님도 한숨을 지며,

"이 몸도 염불을 하건마는."

242

하고 말을 맺지 못한다.

"그러기에 말이야."

하고 달님은 옷을 갈아입노라고 한 팔을 입고는 멀거니 쉬고, 또 한 어깨를 걸치고는 멀거니 쉬면서,

"아무리 염불을 하건마는, 생각이 몰려들어와서는 염불을 밀이내고. 이 몸이 너무도 전생 금생에 죄가 많아서 그런가. 너무도 젊어서 그런가."

하고 천장을 바라본다.

"젊어서, 예, 참 젊으셔서."

하고 별님은 '젊어서'라는 말이 마음에 들었다.

"이 세상이 덧없는 줄은 모른 배도 아니언마는——이 몸이 덧없는 줄을 모르는 배도 아니언마는——이 몸의 젊은 욕심이 다 헛된 것이요, 일생의 낙이 다 못 믿을 것인 줄은 모르는 배도 아니언마는, 그렇건마는 그 못 믿을 인생의 낙이 그리워서, 그 헛된 젊은 몸의 욕심이 불타듯 타올라서, 아아, 어쩌면 좋은가. 오늘이나 나을까 내일이면 좀 덜할까 해도, 그날이 또 그날. 날이 갈수록 번뇌는 점점 더 되니. 새소리가 들리고 꽃 향기가 나도, 나비가 날아 지나가도 가슴이 두근거리고 상기가 되고——저 꽃동산에 서리가 내리고 눈이나 덮였으면 좀 나을까. 별님아, 이게 도무지 무슨 일일까. 몸은 여기 있고 마음은 딴 데로 가고. 그저그저 허전하고 그립고, 어젯밤에는 하도 허전하길래 별님 자리에 들어가 별님을 꼭 껴안아나 볼까 하였지마는, 고달프게 잠이 든 것을 깨우기가 애처로워서, 아아 부끄러워!"

하고 달님은 낯을 손으로 가리우며,

"이 몸이 어떻게 이런 소리를 함부로 할까. 염치도 다 스러졌다. 참괴하는 마음조차 다 무디어버렸나?"

하고는 깔깔 웃는다.

"원 별말씀을! 이 몸의 앞에서 무슨 말씀을 허시기로 허물이 있겠

소. 이 몸도 아가씨와 같이 젊은 몸. 아가씨의 가슴속을 설레게 하는 봄
바람은 이 몸의 품에도 스미어드는 것을.”
하고 별님도 손으로 낯을 가리운다.
  “그런가. 별님도 그런가?”
하고 달님은 낯을 가리운 별님의 팔을 잡아당긴다.
  “아이 부끄러워라.”
하고 별님은 달님에게 손을 끌리면서 두 무릎을 세워서 낯을 가리운다.
  “이봐.”
하고 달님은 별님의 희고 부드러운 손을 만적만적 하면서,
  “이봐. 어디 산골짜기라도 좋으니, 어디 바닷가라도 좋으니, 다 쓰러
져가는 오막살이라도 좋으니, 그 속에서 몸에 누더기를 감고 하루 한
때 죽만 먹어도 좋으니, 그 어른하고 단둘이서 한 열흘이라도 좋으니,
세상 사람들 모양으로 살아보고 싶어.”
하고 몸을 떨며 안간힘을 쓴다.
  “이 몸도.”
하고 별님은 고개를 번쩍 들어서 달님의 빛나는 눈과 상기된 얼굴을 보
며,
  “이 몸도 아가씨와 이차돈 서방님과 내외가 되셔서 즐겁게 사시는 양
을 뵈옵고 싶은 마음은 간절하오나, 그래도 인제는 서방님은 인생의 모
든 번뇌를 다 떼어버리시고 중생을 건지시려고 도를 닦으시는 몸. 아가
씨도 불도에 몸을 바쳐서 닦으시는 몸이시니 이생에서는 부부 되시기는
어려우시니, 이렇게 하루 두 번씩 아침 예불 때와 저녁 예불 때에 서로
만나뵈옵는 것만 기쁨으로 아시게 되었으니.”
하고 말끝을 맺지 못한다.
  “그도 그렇지마는.”
하고 달님도 쌍둥 잘라서 등 절반쯤까지만 내려온 까만 머리를 끈으로
느슨히 졸라매면서,

“하루 두 번 뵈옵는 것도 고마운 일이지마는, 하루에 열 번을 뵈옵더라도 차지 아니하는 이 마음을 어찌하나. 마음에 생각하는 것만도 고맙게 알아야 하겠다 하면서도, 하루 두 번 뵈옵는 것만으로 실차지 아니하여서, 삼백예순 날 하루 열두시, 꼭 그 어른 곁은 떠나지 아니하고 있어도 차지 못할 듯한 이 그리움. 별님아, 이 그리움을 안고 어떻게 살아가나?”

하고 머리를 졸라매던 손을 멈추고 멀거니 허공을 바라보다가,

“차라리 죽어버렸으면. 죽어서 혼이 있으면 마음대로 그 어른 곁에 따라다니고, 만일 죽어서 아무것도 없다면 이렇게 애틋하게 그리운 생각을 떠나니 좋고. 별님아, 몸은 차라리 죽어버릴까?”

하고 한 손으로 쥐었던 머리를 놓는다. 검은 머리가 두 귀와 뺨을 가리운다.

“왜 그런 흉한 생각을 하시오?”

하고 별님은 달님의 등뒤로 돌아가 달님의 머리를 아프지 않게 곱게 빗겨서 보기 좋게 느슨하게 비단헝겊으로 졸라매주며,

“인제 검다리(金橋) 절 짓는 역사가 다 끝나고 우리도 그 절에 가서 살게 되면 서방님을 더 자주 만나뵈올 길도 있을 것을. 관세음보살께서 아가씨 마음을 잘 위로하여 드릴 것을. 검다리 절도 벌써 법당에 개와를 올리고 벽도 거의 되었다는데, 하늘거울이라는 고목이 하늘에 닿은 수풀 속에 날아갈 듯이 지어놓았다는데, 평양 이불란사보다도 더 좋게 짓는다는데.”

하고는 머리를 졸라맨 끈을 이빨로 조르며,

“아가씨, 그런 흉한 생각 마시오.”

하고는 제자리에 돌아와 앉는다.

“그렇더라도.”

하고 달님은 매다가 잊어버린 저고리 고름을 매면서,

“이 몸은 이렇게 타 죽고 말라 죽도록 그 어른을 그리워하건마는, 그

어른의 마음에는 이 몸의 그림자도 없을 것을 생각하니 서러워."
하고 휘유 한숨을 쉰다.
"왜 그렇겠소?"
하고 별님은 이번에는 제 머리를 빗으면서,
"서방님께서 아가씨를 생각하지 아니하시면 누구를 생각하시겠소?
이 몸의 생각에는 서방님께서 밤이면 잠을 잘 이루지 못하시고 아가씨
를 생각하고 겨오실 것만 같소. 시방도 아가씨께서 이렇게 애타게 그리
워하시는 모양으로 아가씨를 그리워하실 것만 같소."
하고 별님은 제 속이 타는 것은 말도 못 하는 것이 슬퍼서 나오는 한숨
을 머리 매노라고 힘쓰는 것에 얼버무려버렸다.
"그럴 리가 있나?"
하고 달님은 머리를 도리도리하며,
"그랬으면 기쁘지마는 그럴 리가 있나? 서방님은 벌써 아라한이 되
셨는데. 이 세상 모든 욕심 다 떼어버리시고——그러매로 그 어른의
눈에는 이 몸 따위는 더러운 한 고깃덩어리. 사람은 필경 흙 한 줌, 물
한 줌이라고 안 그러시던가. 이 몸도 그 어른을 흙 한 줌, 물 한 줌으로
볼 수만 있었으면 작히나 좋으랴마는 그렇게 보아지지를 아니하니 어찌
하리. 아무리 관세음보살님을 불러도, 아무리 그 어른을 밉게 보려 하
여도 그러면 그럴수록 더욱 그 어른이 아름다워만 보이고 그립기만 하
니——꿈을 꾸면, 꿈이면 그 어른의 품에 들어서. 안 그랬나 왜? 저,
벌써 삼 년도 더 전에 팔월 가윗날 밤에 그 어른이 담을 넘어서 들어와
서, 이렇게 달이 환하게 서창에 비쳤는데, 문을 뚝뚝. 누구시뇨? 내
요, 이차돈. 이 몸은 숨이 막힐 듯 문을 열어. 그 어른이 이 몸을 이렇
게 꼭 껴안아. 이 몸은 정신을 잃어. 아아, 꿈이면은 지금도. 별님아 울
지 말아! 그렇지마는 그때와 같은 이차돈 서방님은 다시는 다시는 이
몸으로는 만날 수가 없으니."
이렇게 말할 때에 건넌방 문이 열리는 소리가 나며 퉁퉁퉁 발자국 소

리가 나더니마는,

"달님 일어나 계시오?"

하는 것은 버들아기의 소리다.

"예, 버들아기. 이리 들어오시오."

하고 달님은 옷을 바로잡고 자리와 베개를 밀어놓고 일어난다. 버들아기도 달님과 별님과 같이 검은 머리를 중동을 자르고 하얀 명주 옷을 입었다.

달님은 버들아기의 손을 잡으며,

"우리는 잠이 없어서 벌써 일어났거니와 아기는 어찌하여 어느새에?"

하고 버들아기를 자리에 앉힌다.

"이 몸도 잠이 안 들고."

"참, 평양에 겨오신 부모님을 생각하시와. 이 몸은 이웃에 부모가 겨시건만 뵈옵지도 못하고."

"부모님도 부모님이려니와."

하고 버들아기는 별님을 보며,

"아 참, 별님은 부모님이 다 안 계시다고?"

하고 눈을 크게 뜬다.

"예. 어머님은 아버지 손에 돌아가시고, 아버님은 자결하시고."

하고 별님은 눈을 스르르 감고 한숨을 진다.

"어머님은 아버지 손에?"

하고 버들아기는 놀란다.

"그 말 묻지 마오."

하고 달님은 별님의 손을 잡으며,

"이 몸의 아버님이 별님의 아버님, 이 몸의 어머님이 별님의 어머님. 이름도 달님과 별님. 나기는 비록 신라 나라와 우멧나라에 멀리 떨어져 났더라도 살기나 죽기나 한데서 할 별님과 이 몸."

하고 별님을 위로한다.

"고마우신 말씀, 갚을 길 없는 은혜."

하고 별님은 한 번 달님을 바라보고는 고개를 숙인다.

"은혜라면 서로 지은 은혜."

하고 달님은 별님의 등을 만지며,

"한자리에 단 한 번 마주앉는 것도 오백 생의 연분이라고. 우리같이 이렇게 일생을 함께 하는 것은 필시 여러 천만 생의 연분. 버들아기도 일천삼백 리 머나먼 나라에 났건마는, 한 분을 사모하여 이렇게 모이는 것도 깊고 깊은 연분. 아마도 멀고 먼 전생부터 우리 셋은 맺히고 맺힌 연분. 안 그러오, 버들아기?"

하고 버들아기의 무릎을 만진다.

"참말 그러하오."

하고 버들아기는 수삽한 듯이,

"이 몸이 이차돈 서방님을 뵈옵기는 단 한 번. 서방님이 이 몸의 집에 오셨을 때, 이 몸의 아비 명으로 인사드린 것이 단 한 번. 수삽하여 그 얼굴을 바로 뵈옵지도 못하였건마는 천 번 만 번이나 뵈온 듯한 그 얼굴. 한번 뵈온 뒤로는 잊히지 아니하는 그 얼굴. 그러고는 이 몸은 일생에 그 어른을 따르리라고 굳게 결심하고도 다시는 이 속마음도 그 어른께 아뢰어보지 못하고 지나기 삼 년. 고구려 딸들은 다 그렇지마는 한 번 먹은 마음은 변치 아니하는 것이 원수라, 이렇게 신라까지 따라와서 달님, 별님을 언니같이 친동기같이 모시는 것도 참으로 이상한 인연이오."

하고 눈물을 흘린다.

"그런데."

하고 버들아기는 말끝을 돌려,

"어젯밤에 하도 이상한 일이 있어서, 그래서 잠을 이루지 못하였소."

하고 고개를 갸웃한다.

  "무슨 일 ?"

  "무슨 일이오 ?"

하고 달님과 별님은 눈을 크게 뜬다.

  "밤에 자려고 옷을 끄를 때에."

하고 버들아기는 매우 긴장한 태도로,

  "시녀가 와서 평양공주마마께서 부르시니 잠깐 오라 하기로 옷을 다
시 입고 평양공주마마 겨오신 데로 갔더니 공주마마께서 꿀물을 주시고
먹을 것을 주시고, 먼 나라에 와서 집 생각이나 나지 아니하느냐, 여기
있어서 불편한 것이나 있지 아니하냐, 잠은 아니 오고 이야기나 할까
하고 불렀노라, 그러시기에 황송하오, 늙은 부모 생각이 아니 날 리야
있사오리까마는 이 나라에 온 뒤로 상감마마, 왕후마마께오서와 공주
마마께오서 이 미천한 몸을 극진히 사랑하시와 집에 있을 때보다도 더
욱 즐겁소, 하고 아뢰었소. 그리 아뢰었더니 공주마마 말씀이, 들으니
이차돈을 사모하여 신라까지 따라왔다 하니 이차돈이 네 집에 오래 머
물렀느냐 하시기에, 이차돈 서방님은 이 몸의 아비를 찾아 몇 번 이 몸
의 집에 온 일은 있삽고, 이 몸도 한 번 아비의 명으로 인사드린 일은
있사와도 이차돈이 이 몸의 집에 머문 일은 없소, 하고 바른 대로 아뢰
었더니, 공주마마 말씀이, 그러면 너는 이차돈과 동침한 일이 있느냐
하시기로, 아니오, 꿈에도 그런 일은 없소 하였더니, 그러면 달님은 평
양에 있을 때에 이차돈과 동거하였느냐 하시기에, 이 몸은 이차돈이 강
을 건너실 때에 강변에서 처음 만났사옵고 그전 일은 모르오 하였더니,
그러면 너는 반달이라는 계집의 말을 들었느냐 하시기에, 들었소 하였
더니, 그 반달이란 계집은 이차돈과 동거하였느냐 그러시기로, 동거 여
부는 이 몸은 모르오나 이차돈이 중이 되기까지 반달의 아비 거울보고
의 집에 있었다는 말은 들었소 하였더니, 공주마마 말씀이 이차돈은 이
몸의 남편이니 너는 다시 그를 생각하지 말고, 또 달님과 별님을 보고
도 다시는 이차돈을 생각하지 말라 그러시고는, 눈에 무서운 빛을 띠시

기로 이 몸은 무엇이라고 대답할 바를 몰라서 그저 앞에 엎드려서, 황송하오 하고는 물러나왔는데, 나와 본즉 달님은 벌써 불을 끄고 주무시기로 혼자서 잠을 이루지 못하고 웬일인가, 웬일인가 하다가 달님께서 불을 켜고 일어나신 듯싶기로 이렇게 자리옷 바람으로 왔소. 그 원, 무슨 말씀일까?"

하고 설명을 기다리는 듯이 달님과 별님을 번갈아서 바라본다.

달님도 어안이 벙벙하여 한참 동안 말이 없다가,

"그러면 그 어른이 평양공주 부마가 되시기로 작정을 하셨나?"

하고 별님을 돌아본다.

"설마, 서방님이."

하고 별님은 고개를 숙인다.

"그래도."

하고 달님은 실심한 듯이,

"사람의 마음은 물로 되었다고. 상감마마께서와 중전마마께서와 공주마마께서 조르시고, 조르시면 아무리 철석간장인 이차돈 서방님이라도 안 넘어가기는 어려우시려든."

하고 한참이나 멀거니 생각하다가,

"그나 그뿐인가. 나라 형편이, 이차돈 서방님이 얼른 부마가 되시고 태자가 되시지 아니하면 선마로 이손이 임금의 자리를 엿본다는 것은 세상이 다 아는 말. 선마로 이손은 소문난 욕심 많은 어른. 아마도 그래서 서방님께서도 생각다 못 하여서 사양타 못 하여서 평양공주 부마가 되시기로 허락을 하신 모양."

하고 한참이나 눈을 감고 있다가,

"그렇기로 설미, 그렇기로 설마."

하고 별님의 어깨에 쓰러지며 운다. 별님과 버들아기도 운다.

평양공주는 아침저녁 이차돈을 대할수록 이차돈에 대한 그리운 마음을 억제할 수가 없었다. 이차돈의 설법을 듣는 것도 그것은 마음에 들

어가지 아니하고 오직 이차돈의 아름다운 씩씩한 모양만이 가슴속에 폭
폭 박혔다.

하도 이차도의 태도가 엄숙하여서 아무리 곁눈질을 하여 보아도 한
달이 가고 두 달이 가도 한 번도 이차돈의 눈이 자기에게로 향하는 것
을 보지 못한 때에, 평양공주는 이차돈을 손 안 닿는 데 있는 별과 같이
생각하였지마는, 그래도 밤이 되어 방에 홀로 누웠으면 같은 궁중에 담
하나 새에 두고 이차돈이 있거니 하면 누를 수 없는 그리운 마음이 불
같이 일어났다.

'아무리 하여도 휠 수 없는 이차돈의 뜻.'

하고 평양공주는 수없이 단념도 하였으나 그래도 단념이 되지 아니하여
서 가끔 어마마마를 뵈옵고는,

"어마마마. 이 몸은 잠을 못 이루오."

하고 호소하였다. 왕후는 그 말 한 마디에도 딸의 뜻을 알아들어서,

"그러나 아가. 이차돈은 이제는 불도에 몸을 바친 도인. 고기도 아니
먹고, 장가도 아니 드는 도인. 한 나라의 임금의 자리도 마다하고 중생
을 제도하리라는 대원을 세운 도인. 생각한들 무엇하느냐. 아주 단념하
여라."

하고 동정있게 그러나 엄하게 말씀하였다.

그래도 공주는 단념할 수 없었다. 하루에도 몇천 번 단념하고는 또
몇천 번,

'죽든지, 이차돈을 남편을 삼든지.'

하고 맹세하였다.

'아무리 도인이기로 사람은 사람이어든. 아무리 하여도 달님이나 버
들아기를 마음에 그리워서 나를 거들떠보지도 아니함이 아닐까?'

이렇게 생각하여보았다. 그렇게 생각하면 질투의 불길이 가슴에 타
올랐다. 삼 년 전 이차돈이 자기와의 혼인을 마다하고 밤에 달님의 집
에서 자고 나왔단 말을 생각하면 지금도 이가 갈렸다. 게다가 버들아

기! 오죽이나 정이 들었으면 불원천리하고 승이 되어서까지 이차돈의 뒤를 따라올까. 이렇게 생각하면 견딜 수가 없었다. 그래서 밤에 제 방으로 버들아기를 부른 것이었다.

불러서 말을 들어보아야 시원한 구석은 없었다. 누군들 있기로니 있다고 말할까. 이렇게 생각하면 공주는 더욱 괴로웠다.

공주는 달님과 버들아기를 당장에 쫓아내고 싶었다. 죽여버리지는 못하더라도 이차돈의 곁에 있지 못하게 쫓아버리고 이차돈과 혼자만 있을 것 같으면 아무러한 짓을 하여서라도 이차돈의 방에 달려가서 한사코 매달리라 하였다.

아바마마는 점점 불도에 깊이 들어가서 법공(法空)이니 법운(法雲)이니 하는 이름까지 지으시고 향불을 피워놓고는 경을 읽거나 선을 하시었다. 도저히 아바마마의 힘으로 이차돈을 자기의 남편을 삼을 것 같지는 아니하였다.

세월은 훨훨 가서 여름 장마도 다 지나고 팔월이 되었다. 금년도 가물 때에는 너무 가물고, 비 올 때에는 너무 비가 와서 한재와 수재로 농사가 말이 아니 되고, 또 장마가 들면서부터는 서울 안에나 시골에나 병이 돌아서 사람이 삼 슬 듯하였다.

이 기회를 타서 알공은 이것이 다 상감이 불도를 믿고 궁중에 요물이 있는 까닭이라 하여 인심을 선동하였다. 검다리 절 짓는 역사터에 불을 놓는 것도 한두 번이 아니었다. 이런 일이 있은 뒤에는 알공은 이것이 다 우리 나라 신이 노하여서 그러하심이라고도 하고, 또 백성들이 절 짓는 것을 원망하여서 그러함이라고도 하여 요언비어를 돌렸다. 오래 두고 계획적으로 돌리는 요언비어는 마침내 백성들 중에 꽤 많이 퍼졌다.

"절 짓는 것을 불 놓아라!"

"이차돈을 죽여라!"

이러한 방목이 절 짓는 역사터에 나붙는 일도 있었다. 그러면 공목과 알공은 사람을 시켜서 이러한 방목을 상감께 바치게 하였다.

그러나 그만 것으로 상감의 마음은 흔들리지 아니하였다. 도리어 상감은 이것이 다 고약한 무리의 장난이라고 해서 엄히 사실할 것을 명하시나, 그 명을 받은 자가 대개는 선마로의 편이었다.

이에 상감은 고주에게 시복 되는 군사를 얼마를 주어 절 짓는 역사터를 감독할 것을 명하였다.

"불을 놓거나 방목을 붙이는 놈이 있거든 잡아 베어라."

하는 권한까지 고주에게 주시었다.

이차돈은 자기가 몸소 절 짓는 일을 동독한다 하였으나, 상감은 이차돈이 잠시도 궐내에서 떠나기를 허하지 아니하시었다.

상감의 생각에는 사면초가 중에 이차돈만이 유일한 미쁨이었다. 이차돈만 궐내에 있으면 악한 귀신이나 사람이나 도무지 범접할 수 없는 것같이 마음이 든든하였다.

이로부터 이차돈은 동궁에 혼자 거처하게 되었다. 평양공주가 그것을 안 것은 며칠 후였다.

팔월 초생달이 넘어가고 캄캄한 속에 벌레 소리가 요란한 어느 밤. 공주는 곁에 잠든 시녀도 모르게 가만히 일어나서 협문을 열고 담 옆을 돌아 이차돈이 거처하는 방 앞에 다다랐다.

이때 마침 이차돈은 잠이 들고, 방은 불을 꺼서 캄캄하였다. 오직 내전 쪽에 켠 장명등인 초롱빛이 담장을 넘어서 희미하게 비치일 뿐이었다. 처마 밑에서 박쥐가 날아가는 것도 공주는 모르고, 이차돈이 누워 자는 방문 고리를 달각달각 흔들었다.

"누구시오?"

하고 이차돈이 물었다.

"이 몸이오. 한 말씀 물을 말씀이 있으니 문을 열어주오."

하고 공주의 음성은 떨렸다.

이차돈은 그것이 평양공주인 것을 알았다.

“하실 말씀 겨오시면 밝는 날에 부르시와도 늦지 아니하올 것을.”
하고 이차돈은 일어나서 불을 켰다.
“밝은 날이 물어도 늦지 아니하올 말씀이면 이 밤중에 올 리도 없사
올 것을.”
하고 공주는 문고리를 당기었다.
“황송하오니 지금은 아닌 밤중. 죽을 때 죽사와도 이 문은 열지 못하
올 것을.”
하고 이차돈은 촛불 앞에 똑바로 앉았다.
“그러시기로. 이 몸이 이 아닌 밤중에 온 것을. 대사는 자비심을 세
우신다 하면서. 급히 물어 볼 말이 있길래로 새 버러지도 다 잠이 든 이
때에 온 사람을.”
“황송하오나 하실 말씀은 문 밖에서 하시와도 듣자올 것을.”
“이 몸은 부끄러움도 체면도 다 무릅쓰고 온 사람. 문을 안 열어주시
면 이 몸은 이곳에 문고리를 잡은 채로 밤을 새우겠소. 이러한 망신을
하고 세상에 살 수도 없고.”
그래도 이차돈은 대답이 없다.
“이 문을 열어서, 이 몸을 방에 들여서 이 몸이 하는 말씀을 다 들으
시고 대사가 몸소 이 몸을 이 몸의 방으로 데려다주시기까지 이 몸은
죽어도, 살아서는 이 자리에서 한걸음도 물러나지 아니하올 것을.”
그래도 이차돈은 가만히 앉아서 대답이 없다.
“여자의 편심에 한 번 먹은 마음은 천지가 변하여도, 천지가 열두 번
변하여도 아니 변한다는 것을. 이 몸이 대사를 생각한 지 삼 년에 죽을
병이 들었다가도——대사로 하여서 죽을 병이 들어서 일 년을 넘어
앓다가도 죽지 않고 살아난 것은 이를 악물고라도 이 편심에 먹은 원을
풀자는 것이어든, 죽기로 이 자리를 물러날 줄 아오? 안 물러나오!”
그래도 이차돈은 가만히 앉아서 대답이 없다.
“이 몸의 품에 품은 칼은 삼 년내 갈고 갈아서 품은 칼. 이 원 못 이

룰 줄 아는 날이면 아무 때에나 이 칼로 가슴을——한 번 푹——찌르라고——이 가슴에 품은 칼. 이 칼끝을 이 자리에서 물고 엎더질까?"
하고 품속에서 무엇을 꺼내는 소리가 들린다.

그래도 이차돈은 허공을 바라보고 눈도 깜짝하지 아니하고 잠자코 있었다.

공주는 품에 품었던 칼을 꺼내어 칼집에서 뽑아 들고 이윽고 이차돈의 대답을 기다리고 섰다가,

"말씀 한 마디면 이 몸의 목숨은 살 것을. 이 몸이 이 자리에서 이 칼끝을 물고 엎더진 뒤에야 문을 열어주시려오?"
하고 공주는 운다.

"무슨 말씀이나 밝는 날에."
하고 이차돈은 여전히 가만히 앉았다.

"한 마디만, 한 마디만. 이 문을 열고 한 마디만."
하고 공주는 더욱 느껴서 운다.

"무슨 말씀이나 밝는 날에."
하고 이차돈은 같은 대답을 한다.

"밝는 날이면 이 몸이 원하는 대답을 하여 주시려오?"

"밝는 날에 두 분 마마 겨오신 데서 이 몸에게 물으실 말씀 물으시고 여짜올 말씀 여짜오리다. 가을 밤 바람이 차니 방으로 돌아가시겨오."

"오, 알았소. 알았소. 이 몸을 달래서 쫓아버리고는 대사는 이 밤에 밝기 전에 가만히 담을 넘어 산으로나 고구려로나 도망하시려고. 아니, 아니. 삼 년 전에 서방님을 잃고 이 몸이 어떻게 애를 끓였거든. 눈이 캄캄하고 가슴이 타고, 밥맛이 없고, 잠을 못 이루고, 아아, 어떻게 애를 끓였거든. 이제야 이번에야. 아니, 아니 될 말씀. 오, 이 몸을 속여서 떼고 달아나실 양으로? 아니, 아니, 아니 될 말씀. 이 몸이 죽어도 이 자리를 물러날 줄 알고? 아니, 아니 될 말씀. 이 문 아니 열어주시면 이 몸은 칼을 물고 이 자리에 엎더져서, 죽어서도 이 문을 꼭 지키고

있을 것을. 아아, 아무 때에 죽어도 한 번은 죽을 이 몸. 고대 죽어도 아까울 것도 없건마는 그렇기로 이대도록 괄시를 받고, 이대도록 망신을 하고. 아이 분해라! 아이 원통해라!"

하고 공주는 꺼리는 기색도 없이 소리를 지른다.

이차돈은 자리에서 일어나서 문 앞으로 오며,

"공주마마!"

하고 부드러운 음성으로 불렀다.

그러나 공주는 이차돈이 부른 말을 들었는지 못 들었는지 '우후후' 하고 울음소리를 내며 짤짤짤짤 신 끄는 소리를 내며 가버리고 말았다.

이차돈은 공주의 울음소리와 신 끄는 소리가 아니 들릴 때까지 나무로 깎아 세운 듯이 그 자리에 가만히 서 있었다.

'아아, 내 마음이 흔들리는고나.'

하고 이차돈은 평양공주가 가엾고 여자의 친한 마음에 바위도 움직인다는 말도 생각해서 잠시는 마음을 진정하기가 어려웠다. 죽음을 무서워함도 아니요, 유혹을 이기기가 그리 어려움도 아니나 그 유혹이 자비심을 요구하는 형식으로 매달릴 때에는 진실로 견디기 어려웠다.

이차돈은 단정히 앉아 부처를 염하고 백봉국사를 염하고, 모든 것이 다 헛된 것이라 함을 염하고, 계를 지킨다는 것과 마음을 움직이지 않는다는 바라밀을 염하고 언제까지든지 앉아 있었다. 때때로 여자의 날카로운 소리가 귀에 들어오는 듯하였으나, 그것도 나뭇가지를 흔들고 지나가는 바람 소리만 같이 여겨서 이차돈은 선정한 마음을 깨뜨리지 아니하였다.

얼마나 때가 지났는가. 이차돈은 제 방을 향하고 가까워지는 발자국 소리를 들었다.

"또 공주가 오시나?"

하고 이차돈은 눈을 한 번 깜짝하였다.

'아무러한 일이 있더라도 이 마음은 움직이지 아니하리라. 눈앞에서 공주가 칼날을 물고 죽더라도, 또는 공주가 문을 차고 들어와 그 칼로 나를 찌르더라도 나는 이 마음과 이 몸의 자세를 변함이 없으리라. 법을 지키기 위하여서는 목숨을 아끼지 말자는 맹세가 이런 때를 두고 한 것이다.'

이렇게 생각하고는 다시 눈을 가느스름하게 감고 선정에 들어 있을 때에,

"대사님! 대사님!"

하고 문 밖에서 부른 황겁한 여자의 소리가 들렸다.

그러나 그 소리는 분명히 공주의 음성은 아니었다.

"누구시오?"

하고 이차돈은 가만히 앉은 대로 물었다.

"공주마마 뫼시는 나인이오. 지금 공주마마께오서 정신을 잃으시옵고, 손발이 식으시옵고 이를 사리무시옵고, 그러하와서 중전마마께오서 공주궁에 납시와서, 일이 급하오니 시각 지체 마시옵고 대사님께오서 공주 계오신 방으로 드시랍시는 분부시오."

"정신을 잃으셔?"

하고 이차돈이 묻는다.

"예. 정신을 잃으시옵고."

하고 떨리는 소리로 나인이 대답한다.

"중전마마께옵서 납시고?"

"예. 시방 공주마마를 붙드시옵고 애통하시오."

이차돈은 자리에서 일어났다. 가사를 걸고 문을 열고 나인의 인도를 따라 공주 계신 궁으로 들어갔다. 꼬불꼬불 돌기도 하고 어두운 넓은 뜰을 건너기도 하여 문을 들어가기 두 번. 이차돈은 공주가 밤중에 혼자 남몰래 이 길을 걸어왔던 것이 여간 일이 아니었음을 깨닫고 불현듯 측은한 생각이 났다.

나인이 먼저 공주 방으로 들어가고 이차돈은 계하에 잠깐 기다리고

섰을 때에 또 한 번 공주의 날카로운 소리가 들렸다. 그것은 아무 뜻도
없이 정신도 없이 외치는 소리였다.

　“들랍시오.”

하고 두 나인이 초롱을 들고 나섰다.

　이차돈은 문 밖에서 한 번 합장하여 부처의 신력(神力)이 지켜줍소서
하고 빌고는 나인이 인도하는 대로 계상에 올라 마루에 올라 몇 방을
지나 공주의 방에 들어갔다.

　공주는 네 활개를 뻗고 왕후의 무릎을 베개로, 눈을 멀거니 뜨고 누
워 있었다.

　“대사 이를 어찌하오?”

하고 왕후는 긴 소매로 눈물을 씻으면서,

　“하나밖에 없는 딸을, 다시는 못 볼 외딸을. 이것을 살려주오! 이것
이 죽으면 이 몸도 못 살 것을.”

하고는 공주의 얼굴을 들여다보고 그 어깨를 흔들면서,

　“악아, 악아. 이차돈 서방님이 왔다. 악아! 어쩌면 이렇게 불러도
모르느냐. 이렇게 눈을 번히 뜨고 모르느냐.”

하고는 다시 이차돈을 보고,

　“이것이 일념에 생각하는 것이 이차돈. 그렇게 병이 되어 정신없이
앓으면서도 부르는 것이 이차돈. 이 딸을 살려주오.”

하고는 소매로 공주의 입에서 흐르는 침을 닦는다. 이차돈은,

　“황송하오.”

하고 공주의 곁으로 가까이 가서, 그 곁에 무릎을 꿇고 앉아서 공주의
파랗게 질린 얼굴을 들여다보았다. 분명히 가슴이 들먹들먹 하는 양이
숨은 여전하였다.

　“악아, 이차돈 서방님이 여기 있다. 네 곁에 와 앉았다. 할 말이 있거
든 하려무나. 악아, 악아.”

하고 공주를 흔들면서,

 "어찌하여 이리도 오래 정신을 못 차리는고? 상감마마께서 알으시면 얼마나 놀라실꼬? 얼마나 슬퍼하실꼬? 잠만 깨시면 생각하시는 것이 이 딸이신데."
하고는 또 공주의 눈을 들여다보신다.

 이차돈도 마음에 슬픔과 괴로움이 움직여서 물끄러미 공주의 낯을 바라보고 부처님의 크신 힘이 이 공주를 건지시기를 빌었다.

 방 안은 잠잠하다. 이러하기 얼마 동안.

 마침내 공주의 뺨에는 붉은 기운이 돌고 공주의 굳어졌던 팔 다리가 풀려서 움직이기 시작하였다.

 공주의 눈이 움직이며 곁에 앉은 이차돈을 보았다. 공주는 제 눈을 의심하는 듯이 더욱 크게 떠서 이차돈을 보았다. 그러고는 어머니를 보고, 그러고는 또 이차돈을 보고 그러고는 숨결이 높아졌다.

 "악아, 이차돈 왔다. 대사 여기 오셨다."
하는 왕후의 말씀에 공주는,

 "이차돈, 이차돈!"
하고 두 번 부르고는, 공주는 두 손으로 낯을 가리우고 울었다.

 "예. 공주마마 이차돈 여기 뫼시고 있소."
하고 이차돈은 또 마음이 흔들림을 깨달았다.

 측은한 마음과 저를 위하여서 우는 젊은 여자라는 생각이 공주의 손을 덥석 쥐고, 모두 당신 뜻대로 하여 드리리다 하고 싶은 그러한 마음이 일어남을 깨닫고 이차돈은 깜짝 놀랐다. 그러고는 다시 마음을 가다듬었다. 흩어지려는 마음을 주워모았다. 이차돈은 다시 마음의 평정을 얻었다. 애욕에 못 이기어서 지옥 불에 타고 있는 공주를 제가 제도하여야 할 불쌍한 중생으로 보고 자비심을 발하였다. 보채는 어린 자식을 바라보고 앉았는 아버지의 마음을 회복할 수가 있었다.

 공주는 얼굴에서 손을 비키고 왕후의 무릎에 놓았던 머리를 들어서 베개로 옮아 누우며,

"어마마마, 이 몸 대사께만 하고 싶은 말씀이 있소. 아무도 듣지 말고, 어마마께오서도 듣지 마시고 오직 대사께만 할 말씀이 있소. 다만 한 마디만 잠깐만 할 말씀이 있소."
하였다. 왕후는 목숨과 같이 사랑하는 공주가 정신을 차린 것만 기뻐서,
"악아, 그러면 어마는 가 잘까?"
하고 공주의 뺨에 묻은 눈물을 씻어준다.
"예. 어마마마 가시와서 주무시오. 이 몸의 병은 다 나았소. 아뢰일 말씀 있거든 이 몸이 가 뵈옵고 아뢰오리다."
하고 극히 평정하고 엄숙한 표정을 한다.
왕후는 공주의 머리를 한 번 더 쓸어주며 일어나서,
"다 죽었던 것이 대사 법력으로 다시 살아났소."
하고 잠깐 공주를 보고, 그러고는 이차돈을 보고,
"공주를 불쌍히 여기시와 제도하여 주오."
하고는 이차돈이 합장하는 인사를 합장으로 받으시면서 시녀를 거느리고 방에서 나가신다.
상감과 왕후는 처음에는 이차돈을 아랫사람으로 대우하셨으나 차차 이차돈을 스승으로 대우하여 반드시 대사라고 부르시고, 이차돈이 일어나 나갈 때에는 임금과 왕후도 일어나셔서 합장하게 되시었다. 언제 그렇게 되는지 모르게 그렇게 되시었다. 사람의 네 가지 은혜 중에 부처의 은혜가 첫째니, 부처님 열반하신 뒤에는 부처님께 드릴 공양과 존경은 스승, 즉 법사에게 드릴 것이라고 임금은 깨달으신 것이었다.
왕후의 나가심을 보내고 공주의 방문 밖에 돌아온 이차논은 다시 방에 들어갈 것인가 말 것인가를 하고 주저하였다. 아직 마음이 어지러워짐은 아니나 마치 불 속으로나 물 속으로 들어가는 듯한 두려움이 있었다. 그러나 이 두려움도 뗄 것이라고 이차돈은 생각하고 다시 공주의 방으로 들어왔다.

공주는 자리에서 일어나 앉아서 흐트러진 머리를 만지고 있었다.

공주는 이차돈이 방 안에 들어서는 것을 보고 상그레 웃고 고개를 숙였다. 공주의 얇은 깁옷이 군데군데 땀에 젖어서 살이 붙은 데도 있었다. 수척한 편이지마는 얼굴에나 몸 모양에나 귀인에게서만 보는 높은 아름다움이 있었다.

이차돈은 반쯤 외면하여 반가부좌로 단정히 앉았다. 이차돈의 눈에는 공주의 모양이 희미하게 비치었다. 다만 공주의 점점 높아지는 숨소리가 들릴 뿐이었다.

반이나마 닳은 촛불이 바람도 없는 데 춤을 출 때에 이차돈의 눈에 어렴풋이 비치인 공주의 모양이 너푼너푼 춤을 추는 듯하였다. 이차돈은 아무것에도——공주가 곁에 있다는 것에도 무관심한 마음을 지니려 하였다. 그러나 그 마음이 촛불 모양으로 조금씩 흔들리기 시작하는 듯하였다.

백봉국사시면 이런 때에는 바위나 나무를 곁에 놓은 것과 같으련마는 공주를 차디찬 바윗돌로 보려고 애를 썼다.

그러하건마는 이차돈은 공주를 차디찬 바윗돌로 보기가 심히 어려웠다. 젊은 여성의 부드러움과 따뜻함과 향기로움이 그 바윗돌에서 자꾸만 돋아나는 것 같았다.

“아니!”

하고 이차돈은 달아나려는 고삐를 꼭 붙들었다.

다시 무관심한 상태에 들어갈 수가 있었다. 그러나 그것도 일순간!

공주는 한참이나 말없이 앉았더니 번개같이 달려와서 이차돈의 목을 껴안고 그 무릎 위에 몸을 던졌다. 이차돈은 숨이 막힐 듯 하였다. 이차돈은 처음에는 몸이 떨리는 것을 느끼더니 마침내는 제 몸까지 떨림을 느꼈다.

“공주마마!”

하고 부르는 이차돈의 음성은 떨렸다.

이차돈은 제 콧김이 뜨거움과 제 가슴이 다듬잇방망이 치듯함을 깨달았다.

공주는 대답이 없고 다만 곤하게 잠이 든 사람 모양으로 숨소리만 높았다 낮았다 빨랐다 하였다. 인제는 몸이 떨리던 것조차 없어지고 다만 이차돈의 목을 감은 공주의 팔만이 이따금 경련하는 모양으로 떨릴 뿐이었다.

"공주마마."

하고 이차돈은 또 불렀다.

"이 몸은 이렇게 서방님의 품에 안긴 채로 죽어요!"

하고 다시는 아무 말도 아니 듣겠다는 듯이 이차돈의 귀밑에 꼭 붙은 고개를 흔들었다.

공주의 불덩어리 같은 입술이 이차돈의 목의 살에 슬쩍슬쩍 스치는 것을 이차돈은 느꼈다.

"공주마마, 말씀을 하시고. 하신다던 말씀을 하시고."

하고 이차돈은 발락발락하시는 공주의 등을 보았다. 공주는 말없이 또 고개를 흔들었다.

이차돈은 공주가 한다던 말이 이것인 것을 알았다. 그리고 한 번 길게 한숨을 쉬었다.

낮에 상기가 되고 눈이 잘 보이지 아니함은 다만 공주의 두 팔이 목을 꼭 낀 까닭뿐만 아니었다.

이 모양으로 시간은 흘러갔다. 둘이 다 깊이 잠든 사람과 같았다. 오직 이차돈만이 마치 졸리고 졸려서 내려감기는 눈을 억지로 뜨고 안 자려는 사람 모양으로 쓰러지는 마음을 때때로 일으켜 세우고는, 이 경우를 어떻게 벗어날까를 생각하나 역시 그 마음은 마치 곤하게 졸리는 아이 모양으로 일으켜 세운 순간에는 눈을 벙싯 떠보나 다음 순간에는 또 눈을 감고 쓰러졌다.

이차돈의 두 손은 이차돈도 모르는 동안에 몇 번이나 공주의 허리 위에로 마주 올라왔다. 그럴 때마다 이차돈은 깜짝 놀라서 두 손을 뒤로 돌렸다.

이차돈은 아난과 마등가의 일을 생각하려 하였다. 그러나 아난은 마침내 마등가를 껴안고 쓰러졌다 하는 것처럼만 생각혔다. 아난이 마등가를 뿌리치고 일어나는 양은 보이지 아니하였다.

이차돈은 그날 아난이 석가여래에게 꾸중을 받던 광경을 생각하였다. '네가 알기는 많이 안다마는 아는 것만은 힘이 아니다 ! '하고 석가여래께서 아난이 지식만 많고 마음에 닦음이 적은 것을 걱정하시는 것을 생각하였다. 그러나 마치 아난은 다시 마등가의 품으로 들어가는 것만 같이 보였다.

이차돈은 차차 차차 제 마음이 흐려지고 풀어지고 그래서 저와 공주가 녹아서 하나가 되어버리는 것처럼 느끼게 되었다.

동안이 얼마나 지났는고? 초가 거의 다 닳았다. 조금만 더 있으면 촛불이 꺼질 것이다. 그러나 그 촛불이 꺼지기 전에 내 마음 불이 꺼지지 아니할까 하고 이차돈은 빙그레 웃었다. 이차돈은 새 힘이 솟아오름을 깨달았다. 이차돈은 또 한 번 빙그레 웃었다. 이차돈은 손을 들어 공주의 머리를 쓸었다. 그리고 평정한 어성으로,

"공주마마, 하신다던 말씀은 다 알았소. 절 역사가 얼마 아니 남았으니 다 끝나거든 부부가 되지요."
하였다.

"예?"
하고 공주는 깜짝 놀라서 잠을 깨는 듯이 고개를 번쩍 들었다.

"절 역사 끝나기까지만 참으시오."
하고 이차돈은 한 번 더 말하였다.

"절 역사 끝나기까지?"
하고 공주는 이차돈의 눈을 들여다본다. 마치 참말인가 의심하는 듯이.

"예, 절 역사 끝나기까지."

"절 역사 끝난 뒤에는?"

하고 공주의 얼굴 근육이 더욱 긴장해진다.

"절 역사 끝난 뒤에는 이 몸이 할 일이 다 끝나오매 공주마마 뜻대로 하오리다."

"혼인을?"

"예."

"태자도 되시고?"

"무엇이나 다 뜻대로, 인연대로."

"그것이 참말이오?"

"예."

"어리석은 이 몸을 듣기 좋은 말씀으로 속이시고 밝는 날엔 먼 곳으로 달아나시는 것이나 아니신가?"

"이 몸의 말씀을 믿으시오."

"믿지마는. 거짓 말씀을 하시더라도 이 몸이 아니 믿고 어이 하리오만, 불도 닦는 이는 장가를 아니 든다는데."

"옛날 보광불(普光佛) 시절에 선혜선인(善慧仙人)이란 이도 부처님께 공양할 꽃 다섯 가지를 얻기 위하여 선정선녀(善淨仙女)라는 여자와 세세생생에 부부 되기를 언약한 일이 있소. 피차에 불도를 위하여서는 서로 남편을 위하여서는 아내가 희생이 되고, 아내를 위하여서는 남편이 희생이 되기로 언약하고."

"아, 참!"

하고 공주는 비로소 이차돈의 무릎에서 내려와 앉으며,

"이 몸도 그리 되었으면. 이 몸도 세세생생에 서방님과 부부 되어서 서방님 도를 위하여 이 몸을 바쳤으면. 아 참, 이 몸도 그랬으면. 이 몸도 선정선녀와 같이 되었으면. 서방님은 선혜선인일시 분명하거니와 이 몸이야 어디, 착하지도 못하고 깨끗하지도 못하고."

하고 가만히 합장한다.

“그러면 이 몸 물러가오.”
하고 이차돈이 일어서려는 것을 공주가 이차돈의 장삼 소매를 붙들며,
“아 참. 절 역사는 언제나 끝나오?”
하고 묻는다.
“인제 열흘. 가윗날에는 첫 법연을 베풀기로 되었으니.”
“이제 열흘. 앞으로 열흘?”
“예, 앞으로 열흘.”
“제발 그 동안에 아무러한 일도 생기지 맙소사. 해와 달이 순순히 제
길을 가고 바람과 비도 참으소사. 이제 열흘, 가윗날까지?”
“예, 가윗날까지.”
“그날 이 몸도 부처님께 꽃 공양을 하오리다.”
“선혜선인은 꽃 다섯 가지, 선녀는 꽃 두 가지.”
“오오, 선녀는 두 가지. 서방님은 다섯 가지?”
“예, 남편은 다섯 가지, 아내는 두 가지.”
“아아, 예. 다섯 가지와 두 가지? 무슨 꽃으로 할까. 동산에 가장 아
름답고 향기로운 꽃으로, 오오, 들국화로 할까. 무슨 꽃으로 할까. 서
방님은 다섯 가지, 이 몸은 두 가지. 이제 열흘. 앞으로 열흘. 가윗날이
라. 제발 그때까지 아무 일도 없이 쟁반에 물 부은 듯이.”
하고는 이차돈의 소매를 놓으면서,
“참말이오?”
하고 다진다.
“예.”
하고 이차돈은 꾸겨진 장삼을 보며 한숨을 한 번 짓고 공주의 방에서
물러나왔다.
이차돈이 나간 뒤에 평양공주는 어찌할 줄을 모르고 방 안으로 오락
가락하였다.
“열흘이라. 열 밤이라. 제발 아무 일도 없으소사.”

하고 공주는 옛날 법대로 손을 싹싹 비벼서 빌어도 보고, 불도에서 하는 대로 합장도 하여보았다. 공주가 자리에 누워서 눈을 붙인 것은 훤하게 동이 틀 때였다.

이차돈은 공주의 방에서 나와 제 방으로 돌아와서 가사 장삼도 끄르지 아니한 채로 촛불 앞에 가만히 앉았다.

이차돈은 무릎과 가슴에 공주의 몸김이 따뜻하던 기억을 누르기가 어려웠다. 옷에 묻었는지 코에 배었는지 모르나 이차돈은 공주의 몸과 머리의 향기를 맡았다. 이차돈은 공(空)을 관(觀)하여 이 번뇌를 씻으려 하였다. 그러나 도리어 공주의 기억은 반달의 기억을 끌고, 반달의 기억은 또 달님의 기억을 끌었다. 아주 떼어버린 줄로 소멸한 줄로 믿었던 애욕의 번뇌의 뿌리가 마음의 어느 구석에 아직도 남아 있다가 공주의 몸김을 쏘이고는 무럭무럭 일어나는 것 같았다.

이차돈은 제 몸의 업보가 어떻게 무서운 것을 깨달았다. 그리고 그가 삼 년 전 고구려로 갈 때에 그 조부 한마로 이손이,

"계집을 삼가렷다. 계집을!"

하던 훈계를 생각하였다.

"물에 연잎같이."

하고 이차돈은 제 마음이 무슨 일에나 물들고, 묻지 아니하기를 원하였다. 아까 공주를 안았을 때에도 공주의 방에서 나오는 대로 곧 그 기억이 소멸되는 것이 마치 연잎이 물 속에 있을 때에는 물과 함께 있다가도 물 밖에 나오는 순간에는 도무지 물이 묻지 아니함과 같기를 원하였었다. 그러나 이차돈의 마음에는 공주의 몸의 따뜻함과 향기 묻어서 떨어지지를 아니하였다.

이차돈은 물에 빠졌던 새 모양으로 여러 번, 여러 번 수없이 마음이 날개를 털었다. 그래도 개운하게 묻은 물이 떨어지지를 아니하였디.

"모든 번뇌를 다 떼어도."

하고 이차돈은 한숨을 쉬었다.

 "떼기 어려운 것은 사랑의 번뇌."
하고 이차돈은 더욱 마음을 가다듬었다.
 세상의 부귀영화에 대한 탐욕은 다시 일어날 것 같지 아니하였다. 금시에 임금이 되라 하여도 그것에 터럭끝만치도 마음이 움직일 것 같지 아니하였고, 또 금시에 목을 벤다 하여도 그것에 마음이 흔들릴 것 같지도 아니하였다.
 '그러나, 그러나, 사랑의 번뇌는 다시 일어날 것도 같은데.'
하고 이차돈은 백봉국사의 말을 생각하였다.
 "시님, 맨 나중까지 남아 있는 번뇌가 무엇이오니까."
하고 이차돈이, 용천암에 있을 때에 어느 날 백봉국사에게 물었더니 백봉국사는 이차돈을 물끄러미 바라보다가,
 "사랑의 번뇌."
하고 대답하였다.
 "이 몸은 목숨의 번뇌까지도 떠난 것 같사오나."
하는 이차돈의 말에 백봉국사는 빙그레 웃으면서,
 "아라한의 몸을 태워버린 재 속에도 사랑의 번뇌의 씨는 남나니라. 그것을 마저 소멸하여버리는 것을 열반이라고 하나니라. 그러매로 석가여래께오서도 '과부와 젊은 여자와 어린 여자를 가까이 하지 말지어다. 불법을 설하기 위하여서도 가까이 하지 말 것이어니, 하물며 다른 일로야' 하였나니라. 하물며 여자와 단둘이 있지 말라 하셨고 만일 단둘이 있을 경우여든 마음을 굳이 잡고 일심으로 부처님을 생각하라 하셨나니라. 도를 닦는 사람에게 가장 무서운 것이 무엇인고? 죽는 것쯤은 무서운 것이 아니니라. 사랑의 번뇌야말로 죽음보다도 무서운 마라고 하셨나니라. 오직 묻지 말고 물들지 말도록 마음을 닦을 것이니라."
하고 끝으로,
 "이차돈아. 너는 전생 다생에 사랑의 번뇌가 많아 많은 여자와 인연

이 있나니라. 지나간 몇 생에 이 몸을 만나 도를 닦았거니와, 그래도 매양에 못 끊는 배 있어 금생에도 너를 따르는 여자가 있나니라. 조심하렷다! 조심하렷다!"
하던 것을 생각하였다. 또 국사는,
"너를 따르는 여자를 모두 불도로 인도함으로만 네 업보를 청정하게 하리라. 그 인연을 내생까지 넘기지 말렷다!"
하였다. 이차돈은 국사의 말이 옳음을 깨달았다. 더구나 이 인연을 내생까지 끌어 넘기지 말라는 말씀이 가슴을 찔렀다.

이튿날 이차돈은 가까스로 상감의 허락을 얻어서 집에 다녀올 것과 역사터에 가서 역사를 돌아볼 허락을 얻었다. 지금까지는 이차돈의 목숨이 위태하다 하여 이차돈이 한 발걸음도 대궐 밖에 나가기를 허락치 아니하였던 것이다.

절터를 잡고 집 지을 것을 지시할 때 한 번 나간 일이 있었으나, 그때에는 이차돈은 수레를 타고 많은 군사의 호위를 받았었다.

그러나 이날은 이차돈은 가사 장삼을 입고 아무것도 타지도 아니하고 군사 하나 아니 데리고 단신으로 궐문에서 나와서 거리로 걸었다. 불도를 닦는 사람이 잡이를 타고 호위를 데리고 다닌다는 것이 옳지 않다고 생각하여서 상감이 주시는 잡이와 호위병을 궐문 안에서 다 물리고 홀몸으로 걸어 나선 것이었다. 가사, 장삼 입은 이차돈의 모양이 거리에 나타나자 사람들은 이상한 모양을 보겠다고 이차돈의 뒤를 따랐다.
"공주부마가 되고 태자가 된다."
하던 이차돈이 단신으로 걸어나오리라고는 생각지 아니하였으나 한 사람 두 사람.
"이차돈이다. 이차돈 서방님이다."
하는 소리를 하게 되어서 이차돈의 뒤를 따르는 많은 군중은 마침내 이것이 이차돈인 줄을 다 알게 되었다.

삼 년 전에는 아낙네, 어린애까지도 신라에서 제일 잘난 사람으로 사모함을 받던 이차돈 서방님, 그러나 지금은 무엇인지 모르는 중이 되었다는 이차돈. 백성들은 이 이차돈이 고개를 소곳하고 단정히 걸어가는 양을, 발 옮겨놓은 것까지도 정신차려서 보려 하였다.

그러나 마침내 이차돈은 앞뒤로 길이 막혀서 더 걸어갈 수가 없었다. 아이들, 아낙네들까지도 이차돈의 얼굴을 보려고 처음에는 먼발치서 차차 가까이 들어와서 아주 이차돈을 에워싸버리고 말았다.

이차돈은 비로소 고개를 들어서 에위싼 무리를 돌아보았다. 그때에 이차돈의 마음에는 자비심이 그뜩 참을 깨달았다.

"이 모든 인생길을 잘못 들어서 헤매는 무리여!"
하고 이차돈은 이윽히 군중을 바라보았다.

이차돈이 걸음을 멈추고 군중을 바라보매, 군중도 걸음을 멈추고 이차돈을 바라보았다. 그 움직임 없는 눈이 제게로 올 때에는 사람들은 웬일인지 모르게 고개를 숙였다. 도무지 겁도 없고 욕심도 없고 그러면서도 정신기있는 눈이 두려웠던 것이다.

이차돈은 이것이 첫 설법을 할 기회라고 생각하였다. 그래서 잠깐 눈을 감아서 부처와 부처의 가르침과, 부처의 가르치심을 좋는 무리들을 생각하고는 다시 눈을 뜨고 고개를 들어서 무리를 보며 입을 열었다.

"이 몸은 과연 이차돈이오. 그러나 삼 년 전 칼 쓰고, 활 쏘고, 말 달리던 이차돈이 아니라, 사람의 고작 높으신 스승 석가부처님의 제자 이차돈이요. 여러분이 이제 이 몸을 에워싸고 이렇게 모이신 것도 다 세세생생 인연으로 오늘 이 몸의 입에서 부처님의 가르치심을 들으려 함이오. 듣자오니 지금 절을 짓는 곳은 옛날 가섭부처님이 설법하신 곳, 이 자리는 아마 가섭부처님 시절에 이 몸이 설법하던 데요. 여러분은 그때에 이 몸의 설법을 들으려고 모였던 인연으로 오늘 이 자리에 모이게 된 것이오. 그 동안에 몇 억만 년이 지났거니와 한 번 심은 인연의 씨는 결코 스러짐이 없는 것이오."

"그 모양으로 어제 지은 업은 오늘에 보가 되어 돌아오고 오늘 지은 업은 내일에 보가 되어 돌아오려니와, 터럭끝만한 업이라도 그것이 선이든지, 악이든지 어느 때에나 천만억겁 뒤에라도 반드시 돌아오고야 마는 것이오. 이 인과응보의 이치야말로 부처님이 깨달으신 천지가 억천만 번 변하여도 변함이 없는 이치요.”

“우리 신라에 근년에 물이 자주 나고, 가뭄이 자주 들고, 병이 자주 돌고, 싸움이 자주 일어나서 백성이 편안할 날이 없는 것이 다 우리의 업보요. 어느 사람이 병신으로 태어나거나, 가난하게 태어나거나, 음란하게 태어나거나, 흉악하게 태어나거나 그것이 다 제 업보요. 그러매로 저마다 복을 받고, 우리 나라가 복을 받으려면 여러분이 다 지금까지 잘못 살아온 것을 뉘우치고 부처님의 가르치심을 받들어야 하오. 부처님의 가르침이란 무엇이냐? 그것은 좋지 아니한 일은 무엇이나 하지 말고 좋은 일은 무엇이나 힘써 하라——이것뿐이오.”

이차돈은 더욱 말을 이어,

“우리 신라 사람은 거짓이 많소. 아첨이 많소. 서로 속이고 서로 속소. 부처님은 곧은 마음을 가지라고 하셨소. 여러분은 굽은 마음을 버리고 곧은 마음을 가지시오. 굽은 마음에는 굽은 보가 오고, 곧은 마음에는 곧은 보가 오오.”

“우리 신라 사람은 서로 미워하오. 저보다 나은 사람은 시기하고 저만 못한 사람은 멸시하고, 저와 비슷한 사람은 멀리하오. 내가 남을 미워하매 남이 나를 미워하오. 이리하여서 우리 신라 사람은 서로 미워하고 서로 시기하여서 마치 서로 칼로 찌르는 모양으로 서로 아프고, 서로 피가 나오. 남을 미워하는 사람은 미운 보를 받아서 생전에 남의 미움을 늘 받다가 죽어서 다시 태어나더라도 미움받는 사람이 되는 것이오. 사람은 다 형제요. 사람은 서로 사랑하고 서로 도와주고 서로 불쌍히 여기는 것이 바른 길이오. 그러므로 부처님은 사람 사람이 자비심을 가지라고 하시었소.”

“우리 신라 사람은 예로부터 다섯 가지 가르침을 받들어왔소. 어버이를 정성으로 섬기고, 임금을 정성으로 섬기고, 남을 속이지 말고, 옳은 일에는 죽더라도 뜻을 굽히지 말고, 죽이기를 아끼라한 것이오. 이것이 다 부처님의 뜻이어니와, 요새 신라 사람은 이것을 다 잊었소. 잊었을 뿐더러 이 가르침을 뒤집어 행하오. 어버이를 우습게 보고, 임금을 속이고, 해하려 하고, 사람 사람이 서로 속이고, 돈이나 벼슬을 위하여서는 마음을 굽히고, 서로 미워하여서는 미운 이를 죽이려 하니, 이러고는 나라가 아니 망하지 아니할 수 없는 것이오. 위에서부터 아래에 이르기까지 우리 신라 사람들이 모두 이렇게 악업을 짓기 때문에 우리 신라는 차차 점점 살기 괴로운 나라가 되는 것이오."

"그러매로 여러분은, 여러분과 여러분의 자손이 이 세상에서 편안히 살고, 오는 세상에 좋은 데 태어나게 하기 위하여서 부처님의 가르침을 받으시오. 지금 저 천경림(天鏡林)에 절을 지어 역사도 거의 다 끝났으니, 절이 되거든 다들 절로 오셔서 부처님의 말씀을 듣고 배우시오. 그리하면 여러분의 집과 나라에서 모든 재앙이 소멸되고 갖은 복이 나려오리다."

이차돈이 말을 마치고 합장할 때에 무리 속에서 누가,

"임금을 해하려는 놈이 누구냐?"

하고 외치는 이가 있었다.

이차돈은 고개를 들어 소리 오는 편을 바라보며,

"임금을 해하려는 마음을 아니 먹은 이는 새로 그런 마음을 아니 먹으면 좋고, 그런 악한 마음을 먹었던 사람이라도 오늘부터 그 마음을 버리면 좋을 것이오."

하고 대답하였다. 이차돈의 말이 끝나자 다시 무리 속에서,

"임금을 속이고 임금을 해하려 하는 놈을 죽여라!"

"그놈이 누군가 대어라."

하는 소리가 나왔다.

사람들은 모두 살기를 느끼면서 소리 오는 편으로 돌아보고는 다시

이차돈을 돌아보았다. 이차돈은 더 말할 필요가 없음을 깨닫고 입을 다물었다.

이때에 또 무리 속에서,

"임금을 속이고 백성을 속이고, 고구려 왕의 뇌물을 먹고, 우리 임금을 죽이고 우리 나라를 망하게 하려는 놈이 저놈이다. 저 이차돈이다." 하는 소리가 들렸다. 그러고는 돌팔매 하나가 날아와 이차돈의 이마를 쳤다. 이차돈의 이마에서는 붉은 피가 흘러내렸다. 그러나 이차돈은 그 피를 씻으려고도 아니하고 두 손을 합장한 대로 그린 듯이 서 있었다.

"저 피! 저 피!" 하고 이차돈의 곁에 섰던 사람들이 무서워서 뒤로 물러섰다.

이차돈이 한번 성이 나면, 만일 저 장삼 밑에 칼을 빼는 날이면 여러 백 명 목이 달아나리라, 하여 무리는 서로 밀치면서 흩어져버리고 맨 나중에 남은 것은 이마에서 피를 흘리고 섰는 이차돈뿐이었다.

사람이 다 흩어진 뒤에 이차돈은 뒤에 혼자 남아서 걸어갈 생각도 아니하고, 잠시 정에 들어 있다가 깨어날 때에는 비길 데 없는 기쁨을 깨달았다. 많은 중생을 향하여 법을 설하여 그들의 속에 불연(부처님의 길의 인연)의 씨를 심는 일을 한 것만도 기쁘려든 하물며 부처의 길을 위하여 매를 맞고 피를 흘림이랴. 만일 제가 모듬매를 맞아 그 자리에 거꾸러져서 죽었다 하면 얼마나 기쁜 일이랴.

'부처의 가르침을 위하여 목숨을 아끼지 말라(護法不惜身命)'이라는 경의 글귀를 생각하고 이차돈은 처음으로, 실로 일생에 처음으로 진리를 위하여, 제가 믿는 바를 위하여 몸을 희생하는 기쁨을 체험하였다.

악한 세상에서 옳은 도리를 설하려면 '몽둥이와 돌멩이와 기왓장 조각'으로 얻어맞는 것이나, 모든 욕을 먹는 것이나 다 으레 당할 것으로 알아야 한다고 부처님이 말씀하셨다. 그러하더라도 조금도 성내지도 아니하고 분히 여기지도 아니하고, 또 낙심하지도 하니하고 오직 그릇된 길에 헤매는 중생을 불쌍히 여기는 자비심만으로, 중생을 악한 길에서 건져내어서 바른길에 끌어올리는 것밖에는 물건이나 이름이나 아무 것도 바라는 것이 없이, 바라는 것만 없을 뿐더러, 내가 잘하는구나 하는 자만심도 없이, 잠시도 쉬지 아니하고, 생명이 끝나는 날까지 법을 설하는 것이 불자에게 합당한 인욕행이요, 자비행이요, 보살행이라고 이차돈은 경에서도 보고 백봉국사에게서도 들었다.

그러나 신라에 들어온 후로 지금까지 궁중에 있어서 풍족하고 화려한 수용과 융숭한 대접을 받고 있었고 아직 참으로 불법을 위하여 아무 고 생도 한 일이 없었다. 그러다가 오늘에야 실로 우연히, 무론 전생 다생 으로부터의 인연이겠지마는, 얼른 생각하면 우연히 장안 대도상에서 수천의 대중을 향하여 설법을 하고, 또 법을 위하여 돌로 피를 흘려서 비로소 법사의 기쁨을 깨달은 것이다.

'내가 왜 지금까지 반 년 동안이나 궐내에만 숨어 있었던고? 내가 왜 신라에 들어오는 길로 백성들 속에 나아가 겁없이 설법을 하지 아니 하였던고? 그랬다면 벌써 돌에 맞아 죽었거나 잡혀서 죽었으리라. 그 러면 그만이 아닌가. 그러면 좋은 일이 아닌가? 목숨을 아끼나? 아니 아끼거든 무엇이 겁인가? 절을 다 지어놓고 오래오래 늙어 죽도록 설 법을 하려고? 안 될 말! 그것도 탐욕이다. 나 하나가 법을 설하다가 피를 흘리고 죽으면 또 누가 설법을 하느냐고? 아니, 아니! 그것도 다 탐이요 치라. 어리석은 생각이다. 모두가 불보살의 원력과 중생의 업력으로 되는 인연임을 믿는 바에 내가 법을 설하다가 죽는다면, 이 나라에 불연이 있으면 또 다른 사람이 나올 것이요, 또 내가 흘린 피에 서 움이 돋고 싹이 틀 것이다. 지금 길에서 한 짧은 설법도 몇 사람의 마음에는 비록 단 한 사람의 마음에라도 불법의 씨를 심었을 것이다. 옳다, 그렇다. 내가 궁중에 억겁을 잇더라도 그것은 곧 내 탐욕, 편안 하자, 목숨을 안전히 부지하자는 탐욕밖에 아무것도 아닌 것이다. 내가 만일 신라에 들어서는 길로 집집에 탁발을 하면서 법을 설하였던들 벌 써 이 백성 중에는 불법의 씨가 수없이 싹이 텄을지도 모르는 것이다.

내가 신라에 들어오는 길로, 늦어도 서울에 들어오는 길로 백성들 속에 들어가서 집집에서 밥을 빌어먹고 백성들이 주는 곳에 잠을 자며 만나는 대로 법을 설하였던들 그 동안 반년 간에 얼마나 많은 불자가 생겼을는지 모를 것 아니냐. 설사 벌써 맞아 죽었거나 찍혀 죽었다 하더라도 신라 백성들은 도를 위하여서 죽는 나를 보고 얼마나 그 도를 우러르는 마음이 생겼을까. 그랬더면 평양공주의 마음에 저러한 번뇌도 아니 일으키고 달님이나 별님에게도 벌써 바른 길의 본을 보였을 것을. 그런데 이것이 무엇이냐. 대궐 속에서 잘 먹고 잘 입고 편안히 자고, 죽기가 무서워서 출입도 못 하고.'

이렇게 생각하고 이차돈은 깊이 뉘우쳤다.

이날 이차돈이 길에서 장안 백성을 모아놓고 법을 설한 일은 서울 사람에게 큰 충동을 일으켰다. 이날 밤에는 가는 곳마다 이차돈이 백성들에게 설법을 한 것과, 돌로 이마를 맞아 피를 흘린 것이 이야깃거리가 되고 어떤 사람은 이차돈이 그 자리에서 죽었다고 하고, 어떤 사람은 이차돈이 도술을 부려서 공중에 솟아 올랐다고도 하고, 어떤 사람은 이차돈의 이마에서 흐르는 피가 불길이 되어서 타올랐다고도 하였다.

그러나 가장 큰 문제가 된 것은 이차돈이 백성들을 대하여, 조정에 있는 대관들이 모두 임금을 속이고 임금을 해하려 한다는 말이었다.

"그게 무슨 뜻인지 아나? 저 선마로 이손을 두고 하는 말야. 인제 두고만 보아, 이차돈이 선마로를 해낼 테니, 그리되면 공목 이손, 알공 한아손 다 경을 칠걸. 이차돈이 본래도 천하 영웅인데다가 불도를 닦아서 도술이 어떻게 높은데."

이런 말들을 하게 되었다.

이 일이 선마로 이손 일파를 깊이 자극한 것은 말할 것도 없었다.

이날 밤으로 선마로의 집에는 공목과 알공이 모였다.

"그놈이 분명 돌로 맞았어?"

하고 선마로 이손은 매우 흥분된 어조로 물었다.

"분명 맞았소. 이 몸이 눈소 보나 다름이 없소."

이것은 알공의 대답이다.

"그런데 그렇게 얻어맞고도 가만히 있더라고?"

하는 것은 선마로.

"예, 그린 듯이, 나무로 깎아 세운 듯이."

하는 것은 알공의 말.

"그게 더욱 밉고나. 그래 그놈을 그냥 살려서 돌려보내?"

하고 선마로는 분개한다.

"그냥이 무엇이오니까. 백성들이 모두 이차돈 무서워하기를 어떻게 무서워하는데 그러시오? 본래 칼을 잘 쓰는 줄을 알아, 게다가 불도를 닦아서 도술이 높다는 말을 들어. 그나 그뿐인가, 상감께서는 이차돈을 사랑하시와서 궐내에 두시고 장차 평양공주 부마에 태자를 봉하신다는 말까지 있어, 백성들이 어떻게 이차돈을 두려워하는데 그러시오?"

하고 알공은 살살 선마로의 비위를 긁는다.

"태자? 또, 아직도 이차돈을 태자?"

하고 선마로는 놀란다.

"선마로 이손, 아직 모르시오? 오늘 지밀나인이, 이 몸이 돈을 먹여서 심부름을 시키는 지밀나인 말씀이오. 지밀나인이 그러는데 어젯밤에는 이차돈이 평양공주 방에서 잤다오. 그리고 오늘은 아주 상감께서 이차돈을 공주 부마를 삼으시고 태자를 봉하신다고. 아마 가윗날 신궁에서 조칙을 나리실 모양이오. 그런데 선마로 이손께서는 아직도 그 일을 모르시오. 이 몸은 이손께서는 벌써 아시는 줄 알고——."

하는 알공의 말이 끝나기도 전에 선마로는,

"무어? 이차돈이 공주의 방에서 잤다?"

하고 알공과 공목을 본다. 공목도 그 말에는 놀라는 빛을 보인다.

"예. 어저께는 날이 밝도록, 해가 뜨도록 이차돈이 공주의 방에서 잤다오. 아마 처음만도 아니라나 보오. 어떤 날은 공주가 이차돈의 방에 가서 자고, 어떤 날은 이차돈이 공주 방에 가서 자고.”

“무어? 공주가 이차돈의 방에?”

하고 이번에는 공목이 그 가는 목을 길게 빼며 묻는다.

“예. 공목 이손도 인제는 해괴한 줄을 아시오? 어젯밤에도 처음에는 공주가 이차돈의 방에 가서 자다가 밤이 깊어서 돌아왔는데 공주가 이차돈을 혼자 두는 것이 마음이 아니 놓여서 이차돈을 부르셨더라오.”

“무엇이 마음이 안 놓여?”

하는 것은 선마로의 말.

공목은 심히 해괴하다는 듯이 눈을 감고 고개를 도리도리 하면서 몸을 흔든다. 알공은,

“아니 그것도 모르시오?”

하고 선마로와 공목을 바라본다.

“그것이라니? 무엇이 염려가 된단 말이오?”

하고 선마로는 더욱 흥분한다.

알공은 ‘흥’하고 코웃음을 하면서,

“공주가 이차돈의 방에를 다녀간 뒤에는 달님이 이차돈의 방에를 들어온단 말이오. 그런 뒤에는 고구려 계집이 들어오고. 어떤 때에 별님도 들어오고. 이차돈의 방문 돌쩌귀에 불이 날 지경이라오. 흥.”

하고 음탕하다고 할 만한 웃음을 웃는다.

“설마 그럴라고?”

하고 공목이 알공을 노려보며 낯을 찡긴다.

“공목 이손은 이 몸의 말이면 무엇이나 아니 믿으시니까. 또 이차돈을 숭배하니까.”

하고 빈정거린다.

“원, 큰일날 소리를 하오. 이 몸이 언제 이차돈을 숭배하더란 말요? 원 어린애를, 게다가 중을 숭배라니 원 당치 아니한 말도 하오.”

하고 공목이 뽐낸다.

"그러면 어이하여 이 몸이 하는 말을 아니 믿으시오? 이차돈이 그러한 일이 없다 하시오?"

하고 알공이 대든다.

"아니, 이차돈이 그런 일이 없다고 하는 말이 아니라 이 몸이 보지 못한 말을 어떻게 없다고야 하겠소마는, 이녁도 보지는 못하였을 것을 보고 오기나 한 것처럼 말을 하니 말이오. 아무리 아무러기로 설마 그런 일이 궐내에서 있을 리아 있소? 이 몸은 다만 그 밀이오?"

하고 공목은 더 말하기를 원치 아니하는 모양으로 고개를 숙인다.

"허허."

하고 알공은 기를 내어서,

"그러매로 해괴하단 말이 아니오? 대궐 안에서 있지 못할 일이 있으매로 괴변이란 말이 아니오? 그러면 여보시오, 공목 이손. 이 몸이 없는 말을 지어내어서 거짓말을 한단 말이오? 이 몸이 거짓말을 하면 야청 하늘에 벼락을 맞겠소. 팔월 가위가 지나지 못하여 이 몸의 모가지가 몸뚱이에서 떨어지겠소. 이 몸도 이차돈의 그 해괴망측한 광경을 눈소 본 것도 아니요, 귀소 들은 것도 아니오마는, 눈소 보고 귀소 들은 사람의 입에서 바로 이 귀로——늙기는 늙었지마는 아직도 먹지는 아니한 이 귀로 들은 대로 시방 말씀을 여쭌 것이란 말이오. 거짓말을 하였다면 이 몸에게 말한 사람이 거짓말을 한 것이지 이 몸이 거짓말씀을 지어내인 것은 아니란 말이오. 이 몸의 말이 거짓말이면 야청 하늘에 벼락을 맞겠소."

하고 또 한 번 뽐내다가 두 번이나 벼락을 맞겠다는 맹세를 한 것이 겁이 나서 몸에 약간 소름이 끼치며 그런 무서운 말을 하지 말 것을, 하고 후회하였다.

그러나 육십 평생에 거짓말도 많이 하고 야청 하늘에 벼락을 맞는다고 맹세도 해보았으나 아직 벼락을 맞은 일도 없고, 또 자식을 다 잡아 먹겠다고 맹세한 것도 한두 번, 열, 스무 번만도 아니었으나 자식 손주

들도 일 없이 자라나는 것을 생각하면은 하늘이란 그렇게 무서운 것이 아니로구나 하고 안심하면서 다시 기운을 얻어,

"공목 이손은 공연히 남의 말을 의심하지 마시오. 이 몸이 언제는 거짓말하는 것 보셨소?"

하고 공목을 꾹 눌러놓고 선마로를 향하여,

"그런데 말씀이오. 그보다 더 큰일이 있단 말씀이오. 바로 그 자리에 서서 들은 사람의 말인데, 도무지 거짓말을 하거나 꾸며대일 사람도 아닌 바로 제 귀로 들었다는 말인데, 이 몸과 꼭같이 거짓을 미워하는 사람이 듣고 와서 하는 말씀인데, 무에라는고 하니———도무지 너무도 해괴해서 말씀 여쭙기도 황송하오마는, 이차돈이 놈이 그러더라오. 백성들을 보고, 지금 조정에는 임금을 죽이고 제가 임금이 되려는 놈이, 황송하오마는 이차돈이 놈이 한 말대로 아뢰는 것이오. 임금을 죽이고 제가 임금이 되려는 놈이 있다고. 그놈은 바로 임금의 에——차마 다 말씀을 못 여쭙겠소. 그러고는 공목이 놈이 그놈의——아, 차마 더 못 여쭙겠소. 그러고는 이차돈이 놈의 말이, 너희는 그런 놈들을 가만두느냐고."

하고 점점 험악하여가는 선마로의 얼굴을 본다.

"무어?"

하고 선마로의 숨결은 높다.

"그래서 그때에 돌팔매가 날아가서 이차돈이 놈의 이마빼기를 때렸단 말씀이오. 그 돌에 그놈의 골사배기가 아주 바라졌더라면 좋을 것을."

하고 알공은 잠시 말을 멈추었다가,

"어, 그나 그뿐이오. 또 있소. 이런 놈들은 모두 죽여서 짐승을 만들거나 지옥으로 보낸다고, 제게 그런 도술이 있노라고."

하고 선마로와 공목을 본다.

선마로는 벌떡 일어나면서,

278

"자, 인제는 더 생각할 것도 없고 더 주저할 것도 없다. 인제는 신라를 위하여, 망하려는 나라를 붙들기 위하여, 도탄에 든 창생을 건지기 위하여 더 기다릴 수가 없다. 공목 이손, 열두 영문 군사를 이손이 맡았으니 곧 풀어서 대궐을 에워싸고 서울을 골목골목 지켜서 물샐틈없이 하라고 이르오. 이밤으로, 이밤으로."
하고 명령하는 말씨다. 그러고는 선마로는 알공을 향하여,
"여보오. 알공은 말 탄 군사를 풀어 여섯 마을에 전령하여 성명책에 오른 사람이나, 아니 오른 사람이나 한마로, 이마로까지도 모두 성화같이 입궐하라고 지휘하오. 이밤으로, 이밤으로."
하고 더욱 어세가 엄하다.
"한마로도, 이마로도?"
하고 알공은 의아한 듯이 묻는다.
"음, 한나마 사인 이상으로 하나 빼지 말고. 모두 모인 곳에서 상감과 이차돈의 죄를 설파하려오. 그리고 한마로와 이마로가 보는 앞에서, 바로 그 눈앞에서 이차돈과 달님의 목을 베려 하오."
하고 선마로는 주먹을 불끈 쥔다.
알공은 고개를 끄덕끄덕한다.
"그러기로 이밤에?"
하고 공목은 겁이 나는 듯이 눈을 크게 떠서 선마로를 바라본다.
"음, 이밤에. 시각 지체 말고."
하고 선마로는 공목을 노려본다.
"오늘 더 생각해보시고."
하고 공목의 음성은 떨린다.
"무엇을 더 생각해?"
하고 선마로의 어성은 커진다.
"그래도 매사는 잘 생각하여서 실수없이 하심이 좋을까 하오. 그러다가 공연히 인심만 소동되고."

“다시 입을 벌리지 마오. 명령이오! 만일 다시 한 마디라도, 눈치만
이라도 이 몸의 말을 거슬리면 이 칼로, 이 칼로 목을 베어서 군법 시행
이오. 자 어서, 어서.”
하고, 선마로는 손을 들어서 두 사람에게 문 쪽을 가리킨다.

공목이 앞을 서고 알공이 뒤를 따라나간다. 선마로는 두 사람이 나간
뒤를 바라보고 섰더니,

“아아, 인제야 마침내 이르렀다. 기다리고 기다리던 운수가 이제 이
르렀다. 오늘 밤 닭 울 녘이면 이 몸이 머리에 금관을 쓰고 몸에 쌍용을
수놓은 깁옷을 입고, 만조백관의 조하를 받을 것이다. 이차돈을 따르던
계집들일랑 모두 후궁에 두고, 인제 이 천하는 모두 이 몸의 것, 만백성
을 죽이고 살리기는 모두 이 몸의 마음 하나, 뜻 하나, 이십 년 먹은 뜻
을 오늘에야 이루었다.”
하고 선마로는 잠깐 생각하다가,

“그러기로 상감을, 이 몸의 친형을 차마 죽이기까지야 어이하리. 그
렇다고 살려두면 후환이 되고. 죽일까? 남을 시켜 죽이고 이 몸은 슬
퍼하는 양을 보이고? 에라 어떻게나 될 터이지. 천하의 큰일을 천명이
돌아가는 곳을 막을 이 누구냐. 막는 자는 모두 부서뜨려라. 모두 죽여
라!”
하고 칼을 쭉 뽑아 든다. 선마로는 또 혼잣말을 계속한다.

“그러기로 아들이 없으니 무엇하리. 천하를 얻기로니 누구에게 전하
리. 삼천 궁녀를 골고루 보아서 아들 낳기를 기다릴까? 아직도 이 몸
이 늙지 아니하였으니 앞으로 삼십 년은 더 살려든, 구십 향수를 한다
면 사십 년은 더 살려든. 임금이 된 뒤에 아들을 낳더라도 늦지는 아니
하려니.”
하고 빙그레 웃는다.

이차돈이 이마에 피를 흘리고 돌아온 것을 아시고 상감은 크게 슬퍼
하시와 이차돈에게 다시는 밖에 나가지 말 것을 엄명하시었다. 이차돈

은 거기 대하여 길게 말하지 아니하고 제 처소에 돌아와 마음을 잡고 앞이 어찌 될 것을 생각하였다.

왕후와 평양공주는 자주 사람을 보내시와서 이차돈의 상처가 아프지나 아니한가, 붓지나 아니하였나 알아보게 하시었고, 상감께서는 시의를 보내시와 이차돈의 다친 이마에 약을 바르고 싸매게 하시었다.

이차돈은 이마 맞은 곳이 아파서 일어서 앉았기가 아려워 벽에 기대어 있었다. 이차돈의 머릿속에는 오래지 아니하여 제 몸이 불법을 위하여서는 죽을 것 같은 생각이 일어났다. 오늘 제가 노상에서 백성들을 보고 설법을 한 것은 필시 저를 해하려는 선마로와 공목과 알공의 비위를 크게 거슬려서 미구에 반드시 무슨 일이 날 것만 같았다.

'그러나 법을 위하여서 목숨을 버리는 것은 미리부터 알고 있는 것.' 하고 이차돈은 태연하려 하였으나 그래도 이 세상에 있을 날이 얼마 아니 남았는가 하면 노상 마음이 흔들리지 아니할 수도 없었다. 좀더 생각해볼 것도, 좀더 할 일도 있는 것 같았다.

아직 젊은 몸이 어느덧 가버린다는 것이 아까운 듯한 생각도 있었고, 홀로 계신 어머니와 늙으신 할아버지 그리고 달님, 별님, 버들아기, 평양공주, 상감, 왕후 이러한 얼굴들이 다 눈에 밟히었다.

'좀더 살아야 하지 아니하나?'

이러한 생각도 났다. 그러나 다음 순간에 이차돈은,

'어, 이것도 모두 다 탐욕이요, 어리석음이다. 이 몸이 아직도 이런 생각을 할 만한 사람이던가? 보살행을 하는 사람이 이러할 수는 없다. 죽고 사는 것은 벌써 떠나버린 일이 아니냐?'

하고는 경문 중에,

'삼천대천세계에 겨자씨만한 땅도 보살이 중생을 위하여 목숨을 버리지 아니한 곳이 없다(三千大千世界無有芥子許地非是菩薩捨身命處爲衆生故).'

라는 것을 생각하였다.

'한 번뿐이 아니다. 천 번 만 번, 억만 번이라도 이 몸이 나고 죽고, 죽고 나서 이 중생을 건지기에 힘을 써야 한다. 이제 겨우 이마 한 번 터진 것, 이제 겨우 한 번 죽는 것!'
하고 이차돈은 벽에 기대었던 머리를 번쩍 들었다. 금시에 칼이 목 위에 오더라도 눈을 깜짝 아니할 듯한 용기를 얻었다.

'목숨을 아끼지 말고(不惜身命).'
이란 것을 생각하였다.

'이 목숨을 두었다가 옳은 일을 위하여서 쓰지 아니하고 무엇에 쓰리. 억만겁을 두고 나고 죽고 하기를 몇 억만 번을 하더라도 중생을 위하여서 목숨을 바칠 기회를 한 번 얻기도 어렵거든. 한 사람을 건지기 위하여서라도 목숨을 버릴 기회가 생기거든 이것을 억만겁에 만나기 어려운 큰 복을 오늘에 만났다, 하고 기쁘게 목숨을 던지라 하였거든.'
하고 이차돈은 빙그레 웃었다.

'이 몸이 죽어서 신라에 불법이 흥할진댄.'
하고 이차돈은 춤을 추고 싶은 듯한 기쁨을 깨달았다. 이마 아픈 것도 잊어버렸다.

밤은 깊어간다. 초엿새 달도 벌써 넘어간 지가 오래다. 이차돈의 머릿속에 생각이 쉬어지는 틈을 타서 뜰에서 울어 오는 소나기 같은 벌레 소리.

이차돈이 자비 삼매와 법화 삼매에 들어 있어서 마음이 괴외할 때에 문득 들려오는 고함 소리. 북을 치고 소리를 지르고.

이차돈은 귀를 기울였다. 그것은 분명 많은 군사의 고함 소리. 점점 가까워오는 고함 소리.

이차돈은 일어나 장삼을 입고 가사를 메고 염주를 걸고, 금시에 무슨 일이 있더라도 위의를 잃지 아니할 준비를 하였다.

그러고는 또 자비 삼매에 들어가 삼계 중생을 모두 어린 아들과 딸과 같이 어여삐 여기는 마음을 가지고 가만히 고요히 앉아 있었다.

고함 소리가 점점 대궐에 가까워졌다.

"상감마마, 상감마마."

하고 왕후는 곤히 잠드는 상감을 깨우셨다.

"상감마마, 이 어이한 고함 소리요? 북소리가 들리고 소리지르는 소리가 들리고."

하고 왕후는 자리에서 일어나 앉으시었다.

"어디?"

하고 상감도 눈을 뜨시고 귀를 기울이시었다.

'선마로의 모반.'

하고 상감은 가슴에 짚으셨다.

이때에 지밀나인이 문 밖에서,

"황송하오. 황송하오."

하고 인기척을 한다.

"왜 그러느냐? 이리 들어라."

하고 상감은 그냥 자리에 누워 계시었다. 무슨 일이 오든지 태연히 받으리라 하는 듯이.

지밀나인은 가만히 문을 열고 방에 들어와 부복하며,

"지금 선마로 이손이, 상감마마께 급히 사뢰일 말씀이 있다 하와 상감 분부 기다리오."

하고 아뢰인다.

"선마로 이손 혼자더냐?"

하고 상감은 약간 화를 내시며 묻는다.

"공목 이손과 알공 한아손도 등대하여 있소."

하고 나인이 아뢰인다.

"또 이 밤중에 무슨 일이란 말이냐? 인제는 밤에 잠도 못 자게 하려 드는구나."

하고 상감이 일어나 앉으시매 왕후와 나인이 옷을 입혀드린다. 나인은

옷을 입혀드리면서,

 "그러하온데 지금 어인 군사가 대궐을 에워싸고 '이차돈을 내어주오, 이차돈을 내어주오'하고 외치고 있사온데, 무슨 일이 온지?"
하고 왕후의 눈을 잠깐 바라본다. 왕은 옷고름을 다 매신 뒤에,

 "이리 들라 하여라."
하고 관을 쓰시고 자리를 밀어놓으시고 병풍에 몸을 기대신다. 나인이 물러나간 지 얼마 아니하여서,

 "상감마마, 선마로 이손 아뢰오."
하고 선마로가 문 밖에 꿇어앉는다.

 "아우냐. 이리 들어라."
하시는 상감의 말씀에 선마로는 나인이 열어주는 문으로 상감 계신 방으로 들어가고, 공목과 알공도 따라 들어간다.

 선마로와 공목과 알공은 상감 앞에 엎드려서 고개를 들지 아니한다.

 상감은 물끄러미 세 사람이 엎드린 모양을 바라보시고 이윽고 말씀이 없으시더니,

 "선마로, 고개를 들어라."
하고 분부하시었다. 선마로는 고개를 들어서 상감을 바라본다.

 "저 고함 소리가 웬 소리냐?"
하고 임금은 책망하는 듯한 눈으로 선마로를 본다.

 선마로는 두 손으로 방바닥을 짚고, 몸을 앞으로 숙이고 눈만 들어서 임금을 우러러보고 알공과 공목은 선마로보다 한걸음 떨어져서 역시 선마로 모양으로 두 손으로 방바닥을 짚고 몸을 앞으로 숙이고 앉았다.

 "그러올세, 이 몸이 밤중에 상감마마를 놀라시게 한 것도 그 일 때문이오."
하고 잠깐 말을 멈춘다.

 "무슨 일이란 말인고? 저 고함이 무슨 일이란 말인고? 어서 말을 하라."

"예. 황송하오마는 이차돈을 내어주셔야 할 줄로 아뢰오. 오늘 이차돈이 노상에서 수많은 백성을 모아가지고 해괴한 말을 한 것이 빌미가 되어서 장안 백성이 모두 물 끓듯하오며, 군사들이 벌떼와 같이 일어나서 이차돈을 죽이지 아니하면, 예 황송하오나 이차돈을 내어주지 아니하면 그냥 돌아가지는 아니한다고 하오. 사제가 심히 급박하와서 다시 어찌할 도리가 없사오니, 요승 이차돈을 내어주시는 일밖에는 만백성의 마음을 안돈시킬 도리는 없는 줄로 아뢰오."

선마로의 이 말에 상감의 눈썹이 위로 번쩍 들린다.

"이차돈이 백성들을 보고 무슨 말을 하였관대 백성과 군사들이 저렇게 떠든단 말인고?"

하고 상감은 선마로를 노려보신다.

"예. 이차돈이 한 말은 여기 들은 사람이 있사오니 이 몸이 아뢰이는 이보다⋯⋯."

하고 선마로는 고개를 잠깐 돌려서 알공 편을 본다.

알공은 무릎 걸음으로 두어 걸음 앞으로 나와 한 번 이마를 조아리고 눈만 치떠 임금을 우러러보며,

"이차돈이 백성들을 보고 한 말씀은 이 몸이 귀를 가지옵고, 자초지종을 다 들었사옵기 아뢰오리다."

할 때에 공목이 들릴락말락한 소리로,

"어디 제 귀로 바로 들었나 원, 들은 사람의 말을 들었다면서?"

하고 중얼거린다.

선마로와 알공은 공목의 말이 임금의 귀에 아니 가게 하기 위하여 기침을 한다. 알공은 한층 소리를 높여,

"그러하오나 이 몸이 들은 말을――이차돈이 하온 말을 이루 다 상감마마 전에 아뢰옵기는 황송하옵고, 황송하올 뿐더러 하도 해괴하와서 그 말을 듣자온 이 귀도 씻어버리고 싶사오매, 차마 다 입에 담아 아뢰옵기는 황송하옵고, 그러하오매 대총대총만 아뢰옵고, 대총을 아뢰

는 중에도 너무 해고한 말씀은 빼어놓고 아뢰오리다.”

하고 잠깐 말을 끊었다가 다시 입을 열어,

 “첫째로, 아뢰옵기 심히 황송하오나, 우리 나라에 가뭄이 들고 큰물이 나고 병이 돌고 하는 것은 임금이 죄가 많은 까닭에 내리는 벌이라 하오니, 어디 신자의 도리에 그러한 말법이 있사오니까. 이 말만 하와도 이차돈은 죽여서 마땅하오며, 또 신궁이나 시조묘에는 빌어도 쓸데없으니 오직 부처에 빌어야 이 죄를 다 벗으리라 하오니, 이것은 신궁과 시조를 욕되시게 한 말이라 이만하여도 이차돈은 죽을 만하오며, 또 이차돈의 말이, 상감마마 중전마마께옵서는 제 제자라 하옵고, 평양공주마마는 제게 수종까지 든다 하오며, 그 이상은 차마 입에 담을 수 없사와서 아뢰이지 아니하오며, 그 중에서도 가장 해괴하온 말씀이온즉, 이로부터 이 신라 나라를 다스릴 자는 내니 너희들은 내 말을 순종하고 내게 경배하라 하였사오니, 이런 도무지 무엄하고도 대역부도한 말이 있사오리까? 이 죄로 말하오면 이차돈을 갈기갈기 찢어서 죽여도 오히려 넉넉지 못하오며, 또 참으로 이 말씀을 아뢰이기는 황송하오. 원 이 몸도 신자의 도리에 어찌 차마 이 말씀을 이 입으로 아뢰오리까. 그나 그뿐이오니까? 또 이차돈의 말이, 이 말씀은 참으로 아뢰이기 황송하오, 그러하오나 신자의 도리에 충성이란 바른 말씀을 임금께 아뢰이는 것이오매, 설사 이 몸의 목이 달아나더라도 아니 아뢰일 수는 없사옵고, 이차돈의 말을 이 몸이 이 귀로 듣지 아니하였사오면 어떠한 사람이 말을 하와도 아니 믿으려 하오. 이차돈이 무에라고 하였는고 하니, 죄 많은 예, 이 몸 같은 놈이나 공목 같은 무리야 참으로 죄도 많사오매, 죽어도 도야지가 되고 당나귀가 되고 구렁이나 실뱀이 되기로 마땅하옵고, 또 이차돈의 말과 같이 지옥 속에 들어가서 억만 년 꺼지지 않는 유황불에 타는 것도 마땅하오나, 그놈이 무슨 말을 못 하와서 차마 입에 담지 못할 상감마마, 차마 이 말씀만은 아뢰이지 못하오. 이 입으로는 차마 무엄하고 황송하와서, 예.”

하고 말을 끊었다가,

"지금 여짜온 말씀에 한 말씀이라도 거짓이 있사오면 오늘 해가 맞기 전에 이 몸이 천벌을 맞아서 죽삽고 이 몸의 새끼들까지도……."

하고 한 번 머리를 조아리고 상감을 우러러본다.

촛불이 바람이 없는데 흔들린다.

임금은 가만히 듣고만 계시고 아무 말씀도 없으시다. 마치 나무로 깎아놓은 모양으로 눈도 움직이지 아니하시고 가만히 병풍에 기대어 계신다.

밖에서 군사들이 아우성하는 소리가 들린다.

선마로는 군사들의 아우성을 귀기울여 듣고 근심하는 모양을,

"상감마마, 저 군사들을 어찌하시려오?"

하고 상감을 우러러본다.

군사들의 아우성은 더욱 크게 들린다. 궐내에서도 자던 사람들이 모두 깨어서 웅성거렸다.

임금은 이것이 다 선마로와 공목, 알공의 농간인 줄을 아시므로 마음에 깊이 분하셨다.

"그러니 어떻게 하란 말이냐?"

하고 임금은 한참이나 말없이 계시다가 약간 노기를 띤 어성으로 선마로에게 말하였다.

"저 백성들의 마음을 진정할 도리를 하시오."

하고 선마로는 아뢰었다.

"백성들의 마음을 흔들어놓은 사람이 진정하려무나. 이 몸더러 어찌하라 하느냐!"

하고 임금의 말씀은 더욱 높았다.

"백성들의 마음을 흔들어놓은 것은 이차돈이오. 이차돈을 베시면 백성들의 마음은 진정될 줄 아오."

"악한 무리의 계교를 들어서 선한 사람을 베일 수는 없다. 이 몸은 이

차돈으로 평양공주의 부마를 삼아서 태자를 봉할 생각이다. 너는 이 몸의 동기로서 동기의 정과 의를 가지고 이 몸을 도우려 하지 아니하고, 가슴에 불측한 마음을 품고 항상 이 몸을 해하려 하는 줄은 이 몸이 아무리 어두워도 벌써부터 다 알고 있는 일이다. 태자가 죽은 뒤에 이 몸이 아들이 없으매 이 자리를 선마로 네게 전할 마음이 일어날 것이 인정이 아니야? 그러나 네 마음을 보매, 옳은 것을 사모하지 아니하고 사욕만 탐하여서 간사한 무리를 사귀어 매양 옳지 못한 일을 하려 하여 그런 일을 볼 때에 이 몸의 가슴은 칼로 에이는 듯 아팠다. 이러한 사람이 나라를 맡아서 임금이 되면 옳은 신하는 다 물러가고 간사한 무리들이 조정에 차서 백성은 어육이 될 것이요, 나라는 망하여버리라고. 그러매로 이 몸은 혹은 골육의 정으로 네 마음을 움직이려고도 하여보고, 옳은 말로 너를 훈계도 하여서 행여나 마음을 고칠까, 행여나 이 몸의 뒤를 이을까 하였건마는 선마로야, 너도 벌써 두 귀 밑에 센 터럭이 보이건마는 아직도 저 여우 같은 알공의 무리, 옳은 것을 옳은 줄 알면서도 그것이 옳다고 못 하고 끌려다니는 공목의 무리의 말을 믿고 하는 일이 이것이란 말이냐? 앓고 늙은 형이 죽을 때까지를 기다리기가 어려워서 어리석은 군사들을 충동하여 밤중에 범궐을 시키고, 그래 네가 이런 천륜을 어기고, 인륜을 어기고, 마침내 네 손으로 네 형을 죽이고라도 임금의 자리에 오른다면 백성이 너를 높이고 하늘이 너를 용서할 듯싶으냐? 알공아, 너는 그 요망하고 독한 혀끝으로 형제와 군신을 이간하고 요언을 돌려서 인심을 어지럽게 하고도 하늘이 무서운 줄을 모르거니와, 아까 네가 맹세한 바와 같이 오늘 해 전으로 네 목이 달아나고 네 새끼들이 몰살할는지 어찌 아느냐! 악한 놈의 꾀가 이기고 선한 사람이 망하는 천지라면 구태여 아깝게 여길 것도 없거니와, 이 몸이 믿건댄 이 천지가 부서지기까지 악한 일을 하는 자는 반드시 고만한 기품으로 앙갚음을 받는 것이니라. 이 몸이 비록 늙고 병들었으나 너희가 어찌되는 것을 이 눈으로 보기 전에는 눈을 감지 아니하련다. 선마로야! 선마로야! 어디 네 마음대로 하여보아라! 이 몸은 이제 여섯 마을 누구누구 하는 사람들을 불러서 이 일을 의논하려 하거니와, 너희는 물러가거라. 다시는 지난 죄를 아프게 뉘우치기 전에는 다시는 이 몸의 눈앞에 보이지 말아라.”

하고 임금은 어성을 높이시었다. 그리고 임금은,

“이보아라!”

하고 가까이 모시는 신하를 부르시어,

“이보아라, 나라에 큰일이 있으니 한나마 이상으로 모두 들라 하여라. 그러하되 소세도 할 것 없으니 일각 지체 말고 입궐하라 하여라.”

하고 명을 내리시었다.

어명을 받은 신하가 물러나갈 때에 임금은,

“이보아라!”

하여 그를 다시 부르시어,

“네 몸소 궐문 밖에 나가서 저 아우성하는 군사를 보고 이 몸의 말이라 하고, 오늘 해뜨기까지 너희 소원을 들어줄 것이매 다들 물러가라 하여라.”

하셨다.

“상감마마.”

하고 선마로가 임금께 여쭈었으나 임금은 대답이 없으시었다.

선마로는 임금의 말씀을 들으매 쇠마치로 머리를 맞은 듯싶어 정신이 어쩔하였고, 공목과 알공은 덜덜 떨고 있었다.

얼마 아니하여서 어명 받고 나갔던 신하가 돌아와서,

“상감마마, 벌써 한나마 이상 모두 정전 뜰에 모였소.”

하고 아뢰인다.

“오, 선마로. 네가 미리 불러놓았고나. 잘하였다. 이봐라, 모두 편전으로 들라 하여라. 밤바람이 차지 아니하랴? 선마로야, 너도 편전에 나가 있거라. 이 몸이 옷을 입고 나갈 터이니. 신라 나라는 예로부터 시조 때부터 나라에 큰 일이 있으면 여섯 마을 벼슬아치를 불러 의논하는 법이니라."

선마로와 공목과 알공이 머리를 조아려 임금께 절하고 일어나 나온다.

세 사람이 나간 뒤에 임금은 혼잣말로,

"오, 어디 저놈들이 다들 무슨 말을 하나 들어보자."

하시고는 다시,

"이보아라!"

하여 시종을 부르시와,

"네 이차돈 대사 곧 이리 들라 하여라."

하시고 마음을 진정치 못하시는 듯이 일어나시와 방 안으로 오락가락하신다. 군사들의 아우성 소리 여전히 들린다.

"흠, 선마로 놈이 미리 사람들을 불러놓았다. 미리 서로 짰던 모양이지."

하고 임금은 자리에 앉으시면서 혼잣말씀을 하신다.

이때에 왕후와 평양공주가 들어온다. 왕후의 눈은 근심으로 커지고 평양공주의 얼굴에는 눈물이 빛났다.

평양공주는 병풍에 기대어 앉으신 수척하시고 핏기가 없으신 임금의 모양을 잠깐 보다가,

"아바마마."

하고 울며 쓰러진다.

"무슨 일이라 하오? 무슨 일에 군사들이 저렇듯 야료를 한다 하오?"

하고 왕후가 근심스러운 듯 임금께 묻는다.

"이차돈을 내어달라오."

하고 임금은 실심하신 듯이 대답하신다.

"이차돈을?"

하고 왕후가 놀라면서 물으신다.

 "예? 이차돈을? 저 군사들이 이차돈을 내어달라고?"

하고 평양공주가 숨이 막힐 듯이 놀란다.

 "그렇다."

하고 임금이 고개를 끄덕끄덕하신다.

 "이차돈을 무슨 죄로?"

하고 왕후가 또 물으신다. 상감은 눈을 감고 고개를 숙이시며,

 "이차돈이 착한 죄로, 옳은 죄로. 이 몸의 사랑을 받는 죄로. 도적놈들이 햇빛을 미워하는 모양으로. 이차돈 하나만 죽이면 이 세상에는 저희들이 죄악에 찬 더러운 몸을 비치일 빛이 없어질 듯하므로. 이것도 모두 다 선마로의 장난. 이 나라 권세를 다 제 손에 맡겨서 저 하고 싶은 대로 못 하는 일이 없건마는, 그래도 아직 하나이 마음에 차지 아니하여, 이 괴롭고 시들한 임금의 자리가 마음에 차지 아니하여 그것을 얻으려고 하는 저 흉계. 이 몸이 그것을 모름도 아니언마는 그래도 저와 이 몸과는 단 두 동기, 차마 저를 어찌할 수 없어서 오늘이나 내일이나 제가 개과천선하기만 기다리고 왔건마는, 게다가 배 다른 아우, 아바마마께오서 그리도 사랑하시던 선마로. 이것저것 두루 생각하고는 차마 저를 어찌하지 못하여서 본심이 돌아오기만 기다리고 기다리던 선마로. 그래도 이 몸이 덕이 부족하여서 바른 길에 들어서게를 못 하고 이제 이 꼴. 이제는 제가 죽거나 이 몸이 죽거나 결판이 나지 아니하면 아니 될 때가 왔다. 아아."

하고 괴로워서 몸을 이리저리 움직이신다.

 "아바마마."

하고 평양공주가 임금의 앞에 가까이 나아가 풍 맞은 듯이 떨리는 두 손을 마주 꼭 쥐고,

 "아바마마, 이차돈을 어찌하시려오?"

하고 묻는다.

평양공주가 '이차돈을 어찌하시려오?'하고 묻는 말에 임금은 눈을 번쩍 뜨시와 공주를 보시며,

"어찌하랴?"

하고 되물으신다.

"아바마마, 이차돈을 저 군사들에게 내어주시려오? 이차돈을? 이차돈을 내어 주시면 저 군사들은 이차돈을 가리가리 찢어 죽일 것을."

하고 밖에서 아우성하는 군사들의 소리에 귀를 기울이고는 몸을 진정하지 못한다.

"신라에 오직 하나 남은 이차돈을 이 몸의 손으로 죽여? 그것은 아니 될 말이다. 이 몸이 붙어 있을 때까지는 그것은 아니 될 말이다. 그런데 이차돈이 어찌해서 아직 아니 올까? 이보아라!"

하고 임금은 부르신다. 이때에 지밀나인이,

"이차돈 대사 대령하였소."

하고 아뢰인다.

"이리 듭시라 하여라."

하고 임금은 이차돈에게 대하여 스승의 예로 경어를 쓰신다.

이차돈이 먹물 들인 베 장삼에 다홍 명주쪽 모은 가사를 입고 들어와 무릎을 꿇고 임금과 왕후와 공주의 앞에 차례차례 합장한다. 임금도 왕후도 다 합장으로 이차돈의 인사에 대답한다.

그러나 공주는 합장하였던 손으로 낯을 가리우고 울며 쓰러진다. 벌써 훤하게 밝아서 촛불이 빛을 잃는다.

임금이 무슨 말을 어떻게 하실지 몰라서 주저주저하실 때에 이차돈은 한 번 엎드려 이마를 조아리고,

"상감마마, 이 몸은 이제 두 분 마마께 하직을 사뢰오."

하였다.

"하직이라?"

하고 상감은 놀라시는 양을 보이고 왕후도 입을 벌리신다. 공주도 울고

쓰러졌던 몸이 일으켜서 눈물 어린 눈으로 이차돈을 바라본다.

"저 군사들이 이 몸의 목숨을 달라고 아우성하오니 이 몸이 궐문 밖에 나아가 이차돈이 여기 있노라 하면 아무 일이 없을 줄로 아뢰오."

하고 이차돈은 한 번 더 하직하는 절을 하였다.

"안 될 말씀!"

하고 임금은 손을 들어서 흔드시며,

"의로운 사람의 목숨을, 그것 안 될 말. 차라리 이 몸의 목숨을 버릴지언정 대사의 목숨을, 그것은 안 될 말. 지금 여섯 마을 늙은이 젊은이들이 다 모였다 하니, 이 몸이 편전으로 나가서 저희들이 하는 말을 들어도 보려니와, 아무리 선마로와 알공이 여러 말을 하여서 짜놓았다 하여도 그래도 다들 인형을 쓴 무리, 또 이십 년래 이 몸의 은혜를 받은 무리어니 설마 그 중에 하나 둘이라도 의리와 인정을 아는 무리가 있지 아니할까? 아마 한마로와 이마로 두 이손도 부르기는 하였으려니. 이 두 사람이야말로 덕있고 공있는 충신. 이 몸도 그것을 노상 몰라본 것도 아니언마는 간악한 무리의 말에 넘어가서 천생 타고난 약한 마음 때문에 그러한 충신을 멀리하고, 어찌하였으나 대사는 여기 있으오. 연약한 여자들이 저렇게도 애통하는 것을 위로하여 주오. 이보아라! 오, 그렇다. 이러한 때에는 여러 사람이 한데 모이면 저으기 마음도 든든하여지는 법이니 이보아라! 악아, 네 동무들, 달님, 버들아기, 오, 별님도 다 이리 부르려무나. 별님도 본래는 임금의 딸. 아아, 믿을 수 없는 임금의 자리, 어서 다들 불러라. 한데 모여 앉아서 어찌 되나 하회를 기다려라. 너희들이 무엇이라고 하더라도 이차돈은 내어 주지 못한다. 이 몸은 이렇게 말하려 하거니와 대사는 여기 있어."

하여 임금이 일어나신다.

"상감마마."

하고 이차돈은 임금을 따라 일어나면서,

"상감마마, 이 몸을 공목과 알공에게 내어 주시오. 그러하시오면 반드시 나라에 일이 없고 불법이 잘 행하오리다.”
하였다.
　“그러기로 죄없는 사람을? 그것은 안 될 말.”
하고 상감은 고개를 흔드신다.
　“절을 짓고 노상에서 백성을 모아놓고 불법을 설한 죄로 이 몸을 죽여주시오.”
하는 이차돈의 말에는 힘이 있었다.
　“그렇지마는 절을 짓기는 이 몸이 허락한 것이 아닌가. 불법을 설한 죄로 의로운 사람을 죽인다면 이 몸의 죄는 얼마나 클 것인가.”
하고 임금은 이차돈을 바라보신다.
　“절을 짓고 백성들에게 불법을 설한 죄는 국법에 비치이면 마땅히 죽일 죄요. 국법이 서지 아니하면 나라가 서지 못한다 하였사오니, 이 몸을 죽이시와 국법을 세우시오면 간악한 무리가 다시 국법을 어기지 못하게 될 것이옵고, 국법에 비추어 이 몸을 처단하시오면 국법을 범하는 다른 무리들이 저절로 국법의 처단을 받게 될 것이오. 그리하시와 모든 간악한 무리를 다 물리치신 뒤에 상감마마께오서 법을 고치시와 나라에 불법 행하기를 허하시오면, 그때야말로 나라도 잘 되고 불법도 잘 행하게 될 것이 아니오리까. 이제 비록 공목, 알공의 무리가 사욕을 가지고 우으로 신금을 괴롭게 하삽고 아래로 민심을 선동하옵거니와, 그들의 말이온즉 국법을 내세우오니, 이때에 이 몸 하나를 죽이시와 국법의 위엄을 세우심이 옳을까 하오. 인자하오신 마음에 이 몸이 죽는 것을 애처롭게 여기심이오나, 나라와 불법을 위하여 목숨을 바치옵기는 억천만겁을 나고 죽고, 나서는 하옵더라도 당하기 어려운 기쁜 일. 나라 법과 부처님의 법을 위하시와 이 몸을 죽여주시는 것이 이 몸에게 베푸시는 자비시오. 또 이 몸의 어리석은 마음이 생각하옵건댄 오늘 일은 핑계는 이 몸 하나를 위함이라 하오나 속으로는 불측한 마음을 품은가 싶사온즉, 만일 상감마마께옵서 이 몸을 두호하옵시면 국법을 깨뜨린 허물을 황송하오나 상감마마께 씌우사와 무슨 일을 할지 모르오니, 만일에 그리되어 상감마마께오서 자리를 전하시오면, 그리하옵고 다른 이가 자리에 오르오면 이 나라에 불법이 어느 제 행하게 되올지 모를 것이온즉, 상감마마께오서 첫째로 나라를 생각하시옵고, 더욱이 상감마마 몸을 생각하시옵고, 무엇보다도 불법을 생각하시와서 이 몸을 국법을 범한 죄로 죽이라 하시옵소서."

하고 간곡하게 아뢰었다.

임금은 고개를 숙이고 이윽고 생각하시더니 번쩍 고개를 드시고 손을 이차돈 어깨에 얹으시며,

"아아, 진실로 충신이요, 진실로 의인이로다. 한마로 이손도 그러하더니 이제 이차돈이 더욱 그러하도다."

하실 때에 공주가,

"아바마마!"

부르신다. 임금은 잠깐 공주에게로 눈을 돌렸다가 다시 이차돈의 손을 잡으며,

"우리 나라가 망하지 아니하리라. 이러한 의인이 나는 동안 망하지 아니하리라. 그렇지만 모든 일을 이 몸에게 맡기고 대사는 여기 있으라. 일이 있으면 부르리라."

하시고는 나가버리신다.

상감이 나가신 뒤에 달님과 별님과 버들아기 세 사람이 시녀를 따라서 들어와 왕후와 공주 앞에 절하고 다음에 이차돈 앞에 합장하고 그리고 왕후가 앉으라는 대로 평양공주의 곁에 늘어 앉는다.

이차돈은 네 젊은 여자에게서 외면하여 두 손을 가부좌한 다리 위에 마주잡고 눈을 내리깔고 그린 듯이 있었다.

공주는 눈물을 씻으며 겨우 고개를 들어,

"달님!"

하고 부르셨다.

  "예."
하고 달님이 절한다.
  "별님!"
하고 공주가 이번에는 별님을 부르신다.
  "예."
하고 별님이 대답하고 절한다.
  다음에는 공주가 버들아기를 부르시매 버들아기가 또 예, 대답하고
공주를 향하여 절한다.
  그러고는 공주가 이렇게 부르시는 것이 무슨 뜻인가 하고 달님과 별
님과 버들아기는, 공주의 눈물에 젖은 눈을 바라본다.
  공주는 북받쳐오르는 슬픔을 억제하느라고 애를 쓰더니 가까스로 입
을 열어,
  "지금 이차돈 서방님은 세상을 떠나서, 우리들을 떠나서 가신다고."
하고 또 목이 멘다.
  "가시다니?"
하고 달님과 다른 두 사람이 일제히 눈을 크게 뜬다.
  "응, 이 세상을 떠나서 악인이 안 사는 다른 세상으로 가신다고."
  "그게 무슨 말씀이오리까?"
하고 달님의 눈에도 눈물이 어린다.
  달님은 어제 공주에게 불려서 이차돈이 공주 부마가 되게 되었다는
것과, 또 태자가 되어서 장차 임금의 자리에 오르기로 되었다는 말을
듣고, 별님과 함께 밤을 새워서 잠을 이루지 못하다가 지금 이 말을 듣
고는 어찌 된 영문을 알지 못하나, 이차돈이 이 세상을 떠난다는 말과
공주의 우는 양으로 보아 이차돈이 죽게 된 것을 짐작하고는 슬픔과 절
망이 가슴에 끓어오름을 누를 수가 없었다. 그리고 만일 이차돈이 죽
는다면 저도 따라 죽으리라고 마음에 생각하였다.
  버들아기도 달님과 같은 생각으로 눈물을 흘리고 별님도 고개를 숙이

고 눈물을 씻었다.

"모두 이 몸 때문이오."

하고 공주가 이차돈의 앉은 모양을 바라보며 한탄하였다.

"모두 이 몸 때문에 이차돈 서방님이 고구려에 가게 되고, 모두 이 몸 때문에 이차돈 서방님이 선마로 이손의 미움을 받게 되고. 이제 만일 이차돈 서방님이 죽으면 그것이 모두 이 몸 때문인데. 아아, 이 몸이 왜 먼저 아니 죽어서, 이 몸이 왜 그리고 이차돈 서방님을 잊지를 못 하여서, 아아, 이 일을 어찌하면 좋은가. 이제라도 차라리 이 몸이 먼저 죽어버릴까? 아아, 기쁘던 꿈도 하룻밤. 하룻밤도 다 못 가서 이 슬픔! 참으로 믿을 수 없는 건 사람의 일."

"공주마마."

하고 달님이 공주의 앞에 절하고 눈물을 씻으며 떨리는 어성으로,

"공주마마, 이 몸이야말로 큰 죄인, 이 몸 곧 아니더면 공주마마의 슬픔도 없으시고 이차돈 서방님께 이러한 일도 아니 생길 것을. 모두 이 몸일래, 아아 공주마마, 모두 이 몸일래. 그래도 그래도 잊혀지지 아니하는 이 마음을 둘 곳이 없어서 고구려 천리길을 따라까지 갔건마는 아아 공주마마, 이차돈 서방님이 어떻게 무슨 일로 돌아가시오? 이 몸이 대신 죽어서 될 일만 같으면 금시에라도 이 목숨을 끊기라도 하련마는. 이차돈 서방님이 무슨 죄가 있으시기로 세상을 떠나시지 아니하면 아니 되시오?"

하고 공주를 우러러본다. 공주는 가여운 듯이 달님을 바라보시며,

"이 몸도 자세히는 모르지마는 아마 절을 지은 죄와 이차돈 서방님이 어저께 노상에서 설법을 하신 죄인 듯. 국법에 불법을 백성에게 말하는 자는 죽인다 하였는데 아바마마께오서 아직 그 법을 고치시지 아니하시와서. 국법을 고치려면 여섯 마을 늙은이들이 다 좋다고 하여야만 고친다는데. 그러매로 그것이 죄라고 이차돈 서방님을 내어달라고 저 군사들의 저 아우성. 그렇지마는 실상인즉 선마로 삼촌의 검은 마음. 이

차돈 서방님을 그냥 두면은 제가 임금의 자리에 오를까 싶지 아니하여서. 그리고 또 이 몸이 어저께 이차돈 서방님과 혼인한단 말을 나인들께도 일렀더니, 하도 마음에 기뻐서 그 말을 하였더니 그 중에도 선마로 삼촌의 끄나풀이 있어서 아마 그 말을 선마로 삼촌께 일러바친 모양――.”

하는 것을 왕후가 듣고 깜짝 놀라며,

“무어? 나인들을 보고 그 말을 하였어?”

하고 공주를 바라보신다.

“예, 하도 기뻐서.”

하고 공주가 무료한 듯이 고개를 숙인다.

“왜 그런 말을 하였느냐? 궐내에서 하는 말이 금시에 새어 나가는 줄을 알면서. 궐내에 드나드는 사람들이 절반이나 선마로 이손의 끄나풀인 줄을 알면서. 악아, 네 왜 그런 말을 하였느냐?”

하고 왕후가 미간을 찡기신다.

“어마마마, 이 몸은 너무도 기뻐서 철이 없어서.”

하고 공주는 더욱 고개를 수그린다.

“죄로 말씀하오면.”

하고 버들아기가 왕후와 공주 앞에 고개를 수그리며,

“죄로 말씀하오면 이 몸의 죄도 크오. 나인들의 말을 듣잡건댄, 사람들이 이차돈 서방님을 모함하는 말이, 이차돈 서방님이 고구려에 겨오실 때에 이 몸의 아비와 가까이 하고 또 이 몸을 가까이 하셔서 고구려 임금의 청촉을 받아가지고 신라를 해하러 이 나라에 들어오셨다 하오나, 이 몸의 아는 바에는 이 몸의 아비가 그렇게 서방님을 만류하고 이 몸과 혼인하여 고구려에서 큰 벼슬을 하라 하여도 끝내 듣지 아니하시고 이 몸의 아비에게는 말도 없이 평양을 떠나셨거든 부질없이 이 몸이 서방님을, 한두 번 잠깐 얼굴만 바라본 이차돈 서방님을 잊을 길이 없사와 두루두루 찾아옵다가 이 나라에까지 따라와서 서방님께 죄 되게 하였사오니 이 몸의 죄야말로 말할 수 없이 크오."

하고 이차돈의 등을 향하여 합장하고 절한다. 이때에 가까이 모시는 벼슬아치가 들어와,

"이차돈 대사께 아뢰오. 상감마마께오서 대사께 편전으로 들랍시오."

한다.

이차돈은 벼슬아치를 향하여 일어나 절하고 다음에는 왕후와 공주와 달님과 버들아기와 별님 있는 쪽을 향하여 합장하고 절하고는,

"왕후마마, 만수무강하시오. 이 몸 하직 아뢰오. 부대 도를 잘 닦으시와 속히 부처되시와 중생을 건지시옵소서."

하고 다음에는 공주의 앞에 절하고,

"공주마마, 하직 아뢰오."

하고 다음에는 달님과 별님과 버들아기에게,

"이 몸 하직하오. 불법승 삼보에 귀의하시와 보살행을 닦으시오. 이 몸이 사는 것도 법을 위해, 죽는 것도 법을 위해. 몸은 천만 번 나고 죽어도 아니 죽는 것은 마음. 부대 마음 자리를 찾으시와 세세생생에 중생을 건지시오. 왕명이 급하시니 이 몸은 가오."

하고 일어나 나간다.

"이차돈!"

하고 왕후가 부르시고는 우시고,

"이차돈 서방님!"

하고 공주와 달님과 별님과 버들아기가 일어나 두어 걸음 따르다가 방바닥에 쓰러져 운다.

이보다 먼저 편전에서는 이차돈의 죄상에 대하여 여러 가지 논란이 있었고, 한마로와 이마로까지도 이차돈이 다른 죄는 어떠하든지 국금을 범하여 백성들에게 불법을 전한 죄만은 증거가 역연하니 마땅히 베일 것이라고 하였다.

늙은 한마로가 제 손자——그도 오직 하나인 손자의 죄를 논하여 추호도 가차함이 없을 때에는 모든 무리가 다 몸에 소름이 끼치도록 감격하였다. 그래서 이차돈의 다른 죄를 말하려는 사람이 없어지고 알공조차도 하늘이 무서운 듯한 생각이 났다. 선마로는 아무러한 죄명이로라도 이차돈을 죽이기만 하면 목적은 달하는 것이기 때문에 역시 만족하여서 다른 말이 없었다.

이때에 공목이 상감께 아뢰기를,

"지금 한마로 이손의 말씀은 눈물없이 들을 수는 없소. 한마로 이손은 나라 사람이 다 우러러보는 이오. 또 그 아들은 나라를 위하여서 싸워 큰 공을 세우고 죽은 사람이오. 이제 이차돈은 한마로 이손에게 남은 오직 하나인 혈족이언마는, 그 죄를 논하매 추호도 아낌이 없으니, 이 몸이 비록 칠십을 살았으나 이런 갸륵한 일을 본 일이 없소. 이제 이차돈이 비록 국금을 범하여 그 죄를 마땅히 베일 만하다 하더라도 한마로 이손의 공과 덕을 생각하시와 이차돈에게 살 길 하나를 얻어주시와서 이차돈이 만일 그 길로 간다 하옵거든 그 목숨만을 살려지이다. 이 몸은 죽음을 무릅쓰고 아뢰오."
하였다.

임금은 공목의 말에 혹시나 이차돈이 살아날까, 하시고 안심하는 한숨을 쉬시었다. 그리고 사람들을 돌아보시었다.

아무도 공목의 말에 반대하는 사람이 없는 것을 보시고 임금은 공목을 향하시와,

"공목 이손, 그러면 어떤 길을 어떻게 열어주자는 말이오?"
하고 물으시었다.

"공목 이손이 아뢰오. 세상에서는 이차돈에게 대하여 여러 가지 죄상을 말하는 이가 있사오나, 이 몸은 그것을 도무지 믿지 아니하오. 첫째로 만일 아까 어떤 이가 아뢰인 것과 같이 이차돈이 만일 고구려 장수 매주한가의 뇌물을 먹고 상감마마를 범하려고 신라에 들어온 것이라 하

오면 반 년 동안에 궁중에서 상감마마 지척에 뫼시면서 아무러한 수상한 일도 없을 리 없사옵고, 또 만일 이차돈이 여러 계집을 후려 음란한 이일 할 마음이 있다 하오면 여러 계집이 한결같이 이차돈을 사모하고 따를 리가 없다고 생각하오. 또 셋째로 만일 이차돈이 대역부도한 마음을 품었다 하오면, 세상 부귀와 영화와 욕심이 있다 하오면 상감마마께오서 그처럼 이차돈을 사랑하시와 평양공주 부마 되기를 명하시되 듣지 아니할 리가 없다고 생각하오. 부귀에 욕심있는 사람이 평양공주 부마를 마디하오리까. 대자 되기를 마다하오리까. 임금의 자리를 마나하는 사람이 남의 나라의 뇌물을 받고 자객이 되오리까. 그러하오매 이 몸은 이차돈에게 대한 이러한 누명을 씌우는 것은 하늘이 무섭다고 생각하오. 그러하올 뿐더러 오늘날 우리 나라와 같이 인심이 타락하여 저만 알고, 이만 아는 이때에 이차돈과 같은 높고 깨끗한 사람을 죽이는 것은 나라를 위하와서 심히 아까운 일이라 하오. 그러하오나 국법은 어느 한 사람보다도 소중한 것이오매, 이차돈 한 사람으로 하여 국법을 굽힐 수도 없사온즉 상감마마께오서는 이 자리에 이차돈을 부르시와 다시는 불도를 말하지 아니한다고 머리를 길러 예사 사람이 될 것을 맹세하라 하시와, 만일 듣삽거든 이차돈의 목숨을 살려주심이 어떠할까 하오. 이 몸이 참다 못 하와 늙은 목숨이 죽기를 무릅쓰고 이 말씀을 아뢰오.”
하였다.

공목이 이 말씀을 아뢰는 동안에 선마로와 알공은 ‘이놈이 미쳤는가’ 하고 마음이 초조하였다. 알공은 여러 번 공목의 소매를 당기고 옆구리를 찔렀으나 공목은 모른 체하였고, 선마로는 우선 공목부터 죽여버리리라고 결심하였다.

이리하여서 임금은 곧 이차돈을 부르시었다.

이차돈이 가사 장삼으로 합장하고 편전으로 들어올 때에 먼저 눈에 띄인 이는 그 할아버지 한마로 이손이었다. 이차돈은 약간 늙은 조부 앞에 고개를 숙이는 듯, 임금의 앞에 나아가 엎드려 절하였다.

사람들은 임금의 입에서 무슨 말씀이 나오나, 이차돈의 입에서 무슨 대답이 나오나 하고 고요하게 주목하고 있었다.

임금은 이윽히 이차돈을 보시다가,

"이차돈아."

하고 부르시었다.

"예, 이차돈 예 있소."

하고 고개를 들어 임금을 우러러보았다.

임금은 이차돈이 이 자리에서 불도를 버리고 머리를 기르기를 바라셨다. 그래서 임금은 이차돈을 옥좌 가까이 부르시와 가만가만한 어성으로,

"이차돈아, 이제 벗어날 길이 한 길이 열렸다. 그것은 네가 이 자리에서 불도를 버리기를 맹세하는 것이야. 다시는 백성들에게 불법을 말하지 아니하고 맹세하는 것이야. 그리고 공주 부마가 되고 태자가 되고 ——그것은 네가 불도를 버린다고만 하면 이 자리에서 너를 평양공주 부마를 삼고 태자를 봉한다고 선포할 것이니, 그리한 뒤에 나라 권세와 백성의 마음을 네 손에 거두어가지고 그런 뒤에 서서히 불도를 펴는 것이 좋지 아니하냐? 일시 권도로 불도를 버린다고 하여라."

하셨다. 이 말씀을 듣고는 이차돈은 곧 옥좌에서 물러나와서 아까 엎드렸던 자리에 엎드렸다.

임금은 이차돈이 당신의 뜻과 말씀을 다 알아들은 줄 믿고 이차돈을 향하시와,

"이차돈아, 백성을 모아 불도를 전하는 것은 일백오십 년래로 국금인 줄을 너도 알려든, 이제 네 이 국금을 범하였으니 그 죄, 목을 베일 만한 것이로되 네 조부 한마로 이손의 덕과 공을 보아 차마 너를 죽이고 싶지 아니하니, 네 이 자리에서 불도를 버리고 나라의 길을 지킬 것을 맹세하면 죄를 사하여 네 목숨을 살릴지나, 네 일향 고치지 아니하면 네 목을 베어 국법을 세우지 아니치 못할 것이니, 네 뜻이 어떠한고?

잘 생각하여서 아뢰라.”

하셨다. 이차돈은 엎드렸던 몸을 일으켜 가부좌를 걷고 두 손바닥을 맞추어 눈앞에 들고 임금을 우러러보며,

“상감마마, 옳은 사람은 거짓이 없다 일렀삽고 우리 나라 다섯 가지 가르침에도 말에 거짓이 없으라, 하였삽거든 하물며 부처의 길을 닦는 몸일까보니이까. 곧은 마음이 부처라 하였사오니, 죽거나 살거나 괴롭거나 즐겁거나 거짓이 없으라는 뜻이옵고, 자비심이 부처라 하였사오니, 중생을 건지기 위하와서는 목숨도 아낌이 없으라는 뜻이옵고, 또 우리 나라 다섯 가지 길에도 싸움에 나아가 물러가지 말라 하였사오니, 이 역시 옳은 일을 위하와서는 죽기를 두려워 말라 함인가 하오. 그러하오매 이 몸은 백 번 죽사와도 불법을 지키려 하오.”

하고 고개를 수그렸다.

“이차돈아, 네 한 마디만 아니 한다 하면 네 목숨은 살려든. 불법도 부귀도 목숨 있은 뒤에 있을 일이어든. 이차돈아, 한 마디만 한 마디만 아니라 하여라.”

“한 마디도, 한 생각도 아니라고는 못 하겠소.”

“이차돈아, 너는 늙은 한아비와 홀어미도 생각지 아니하느냐? 네 보아라, 저기 저 슬픔에 눌려서 고개를 숙이고 우는 네 한아비 한마로 이손을.”

“상감마마, 이 몸의 한아비는 팔십 평생을 의로 사는 사람, 이 몸이 옳은 일을 하다가 죽는 것을 보는 것이 이손 한마로의 가장 큰 기쁨인가 하오.”

“이차돈아, 이 몸이 너를 아들같이 사랑하거든, 네게 이 몸의 오직 하나인 딸을 주고 임금의 자리를 주려고 하거든, 그래도 한 마디 아니 하리다 말을 못 하느냐!”

“상감마마, 버러지만도 못한 이 몸을 그처럼 어여삐 여기시는 은혜는 뼈를 갈아도 다 갚사옵지 못하려니와, 상감마마, 이 몸이 목숨을 버려

서 불법을 지키옵는 것이 상감마마 지극하신 은혜를 갚는 길인가 하오.
사람이 임금의 은혜와 어버이의 은혜와 중생의 은혜와 스승의 은혜와
이 네 가지 큰 은혜 속에 사옵고 이 네 가지 은혜를 갚는 것이 사람의
길이라 하옵거니와 옳음을 위하여 목숨을 버리옵는 것이 가장 잘 은혜
를 갚는 일인가 하오. 이 몸도 거룩하오신 상감마마, 늙은 어버이의 지
극하신 은혜를 생각하옵길래도 더욱더욱 죽는 마지막 숨까지 불법을 지
키려고 굳게굳게 맹세하오.”

　“이차돈아 ! 네 너무도 그리도 고집하는고나. 그럴질댄 이 몸이 임금
으로 네게 명하리라. 네 오늘부터 불도를 버리고 절 짓기를 그치고 머
리를 길러라. 조정이 모두 불법을 그르다 하거든 네 어찌 홀로 그 길이
옳다 하느냐 !”

　“천하가 그르다 하와도 옳은 것은 옳삽고 천하가 옳다 하와도 그른
것은 그른가 하오. 이 몸은 죽음으로써 불법이 옳음을 신라 백성에게
보이려 하오.”

　“네 죽기로 신라 백성이 너를 비웃을지언정 불법이 옳음을 어찌 깨달
으랴. 차라리 네 오래 살아서 불법이 옳음을 세상에 말할 것이 아니
냐?”

　“상감마마, 옳음의 피는 반드시 큰소리를 발하오. 옳음의 피는 헛되
이 흐르는 일이 없다고 믿소.”

　“그러면 네 이 몸의 명도 아니 듣는단 말이냐? 신자로서 군부의 명
도 !”

　“옳음을 지킴이 신자로서 군부를 섬기는 길인가 하오.”

　상감은 이차돈의 대답에 노염을 내시며,

　“이것이 불법이냐?”

하고 소리를 높였다.

　“예, 이런 것이 불법이오 !”

하고 이차돈도 소리를 높인다.

 "이런 것이 불법?"
하고 임금은 잠깐 눈을 감으시더니 다시 번쩍 눈을 뜨시며,
 "이 사람들아, 지금 이차돈이 하는 말을 다 들었으니 어떻다 하느뇨? 이것이 불법이라 하였으니 다들 어떻게 하느뇨?"
하고 제신을 돌아보셨다.
 "죽이심이 마땅하오!"
하고 일제히 소리를 질렀다. 임금은 자리에서 일어나시며,
 "이차돈을 죽여라!"
하고 소리를 지르시고는 옥좌에서 내려 문으로 나가신다.
 군사가 우르르 달려들어 오라로 이차돈 몸을 묶어 꼭두를 집어 끌고 나간다. 알공은 선마로의 귀에 입을 대고 소근거리고 한마로는 서너 걸음 이차돈을 따라나가다가,
 "오, 내 새끼다!"
하고는 눈물을 씻는다.
 임금이 다시 내전에 듭신 때에는 왕후와 평양공주와 달님, 별님, 버들아기는 하회 어쩌한가 하고 아까 앉았던 그 모양으로 앉아서 있었다. 그러다가 상감이 비장한 낯빛으로 들어오시는 것을 뵈옵고 일어나 맞잡고는 왕후께오서,
 "상감마마, 이차돈은 어찌 되었소?"
하고 여쭙는다.
 이때에 대궐 밖에서 으아 하는 큰 아우성이 들린다.
 "오, 인제 너희들이 이차돈을 빼앗아가지고 좋다고 소리를 지르는고나. 옳음의 피는 헛되이 흐름이 없다. 이것이 불법이다. 옳음의 피는 큰소리를 발한다. 그럴까?"
하고 임금은 혼잣말씀을 하신다.
 "그것이 무슨 말씀이오니까?"
하고 왕후는 상감이 정신이 나가신 것이나 아닌가 하여서 눈을 크게 뜨

고 물으신다.

 "응, 그것이 다 이차돈이 한 말이야. 한 마디만 불법을 버리마 하였으면 살 것을, 태자도 되고 임금도 될 것을, 한 마디도 할 수 없다고, 옳음의 피는 큰소리를 발한다고, 이것이 불법이라고, 그럴까?"

하고 또 혼잣말씀을 하신다.

 "아바마마, 아바마마."

하고 공주가 무릎 걸음으로 상감 앞에 두어 걸음 나아가면서,

 "그러면 이차돈은 죽삽나이까?"

하고 손을 떤다.

 "오."

하고 상감은 공주를 보시며,

 "한 마디를 못 하여서. 아니하마, 한 마디를 못 하여서."

하고 눈을 감으신다.

 "아아, 이차돈 이차돈."

하고 공주는 기절하여 방바닥에 쓰러진다. 한참 말이 없다.

 달님, 별님, 버들아기는 합장한 손으로 이마를 고이고 느껴운다. 상감은 맞은편 벽에 걸린 관세음보살의 화상을 물끄러미 바라보신다.

 이윽고 으아 하는 소리가 들려온다.

 또 한참 말이 없다. 새들이 지저귄다. 까마귀 한 마리가 까아까아 하고 울고 지나간다.

 이윽고 가까이 모시는 신하가 숨이 차게 들어와 문 밖에 엎드리며,

 "상감마마, 이차돈은 죽었소, 바로 궐문 밖에서, 그 넓은 마당에 군사와 백성이 꽉 찬 곳에서 이차돈은 오라를 끄르라 하여 이렇게 합장하고 가만히 앉아서 서쪽을 향하여 절하고 대궐을 향하여 절하고, 그러고는 그린 듯이 가만히 앉아서 칼을 받았소. 그리고 목이 떨어져도 몸은 그대로 앉았는데 목에서는 젖 같은 흰 피가 솟았소."

 이때에 또 으아 하고 고함 소리가 들린다.

“흰 피?”

하고 상감이 물으신다.

“예, 흰 피, 젖 같은 흰 피. 그러고는 환하게 이차돈의 몸에서 빛을 발하여서 모두 눈이 부시어 눈을 감았다 하오.”

“환한 빛?”

하고 상감은 또 물으신다.

“예, 그러고는 모인 사람들의 귀에 이상한 우렁찬 소리가 들려서 모두 무서워서 땅에 엎드렸다 하오.”

“이상한 우렁찬 소리?”

하고 임금은 또 물으신다.

“예, 마치 천동하는 소리. 그래서 백성들은 옳은 사람을 죽였다고, 선마로와 알공을 죽여라, 하고 몰려갔소.”

“군사들은?”

하고 상감이 물으신다.

“예, 백성들도, 군사들도.”

이때에 선마로 황황하게 들어와서 엎드리고 공목과 알공은 계하에 읍하고 선다.

“선마로, 웬일인고?”

하고 임금이 선마로를 보고 물으신다.

“상감마마, 이 몸은 천벌을 받았소.”

하고 이마를 조아린다.

“어떤 천벌을 받았는고?”

하고 상감은 선마로와 계하에 선 공목과 알공을 보신다.

“지금 군사들과 백성들이 이 몸의 집을 치러 갔소. 이 몸은 다시는 세상에 나가지 못하겠소.”

“목숨을 잃은 사람도 있거든 집쯤 잃는 것을. 집도 그리 아까우냐?”

하고 상감의 눈과 입에는 비웃음이 뜬다.

"상감마마, 이 몸의 어리석음도 이제 눈을 떴소. 죄를 생각하오면 백 번 죽어도 아깝지 아니한 이 몸, 넓으신 은혜를 입삽고도 은혜인 줄도 모르던 이 몸, 이제 더 살기를 원함이 아니오나 상감마마께오서 용서한다, 하시는 한 말씀을 듣자오랴고 여기 엎드렸소."

하는 선마로의 말은 심히 비창하였다.

"용서? 저 공목과 알공도 용서를 받으러 온 것이냐?"

"황송하오. 죽여줍소사."

하고 알공과 공목이 이마가 땅에 닿도록 허리를 수없이 굽힌다.

상감은 앞에 엎드린 선마로와 계하에 허리를 굽히고 섰는 공목과 알공을, 분함을 이기지 못하는 눈으로 서너 번 노려보시더니,

"오, 이차돈만 죽여버리면 만사가 너희 뜻대로 되어서 부귀와 권세를 마음대로 누릴 줄만 알았더니 그것도 한바탕, 눈 한 번 깜짝할 사이의 꿈. 이제는 그리도 미워하던 이 몸의 앞에 와서 용서해달라고? 흥! 아직도 하늘이 늙으시지를 아니하여서 복선화음의 이치가 뒤집히지 아니한 줄을 인제는 깨달았느냐? 신라에 오직 하나만 남은 착한 사람 이차돈을 들러붙어서 죽이고 나서야 인제는 깨달았느냐?"

"황송하오. 이제야 욕심의 두터운 껍질로 덮였던 눈이 떠진 것 같소."

하고 선마로는 떨리는 음성으로,

"이제야 임금도 보이고, 한피 한뼈를 나눈 형님도 보이고, 옳은 것도, 그른 것도 어렴풋이 보이게 된 것 같소."

하고 운다.

이때에 거칠마로가 숨이 차서 들어온다.

"상감마마, 거칠마로 아뢰오."

하고 선마로보다 서너 걸음 뒤에 엎드린다.

"오, 거칠마로."

하고 상감은 눈을 크게 뜨시며,

“그래, 네가 그렇게도 미워하던 이차돈을 죽였으니 이제 속이 시원하냐?”

하고 이를 가신다.

“황송하오.”

하고 거칠마로는 한번 이마를 조아리고 눈을 들어 상감을 우러러보며,

“상감마마, 황송하오. 백 번 죽사와도 아깝지 아니하온 죄인 거칠마로.”

하고는 목소리가 막힌다. 거칠마로는 한참이나 말이 막혔다가,

“이 몸은 이마로 이손의 딸 달님의 사랑을 이차돈에게 빼앗긴 것이 분하와, 그 분하온 마음이 눈을 가리워 지금까지 수없는 죄를 지었소. 그러하옵다가 이차돈이 죽는 것을 보옵고, 이차돈이 피를 흘린 것을 보옵고 비로소 제 정신이 들었소. 상감마마, 이차돈과 이 몸과는 걸음발 탈 때부터 함께 놀던 동무. 글도 함께 배우고 칼쓰기, 활쏘기도 함께 배운 동무, 우리 둘이 자라나서 함께 임금을 섬기고 나라를 빛내자고 손을 맞잡고 자라난 동무, 나기는 한날 나지 못하였사오나 죽기는 한날 죽자고 맹세하였던 동무. 그러하오나 이차돈이 이 몸보다 재주가 승하고 백성들의 칭찬이 더 높음을 볼 때에 마음에 시기하는 엄이 돋사옵고, 게다가 달님의 사랑이 이차돈에게로 가는 것을 보올 때에 누를 수 없는 질투심이 일어나 이차돈만 없으면, 하는 생각을 품게 되었소. 그러하올 때에 알공 한아손의 부름을 받아 이차돈을 죽이면 장차 큰 공과 상을 주리라는 말을 듣삽고 고구려까지 이차돈을 따라갔삽다가 도리어 이차돈의 칼에 이 바른 팔목을 찍히옵고, 그리하옵고는 힘과 재주로 이차돈을 해하지 못할 줄을 아옵고 이차돈을 모함하기로 일을 삼았소. 이차돈이 고구려 메주한가의 뇌물을 받았다는 말씀이나, 또 메주한가의 딸 버들아기를 얻었다는 말씀이나 모두 이 몸의 주출이옵고, 거울보고의 딸 반달을 추겨서 이차돈에게 해로운 모든 말을 하게 한 것도 이 몸이옵고, 이차돈이 궐내에서 좋지 못한 일을 하고 있다고 세상에 말을

돌린 것도 이 몸이옵고, 어제 노상에서 이차돈에게 돌을 던져 이마를 다친 것도 이 몸이옵고, 이차돈이 백성들에게 한 말을 더러는 굽히고 더러는 빼고 더러는 보태어서 알공 한아손과 세상 사람에게 말한 것도 이 몸이옵고, 어제 밤새도록 여섯 마을로 돌아다니면서 군사와 백성들을 선동한 것도 이 몸이오. 이차돈이 죄없고 깨끗한 몸인 줄을 가장 잘 아는 놈이 이 몸이면서 이차돈을 가장 더럽고 흉악한 사람을 만들어놓은 것이 다 이 몸의 주출이오. 상감마마, 이차돈이 손발을 묶여 너른 마당에서 목을 찍히려 할 때에 이 몸은 일생에 품었던 원한이 일시에 풀리는 듯하와 기뻐 뛰었소. 이 몸은 이 보복의 기쁨을 더욱 만족하옵고 저 목 찍히기 바로 전에 이차돈을 보옵고, 오 이차돈아, 네가 내 사랑과 명예를 빼앗더니 이제 너는 네 목숨을 빼앗기는고나! 오 네가 네 칼로 내 팔목을 찍더니 이제 내 앞에서 네 목이 찍히는고나! 하고 그 얼굴에 침을 뱉고 마음껏 조롱하는 웃음을 웃었소. 그리하왔더니 이차돈은 빙그레 웃으며, 거칠마로야, 나는 너를 미워하지 아니한다. 네 왼편 팔목이 아직 남아 있으니 그것으로 이제부터는 좋은 일을 하여라. 사람 죽이는 재미를 오늘 보았으니 앞으로는 사람 살리는 재미를 찾아라. 사람은 한 번은 죽는 것, 한 번은 죽을 목숨이어든, 부대 옳은 일에 써라, 하였소. 그러고는 이차돈은 합장하와 이 몸에게 작별하는 인사를 하옵고 조용히 칼을 받았소. 그때에 이 몸은 정신이 아뜩하여서 땅에 엎더졌소. 이윽고 정신을 차려보니 이차돈의 목이 떨어졌소. 이 몸은 목 없는 이차돈의 앞에 엎드려 울고 빌고 빌고 울었소. 상감마마, 이 몸은 이차돈의 시체를 안아다가 이 몸의 집에 이불 덮어 누이옵고, 그리하옵고 상감마마께 죽여 줍소사 하는 원정을 하삽고저 여기 엎드렸소. 이 몸이야말로 이차돈에게서 달님을 빼앗으려 하고 버들아기를 빼앗으려 하고. 황송하온 말씀이오나, 공주마마를 빼앗으려 하옵다가 거울보고의 딸 반달 하나를 빼앗았소. 이 몸이야말로 오직 사욕에 눈이 어두워서 못한 일이 없이 다한 흉악한 놈이옵고, 이차돈은 아주 허물도 없는 깨끗한 사람이오. 이 몸은 아차돈의 시체를 앞에 놓고 모여 선 군사와 백성들을 향하여 목이 찢어지도록 이 뜻으로 외쳤소. 그리고 이 몸을 죽여달라고 하였사오나 백성들은 이 몸을 죽이지 아니하옵고 선마로 이손과 공목 이손과 알공 한아손의 집을 친다고 몰려갔소. 상감마마, 모든 것은 저 돌아갈 곳으로 다 돌아갔소."

하고 이마를 조아린다.

거칠마로의 말에 임금이나 달님이나, 공주나 다 이차돈을 잃은 슬픔까지도 잊어버리고 귀를 기울여서 들었다.

거칠마로의 말이 끝나자 임금은,

"오, 거칠마로야. 네 말을 들으매 이차돈을 사랑하는 마음이 더욱 간절하고나. 이차돈을 잃은 것이 더욱 아깝고나. 아아, 모두 다 이 몸의 잘못이다. 이 몸이 마음이 약한 탓이다. 이 몸이 옳은 일이면 나라도 목숨도 아끼지 아니할 용기가 없는 때문이로고나. 아아, 이차돈을 죽인 것이 이 몸이로고나, 아아, 타고난 이 몸의 약한 천성! 천성이라는 것도 이 몸의 핑계. 거룩한 이차돈의 피를 흘린 죄는 모두 이 몸으로 돌아오라. 아아, 그 아까운, 그 깨끗한 이차돈을 이 손으로 죽였고나. 그래 그 시체는 거칠마로 네가 안아다가 네 집에 누였다고?"

하고 매우 흥분한 빛을 보이신다.

"예, 이 몸이 이 팔로 이렇게 안아다가——이 팔과 가슴에 이렇게 피가 묻었소."

하고 거칠마로는 팔과 가슴을 들어 보인다. 푸른 우틔에 군데군데 붉은 피가 묻었다.

"어, 잘하였다."

하고 임금은 공주를 보시며,

"어찌할까? 악아, 이차돈의 시체를 대궐로 옮겨다가——옳지, 태자의 예로 장례를 지내자. 이 몸도 상복을 입고 궁중이 모두 상복을 입고 태자의 예로. 오 그렇지. 이제 이차돈이 죽었으니 그렇게 하는 것밖

에 더 이차돈의 넋을 위로할 도리가 있느냐. 응, 태자의 예로. 이보아
라 선마로야, 네 어떻게 생각하느냐?”
하고 선마로는 보신다.
 “상감마마, 이 몸은 더 여쭐 말씀이 없소.”
하고 선마로가 눈을 들어 상감을 본다.
 “공목아, 알공아, 어떻게 생각하는고?”
 “상감 분부 지당하오신 줄로 아뢰오.”
 “마마는 어떻게 생각하오? 이차돈의 시체를 이리로 옮겨다가 태자
의 예로 장사하는 것을 어떻다 하시오?”
하고 왕후를 바라보신다.
 “그렇게라도 하오시면 넋이라도 기뻐하올 것을.”
하고 왕후는 눈물을 씻으신다.
 “악아, 네 뜻도 그러려든?”
하고 공주를 보신다.
 “예, 그 죽은 낯이라도 한 번 다시 보옵고저.”
하고 가까스로 상감을 우러러보고는 또 달님의 무릎에 엎더진다.
 “오, 이차돈을 태자의 예로 장사하리라. 거칠마로야, 네 이 일을 맡
아서 이차돈의 몸을 이리로 옮겨오게 하여라.”
 “예, 시각 지체 아니 하오리다.”
하고 거칠마로는 어전에서 물러나며,
 “아아 이차돈!”
하고 혼잣말로 중얼거린다. 거칠마로가 물러난 뒤에 상감은,
 “선마로야, 네 이 일을 맡아서 장례 차비를 하도록 분별하여라.”
하신다. 선마로가 절하고 어전에서 물러나가며 공목과 알공을 보고,
 “흥, 그 동안에 우리네 집은 다 적지가 되었을 것이니 이제 어디로 가
나.”
한즉, 알공이 선마로의 뒤를 따르며,

312

"대관절 우리 목숨만은 붙은 심이오니까?"
한다.
  그 이튿날 아침. 동궁 대청에는 이차돈의 관이 놓이고 그 앞에는 제
물을 차려놓고 촛불을 켜고, 공주와 달님과 별님과, 버들아기와 고주가
깃베 상복을 입고 서고, 늙은 한마로와 이마로 이손을 비롯하여 벼슬
높은 이들이 좌우로 베옷을 입고 늘어섰다. 거칠마로는 이차돈의 관을
붉은 비단과 누런 비단으로 손수 싸면서,
  "이차돈, 이차돈."
하고 정신 나간 사람 모양으로 부른다.
  공주는 혼자 몸을 지탱하지 못하여 시녀의 부액에 겨우 몸을 의지하
고 섰다.
  "상감마마 납시오."
하고 아뢰는 소리가 들린다.
  이윽고 상감과 왕후가 역시 베옷을 입으시고 베로 머리를 싸시고 상
청으로 들오시자 일동이 허리를 굽혀서 맞는다. 상감과 왕후는 가지런
히 이차돈의 관 앞에 나아가 눈을 감으시고 합장하시고, 그러고는 향로
에 향을 꽂으시니 두 줄기 향내가 피어오른다. 두 분은 한참이나 눈을
감으시고 말씀이 없으셨다.
  그러고는 상감은 이차돈의 관을 등지고 돌아서시와,
  "다들 들으라! 이로부터 우리 나라에서는 불법을 금함이 없으리라."
하시니 신하들이 모두 허리를 굽혀 임금의 뜻을 받음을 표한다. 다음에
상감은,
  "오늘 이손 한마로로 서불한을 삼아 나라 정사를 맡게 하고, 이손 이
마로로 대원수를 삼아 나라 군사를 맡게 하리라."
하시매 또 제신이 허리를 굽힌다.
  "한마로 서불한과 이마로 대원수는 충성과 덕이 있고, 또 나라에 공
이 크건마는 이 몸이 간사한 무리의 말을 들어 오래 멀리하였으니 심히

면목없거니와, 사양치 말고 어지러워진 나라 일을 바로잡으라.”

　이 말씀에 한마로 서불한이,

　“늙은 이 몸이오나 죽기로써 힘을 다하와 상감마마 한량없으신 성은의 만일이라도 보답하오리이다.”

하고, 다음에 이마로 대원수가 나아와 또한 같은 말씀을 사뢰었다.

　“오, 이로부터 신라의 빛이 다시 빛나리라. 백관은 모두 서불한의 명령을 순종하고, 군사는 모두 대원수의 명령을 순종할지어다.”

　“그리하오리다.”

하고 제신이 일제히 아뢰인다. 이때에 가까이 모시는 신하가 들어와서,

　“상감마마께 아뢰오, 선마로 이손과 공목 이손과 알공 한아손이 신궁 앞뜰에서 배를 갈라 죽었다 하오.”

하고 아뢰인다.

　“선마로가 배를 갈라 죽었다?”

하고 상감이 놀라신다.

　“예. 신궁 지키는 군사의 말이, 선마로 이손과 공목 이손과 알공 한아손이 오늘 아침 일찍 신궁 문을 열라 하와 신궁으로 들어가더니 오래도록 물러나오지를 아니하옵기로 들어가보온즉 세 사람이 다 신궁 섬돌 밑에 꿇어앉아서 칼로 배를 가르고 엎더져 죽었더라 하오. 군사가 볼 때에는 벌써 몸이 싸늘하게 식었더라 하옵고, 선마로 이손의 품속에는 이 편지 한 장이 있더라 하와 가져왔사옵기로 여기 있사오나 상감마마께 올리올지 황송하오.”

하고 백지로 봉한 편지 한 장을 내어든다.

　“선마로의 편지 —— 유서로고나. 이리 올리라.”

하고 상감은 손을 내어미신다.

　상감은 선마로의 유서를 받아 떼어 들고 읽으신다.

　“상감마마께 아뢰나이다. 이 몸은 임금이시요, 형님이신 상감마마의 바다 같으신 은혜를 입사오면서도 고마운 줄을 모르옵고 감히 불측한

뜻으로 우으로 상감마마의 거룩하오신 마음을 슬프게 하삽고, 또 무죄한 사람을 모함하여 죽였사오니 하늘이 무심치 아니하와 마땅히 받을 벌을 받사와 이제 집을 잃사옵고, 비록 목숨을 살려주신다 하시오나 하늘과 사람을 대할 면목이 없사옵기로 차라리 이 더러운 몸을 없이하와 나라를 깨끗이 하삽고 뒷자손들에게 악한 사람의 끝이 어떠한 것인가 보이옵고저. 마지막으로 신궁에 상감마마와 신라의 만세를 비옵고 배를 갈라 죄를 사하삽나이다. 이 봄의 아내를 이 몸 손수 죽이고 죽을 것이오나 뱃속에 든 목숨이 가긍하와 뒤에 남기오니, 상감마마 바다 같으시고 하늘 같으신 은혜로 그 목숨이 길어나게 하시옵소서. 써 아바마마의 혈속이 끊이지 아니하게 하옵고저 하나이다. 죄 많은 신하요 아우인 선마로, 피눈물로 적어 사뢰나이다.”

“오, 선마로가 죽었느냐? 오, 만일 선마로의 아들이 나면 그로써 태자를 삼으리라.”

하시고는 눈물을 씻으시고, 다시 몸을 돌리시와 이차돈의 관 머리를 만지시며,

“오, 이차돈. 네 말이 옳도다. 옳음의 피는 헛되이 흐름이 없도다. 옳음의 피는 큰소리를 발하도다.”

하시고 고개를 숙이신다.

李光洙의 문학세계
— 장편 《異次頓의 死》를 중심으로 —

—文學評論家— 　申 東 漢

　춘원(春園) 이광수(李光洙)의 여러 편의 역사소설 가운데에서도 가장 특색있는 작품이 바로 장편 《이차돈(異次頓)의 사(死)》이다.

　장편소설 《이차돈의 사》는 1935년 9월 30일부터 다음 해 4월 12일까지 조선일보에 연재되었다. 이 소설은 신라시대에 순교자(殉敎者)로 역사에 크게 이름을 남긴 이차돈의 이야기를 아름다운 소설작품으로 꾸며 놓은 것이다.

　작가 이광수는 작품 《이차돈의 사》를 책으로 꾸며 내면서 아래와 같은 머리말을 쓰고 있다.

　'나는 순교자를 가장 사모한다. 제가 순교자 될 만한 인물이 못되니까 그런가보다. 내가 숭배하는 것은 순교자다.

　'옳음'과 '믿음'을 위하여서는 목숨도 아끼지 아니한다는 것이 순교자의 정신이다. 내 한 몸을 죽이더라도 중생을 건지자는 것이 순교자의 정신이다. 그의 눈에는 일신의 부귀 영화는 말할 것도 없거니와 사생 고락도 없다. 그의 눈에는 오직 진리가 있고 중생이 있을 뿐이다. 저를 완전히 잊어버린 곳에 순교자의 정신이 있는 것이다. 그것

이 저를 완성하는 것이라고도 할 수 있을 것이다. (중략)

이차돈은 조선의 역사에 나오는 첫 순교자다. 그 전에도 순교자가 많았겠지. 그러나 불행히 그 기록은 남지 아니하였다. 이차돈이야말로 기록에 남은 첫 순교자다. 순조 당시에 만여 명의 대량 순교자가 있었거니와, 이것이 다 같은 정신의 발로다.

내가 이차돈의 이야기를 쓴 것은 이러한 농기에서다. 큰 정신을 가진 이라야 큰 정신을 알아 본다. 나같이 용렬한 사람이 이차돈의 순교자적 정신을 잘 알 리가 없다. 다만 변변치 못한 내 정신으로 알아질 만한 것을 적었을 뿐이다.

그러나 변변치 못한 내 이야기도 큰 정신을 가진 독자에게 무슨 기연을 줄 수는 있을 것이다. 만일 금후 몇 천만년에 다만 한 사람이라도 내 이야기에서 기연을 얻어서 큰 진리의 큰 순교자가 되는 이가 있다고 하면 내 소원은 달할 것이다. (이차돈 순교 후 일천 사백년에)'

작가 이광수는 이와 같이 소설 《이차돈의 사》를 쓰게 된 동기를 이야기하면서 또 연재를 시작하면서도 '이차돈의 신라사(新羅史)뿐 아니라 전조선의 반만년 역사를 통하여 가장 아름답게 살고 가장 아름답게 죽은 영웅일 것'이라고 이차돈을 극구 찬양하고 있다.

작품 《이차돈의 사》는 작가 춘원이 《삼국유사(三國遺事)》에 적혀 있는 몇 줄의 이야기를 바탕으로 쓴 소설이다. 《삼국유사》에 적혀 있는 이차돈에 관한 글은 아주 짧은 부분으로 작가 춘원은 이차돈이 살았던 시대의 배경과 순교한 사실 말고는 모두 창작한 내용이다.

이차돈이 살았던 당시의 신라시대의 형편을 살펴 보면 신라, 고구려, 백제의 삼국이 갈라져 있었고 신라는 법흥왕(法興王)이 나라를 다스리며 나라의 힘과 문화가 황금시대를 맞기 시작하는 무렵이었다. 법흥왕은 26년간 나라를 다스리고 그 후 130년이 지나 3국 통일을 하게 되는 것이다.

이 무렵에 불교가 중국으로부터 전해져 그것은 먼저 고구려와 백제에 들어와 퍼지기 시작하였고 각처에 절이 세워지기도 하였다. 그러나 신라에는 아직도 고구려나 백제에서 승려가 왔다 갔다 할 정도였다.

이때에 이차돈이 고구려로 가서 승려가 되고 신라로 돌아와 궁중은 물론이요, 세상 사람들에게 포교를 하다가 순교자로 목숨을 바치게 되는 것이다. 이차돈의 순교에 감동하여 법흥왕이 불교를 포교하는 것을 정식으로 허가하였는데 이것이 서기 528년이고 법흥왕 15년 무렵의 일이라고 한다.

소설의 내용을 보면 이차돈은 신라의 장군 한마로 아돌손의 손자로 그의 부친은 고구려와의 전쟁에 참전하여 전사하였고 유복자로 태어나 조부와 홀어머니 밑에서 자라난다.

그는 한가위에 신궁 앞에서 거행된 무술경기에서 장원을 하고 임금은 딸 평양공주와 결혼케 하여 부마를 삼으려 한다. 그러나 이차돈에게는 이미 백년가약을 약속한 장군 이손 이마로의 딸 달님이 있으니 이로부터 이차돈의 비극은 시작되는 것이다.

평양공주는 임금의 무남독녀로 만약에 이차돈이 그녀와 결혼을 한다면 왕위 계승도 이루어지게 되지만 이차돈은 이것을 물리친다. 달님과 평양공주의 삼각관계로 이차돈은 신라에서 쫓겨나 고구려로 가게 된다.

이차돈은 고구려에 가서도 비극적인 여복(女福)은 이어진다. 고구려의 서울, 평양에 가서 신라에서 온 상인 거울보고의 집에서 신세를 지게 되는데 그는 그 집의 딸 반달과 혼인힐 것을 권유받는다. 거기에다 출입을 하던 고구려의 재상 메주한가로부터도 딸 버들아기와 결혼할 것을 요청받는다. 이차돈의 가는 곳마다 미녀가 그를 기다리고 있는 것이다.

이차돈이 고구려로 쫓겨간 지 얼마 후 신라에서는 임금의 동생 선마로와 간신 공목과 알공 등의 악랄한 살해음모가 꾸며져 지난 날 이차돈과 재주를 겨루어 패배의 쓴 맛을 본 라이벌 거칠마로를 고구려에 파견하여

318

그를 죽이려 한다.

이차돈은 이를 피하여 도망가다가 산중에서 노승 백봉국사(白峰國師)를 만나 그가 거처하는 용천암에서 3년 동안 사사하며 불도를 닦고 법명(法名)도 흥륜(興輪)이라는 이름을 얻게 된다.

이러는 가운데 그를 사모하는 달님과 시녀 별님이 이차돈을 찾아 고구려에 와서 사방을 헤매이다 이차돈을 만난다. 거기에다 메주한가로의 딸 버들아기까지도 용천암에 찾아와 이 여인들이 이차돈을 모시고 받든다.

이차돈은 이들 여인들에게 에워싸여서도 유혹에 빠지지 않고 그들을 불교의 제자로 삼아 포교를 할 것을 결심하고 신라로 돌아온다. 그리하여 이차돈은 궁중에서 불교를 설법하여 왕과 왕후의 두터운 신임을 얻게 된다.

그러나 왕위를 노리는 임금의 동생 선마로와 간신 알공과 공목의 책략과 군중 선동에 의해 폭동이 일어나 임금은 드디어 이차돈을 그들에게 내맡기고 만다. 이차돈은 라이벌 거칠마로의 칼로 목이 베어져 죽는데 그때 그의 몸에서는 붉은 피가 아닌 흰 피가 솟아올랐고 서광이 비치며 천둥이 일어 사람들을 놀라게 한다.

이에 거칠마로도 마음을 바로잡고 임금의 동생 선마로와 간신 알공과 공목은 신궁에 가서 배를 갈라 죽는다. 그리고 임금은 국법으로 불교를 포교하는 것을 허락한다. 이것으로 소설 《이차돈의 사》는 대단원의 막을 내린다. 다만 한가지 여기서 지적해야 할 것은 작품 서두에 '왕의 부르심을 받아서 모인 사람 중에는 왕의 아우시요, 장차 진흥대왕이 되실 선마로를 비롯하여……'라고 씌어져 있는데 이것은 작가의 착각이요, 진흥왕(眞興王)은 선마로의 아들 시미마로〔麥夫〕인 것이다. 소설의 대가의 작품에도 어쩌다가는 이러한 착오도 생기는 법이다. 어쨌든 이것은 바로잡혀져야 할 일이다.

작가 춘원은 작품 《이차돈의 사》를 쓰면서 신라시대의 사회, 풍속과 궁중생활의 모습을 손에 잡힐 듯이 그리고 있다. 이차돈이 거칠마로와 함께 신궁 앞에서 무술경기를 하는 모습이나 여섯 마을의 처녀들이 한가위에 모여서 길삼 놀이를 하고 지는 편이 회소곡(會蘇曲)을 부르는 것 등은 마치 한 폭의 그림을 대하는 듯한 작가 춘원의 유려한 붓끝에 의해 아름답게 묘사되어 있는 것이다.

작가 춘원은 작품《이차돈의 사》에서 불경에 관한 귀절을 인용하지 않으면서도 불교를 주제의 전면에 내세우고 순교자의 고결함을 강조하고 있다. 그가 종교적인 색채를 작품 위에 내비친 것은 초기의 소설부터이지만 그 당시에는 민족 계몽적인 사상과 기독교 사상을 가미한 요소가 작품의 중요한 배경으로 되어 있는 것이다.

그것이 1935년 이후부터의 작품에서는 불교사상이 그 대부분의 자리를 차지하고 있다. 이와 같은 변화는《원효대사(元曉大師)》나《세조대왕(世祖大王)》《꿈》그리고《이차돈의 사》에 와서 뚜렷이 드러나 있다. 작가 춘원은 작품을 쓰는데 있어서 종교적 윤리관을 언제나 그 바탕으로 하고 있다. 그러기 때문에 그의 작품은 언제나 통속성에 빠지지 않는 요건을 갖추고 있다고도 볼 수 있는 것이다.

작가 춘원이《이차돈의 사》에서 가장 높이 찬양하고 있는 순교자 정신은 바로 불교적 윤리관의 하나의 높은 표현이라고 할 수 있다. 그 단적인 하나의 예로써 죽음의 마당에 있어서도 임금 앞에서 스스로의 믿음의 확고함을 아래와 같이 술회하는 데서도 그것은 뚜렷이 나타나 있다.

"상감마마, 버러지만도 못한 이 몸을 그처럼 어여삐 여기시는 은혜는 뼈를 갈아도 다 갚사옵지 못하려니와, 상감마마, 이 몸이 목숨을 버려서 불법을 지키옵는 것이, 상감마마, 지극하신 은혜를 갚는 길인가 하오. 사람이 임금의 은혜와 어버이의 은혜와 중생의 은혜와, 스승의 은혜 이 네 가지 큰 은혜 속에 사옵고 이 네 가지 은혜를 갚는 것이 사람의 길이라 하옵거니와, 옳음을 위하여 목숨을 버리옵는 것이 가장 잘 은혜를 갚는 길인가 하오. 이 몸도 거룩하오신 상감마마, 늙은 어버이의 지극하신 은혜를 생각하옵길래로 더욱더욱 마지막 숨까지 불법을 지키려고 굳게굳게 맹세하오.”

이와 같은 이차돈의 굳은 순교 정신의 표현이 바로 《이차돈의 사》라는 작품을 꿰뚫고 있는 작가의 주제라고 할 수 있다. 작가는 인간의 진리를 찾는 생활을 순교 정신에서 찾고 그것을 《이차돈의 사》라는 소설을 통해서 아름답게 표현하고 있는 것이다.

작가 춘원은 현대소설은 물론이요, 많은 역사소설을 쓰고 있지만 그 역사소설 가운데에서도 장편 《이차돈의 사》는 그 숭고한 순교 정신을 가장 아름답게 이차돈이라는 인물을 통해 형상화하고 있다는 점에서 뛰어나게 특색있고 격조 높은 작품이 아닐 수 없다.

▨ 이광수(李光洙) 연보 ▨

1892년 평안북도 정주군 길산면에서 이종원(42세)과 3취 부인 충주 김씨
(23세)를 부모로 하여 전주 이씨 문중의 5대 장손으로 태어나다.

1902년 8월, 부모 모두 콜레라로 사망하여 일시에 3남매가 고아가 되다.

1903년 동학에 입도하여 박찬명 대령집에 기숙하며, 동경과 서울로부터
오는 문서를 베껴 배포하는 심부름을 하다.

1905년 일진회(천도교)의 유학생 9명 중에 선발되어 도일하다.

1908년 명치학원 급우 山岐俊父의 권유로 톨스토이에 심취. 홍명희의 소
개로 육당 최남선(19세)을 알게 되다.

1910년 향리의 오산학교 교주 남강 이승훈의 초청으로 동교의 교원이 되
다. 7월 백혜순과 결혼.

1913년 한·만 국경을 넘다. 상해에서 홍명희·문일평·조용은·송상순
등과 동거하다.

1914년 최남선 주재로 창간된 〈청춘〉에 참여.

1916년 와세다 대학 문학부 철학과에 입학하다. 〈매일신보〉로부터 신년
소설 청탁을 받고 구고(舊稿) 중의 박영채에 관한 것을 정리하여 《무정》
이라 함.

1917년 〈학지광〉 편집위원. 두 번째 장편 《개척자》를 〈매일신보〉에 연재.

1919년 〈조선청년독립단 선언서〉 기초. 조동우·주요한의 협력으로 〈독립
신문〉의 사장 겸 편집국장에 취임.

1921년 허영숙과 정식으로 결혼.

1924년 〈동아일보〉 연재 사설 〈민족적 경륜〉이 물의를 일으켜 일시 퇴사하
다. 김동인·김소월·김안서·전영택·주요한 등과 함께 영대(靈臺) 동
인이 되다.

1926년 양주동과 문학관에 관하여 처음으로 지상 논쟁을 하다. 동아일보
사 편집국장에 취임함.

322

1928년 〈동아일보〉에 《단종애사》 연재.

1929년 《3인 시가집》(춘원·주요한·김동환)을 삼천리사에서 간행.

1931년 이갑을 모델로 《무명씨전》을 〈동광〉에 연재함.

1932년 계몽문학의 대표작 《흙》을 〈동아일보〉에 연재하다.

1933년 조선일보사 부사장에 취임. 장편 《유정》을 〈조선일보〉에 연재하
다.

1937년 동우회 사건으로 김윤경·박현환·신윤국 등과 함께 종로서에 유
치되다.

1938년 단편 《무명》과 선삭 장편 《사랑》의 집필에 착수함.

1939년 《세종대왕》 집필에 착수. 김동인·박영희·임학수의 소위 '북지황
군위문'에 협력함으로써 친일의 제일보를 내딛다. 친일 문학단체인 조선
문인협회 회장이 되다.

1940년 香山光郎으로 창씨개명.

1942년 장편 《원효대사》를 〈매일신보〉에 연재. 제1회 대동아문학자대회
(동경)에 유진오·박영희와 함께 참가함.

1943년 이성근·최남선과 함께 조선인 학생의 학병 권유차 동경을 다녀오
다.

1946년 돌베개를 베어온 탓으로 안면신경마비와 고혈압으로 고생하다. 광
동 중학교에서 영어와 작문을 가르치다.

1947년 흥사단의 청함을 받아 사릉으로 돌아와 전기 《도산 안창호》 집필에
착수.

1949년 반민법에 걸려 육당과 함께 서대문 형무소에 수감되다. 이상협의
청탁으로 《사랑의 동명왕》 집필을 시작.

1950년 유작 《운명》을 집필. 공산군에게 납북되어 사망.

세계명작학술문고　　일신 그랜드 북스

① 여자의 일생	(51) 싯다르타
② 데미안	(52) 이방인
③ 달과 6펜스	(53)(54) 무기여 잘 있거라(Ⅰ Ⅱ)
④ 어린 왕자	(55)(56) 지와 사랑(Ⅰ Ⅱ)
⑤ 로미오와 줄리엣	(57)(58) 생활의 발견
⑥ 안네의 일기	(59)(60) 생의 한가운데(Ⅰ Ⅱ)
⑦ 마지막 잎새	(61)(62) 인간 조건(Ⅰ Ⅱ)
⑧ 젊은 베르테르의 슬픔	(63) 이반 데니소비치의 하루
⑨⑩ 부활(Ⅰ Ⅱ)	(64)(65) 25시(Ⅰ Ⅱ)
⑪⑫ 죄와 벌(Ⅰ Ⅱ)	(66)~(68) 분노의 포도(Ⅰ Ⅱ)
⑬⑭ 테스(Ⅰ Ⅱ)	(69) 나의 생활과 사색에서
⑮⑯ 적과 흑(Ⅰ Ⅱ)	(70)~(72) 누구를 위하여 종은 울리나(Ⅰ Ⅱ)
⑰⑱ 체털리 부인의 사랑(Ⅰ Ⅱ)	(73) 주홍글씨
⑲⑳ 파우스트(Ⅰ Ⅱ)	(74) 슬픔이여 안녕
㉑㉒ 셜록홈즈의 모험(Ⅰ Ⅱ)	(75) 80일간의 세계일주
㉓ 이솝 우화	(76) 물과 원시림 사이에서
㉔ 탈무드	(77) 람바레네 통신
㉕㉖ 한국 민화(Ⅰ Ⅱ)	(78)~(80) 인간의 굴레(Ⅰ ~ Ⅲ)
㉗ 철학이란 무엇인가	(81) 독일인의 사랑
㉘ 역사란 무엇인가	(82) 죽음에 이르는 병
㉙ 인생론	(83) 목걸이
㉚㉛ 정신 분석 입문(Ⅰ Ⅱ)	(84) 크리스마스 캐럴
㉜ 소크라테스의 변명	(85) 노인과 바다
㉝ 금오신화 · 사씨남정기	(86)(87) 허클베리 핀의 모험(Ⅰ Ⅱ)
㉞ 청춘 · 꿈	(88) 인형의 집
㉟ 날개	(89)(90) 그리스 로마 신화(Ⅰ Ⅱ)
㊱ 황토기	(91) 인간론
㊲ 백범 일지	(92) 대지
㊳ 삼대(上)	(93)(94) 보바리 부인(Ⅰ Ⅱ)
㊴ 삼대(下)	(95) 가난한 사람들
㊵ 조선의 예술	(96) 변신
㊶㊷ 조선 상고사(Ⅰ Ⅱ)	(97) 킬리만자로의 눈
㊸ 백두산 근참기	(98) 말테의 수기
㊹ 선과 인생	(99) 마농 레스꼬
㊺㊻ 삼국유사(Ⅰ Ⅱ)	(100) 젊은이여, 시를 이야기하자
㊼ 욕망이라는 이름의 전차	(101) 피아노 명곡 해설
㊽ 리어왕 · 오셀로	(102) 관현악 · 협주곡 해설
㊾ 도리안그레이의 초상	(103) 교향곡 명곡 해설
㊿ 수레바퀴 밑에서	(104) 바로크 명곡 해설

판형 / 4 · 6판 ✳ 면수 / 평균 256면

판형 / 4 · 6판 ✽ 면수 / 평균 256면

이차돈의 사

발행 • 1995년 2월 10일　　값 10,000원

■ 저　자 / 이　　광　　수
■ 발행자 / 남　　　　용
■ 발행소 / 一信書籍出版社

주　소 : 121－110 서울 마포구 신수동 177－3
등　록 : 1969. 9. 12. No. 10－70
전　화 : 703－3001～6
FAX : 703－3009
대체구좌 / 012245－31－2133577

ISBN 89-366-1651-X